光文社文庫

パラダイス・ガーデンの喪失

若竹七海

光　文　社

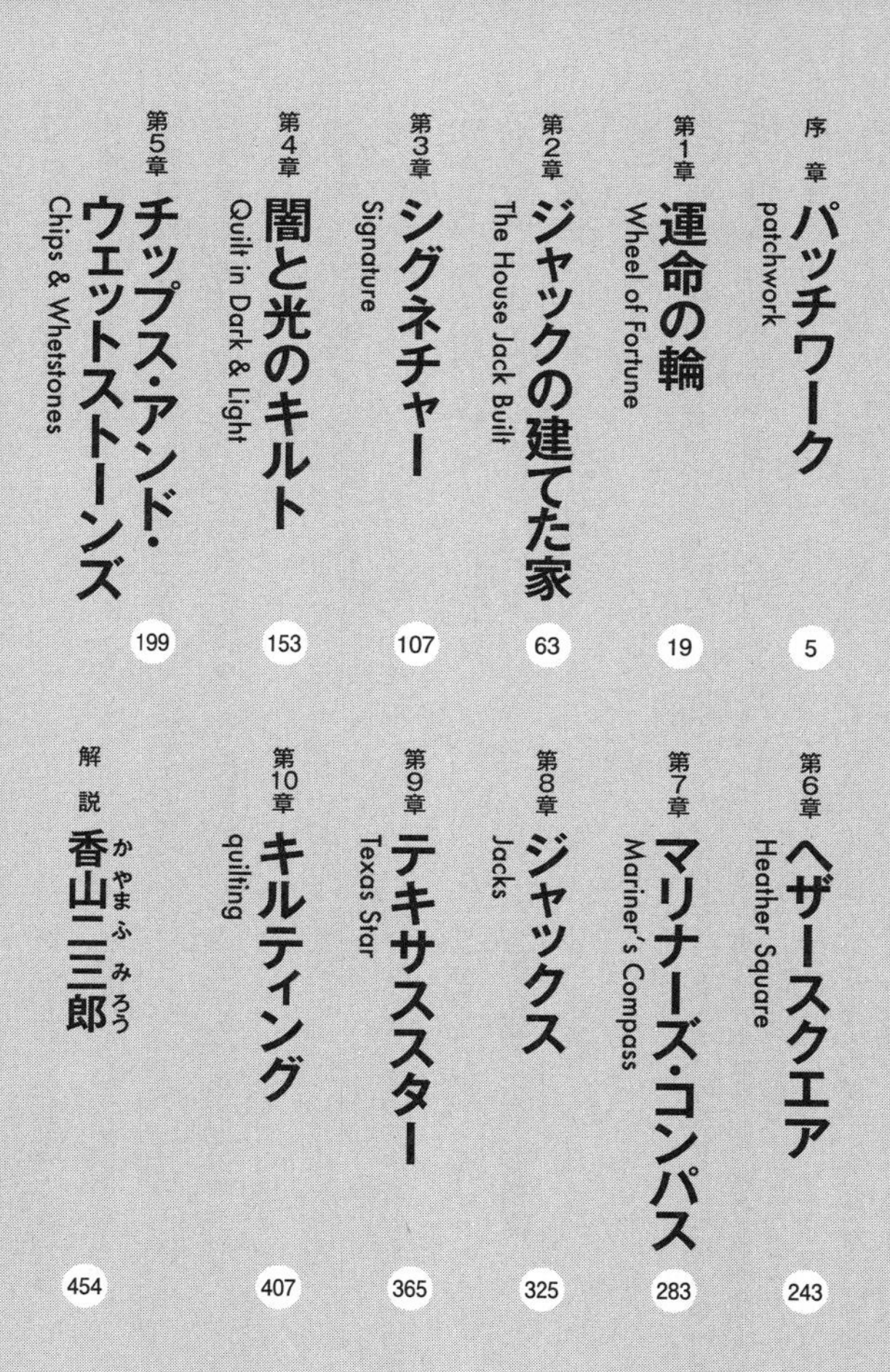

Contents

The loss of PARADISE GARDEN

登場人物

兵藤房子　私設庭園〈パラダイス・ガーデン〉の女主人
兵藤日向子　房子の母。故人
井澤保乃　日向子の幼なじみ
児嶋布由　日向子の幼なじみ。〈ドライブイン児嶋〉のママ
久我美津江　日向子の幼なじみ。〈久我茂工務店〉社長の妹
児嶋翔太郎　布由の孫。高校生
榛原宇宙　翔太郎の友人。通称・コスモ
関　瑞季　日向子の友人。〈お茶と海苔の結香園〉大女将
田中瑞恵　瑞季の妹
前田潮子　引退したキルト作家
前田颯平　潮子の死んだ夫の遠縁
和泉　渉　颯平の恋人
熊谷真亜子　葉崎の移住者
原　沙優　真亜子のママ友達
原　天志　沙優の息子
今井彰彦　天志の父。沙優の元夫

石塚慧笑　〈瑞福西寺〉庵主
佐伯春妙　〈瑞福西寺〉副住職
義成定治　御坂地区の住人
白鳥賢治　現在は田中賢治。「日本一有名な殺人容疑者」
二村貴美子　葉崎警察署刑事課総務担当警部補
池尻嗣矢　同　課長
古馬久登　同　警務課

*お断りするまでもありませんが、神奈川県に葉崎（はざき）という市はありません。江の島（えのしま）あたりが突然隆起して、ものすごく細長い半島ができあがりでもしないかぎり、これからも存在しないでしょう。舞台の位置関係は事件の謎とはなんの関係もありません。（筆者）

序章　パッチワーク　patchwork

【ピース1】

死体が発見されたのは、二〇二〇年九月二十二日早朝のことだった。

場所は東京湾岸(わんがん)、周囲にこれといった建物のないエアポケットのような空き地だ。何者かが近くにあったプレハブ小屋から灯油を持ち出し、死体にかけて火をつけたのだ。

煙に最初に気づいたのは、船で暮らす年金生活者だった。

新型コロナウイルス感染が蔓延(まんえん)した影響で、事業の資金繰りに困った友人から中古のクルーザーを買ってくれと拝まれたのだ。感染はいつ収まるかしれない、また緊急事態宣言が発令されたとき、狭いマンションで鼻を突き合わせて過ごすよりおたがいに息がつけていいじゃないかと妻を説得し、購入してひとり船内泊を始めたところ、これがなかなか居心地いい。狭いギャレーは子宮回帰願望を満たし、沖に出ればかぎりない開放感を味わえる。もちろんマスクの必要もない。
その日は秋分、彼岸の中日（ちゅうにち）だった。このところ朝起きて釣りをし、獲物と白飯で朝ごはんというルーティンだが、信心深い祖母に育てられたせいか、彼岸に殺生は落ち着かない。釣りはしばらく自粛することにして船を接岸させ、近くのコンビニで温泉卵ときゅうりの漬物を仕込んで戻ってきたところで、運河一本隔てたところの空き地から立ち上る黒煙に気がついたのだった。

消火が終わり、黒焦げの死体が発見されたのは、それから約一時間後。通報した年金生活者もその時分には興奮が冷め、立ち去ろうとしていたが引き止められ、繰り返し事情を訊かれたが、もちろん話せることなどなにもない。それでも延々その場に残らされて、いい加減うんざりしていた。周囲は煙臭く、気づくと自分はもちろん、船内隅々にまでその臭（にお）いが染みついていた。

ようやく解放されたときには、すでに五時間が経（た）っていた。一刻も早く、マリーナに戻ってシャワーを浴び、掃除をしたかった。

あんなもんと遭遇するなんて、まったく運が悪い。せめて風向きが逆ならよかったのに、と燻（いぶ）された臭いに顔をしかめながらスピードを上げて、彼は思った。そういや通報しているとき、チラシかパンフレットみたいな紙が燃えながらこっちに飛んできてたもんな。紙に書いてあった文字が読み取れるほど、すぐ近くまで。

なんと書いてあったっけ。えーと、一瞬だったけど、パラダイス。パラダイス・ガーデン、とかなんとか。

紙はすぐに燃え尽きて、海に落ちるまもなく空中で消えた。彼はこのことを事情聴取の際にはまったく忘れていた。

一応、思い出したことを警察に話しておくべきかしら、とも思ったが、潮風に吹かれながらマリーナに戻った頃にはまた念頭から抜けていた。しかもその後、煙の臭いが気になるならシングルモルトをあおって鼻から息を吐くといい、とマリーナの仲間に教えられ、なんなら厄落としに一杯、とラフロイグとかいうスコッチを飲まされた。強烈だが後を引き、一杯が二杯、二杯が三杯になってぶっ倒れ、おかげで臭いも記憶も、すっきりと洗い流されたのだ。

死体の身元がわからず、捜査が難航し、捜査員が再び事情を訊きに来たときにも、彼が燃えながら飛んできた紙と、その文字について思い出すことはなかった。

【ピース2】

「女房のヤツ、殺されたんだと思う」

カウンターに肘をついて、男は言った。

　女はグラスを拭きながら、マスクの陰で顔を歪めた。

　そもそも嫌いな男だった。有名人気取りで、あるときには札束で相手の顔を叩くような真似をするくせに、ないときには当然のように勘定を踏み倒す。あるとき回してやったんだからいいだろ、と言わんばかりに。

　いいわけないわ。

　今回はどっちなんだかと様子をうかがっていたが、これで踏み倒しコース確定だ、と女は思った。こんなふうに芝居がかったことを客が言い出すのは、こっちの気をそらしたいからに決まってる。

「女房ってミズエさん？」

　出所祝いに一杯目はサービスしてやるからさっさと出てけ、と怒鳴りたいのをこらえて女は尋ねた。

　店は隣のビルにへばりつくように建てられた雑居ビルの半地下にある。

　換気扇を回しっぱなしにしても、カウンターの前に透明シートを張っても、スツールの数を減らしても、密は密。緊急事態宣言が解除されても客足は戻らず、そもそも店に入れられる客の分母が減っている。たまに店がにぎわって、窓もドアも開け放ち、以前に戻った気分で楽しく談笑したりすると、翌日、誰かが貼り紙を残していったりする。「感染対策しろ＊＊＊が！」

まったく。いけ好かない客にタダ酒飲ませてる場合じゃないのだが。

「俺には他に女房はいないよ」

「なあによ。白鳥さん、出所してから会ってないの」

白鳥と呼ばれた男は真っ黒に染めた髪をオールバックにし、例によってウェスタンブーツを履いていた。指にはターコイズの指輪。首にもターコイズのループタイ。

このファッションが昔からの本人のこだわり、というかいまさら変えられないキャラの一部なのだろうが、白鳥賢治が一世を風靡したのは三十年以上も昔の話だ。当時、このスタイルは彼のトレードマークだった。背の高い白鳥によく似合ってもいた。

だが、いまや彼もれっきとした高齢者だ。髪を黒くすればするほどしなびた顔や首が目立ち、足腰が弱ってきたらしくウェスタンブーツは引きずられている。

「そもそも迎えに来なかった。四連休明けの水曜だと知らせてあったのにな」

白鳥賢治はぶすっとして首を振った。

「女房は俺の入所が決まった途端、刑務所の近くにアパートを借りて、住民票も移した。面会日のたびに会いに来た。それでも足りずに手紙も書いてきた。そんな女が迎えにも来ないなんて、ただごとじゃない」

「かもしんないけど、いきなり殺されたなんてさ。具合悪くして入院でもしてるんじゃないの」

女はそっけなく言った。コロナに感染して重症化したとかだったら、外に連絡もできないだろうし。いや、そんなおおごとじゃなくてもさ。たんにこんな亭主を迎えに行くのがイヤになって、逃げちゃっただけなんじゃ？

白鳥は空になったグラスをじっと見て、

「出迎えに来なかったから、アパートに行ってみた。つい先日まで暮らしていたそのまんまの部屋だった。そこで二、三日待ったが現れない。電話はつながらない。あちこち訪ね歩いて問い合わせもしたがね。結局見つからない。虫の知らせか、無事とは思えないんだ」

なにをもったいぶってんだか、と女が思ったとき、半開きになっていたドアが開いて客が入ってきた。額の汗をせかせかと拭きながら、よ、と二人に手をあげる。

「あら、三木（みき）ちゃん」

女の声は現金にも高くなった。常連の雑誌記者は以前より肥えていた。せわしなくビールを注文すると、白鳥の隣に座り、隙間だらけのマスクを鼻の上にまで持ち上げた。

「調べてきましたよ」

三木はこれ最新号、と言いながら、タレントのスキャンダルやコロナにまつわる怪しげな噂（うわさ）、財界人の重体説などの見出しが並んだ週刊誌を、白鳥に向かって滑らせた。

「結論から言うと、白鳥さんの心配、アタリかもしれません。四連休中に湾岸で発見された死体。六十代から七十代の女性という以外、歯型もDNAも使えないほど焼かれてるうえに、現場には人けも防犯カメラもない。いちばん近いカメラまで一キロ、次のカメラまでまた五百メートルはあるから、避けて行動するのは簡単でしょう。いつもならタクシー運転手がよく仮眠をとる場所だから、車載カメラって手もあったんだが、四連休中でそれもなし。捜査は難航、上層部はとっととあきらめて、責任を誰がかぶるかのババ抜きが始まってますわ」

三木は出された瓶ビールをグラスに注ぎ、一気に飲み干した。

「そこでツテを使ってケータイ会社で奥さんのスマホを調べてもらったんですがね。事件の際、奥さんのスマホが現場にあったのは位置情報から間違いない。しかもそれ以降、現在にいたるまで電源は切られたままでした。つまり……そういうことです」

カウンターの女は思わず目を見開いた。え、なにそれ。マジ？　殺されたっていうのは、タダ酒飲むための作り話じゃなかったの？

白鳥は手を伸ばし、三木のビールを自分のグラスに注いであおった。三木は来たときと同じようにせかせかとスツールをおりて、

「約束ですからね、このことはしばらく伏せときますよ。でもいずれ、きっちり事情を話してもらいます。なぜ奥さんが殺されたのか。容疑者は誰なのか。独占インタビューでお願いします。いいですね、白鳥さん」

白鳥は無言で手をあげた。三木はせかせかと出ていった。女は勘定をもらいそこねたことも忘れて、問いかけた。

「え、だってなぜ？　白鳥さんならともかく、奥さんを殺すなんて」

「人類共通の敵が猛威を振るい、同胞がバタバタ死んでいるのに、それでも人は殺しあう。だとしたら、きっと殺しあうことが人の本能なんだろ」

女はなにそれ、とふてくされたようにカウンター内に座り込んだ。

白鳥は三木のくれた週刊誌をめくりながら、考えた。ものは考えようだ。女房が殺されたってことは、つまり、それくらい上手くいっていたということだ。塀の中で考案し、女房に伝えた「新しい事業」が。

どこかへんぴな、人の少ない、眺めのいい場所に老人ホームを建てる計画。現実に存在する福祉事業所の名前などを使ってパンフレットを作り、個別に高齢者を勧誘。特別会員制度を立ち上げてもいいかもしれない。開業資金はそれで調達すればいい。

女房は白鳥のサジェスチョンを受けて、ちょうどいい場所を知っている、とニヤニヤし、以後、この事業の準備と計画を怠りなく進めていた。自らセールスレディとなって高齢者と接触し、勧誘。意外なほど反響が大きいそうだ。

コロナのせいで子どもや孫、友人とも会えずに引きこもる高齢者が増えている。足腰が弱り、心も弱ってくると、「景色のいい老人ホーム」のような場所に入りたいと強く願うようになるらしい。完全介護が受けられて、他人の気配を感じられ、食住はお任せだが、部屋に引きこもることもできる施設。誰もが羨む老後の楽園。

資金調達は順調だ。最後の面会時に、女房はそう言っていた。

だが、女房はバカに見えてずる賢く、冷酷だが意外とヌケている。こういう事業は引き際も肝心だ。きっとなにかやらかしたのだ。必要以上に誰かを追いつめるとか、怒らせてはいけない相手を怒らせたとか。

かわいそうに女房のヤツ。俺が出所してくるまでにと思って、頑張りすぎたのかもしれない。南無南無。

それはそれとして、先のことを考えないと、と白鳥はグラスを空にしながら思った。

女房が集めた金はどこに行ったのか。正確な金額は確認していないが、少なくとも数千万にはなっていただろう。出所後しばらくはその金で遊んで暮らすはずだったのだが。

ビールの残りをグラスに注いだ。残り一滴まで、と瓶をグラスの上で逆さまにする。女が鼻を鳴らすのがシート越しに聞こえた。

白鳥は顔を歪めた。計画は大きく頓挫した。アパートに残されていた現金は数千円、銀行口座には十二万円そこそこ。

最盛期には豪邸に住み、外車を乗り回し、海外に別荘も持っていたのだが、逮捕される前から金銭的には苦しかった。弁護士費用にクルーザーも売った。白鳥賢治もいまや素寒貧(すかんぴん)ということだ。なんとかしなくては。

女房の集めた金を取り戻せればそれに越したことはないが、それ以前にどこかから金を引っ張ってくることを考えないといけない。それもできるだけ早く。金がないと、こんな場末のバーの女にまでバカにされる。

だが、もう刑務所には戻りたくない。絶対にだ。あそこに戻るくらいなら死んだほうがマシだ。だからできるだけ目立たず、一見すると合法的に、どこかから金を引き出さないと。

週刊誌をめくりながら、白鳥は必死に記憶をよみがえらせていた。七年前、逮捕されるまでにつかんでいた弱みのあるやつ。脅せるやつ。金づるになりそうなやつ。だが、どいつもこいつも、今では俺の顔を見るなり通報しかねない。堕ちるというのはそういうことだ。

誰かいないだろうか。脅しに弱く、金持ちで、うまいこと取り込めそうな手がかりのある……。

白鳥賢治の手がふと、止まった。週刊誌をめくり直した。記事を読んだ。知らず知らず笑みを浮かべながら。

いたじゃないか。ちょうどいいのが。

妻の息子が。

【ピース3】

小さい頃、シッターに連れられてよく、都内の病院に行った。

まるでホテルみたいに立派な施設だった。正面玄関を入ると右手に受付があり、反対側に選りすぐりの花を置いた高級花店があった。

そこで花を選ばされた。適当に、これ、と指さすと、エプロンをつけた店員が花瓶の高さを訊き、それに合わせた花束がたちまちできあがる。

ときには自分より大きな花束を抱え、エレベーターに乗り込んで、最上階の母の病室へ向かった。母の病室は広く、清潔で、大型テレビとソファがあった。ベッドも大きく、見事な細工のクリーム色のキルトがかけられていた。

母はそのベッドに埋もれるようにして、いつも眠っていた。シッターと同じ人間とも思えない儚げなその姿は、絵本に出てくる眠り姫のようだった。

母は眠ったままでいることもあり、目覚めるときもあった。こちらに気づくと、薄く微笑んで体を起こし、優しい声で、いらっしゃい、と言った。シッターが花束をいけて、「これは彰彦ぼっちゃまが選ばれたんですよ」と言うと、「ありがとう、ステキだわ」と頭を撫でた。

ときには、あのキルトに一緒にくるまることもあった。母の手はいつも冷たく、体は妙に温かかった。抱かれているとときおり息苦しくなって、もがいてベッドから落ちかけた。母は笑って、「気をつけて、そう、気をつけて」と言いながら、汗ばんだ額をそっと拭いてくれた。

思い出の中で色がついているのは、母と過ごしたあの短い時間だけだ。

十六歳のとき母が死んだ。

その少し前から、自分が養子だと知っていた。受験のために戸籍を取りに行って知ったのだ。

あんたは「病室に入れるペット」よね、と親戚から面と向かって言われたこともある。病がちな母を慰めるために、どこからかもらわれてきた子どもなのだと。

あんたの役目は終わった。いつまでここに居座る気？

親戚や会社関係者の目は明らかにそう言っていた。

家にはいづらい。学校でも事情は知れ渡り、あいつはいつまでも我が校のような有名私立校にいられる身分じゃないよね、と思われているのが手に取るようにわかった。

放逐されるのはしかたがないと、あきらめていた。だが養父である今井勇蔵はなにもせず、だから表面上はなにも変わらなかった。多額の小遣い。好きに使っていいクレジットカード。欲しいと口走っただけで用意されるバイク。航空券に宿泊先。

落ち着かず、よく授業をサボって学校を抜け出した。家庭に呼び出しがあろうが知ったこっちゃなかった。ゲームセンターで札びらを切った。カツアゲしてきた他校の生徒をクラブに連れていって奢ったこともある。クラスメートの誘いでライブハウスに出入りし、そこのオーナーに気に入られ、闇カジノに連れていかれたり、彼のクルーザーで行なわれるなんでもありのパーティーに参加させてもらったこともある。

クルーザーは気に入ったが、バカ騒ぎは一回で懲りた。金めあてでまとわりついてくる他人にもイライラした。結局、群衆に紛れてひとりで街を彷徨うのが、いちばん心地よくて安心できた。

ある日、青山通りをぶらぶら歩いていて、ギャラリーのウィンドウに目が釘付けになった。ベッドカバーほどの大きさのキルトだった。切手ほどの大きさの六角形のピースを縫い合わせた、蜂の巣のような中心部。薄いブルーから濃紺まで、美しいグラデーションが広がっている。帯状の布で囲まれ、周囲には同じブルー系統の色合いをメインにして、様々なパターンで布を縫い合わせたブロックが並んでいた。

見るなり、母が病室で使っていたキルトを思い出した。クリーム色の花柄の布を主に使ったもので、お棺に入れられ、母と一緒に旅立ったのだ。

ギャラリーの入口には〈前田潮子キルト作品展〉とあった。手縫いのバッグや自作のブラウスなどを身につけたおばさんたちが、先生と呼ばれる女を取り囲んでいた。

その「先生」はターコイズブルーの革ベストとスカートのセットアップを身につけ、襟の高いブラウスを着て首元をカメオのブローチで留め、魔法使いのような杖をついて片足を引きずっていた。ちやほやされて、先生は大いにご機嫌らしかった。みんなでお茶に行こうと、女たちを引き連れて店の外に出ていった。

おかげでギャラリーから人の姿が消えた。おずおずと入ってみた。

店内の作品の多くに、売却済の赤い札が付いていた。ウィンドウのキルトだけはまだ買い手がついていないようだったが、それもそのはず、目が飛び出るような値段がついていた。この細かな手作業にどれほどの時間がかかったか考えれば、けっして高くないのかもしれないが。

「いらっしゃいませ」

背後から、女性に声をかけられた。値札ばかりを凝視していたことに気づいて、慌てて振り向いた。

地味な女性だった。目が小さく、唇は薄い。細面（ほそおもて）だがエラが張っている。

女性の唇がわずかに開いた。顔色がみるみる白くなった。

どうしてかなと思った瞬間、奥から人が出てきて「田中（たなか）さん、ちょっと」と女性に呼びかけた。

第1章

運命の輪

Wheel of Fortune

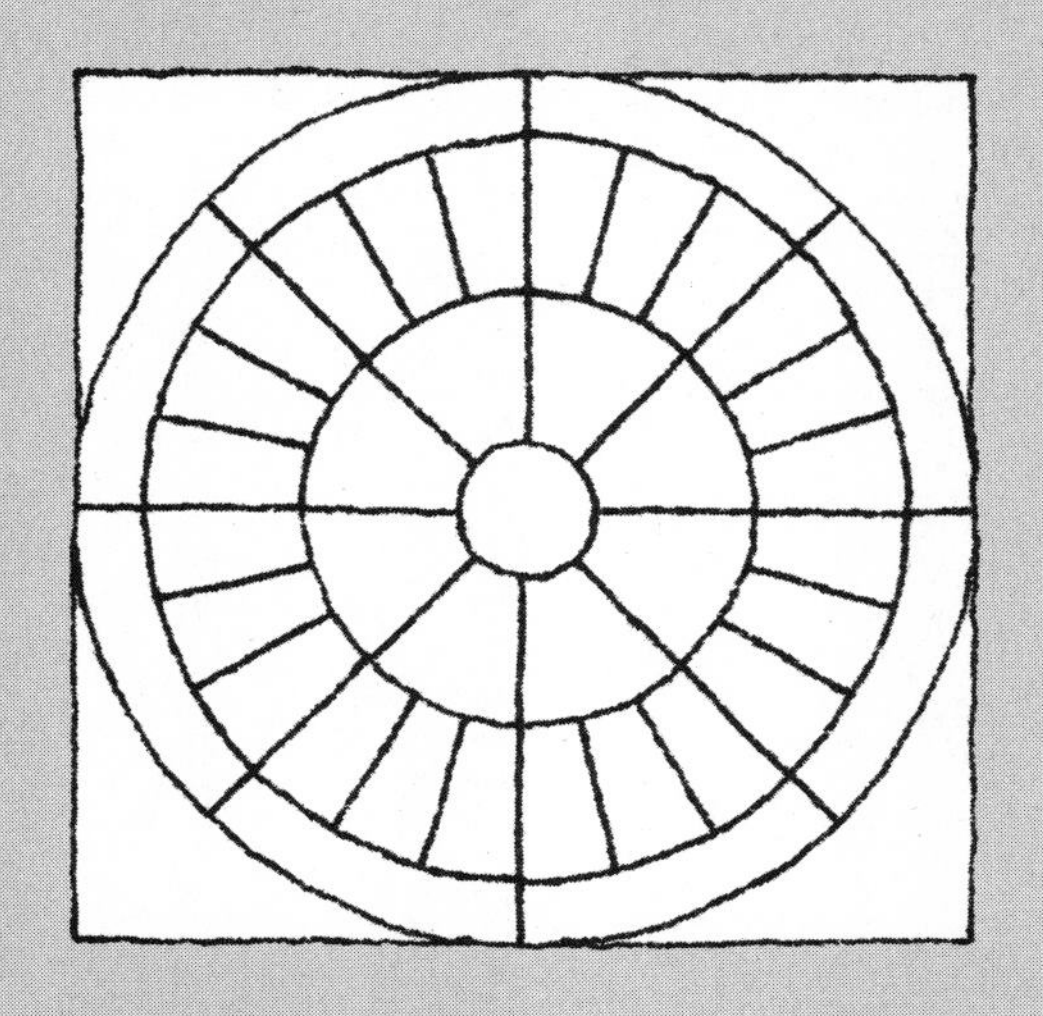

1

　潮の香のする風が吹き、カモメが鳴いた。空が明るくなっていた。どこかでかすかに蜂の羽音が聞こえ、すぐに消えた。

　兵藤房子は身震いをして腰を伸ばし、ランタンを消した。

　夏が過ぎ、日の出はじりじりと遅くなっていた。作業に熱中していると、夜が明けたことにも気づけない。東側の崖の杉木立が伸びて茂って、今では日の出をすっかり隠してしまっている。

　摘み取った花殻や雑草をまとめてネコ車に放り込み、岩の上に立った。

　風が汗ばんだ房子の額を撫でていった。穏やかに晴れた十月最初の土曜日、水平線はくっきりしている。天は高く、どこまでも青い。

　相模湾には白波が立っていた。サーファーの姿もちらほら見える。葉崎マリーナから出航したばかりだろうか、カモメの群れを従えたヨットが帆に西風をはらみ、点在する小島を迂回しながら、スピードを上げていく。

　庭では、炎天の下で鮮やかだったダリアや鶏頭や姫ヒマワリに代わって、萩やヒャクニチソウ、キンモクセイが咲き始めていた。

崖のキワに植えられた八重桜の葉が黄色味を帯び始めている一方で、レモンやみかん、夏みかんといった柑橘類の実は、まだかたくなに青い。

庭を周回する小道を、シュウカイドウや野の風情あるイトススキ、赤い霞のようなアスチルベ、白い縁取りのあるギボウシの葉、一本の花茎から三十以上も花を咲かせ続けるデイリリーが縁どっている。

そして秋のバラ……崖に吹きつける海風にも負けず、岩や塀、物置小屋に蔓を伸ばし、絡みつき、赤や白、ピンクととりどりに花を咲かせていた。

生命の勢いを感じさせる春、夏の鮮やかさに比べれば、終わりの気配を含んだ秋の庭はどこかしとやかでもの悲しく、それゆえに美しい。

房子はため息をついた。

この風景は今だけ、この瞬間だけのものだ。明日になれば、いや、ほんの数分のちでも違う景色にすり替わってしまう。空の色、海の青、風向きが変わったり、咲いていた花が落ちてしまえば二度と見られない。永遠にして刹那の庭。

パラダイス・ガーデン。

まあ、まだ相当に名前負けしているけど、と房子はひとりごちた。この名は母がつけたのだ。海を見下ろす崖の上の庭にふさわしい名前でしょ、と。

房子の両親がここ楡ノ山西峰地区に千坪近い土地を借りて庭造りを始めたときから、二〇二〇年の今年でちょうど三十年になる。

　楡ノ山は、相模湾の中央に突き出た葉崎半島の中央部から西海岸にかけて広がる、高さ八百メートルほどの低山だ。

　美しい水が湧き、葉崎市民の自慢の水源でもある。水は楡ノ川を通じて菜洗地区や川野部地区といった田園地帯を潤し、栄養をたっぷり含んだまま相模湾に注ぎ、プランクトンを育てる。そのプランクトンめあてに魚が集まって、良好な漁場を作る。

　房子の両親はこの自然豊かな山の中腹にある、海を見下ろす崖の上の土地を借り受けると、本格的な庭造りを始めるべく移り住んだ。父親は庭造りを始めて二年後に、母・日向子はさらにその四年後に病を得て亡くなったが、房子はその後も一人でこの土地に住み続け、苗を植え、タネをまき、芝を張り、理想に近づけるべく庭に取り組んできたのだった。

　その甲斐あって、二〇〇五年から数回にわたってガーデニングのコンテストに入賞。葉崎の桜の名所に選ばれ、観光協会の広報誌の表紙にバラ園が載った。さらに雑誌に取材され、ローカル番組に取り上げられ、見学の希望が来るようになり、入場料を得られるようになった。やがて庭で〈パラダイス・カフェ〉を始めて十年経つと、わざわざ足を運んでくれるファンも増えてきた。

　もちろんいいことばかりではない。匿名の評価にさらされるようにもなった。多くは好意的だが、『楽園というほどの庭ではなかった』『変哲もない吹きっさらしの崖だった』と書かれてしまうこともある。そういう意見を見たときには、パラダイスと大きく出るのは自らハードルを上げているだけだ、と考える。

とはいえ、もはや改名は難しい。死んだ母がつけた名前ですと宣伝し、浸透してきたこともある。だから、せいぜい訪れた人の目に楽園と映るように庭を整えていくしかない。

だけど、今年の気象はちょっとおかしいのよね。

愛用しているビーン・ブーツを見下ろした。わずかな作業の間にレザー部分にシミができていた。土が水分をたっぷり含んでいる証拠だ。

春夏秋冬パーフェクトな気候の年など存在しない。今年はアレが採れなかった、コレが咲かなかったと振り返らなかった年はない。

それでもやっぱり、今年は妙だった。梅雨はなかなか終わらず、八月は猛暑、九月に入るとまたよく雨が降った。ナスは腐り、大根は育たず、いつもなら雑草以上にはびこる青じそまで立ち枯れた。

スズメバチも長梅雨に辟易(へきえき)としたらしい。以前から庭に巣を作られることはあったが、今年は充電式ネコ車とユンボの隙間に居座ったのだ。被害はあちこちで発生しているらしく、駆除業者にきてもらうまで時間がかかった。予定していた〈パラダイス・カフェ〉の再開も延期せざるを得なくなり、人の出入りも少ないままだ。そのせいか、ナメクジと謎のキノコが絶賛増殖中だ。

房子は周囲を見回しながら、今日やるべきことを考えた。

猛暑をのり越えたクリスマスローズが、新葉が出始めたここにきてナメクジにやられている。トラップを仕掛けよう。

収穫が終わったぶどうにお礼肥（れいご）えをしなくては。

夏に思い切った剪定をしたボビー・ジェイムズ、白い蔓バラだが、実が色づき始めている。実をつけさせると越冬前にバラが体力を使ってしまうが、お茶を楽しめるくらい残しておくのも悪くない。なにしろバラの実――ローズヒップは〈ビタミンCの爆弾〉と呼ばれている。コロナや紫外線対策によさそうだし、カフェを再開するときにお茶にして限定提供してもいい。

さあて、やることいっぱいだ、と房子は思いっきり伸びをした。

人間世界に感染症が蔓延しようがしまいが、植物は成長を止めない。カフェは休業中でもご近所さんが入れ替わり立ち替わりやってくるし、見学の申し込みもまずまず入っている。人の少ない葉崎の山の中で屋外だから、ここなら安全と思うのだろう。娯楽から遠ざかって久しい年配の人々が車でやってきて、下界より快適な空気の中でマスクを外し、草花を楽しみ、写真を撮り、ベンチに腰を下ろして海を眺めるうちに、なにかしらほどけたような表情になっていく。

「こんな景色のいいところで余生を送れたら、幸せよねえ」

口々にそうつぶやく人々を見ていると、『変哲もない吹きっさらしの崖』もまんざらではないな、という気分になれる。そうでなくても、大人一人五百円の入場料を取るのだ。できるだけのことをしてもてなしたい。

頑張らなくっちゃ。

でもその前に、朝ごはん。

思った途端にお腹(なか)が鳴った。

崖の上の朝晩はすでに肌寒い。長年、ノネズミやリスから庭を守ってくれている猫たちのために、数日前から早朝の作業前にストーブを入れている。そこにミネストローネの鍋を載せ、冷凍庫からパンも出してあった。

母屋の西側にある外(そと)水道で顔と手をよく洗い、首にかけていたタオルをとって、濡(ぬ)れた髪と顔を拭いた。このあたりはちょうど崖際の木立が途切れ、遮るものなく海に対面できる。崖沿いのベンチは庭のいちばん人気だ。

庭を一周して足を休めるのにちょうどいい場所だから、いくつもベンチを置いている。カフェの注文をここに運ぶこともあった。キッチンから少し距離があるので、お茶やケーキを運んでいくのが面倒なときもあるが、景色のおかげでケーキの焼きあがりが多少硬くても誰も気にしない。今もベンチで海を眺めている人がいるが、素晴らしい景観に息を止めて見入っているようだ。

そろそろカフェの再開に向けて本腰を入れるかな、と房子は考えた。まずは飲み物だけから始めて。レモンが収穫できるようになったら、塩気のきいたビスケットにレモンカードを添えるとか。

でも、レモンカードは手間がかかるんだよなあ、と台所に向かいかけた房子の足が止まった。

海を眺めている人って、誰よ。

振り返った。人影はベンチの背に頭をもたせかけている。

小道に敷き詰めたチップを踏んで、前に回り込んだ。人影は小柄な女性だった。眠っているのだろうか、咳払い(せきばら)をしたがピクリとも動かない。

スーツとお揃い(そろ)の濃紺の帽子から、白髪交じりの髪がはみ出していた。顔のほとんどがその帽子と布のマスクで覆われている。マスクはお手製だろうか、白地に小花が散った柄だ。よく見るとその小花は濃い紫のパッションフラワー、日本で言うところのトケイソウだった。

近年、ここ葉崎の庭でもパッションフルーツが収穫できるようになった。タネを取り、りんごジュースと混ぜると濃厚なジュースになる。大好物だが、今年はほとんど収穫できなかったな、と舌打ちしながら、房子はさらに近づいて声をかけた。

女性は返事をしなかった。ツヤのあるパンプスを履いた脚が不揃いに乱れていた。茶のショルダーバッグがかたわらにきちんと置かれ、ラベンダー色のミニタオルが載っていた。両手を握るような形で喉に当てており、右腕はぎこちない曲がり方で宙に浮いていた。そして、その両手の中になにか、奇妙なものが見えていた。

なんだろ。

よくよく目を凝らし、それがなにかわかったとき、房子は思わず声をあげて飛びのき、よろけて尻餅をついていた。

ナイフの柄だった。

2

葉崎警察署の捜査員はサトーだかイトーだかと名乗った。白手袋をはめ、マスクの上にフェイスシールドをつけて、全身から消毒薬の匂いを漂わせている。

この五月、葉崎警察署では署長の栄転にあたって、幹部一同が当時禁止されていた歓送会を葉崎海岸町(かいがんまち)の小料理屋で催した。署の経費を使ってコンパニオンを呼ぶなど「公的」支援が大いに盛り込まれた宴会だったそうだが、その後、コンパニオンと濃厚接触した署長に発熱の症状が出て、検査の結果、出席していた七人の幹部のうち六人に陽性反応が出た。その影響で約四割の署員が自宅待機となり、葉崎署は一躍、全国にその名を轟(とどろ)かせた。

県警は問題の幹部を更迭、署の人事を一新し、厳重な感染対策を打ち出したと聞く。マスクにフェイスシールドの重ねづけはその一環と思われるが、慣れるまでなにを言っているのか聞き取りづらく、会話は途切れがちだった。

「は？　すみません、今なんて」

「だから、本当にあの女性に心当たりはないんですね」

「ありません」

「もう一度、顔を見ていただきましょうか。そうしたら思い出すかも」

「何度見たって同じですよ。心当たりはありません」

「本当ですね」

サトーだかイトーだかは怪しむように房子を見た。

腰を抜かしそうになりながら通報して、近隣の御坂(みさか)地区の交番から警官が駆けつけるまで四十分、捜査員と鑑識らがやってくるまでさらに一時間。こんなことなら朝ごはんを食べてしまえばよかった、と房子は思った。待っている間、どうしていいかわからず、ベンチから門にかけてひたすらぐるぐる往復していたのだ。冷たい水で洗っただけの顔はバリバリになり、朝食抜きとショックとで血糖値は下がるだけ下がっている。

そうまでして待っていたのに、現在ここにいる警察関係者は制服警官、捜査員、鑑識、警察医を合わせても七人だった。一個大隊分の緊急車両ファンファーレ付き、なんてのを期待していたわけではないが、いくらなんでもショボすぎる。クラスターの影響が尾を引いているのだろうか。

　冷え切った手をこすり合わせてから、サトーだかイトーだかが返事を待っているのに気がついた。

「なんでしたっけ」

「本当はあの女性に心当たりがあるのでは？」

「ですから、もう何十回も言ってますけど、心当たりなんかありませんって。ここは一般に公開している庭ですから、見学に来られたことがあるのかもしれませんけど、来た方すべてを覚えているわけでもないですし。そうだ、あの方お名前は？」

「名前？」

　サトーだかイトーだかは房子の顔をじっと見た。

「ええ、名前。だってバッグがあったんだし、身分証かなにか持ってたでしょ」

　ややあって、サトーだかイトーだかは答えた。

「彼女の所持品は小銭入れと、マスクの替えとティッシュ、手鏡、メモ帳にボールペン、飴(あめ)が三つ、それと魚の刺繡(ししゅう)のついたミニタオルだけですね。保険証もキャッシュカードもクレジットカードも、スマホもポイントカードも、身元を示すようなものはなにもなし、です」

　身元がわからないのか。房子は確認のためマスクを外した状態で見せられた女性の顔を、あらためて思い返した。

年齢は七十歳前後だろうか。頭蓋骨に直接皮を張ったように痩せこけていたが、シミやシワがあるものの肌はツヤツヤしていた。目は小さく唇は薄い。細面だが、少しエラが張っている。それほど特徴のある顔とは言えない。

それに、今はマスクがスタンダードだ。鼻や口元が見えない人相を認識するのは容易ではない。

そうやって考えていると、一周回って見覚えがあるような気さえしてきたが、そんなはずはない、と房子は自分に言い聞かせた。うっかり知っているかも、などと口走ったりすれば、面倒なことになる。

「やっぱり、知らない人だと思いますね」

サトーだかイトーだかは房子をにらみつけた。

「じゃあ、彼女があなたの庭で死んでいる、その心当たりは？」

「ありません。そんなのわたしが教えて欲しいくらいです。無断で入り込まれるなんて、この庭開闢(かいびゃく)以来ですから」

「入り込まれるのが嫌なら、なんで表に鍵をかけておかなかったんです。不用心すぎませんか」

この騒ぎがわたしのせいだっていうの？　低血糖のせいか、房子の我慢も限界に近づきつつあった。

「ここをどこだと思ってるんです？　楡ノ山の中腹ですよ。夜なんか真っ暗だし、ほとんど誰も来やしません。昼間だってご近所と、登山客や上のお寺の参拝客と、庭の見学者くらい。その見学者だって、予約をお願いするようになった四月以降は日に数えるほどですし」

庭の入口の門には内側にかます大きな閂（かんぬき）がついていて、いつもは閉めっぱなしになっている。門の左側の一部に開閉できる扉がついており、人はここから出入りする。開園時には『OPEN』の札をかけて扉を開け放し、閉園するときには札を裏返して『CLOSED』にする。扉の内側には輪っかがあり、門についた輪と合わせて南京錠をかけることができる仕組みだが、ご近所さんや業者は閉園中もおかまいなしにやってくる。やがて多少の出入りのために行って開け閉めするのが面倒になり、放っておいたら南京錠はどこかに行ってしまった。

「だけどあなたの話だと、昨夜十時に就寝する直前、庭を見たが、ベンチに人はいなかったんですよね」

サトーだかイトーだかはわざとらしく手帳をめくりながら言った。

「そうですけど」

風呂から出て寝室の前の縁側に腰を下ろし、常温の水をコップに一杯飲むのが、このところの房子の就寝前のルーティンだ。昨夜は十五夜じゃないのに満月という珍しい夜だったが、ともかくも月は明るく、ベンチに誰か座っていたら絶対に気づいたはずだ。

「だとしたら、女性は昨夜の十時からあなたに発見された夜明けまでの間にやってきて、ベンチに座ったことになります。彼女が喉を刺したのも、おそらくその時間内でしょう」

「喉を刺したって、自分でってこと？　あ、そっか。そうよね」

房子は思わず口にした。てっきり殺人だと思い込んでいたのだ。

サトーだかイトーだかはつっけんどんに言った。

「どうやって亡くなったんだか、まだわかりませんよ。持ち帰って、法医の専門家に調べてもらわないとね。ただ、自殺でもなんでも人一人死んだんですから物音くらいしたでしょう。就寝後に気づいたことはないですか。車の音や争う声、悲鳴を聞いたとか」

「いえ全然。眠りは深いほうだし、このあたりは夜、野生動物の鳴き声でにぎやかなこともあるので、それだと思いこんでいれば意識にものぼりません。もう慣れっこですから。でも自死だったなら一人でそっと来て、そっと亡くなったんじゃないですか」

「夜中ですよ。ここまで歩いて登ってきたわけじゃないでしょう」

楡ノ山の登山客が昔から多かったのと、西峰のすぐ下の御坂地区が大正時代に別荘地として整備されたこともあって、楡ノ山ハイキングコース入口までは市道として整備されており、葉崎駅発御坂地区経由ハイキングコース入口行の市バスの便もある。だがバスの最終は午後四時四十五分着、そこから〈パラダイス・ガーデン〉まで山道を十五分ほど登らなくてはならない。この山道、コンクリート舗装をしてあるが勾配があり、スーツにパンプス姿で年配の女性が歩くのはけっこう、しんどいはずだ。

「わたしだって五十過ぎてからは、よほどでなければ徒歩で登ろうなんて思わなくなりました。彼女も車で来たんでしょ」

「ですが調べたところ、おたくの駐車場にも、ハイキングコース入口の駐車場にも、彼女のものらしい車はなかった。どうやってここに来たんでしょうねえ」

「誰かに連れてきてもらったんじゃないですか」

「ほう。それは誰に」

「タクシーとかハイヤーとか。あるいは知り合いに乗せてもらったとか」

「真夜中に知り合いに山の中まで送ってくれと頼まれて、そうしますか」

「事情によるんじゃないですか」

「じゃあ、あなたが頼まれたら、ここまで送ってきたかもしれない？」

「ええ？」

「本当は彼女を知っていて、兵藤さんがここまで連れてきたのでは？」

「なにを言ってるんですか、刑事さん」

「いいんですよ、兵藤さん」

サトーだかイトーだかは突然、穏やかな口調になった。

「我々もですね、別にあなたが彼女を殺したとは思っていません。こんな人里離れたところで殺人を犯して空とぼけるつもりなら、死体もそこらへんに埋めて、なかったことにしたでしょうからね。ユンボもお持ちだし、穴を掘るのはお手の物でしょう。ところで警察医は、彼女はかなり体調が悪かっただろうと言っています。重い病気だったのかもしれません。おまけに遺書こそありませんでしたが、刃物を握っている手の状態などから判断して、自分で自分を刺した可能性がかなり高いとも言っている。身元を示すものを持っていなかったのも本人の意思でしょう。誰かが持ち去ったならバッグごとだったでしょうからね」

サトーだかイトーだかはフェイスシールドの奥の目を閉じた。

「病気を苦にして死を望む知人に、兵藤さんは同情した。眺めのいい場所で死にたいという望みを叶えてあげたかった。そこで彼女を連れてきて、この場所を提供し、亡くなっているのを確認してから通報した。身元を示すものを彼女が持っていなかったのは、身内と縁が薄いか嫌っていたかで、その身内に葬儀その他の死後の始末を任せたくなかったからだ。うん。そう考えれば、つじつまはあうな」

「あの、刑事さん、なにを言ってるんです？」

「身元不明のままだと、いずれは無縁仏として処理されることになる。そこで兵藤さんの出番だ。うちの庭で亡くなっていたのもなにかの縁だし、遺体を引き取って供養したいと申し出る。役所は願ってもないこととして、遺体を兵藤さんに引き渡すでしょう。そうなったら、あらかじめホトケさんに頼まれていたように始末をつけてあげられますからね。兵藤さんは優しい心の持ち主だ」

　サトーだかイトーだかはわざとらしく鼻をすすった。

「立場上、自殺幇助をほめるわけにはいきませんが、個人的には情のある配慮だと思います。もちろん罪には問われますが、情状酌量の余地は十分にある。ここだけの話、最低でも執行猶予はつくでしょうし、不起訴ですむかもしれません。ですから……ね？」

　ね？　ってなんだよ、冗談じゃない、と取り乱した頭で房子は考えた。

「だから、彼女のことは知りませんっ。もちろん連れてきてもいません。わたしがどれだけこの庭に手をかけてきたと思ってんですか。赤の他人に死に場所を提供するほどおめでたくもないわ。話をでっち上げて、うちの庭を自殺の名所にする気なら、こちらにも考えがありますからねっ。ちょっと聞いてます？」

　サトーだかイトーだかは背後の作業に気を取られていた。警官と鑑識が全員で女性の死体をベンチから持ち上げているところだった。硬直が解けていないらしく、首は仰向けのまま、脚も腕も曲がったまま、カチカチの状態で担架に横たえられたその姿は、なんだかひどく滑稽に見えた。不意に、房子はわっと泣き出したくなった。爽やかな秋の朝、庭で死体を見つけてしまい、その死に関わりがあると疑われているだけでもひどいのに、お気の毒な死体を滑稽だと思ってしまうなんて。

「ちょっと、サトーだかイトーだかさんっ」

「斎藤です」

捜査員は振り向きもせずに言った。房子は地団駄を踏みかけて、なんとか思いとどまった。

「そっちの魂胆はわかってます。移動手段と身元がわからないと自殺で処理できないから、わたしのせいにしたいんでしょ。それがいちばん簡単で楽チンで、捜査しなくてすむから。でも、ダメですからね。わたしは関係ありません。何度でも言いますよ、わたしは、関係、ないのっ」

「そう喧嘩腰にならなくてもいいでしょう」

斎藤は辟易したように肩をすくめ、担架を中心に門の外へと向かう一団を追って歩きながら、言った。

「だけど、考えてもみてください。一度も来たことがなくて、アシがないと来づらいところを死に場所に選びますかね。夜中でも扉に鍵がかかっていなくて出入り自由、広い敷地にはあなたしかいない。そんなこと宣伝してないでしょうが」

「そ……れはまあ、そうですけど」

「よっぽどの名所なら話は別ですよ。でもここは、きれいな庭だし眺めもすばらしいけど、よく知られているというほどでもない。海を見ながら死にたいってだけなら、葉崎には他に便利な場所がいくらでもありますよ。猫島の展望台なら富士山も見えるし、猫島海岸にはビーチに下りる階段も整備されているし、近くには枝振りの良い松が並木を作ってる。なのに、あえてここを選んだからには、ご本人に思い入れがあって、一度は下見に来たと考えるのが自然なんですよ。でも、あなたはそれを否定された」

「別に否定したわけじゃ……覚えていないってだけです。とにかくなんと言われようと、わたしは彼女の死に関わってません。誓ってもいいです。彼女を見つけて、ナイフの柄に気がついて、心の底から仰天したんですっ」

斎藤は担架が無事に搬送車に積み込まれるのを見届けながら、どことなく上の空で言った。

「じゃあですね、親しくされている方たちの連絡先と、出入り業者のリストと、最近の客の名簿をください」

「え？」

「兵藤さんが彼女と無関係なら、他に誰かここの事情に詳しい人間がいるってことでしょう。調べてみますから」

房子はたじろいだ。そんなことをされたら〈パラダイス・ガーデン〉で死者が出たことが広まってしまう。おまけに、友人や顧客や業者を警察に差し出したように見えるではないか。

どうしたらよいかわからず黙っていると、斎藤は腕時計を見て、わざとらしいため息をついた。

「すでにおわかりのことと思いますが、誰にも迷惑かけたくなかったら、さっさと事実を認めたほうがいいですよ。亡くなった人の意思も大事ですが、遺(のこ)された人間も生きていかねばなりません。あの女性のお身内にだって、それなりの事情があるはずです。女性がいなくなったことに気づいて、行方不明者届を出せば、遅かれ早かれ身元は判明します。下手な真似をして事態を長引かせても、兵藤さんがお身内に恨まれるだけです。そこんところをよーくお考えください」

「いや、だから」

「それと、葉崎から出るときにはご一報ください。いずれお訊きしたいことが出てくるでしょうからね。では、またご連絡します」

言うだけ言うと、斎藤は死体ともども帰っていった。

3

「あ、ねえ、春妙(しゅんみょう)さん。見てあれ」

結香園(ゆいこうえん)の大女将(おおおかみ)に言われて、佐伯(さえき)春妙はワゴンから野菜が詰まったコンテナを降ろす手を止め、振り返った。

パトカー、警察車両と白いバンなど計四台が山道を下りてくるところだった。急勾配をさすがのハンドルさばきで乗り切り、静かに舗装道に出ると、そのまま走り去った。

楡ノ山ハイキングコース入口には、観光バスを含めて二百台近い車が入れる駐車場がある。

その隣は市バスの停留所のあるロータリーになっていて、登山客めあての小さな店がロータリーを囲むようにして数軒ある。

ソフトクリームの看板が立つ軽食スタンド、地元のおばあちゃんたちが手作りのぼた餅や弁当を売る店、お菓子や飲み物を扱うコンビニ風の雑貨屋。それに、土産物屋〈結香園〉だ。

結香園は〈葉崎八幡通り商店街〉に本店のある〈お茶と海苔の結香園〉の大女将が、家業を息子夫婦に譲った後、なにもしないとボケそうだとへそくりで始めた。

大女将の実家である小田原の〈田中茶園〉で生産された日本茶やハーブティー、どくだみ茶や杜仲茶、桑の葉茶、謎の健康茶の他に、乾燥キノコや乾燥山菜などが並んでいる。〈楡ノ山天狗茶〉は好評で、葉崎市のふるさと納税返礼品にも選ばれた。

店の手前にベニヤで作った台があって、春妙はそこに寺の菜園で作った朝採れ野菜を並べていた。菜園は時として豊作となる。ご近所に差し上げ、乾燥野菜や漬物にしてなお余った野菜の処分に困っていたところ、うちの店先で売ればいいわ、と大女将が場所をこしらえてくれたのだ。

「上でなにかあったのかしら。春妙さんは知らない？」

「けさは寝坊しちゃったし、庵主さんも寝込んでいたものだから」

「あら、庵主様どうなさったの」

大女将のまなざしが怯えを含んで見えた。第二波を過ぎ、コロナへの恐怖は一時期ほどひどくはなくなったが消えたわけではない。寺でコロナ発生などと根も葉もない噂が立っては困る。

春妙は軽い口調を心がけた。

「お彼岸が終わったばかりだし、疲れが出たんでしょう。今年は山の上でもかなり暑かったし。でも心配いりません。コロナに感染したら味覚がなくなるかもって脅してから、庵主さんの感染対策は万全です。なにしろ三度の飯より食事が好き、なんてワケのわからないことを真顔で言うほど食いしん坊ですからね。なんで、たぶんあれですよ。鬼の霍乱」

「あらひどい」

大女将は笑い、強張っていた肩がすっと下がった。

「そうよね。お寺には冷房がないのにマスクをしなくちゃならないんですものね。いくらお丈夫な庵主様でもそういうこともおありよね。去年の暮れでしたっけ、庵主様、お父様亡くされたし、その疲れが今頃出たのかもしれないし。まあ、お寺になにかあったんじゃなくてよかったけど、だとしたら一体なにごとだったのかしら」

警察車両が下りてきた道は、楡ノ山の中でも西峰地区をつらぬいて〈パラダイス・ガーデン〉の前を抜け、楡峰山瑞福西寺という山寺まで続いている。

現在の住職は石塚慧笑といい、この西峰一帯の地主の娘だった。頭脳明晰、容姿端麗で将来を嘱望され、都内の超一流大学に入ったが、二十歳のとき大怪我をして休学し、退学。

その後、世界を放浪し、実家に戻ってきたときには得度していて父親をひっくり返らせたうえ、廃寺状態だった瑞福西寺に住み着くと宣言した。

小柄で童顔、その名の通り常に微笑んでいるが、御仏に仕える身とはいえまだ若い女がたった一人、山中の廃寺に居座ろうというのだから、度胸も根性も半端ない。

愛娘の決心にオロオロする父親を尻目に、寺を再興すると決意すると、水道局、電気に電話会社、市役所、県の文化財保護局、文化庁、総本山などの関係機関と一戦も十戦も交え、元の檀家を一軒一軒回って協力を訴えた。実家の親類縁者を口説き落とすなど、あらゆる手づるを用いてインフラを整備させ、寄付金を集め、建物や仏像を修復させた。

このときの庵主の活躍のほどを、春妙は直接見たかったと思う。春妙が瑞福西寺に入ったのは、まだ二十代だった五年前のことだ。すでに慧笑が庵主となって四十年近く経っていた。

春には山桜、桐の花、初夏には藤、梅雨に紫陽花、夏には夾竹桃などを眺めながら、緩やかに傾斜をつけられた山道を徒歩で登っていくと、息が切れて動けなくなる寸前、石段が現れる。最後の力を振り絞ってこれを登り切るとようやく、瑞福西寺の本堂が見えてくる。こぢんまりとした本堂に手を合わせていると、慧笑庵主が出迎えてくれ、訪れた人たちは清々しい気分に包まれる。

壊れて、汚れて、腐りかけていた寺を再建するのも大変だっただろうが、きれいなまま維持していくのも楽ではない。慧笑庵主はその人柄で、清掃や修復作業を手伝う多くのボランティアを集めた。さらに宿坊を始め、墓地を拡張し、精進料理に腕を振るった。

努力の甲斐あって、信者さんや観光客は大いに増えた。彼らが落とした金でいずれは駐車場から本堂まで単軌条（たんきじょう）運搬機を設置しようと貯金をし、融資や助成金の相談も始めていた。うまくいっていたのだ。感染症が蔓延するまでは。

宿坊の予約はキャンセルされ、法事の予定もすべて白紙となった。慧笑は困ったわね、と笑うと、リモート法話やリモート法事を立ち上げ、電話で悩み相談を受けるなど精力的だったが、今頃になって寝込むなんて、実は相当に参っていたのかもしれない。庵主はなにも言わないが、どうやらここ西峰の土地の相続をめぐって実の兄ともめてもいるらしい。

こういうときこそ、自分がもっと頑張らないといけないのだが……春妙はあくびをかみ殺した。

昨日の宿坊の客は、庵主の古い知り合いだったらしい。宿泊費に加えてお布施としてかなりまとまったものを渡してくれたうえ、葉崎の名酒〈菜洗（なあらい）〉の大吟醸を手土産にしていた。身の上相談でもあったのか、二人でひそひそ話していたと思ったら、出てきた庵主は難しい顔だった。その客とは一緒に夕飯を取り、客は大吟醸を二人に勧めてくれたが雰囲気は堅く、場は盛り上がらなかった。間が持たずに、庵主も春妙もつい飲みすぎてしまったのかもしれない。おかげで寝坊はするし、いまだにシャキッとしない。

「警察を見て思い出したんだけど、二十五年くらい前だったかしら。ここらで山狩りがあったわ」

大女将は着物と共布のマスクの位置を直しながら、物騒なことを言い出した。

「トラブルの多かった工務店の社長が、血まみれでこのあたりをうろついている姿を目撃されたのよ。金銭トラブルのあった相手に襲われたんじゃないかと噂になって、警察が出張ったわけ」

「あ、それ聞いたことあります。〈久我茂（くがしげ）工務店〉でしたっけ。〈パラダイス・ガーデン〉の房子さんとこが欠陥住宅の被害にあったとか」

大女将はおいしいところを持っていかれたような顔つきになった。

「あら、知ってたの春妙さん」

「でも、山狩りの話は初耳です」

春妙は如才なく付け加えたが、大女将はつまらなそうに、

「ま、山狩りといったって、その実、死体の捜索みたいなもんだったんだけどね。警察の目的は久我茂よりも、彼を襲ったと噂の闇金のほうだったらしくて、死体が出れば、それを理由に闇金融を叩（たた）くつもりだったみたい。でも、結局、死体は出てこず、闇金融はなんだか別の理由で手入れを受けて、結局は消滅——いらっしゃいませ」

大女将は急に愛想よく、春妙の背後に向かって声をかけた。到着したばかりのバスから登山客が降りてきたのだ。

土曜日だからかバスはほぼ満席で、隣接する駐車場も六割ほど埋まっていた。アウトドア人気で、山の中が驚くほどにぎわっている。

登山客たちは着いたばかりにもかかわらず土産物屋を物色し始め、あっという間に野菜や謎の健康茶が売れた。彼らはなにも今買わなくてもよかったわよね、と笑い合いながら商品をリュックに詰めて、ようやく登山口に向かっていった。

その後ろ姿に、お気をつけていってらっしゃいと声をかけながら、春妙は考えた。庵主さんが寝込むなんて、自分が寺に来て以来。そういえば、警察がハイキングコース入口より上まで出張ってきたのも初めてだ。

だからどうした。春妙はまたもあくびをかみ殺した。警察がきたことと庵主さんが寝込んだことには、なんの関係もないのに。

「あ、警察が引き上げていく」

和泉渉がアトリエで声をあげた。

前田颯平はろくろから顔をあげた。道に面した窓を振り返り、最後の警察車両が通過していくのに間に合った。

立ち上がって窓に近寄った。車両の姿はもう見えない。なにがあったかはわからない。だが、とにかく行ってしまった。

思わず、息が漏れた。

御坂から西峰に入るバス道の脇、道から二メートル近く盛り土をした上に建つこの家は築六十年。破風がついた赤い三角屋根に見せかけの塔と、昔の木造の洋館風だ。こういう建築様式をなんというのか颯平は知らない。芸大で芸術史を学んだ渉は「あばら屋」と呼んでいる。

もともと夏の別荘として建てられたもので、寒さ対策などなされていない。床をあげるとすぐに土。窓枠と窓の間には大きな隙間があり、反古紙が詰め込まれている。床はギシギシ鳴るし、風呂場にはアリの巣があった。何度も駆除したのに、まだ、たまにアリが湯船に浮いている。

管理会社〈ウエストピーク商会〉の管理人によれば、オーナーは行方不明になった工務店の社長だそうだ。その身内に管理を押しつけられた物件で、清掃や設備の取り替えなどしない代わりに敷金礼金なし家賃は激安、好きなように手を入れていい。

「海外ではさ」

そのとき安さに目がくらんだ颯平は渉に言った。

「古い家屋を自分たち好みに改装するのが当たり前だよな」

「俺たちもそうすべきよね」

渉も同じことを考えていたらしく、目を輝かせた。

二人の脳裏にはすでに、家の完成形が浮かんでいた。外壁は白。窓枠は濃いブルーにして、家の床材も張り替えよう。天井の安っぽいパネルは外し、台所についている収納棚の戸ももちろん取り替える。キッチンとリビングの間の壁は壊し、薪ストーブを置こう。サンルームは渉のアトリエにして、颯平がろくろを回すのは道に面した北側の部屋にしたらいい。そうすれば電気の窯を置くガレージにも近くなる。壁には珪藻土を塗って、カーテンはスウェーデンで買ってきた布を使って、植物も育てよう。

だが、引っ越してきて二年。妄想通りに改装が進んだ箇所はまったくない。Wi-Fiをいれて簡易な断熱材を張り、電気のアンペア数を六〇に上げただけだ。

イラストレーターの渉と陶芸家を志す颯平は、二人とも自他共に認める芸術家気質だった。外壁に塗る白、珪藻土の品質、木材を加工する道具、どれを取ってもこだわりを譲らず、なかなか決まらない。やっとこれならという「白」が見つかっても、二人の厳しい好みに合致するペンキはしゃっくりが止まるほど高かった。貯金とわずかな投資の上がり、ネットショップや玄関先で作品を売って暮らしている現在、贅沢はできない。だが、妥協もできない。それくらいなら現状維持でいい。

だから結局あばら屋は、引っ越してきたときとほとんど変わらずあばら屋のままだ。

「警察ってこんな山の中まで来ることもあんだね」

サンルームの明かりをつけると、渉は感心したように言った。

「だけど、いったいなにがあったのかな」

「登山客が遭難でもしたんじゃないか」

颯平が答えると、渉は不意に咳き込んだ。もともと咳ゼンソク持ちだが、引っ越してきてからしばらく咳は落ち着いていた。だが、渉は寒さにも弱い。しかも、冷えるとなぜか聞こえが悪くなる。

「ごめん、なんだって」

「登山客が、そうなん……」

「大声出さなくたって聞こえるよ」

渉はブツブツ言いながら、アトリエの植木鉢を光の当たるほうへ動かした。

颯平はアトリエに移動して、渉の作業を手伝いながら思った。コロナとともに越さなくてはならない今年の冬こそ、渉をあったかく過ごさせないと。

そもそも、この家には長く暮らす予定ではなかった。もっと早く引っ越すことになると思っていたのだ。

ここに越してくる以前、父を見送って近い身内がいなくなったとき、颯平は自分に大叔母がいるのを思い出した。祖父の弟である前田毅(たけし)の妻・潮子だ。

祖父と大叔父は仲が悪く、大叔父が交通事故で死んでからその妻とも疎遠だったが、潮子大叔母がキルト作家として活躍していると父から聞かされたことがあった。大叔母に身内はおらず、八十歳を過ぎて御坂地区の豪邸で一人暮らしをしている。

好奇心から御坂地区の大叔母を訪ねてみた。大叔母は颯平をさして歓迎せず、あんたは死んだ亭主とそっくりの声をしている、と怖気（おぞけ）をふるうように言ったが、追い払うことはなかった。短い、気まずい訪問の間に、颯平は潮子大叔母がキルト作家を引退し、自らの終活を済ませ、杖をつきながら散歩しているのを知った。さらに調べてみて、現在大叔母が暮らしている土地家屋は名義変更がされておらず、前田毅名義のままだということもわかった。

他に相続人はいない。大叔母の死後、望めばあの家は颯平のものになるだろう。

渉に話した。海の近くに引っ越したいと言い続けていた渉は興味を示した。生活費を稼ぐために満員電車に乗り、会いたくもない人間に会い、やりたくもない仕事をすること八年。心も体もそろそろ限界だとも。

それは颯平も同じだった。

だったら、と言い出したのがどちらだったか、今では思い出すことも難しい。会社を辞めて、葉崎に引っ越したらどうかな。いや、もちろんすぐには大叔母さんの家は手に入らないだろうけどさ。あばら屋でいいから近所に部屋を借りて、理想の暮らしを始めちゃうんだよ。このまま都会で我慢して生きていくより、よっぽど人間らしい生活ができるんじゃないか。

それにきっと、大叔母さんはもう長くないだろうしさ。

そう期待して「あばら屋」で耐え忍ぶこと二年。潮子大叔母は今もピンピンしている。

「そろそろ収穫して葉を干さないと。天気が続いてよかったけど、この先も続くかどうか」

またかすかに咳をしながら、渉が言った。颯平はろくろの前に戻りながら言った。

「おまえ、顔色悪いな。元気がないよ」

「え？　なんだって？」

渉が耳に手を当てた。颯平は繰り返そうとして、話題を変えた。

「今日の昼飯、どうするかって言ったんだ」

「そんな大声出さなくたって聞こえるよ。カレーうどんは？　冷凍庫にうどんと先週のカレーが残ってる」

「いいね。あったまりそう」

「え？」

「あったまりそうだって言ったんだっ」

渉がうなずくのを確かめて、颯平はろくろのスイッチを入れ、作業を再開した。だが集中はできなかった。思いはとかく命に向かった。大叔母が死ぬのが早いか、俺たちが凍え死にするのが早いか。


警察車両をやり過ごした前田潮子はそのまま動けなくなった。頭の上から男の大声が降ってきたのだ。死んだ夫とそっくりの声が。

声はすぐに止んだが、心臓が音を立てている。潮子は目を閉じて、呼吸に集中した。危険はない、と自分に言い聞かせる。

鼓動は次第にゆっくりになり、息苦しさもなくなった。

最後に深呼吸をして、落ち着いたことを確認すると、潮子は振り返り、坂道を見下ろした。御坂地区の由来になった長い坂道は、まっすぐに海へと向かっている。警察車両のブレーキランプが遠くに赤い。

いつのまにか、御坂地区を過ぎて西峰まで登ってきていたのだ。西峰に入ると、もはや住宅はあっても住宅街ではない。完全なる山の中だ。住む人も近所迷惑など考えない。

そもそも、この家に住むあの……颯平と言ったか、死んだ夫の身内だという若い男、ああいう男は自分のことしか考えない。ときおり、お茶菓子持参でご機嫌うかがいにやってくるが、そのたびまだまだこちらが死にそうもないことを悟って、がっかりしている。

潮子は杖を握り直し、ゆっくりと引き返し始めた。

毎日こうして坂道を登り降りしているおかげだろうか、二年前に比べて、膝の調子がずいぶんと良くなった。以前は杖にすがらないと立ち上がれず、帰宅してもしばらくは座り込んで動けなかったものだ。今ではすんなり立てるし、足も軽くなった。部屋の中でも杖は手放せないが、お守りがわりに過ぎない。毎日続けるなんてご立派です、筋肉が以前とは全然違います、と担当医の本田先生にもほめられた。

潮子はマスクの陰で笑いそうになった。八十を過ぎて、そんなことでほめられて、それでも嬉しくて。歳(とし)をとると子どもに戻ると聞いていたけど、本当なのかもしれない。それとも単純に暇を持て余しているせいだろうか。

八十を迎えたのを機にキルト作家を引退し、手持ちの道具や布類を売り払った。大切にとってあった作品も、夫が死んでからもそのままになっていた家財道具も処分した。あきらめきれなかったのは、これまで何度も買い替えては走らせ続けてきたダークグリーンのロードスターだけだった。

なにもかも売り払って、がらんとした家を見たときにはものすごくスッキリした。人生に積もった埃(ほこり)と重荷をすべて投げ捨てたような気分になり、せいせいして、晴れ晴れして、誰にともなく、ザマアミロ、とも思った。

でもそれから自分が送ってきたのは、健康のために歩き、たまにケアマネジャーからの連絡を受け、買い物に行き、惣菜(そうざい)を買ってきてテレビを見ながら食べるだけの日々だ。心躍るのは、たまの早朝、車の少ない時間帯にロードスターのハンドルを握ること、月に一度担当医にほめられること、昔の知り合いに会いにいくこと。それくらい。

潮子はときどき考える。私って生きているのかしら。それとももとっくにあの世に来ているのかしら。極楽と地獄の真ん中の坂道を、このまま永遠に杖をついて歩き続けるんじゃないかしら。

メインストリートでもある御坂の真ん中ほどで脇道に入った。

楡ノ山下の御坂地区は水がよく景色がよく、海水浴と山登り双方が楽しめることから、大正時代に別荘地として開発され、売り出された。各戸の敷地面積にゆとりがあり、凝った建物が多く、お屋敷町と呼ばれていた時代もあった。

だが、平成の半ば過ぎには築年数にも住民にもかなりの時代がついてしまい、樹齢を重ねた庭木により昼なお暗く、空き家が増え、タヌキやハクビシンにすみ着かれたり、高校生の肝試しの舞台にされたり、うさんくさい宗教の修行場になったりと荒れていた。

ただここ数年、レトロな家を気に入って移り住む若い世代が少しずつ増えてきた。高齢の家主がマンションや施設に移った後にその孫がＤＩＹを楽しみつつ住んだり、シェアハウスや貸別荘として貸し出したりしているらしい。コロナの影響でその傾向は加速した。若者が増えたことで地区は明るさを取り戻し、空き家も埋まりつつある。

この路地を通るのは久しぶりだった。潮子と死んだ夫が御坂地区に越してきた高度成長期にすでにあった、築五十年から百年クラスの和風建築がずらりと並んでいる通りだ。

建物の多くは相変わらず古めかしかったが、門にブリキの郵便受けが取り付けられ、アオキやサザンカ、茶類の生垣にまざってレモンやオリーブの木が植えられている。枝折戸（しおりど）が北欧風のブルーに、引き戸の桟が真っ白に塗られている家もあった。重々しい筆文字の表札は外されて、代わりに猫の絵のついた真四角の金属板がかかっている。プラスティックのバケツ、子どもの好きなアニメのキャラがついた三輪車、百均で揃えたような海水浴グッズ。安っぽい趣味だけれど、それでも以前より雰囲気が楽しげだ。

ぐっと落ち着いた渋い佇(たたず)まいに、深みのない原色が点々と散らばる。こういう色合わせも案外ポップで面白いわね、と潮子は思った。考えてみれば、時代って常にこういう風に見えるんじゃないかしら。重々しい伝統と、気楽な好みと、流行(はや)り物が入り交じった世界……。

不意にひらめいた。

この色合いをクレイジー・キルトにしてみたらどうだろう。

濃紺や鼠(ねずみ)や茶の濁った渋い色の合間にレモン色、ゴミバケツみたいなブルー、ゲスな赤をちりばめる。そこに盛夏の頃より弱ってきた感のある緑を入れ込めば面白い印象になる。例えればそう、生き生きとしたゴミ溜(た)め、というような。

作ってみたい。

毎日の運動で血の巡りが良くなったおかげだろうか、一時はひどい疲れ目だったのが心なしか良くなってきた。指はうまく動かせないが、締め切りがあるわけでもないし、のんびり縫えばいい。なんなら誰かに作らせよう。自分でデザインを作って、布を切って、でも作製は別のひとに。

そうだわ。それがいい。

潮子は興奮した。

なぜもっと早く思いつかなかったんだろう。目が悪くなった、指がうまく動かず、長時間座っていると腰が痛い。だからキルトをやめたわけだが、なんのことはない、合作すればよかったのだ。

潮子は昔の弟子を思い浮かべた。センスはないが、針目は素晴らしい。あの子ならこちらの意図をくんで、いい材料を集めてくるだろう。キルト作家・前田潮子にふさわしい作品ができあがるに違いない。もう弟子には戻りたくないと言うかもしれないが、最後にはこちらの思い通りになるはず。彼女を動かす切り札は何枚も握っている。

前田潮子はほくそ笑み、作品のイメージに戻った。考えにふけりすぎて、うっかりスーパー〈フレンド〉を通り過ぎるところだった。

警察車両の一団がタイヤをバリバリと鳴らし、御坂を下っていった。熊谷真亜子（くまがいまあこ）は赤ん坊をかばうように抱え込んだ。

御坂と海岸道路手前の道が交差する、御坂地区入口交差点付近。右角には〈ドライブイン児嶋（こじま）〉、その奥にコンビニの役割も果たしているガソリンスタンドがあり、左角は雑草まみれの空き地だ。そして目の前は海。雲が増えてきた空を映して、さっきまで青かった海がゆっくりと灰色に変わっていく。

立ち止まっている間に信号が変わり、警察車両の列は一定の間隔をあけ、スムーズに左折して走り去った。真亜子は少しホッとした。葉崎にもちゃんと警察がいるんだ。御坂にも来てくれるんだ。なにかあったら。

熊谷治（おさむ）と真亜子の夫婦、幼稚園児の徹（とおる）、生まれて半年の絢（あや）。一家四人でここ葉崎の御坂地区に引っ越してきたのは、先月のことだ。

治は丸の内（まるのうち）に本社のある企業に勤めている。ご多分に洩（も）れず、仕事のほとんどがリモートワークになった。真亜子が働いていたアパレル企業は出産後、仕事復帰の直前に会社更生法の適用を申請した。幼稚園は閉園中、夫の会議中にかぎって奇声を発して走り回る息子、夜泣きをする赤ん坊、次の仕事は見つからず、丸ノ内（まるのうち）線沿線の狭いアパートの家賃は十四万。

治が移住の相談を真亜子より先に、「ママ」にしたのは気に入らなかったが、家賃が安くて広い家、それも自然豊かな首都圏近郊に引っ越したいとは、真亜子自身も考えていたことだった。

だから最初は嬉しかった。北関東出身で神奈川の地理に疎い真亜子に葉崎という土地はピンとこなかったが、広い意味では湘南（しょうなん）だし、児童手当や移住手当が手厚く、子どもたちは十八歳まで医療費や教育費は無料だ。

家もいい。ソーラー発電システム付きの一戸建て、二階から海が見える。一階に三部屋、二階にふた部屋あって、庭も広くて子どもたちが走り回れる。憧れていた家庭菜園ができる。それでいて家賃は以前の半額だ。

この家賃なら、設備が古くて風呂を沸かすのに一時間かかっても、台所の台が低すぎても、冷蔵庫が台所からはみ出ても、門がシロアリにやられて倒れそうでも、交通の便が悪くて都心に出るのに二時間半かかっても、全然かまわない。海の近くの家に住んでいるというだけでテンションが上がる。

引っ越してきてみたら、葉崎マリーナ近くの桟橋ではとれたての魚、菜洗地区まで足を延ばせば直売所でとれたての野菜が、驚くほど安く買えた。ときにはご近所から野菜や果物をいただくこともあり、生活費は都内で暮らしていたときよりぐっと抑えられた。

それに子どもたち。息子は新しい環境に大はしゃぎだった。毎日、庭で転がりまわって真っ黒になり、海に出かけて波とたわむれ、新しい幼稚園にもすぐに慣れて、原天志（はらてんし）くんというお友だちもできた。娘の夜泣きも嘘のようにやんで、よく眠りよくおっぱいを飲むようになった。日ごと、子どもたちが健康になっていっているのがわかる。それだけでも引っ越してきて本当によかった。

問題は、と御坂を下りながら真亜子は思った。夫の治だ。

ママに溺愛されて育った夫は、真亜子より十歳年上ということもあるが、もともとかなりの自信家でエゴイストだ。今回の移住にしても、ネットで今の家を見つけ、一人で決めて勝手に契約した。

苦情を言うと、治は目を吊（つ）り上げて言い返してきた。真亜子の仕事が見つからず、収入が半減したからかもしれない。その頃から、彼のイラつきはひどくなっていた。

聞いてないだ？　なんでいちいち話さなくちゃならないんだ。俺の意見は言わなくても察しろ。なに、できない？　それは俺に対する愛情が足りないからだ。ママには黙っていても俺の気持ちがわかるんだから、おまえもわかって当然だ。俺の稼ぎで食ってるんだからな。

あまりのことに開いた口が塞がらなくなったのと、引っ越し屋さんの面前だったので、喧嘩はそこで終わりになったが、引き下がるべきではなかった、と今にして真亜子は思う。四十男が無条件で愛してもらおうなんてずうずうしい、こっちは占い師じゃないんだ、黙って座られたってあんたの気持ちなんぞ当てられねーわ、とはっきり言ってやればよかったのだ。

だが、それ以降、治の身勝手はますますひどくなってきた。真亜子がブロックで作りかけていた花壇を取り壊し、自分が大事にしているバイクの置き場所を作った。仕事用だと二階のいちばんいい部屋を独占し、隣室はママが来たとき用だと、真亜子と子どもたちを閉め出した。

そのくせ、真亜子がテレビをみているリビングにやってきてそこで仕事を始め、うるさいと怒鳴る。庭を片づけていると、今度は庭にノートパソコンを持ち出して、静かにしろと言い出す。給付金だって、四人分すべてを自分の口座に入れて、真亜子のぶんすら渡そうとしない。

最悪だったのは、息子の幼稚園だ。転居後、徹は御坂地区にある〈ひよこ幼稚園〉に転入した。

初めての保護者会には夫婦揃って参加したのだが、その直前の八月の終わり頃、葉崎には落雷の被害が頻発し、〈ひよこ幼稚園〉でも警備システムの不具合が起き、監視カメラが止まるというトラブルがあった。いまだに時々不具合が発生することもあるという。

園側からその説明が行なわれているさなか、突然、治が手を挙げて発言を始めたのだ。〈横葉セキュリティーシステム〉通称ＹＳＳというローカルな警備会社のシステムだったが、そんな会社聞いたこともない、と治は大声で腐し、なぜもっと大手の警備会社に依頼しないのか、と問いただした。子どもの安全を考えたら、名の通った警備会社に依頼してしかるべきだろう。それに警察にも巡回強化の要望を出したらどうだ、とも。

言い分はもっともに聞こえるが、転入してきていきなり、ＹＳＳの担当者も来ているのに、これまでの事情も知らずに会の流れを乱したわけで、保護者会には参加者のため息が充満した。治はその空気に気づいていないのか得意げで、真亜子は恥ずかしくて顔もあげられなかった。

もし、あの保護者会で、天志ちゃんママこと原沙優に出会っていなかったら。

真亜子は〈ドライブイン児嶋〉に向かって信号を渡りながら考えた。誰一人知る人もないこの街で、沙優という友だちができなかったら。自分の精神はとっくの昔に崩壊していたんじゃないかとさえ思う。

ドライブインの表には、パラソル付きのテーブルが並べられている。原沙優は約束通り、そこで待っていた。ロングの髪先をピンクに染め、黒サテンのブルゾンにお揃いのマスクをして、はき込んだジーンズの長い脚を組んで、スマホを見ている。

沙優は真亜子に気づき、大きく手を振った。真亜子も振り返した。

「なーによ、大丈夫？」

沙優は近づいてきた真亜子に笑いかけた。

「亭主には限界って顔だよ。目の下にクマができてる」

「本当に限界かも」

真亜子は赤ん坊を抱え込みながら、沙優の前に腰を下ろした。その瞬間、全身の肉が重力に負けた気分になった。ストレスで過食傾向にある。おっぱいのぶんも食べなくてはとつい、思ってしまう。コロナがなくたって家で息をひそめるようにしているのだ、当然ながら運動不足だ。そのうえ、甘いものを目の前にすると、自分に言ってしまう。

人間には糖質も必要だって。イライラをタバコや酒や子どもへの虐待で解消するくらいなら、砂糖のほうが罪は軽いって。食べちゃえ。

沙優のクリームソーダを運んできた〈ドライブイン児嶋〉のママにプリン・ア・ラ・モードを注文すると、真亜子は息急き切って愚痴り始めた。

「朝、警察の車がサイレン鳴らして山のほうに行ったでしょ？　やかましい、なぜ早く窓を閉めないんだ、リモート中なのは見りゃわかるだろ、気が利かないなって怒鳴り散らされた」

「あんたの亭主は自分で窓も閉められないわけ？」

「ママならもっと自分に注意を向けてくれるって言いたいみたい。ずっとリモートで、うちにこもってる俺の苦しさがなぜわからないって言われた」

「は？　赤ん坊産んで半年の女になに言っちゃってんの、おたくの亭主。世界中でみんながおうちにこもってるってのにさ。バカだね」

「だよ……ね」

真亜子がおそるおそる確かめると、沙優はくっくっと笑った。ピンクの毛先が軽やかに躍った。自粛期間中は美容院に行けず、自分で染めているらしいが、夜のシダレザクラのようですごくきれいだ。

「そ。バカ男だよ。あたしが認定する。毎日毎日、おまえは気が利かないとか言われて半分洗脳されてるみたいだけど、おかしいのは真亜子じゃなくて亭主のほうだからね。まったく、一度そのママとやらを見てみたいわ。きっと小うるさくて、小ぎれいで悪趣味なババアなんだろうね。いつ遊びに来るの」

「さあ。誘ってはいるみたいだけど。荷物はね、引っ越し直後に実家から送ってきたんだよ。ママの部屋に全部入れてあるけど、本人はまだなの。高齢者って歳でもないけど、感染が怖くて出歩けないのかも」

「あんたの亭主がご機嫌斜めなのは、そのせいなんじゃないの。コロナのせいで大好きなママと好きなときに会えないから、あんたに当たり散らしてる」

「ありうる」

「じゃあさ、いっそのことそのママに直接アプローチして、葉崎に呼び寄せちゃえば。そんで、子どもをママさんに押しつけて、一緒に遊びに行こうよ。たまには羽を伸ばさないとね」

真亜子は曖昧にうなずいた。治のママに頼みごとはしたくない。意地悪や嫌味を言われたことはなく、むしろ、真亜子さんはよくやってるわよねえ、と感心してみせる人なのだが。

「そういうママにかぎって、息子にはヨメの悪口全開なのかもね。人って見かけじゃわかんないから。うちの元亭だって、ぱっと見は海の似合う爽やかなおぼっちゃまなんだよ。調子がよくて、クルーザーにはうちの子と自分と、おまけにあたしの名前まで入れ込んだ船名をつけてご機嫌をうかがうし、面倒見がいいから、若いのにも兄貴分みたいに慕われてる。しかしてその実態は、ギャンブルだ女だ借金だってトラブルだらけで、わざわざ犯罪者と関わりあって……ま、うちの話はどーでもいいか」

沙優は美脚を組み直し、クリームソーダのさくらんぼをつまんだ。同い歳だが離婚を経験していて、真亜子より大人びている。治のせいで誰にも話しかけられず、うつむいていた真亜子に向こうから声をかけてくれ、隣にいた治を黙殺して連絡先を交換してくれた。彼女との忌憚ないおしゃべりだけが、真亜子を地獄から救ってくれる蜘蛛の糸だ。

「ありがとう、沙優。つまんない愚痴聞いてくれて」

真亜子は思わず口にした。沙優は手を振って、

「気にすんなって。なんかあったら、こっちの話も聞いてもらうからさ。いつでも連絡してよ。あ、ほらプリン来たよ。おいしそう」

真亜子はスプーンを包む紙ナプキンを外しながら思った。

もし沙優と知り合っていなかったら。話し相手がいなかったら。ガス抜きができず、あの夫とだけ顔を突き合わせていなければならないのだったら。

最近、治と喧嘩になるたびにこみあげてくるのは、涙と胃液だけではない。

殺意もだ。

第２章

ジャックの建てた家

The House Jack Built

1

二村貴美子(ふたむらきみこ)警部補は葉崎警察署の廊下をさっそうと歩いていた。さっそうと、という形容は本人の主観ないしは願望であって、実際には百戦錬磨の戦車が突進しているかのようだ。

ギョッとして二村を二度見し、慌てて道をあける署員をよそに、換気のため開けっぱなしになっている〈刑事課課長室〉のプレートが掲げられた扉をノックすると、返事も待たずに部屋に入った。

葉崎警察署が葉崎駅近くの役所街から、海岸沿いに移転してきたのは六年前になる。

元の署の老朽化が待ったなしになり、建て替えが検討される中、経営難から閉鎖されていた葉崎山(はざきやま)トンネル上のホテルの建物を再利用する案が浮上。一から建てるよりよほど安く済むし、葉崎経由藤沢(ふじさわ)゠鎌倉(かまくら)間の船便が就航して人の流れが海岸沿いに移ったこともあって、リノベーション移転が決定されたのだった。

外壁は真っ白に塗り直された。フロントは受付になり、一階ロビーや宿泊部屋は広げられて各部署の部屋になり、大広間は道場に、レストランは食堂に、地下の屋内プールは鑑識室に、リネン室その他の物置は資料室や倉庫になった。海とは反対側に建つ古い従業員寮は、そのまま若手の署員が暮らす寮だ。

葉崎山トンネルの上から相模湾を見下ろす、レトロなホテルの趣を残す警察署。あたかも絵葉書のような美しさで、署は「日本一の絶景警察署」の異名を取り、数々のメディアに取り上げられた。

だが言うまでもなく、見た目がよければ中身もそうとはかぎらない。塩害でアンテナや通信網がたびたびやられ、湿気で保管書類にカビが出る。台風のたびにどこからともなく雨漏りがして、天井裏にはコウモリが、寮にはタヌキが住まい、電線はネズミにかじられる。駐車場は足りず、海岸道路沿いの元テニスコートが第二駐車場になっているが、うっかりここに駐車すると、葉崎山の山肌に設置された二百八段の階段を登り降りしなくてはならない。

それでも、やはり眺望は素晴らしかった。

目の前に広がる海の奥には、鎌倉エビやカワハギ、貝類といった生き物たちの豊かな漁場となる小島が点在している。上は緑濃く、海と接するあたりは土色で、灯台とハーモニーを奏でるように小さな明かりがちらりと見えた。

湾の手前側には、二本の防波堤に囲まれた葉崎マリーナがあった。市が外郭団体とともに経営する、歴史ある公共マリーナだ。

桟橋には真っ白いボートやヨットが停泊している。陸揚げされ、船台に固定された船がずらりと並ぶボートヤードも壮観だ。船の上げ下ろしに使われるクレーン、給油設備、一〇〇ボルト電源や給水栓を備えたパワーポストといった設備も見てとれる。

コロナ禍で家庭ゴミが増え、飲食店をはじめとする事業者のゴミが減ったため、ゴミ収集事業がギリギリだった葉崎市では、この十月から土曜日の事業者ゴミの回収を取りやめた。どうやらその影響だろう、あふれかえって蓋(ふた)の浮いたゴミ箱にカモメが止まり、隙間に首を突っ込んでゴミを漁(あさ)っていた。

十月最初の月曜日、さわやかな朝であった。

池尻嗣矢(いけじりつぐや)刑事課長は出勤途中〈ドライブイン児嶋〉に隣接するガソリンスタンドで買ってきたコーヒーを飲み、窓から廊下へと抜ける潮風に吹かれながら〈神奈川デイリー新聞〉に目を通しているところだった。

クラスター騒ぎ後の人事異動で、池尻は相模東署を離れ、葉崎署に着任した。課長職に昇進したわけだが、なにしろ神奈川の盲腸、陸の孤島と呼ばれる小さな市の小さな署だ。県警課長職会議に出ても席はほぼ末席。葉崎ってどこでしたっけ、と尋ねられることも珍しくない。よくあんな人口密度の低い場末でクラスター起こせましたね、と言われてしまったことすらある。

そんなだから、池尻は葉崎なんぞに長居する気は微塵(みじん)もない。なにがなんでもここから抜け出してやるつもりだった。それもできるだけ早く。

そのため、人事を握る本部の上司の奥様がたに異動のご挨拶方々、葉崎の新鮮な野菜や乳製品、海産物の詰め合わせなどお送りし、池尻嗣矢の名を盛んにアピール。その甲斐あって、つい先日も刑事理事官から直接お礼の電話をもらい、池尻の胸は希望に膨らんだ。異動したばかりだから二年はいなくてはならないかもしれないが、このまま大過なく過ごせれば、次は横浜あたりの中規模署に移れるかも。

だが、このところ葉崎署は波乱続きだ。

夏には閉鎖中のビーチで遊んで土用波にさらわれ、若者二人が死亡。海岸道路で車七台を巻き込む玉突き事故が起きて、十三人が重軽傷。先週末には、ゴミ収集車の爆発事故も起きた。菜洗地区ではスイカ数十個が盗まれ、高級自転車の窃盗事件も相次いでいる。在宅時間が長くなったせいか特殊詐欺の通報も増加、給付金詐欺やワクチン詐欺などという新手も次々に発生している。

そのうえ、昨日は予想もしていなかった重大事件が発生。日曜日にもかかわらず緊急招集がかかり、家に帰れたのは午前二時だった。

せめて朝のひとときくらい、のんびりしたい。いや、させてくれ。

願いもむなしく、部下は二メートルほど距離をとり、アクリル板を設置したデスク前に立ったまま微動だにしない。階級や役職は下だが、交通課、地域課、生活安全課と所属部署を替えつつも葉崎署に居座るヌシのような大ベテランだ。現在では刑事課で総務を担当しているはずが、現場主義でよく署内から消える。有能だが、関わった事件が軒並みややこしくなるというジンクス持ちでもある。

朝っぱらからあんまり会いたくない相手だが、考えてみたら、呼びつけたのはこっちだった。

池尻はしぶしぶ新聞から目をあげ、コーヒーをこぼしそうになった。

「びっくりした……失礼、いや二村さん。どうしました」

池尻は息を整えて、二村貴美子を眺めた。

現在、葉崎警察署では感染対策の一環として、市民に相対するとき、不織布マスクにフェイスシールドを重ねづけするよう推奨している。二村もそれにならったのだろうが、彼女がマスクの上につけているのは、よく風の強い地域で自転車を飛ばして買い物をする主婦がつけているような、顔をすっぽり顎まで覆うタイプのサンバイザーだった。窓の光を受けてサンバイザーが虹色に光り、八〇年代のB級SF映画に登場する、あからさまに着ぐるみとわかるロボットのように見える。

「どうしました？　課長に呼ばれたから来たのですが」

「いえ、そのサンバイザー……」

「聞いたところでは昨日、重大事件が発生して、うちにも本部の連中が出張ってきているそうですね。フェイスシールドは彼らに全部取られたとか。手持ちのもので使えそうなのはこれしかなくて」

「しかし、アクリル板越しに話をするのにそれはいらないでしょう」

二村はサンバイザーを外した。下から現れた顔を見て、池尻はさらに驚いた。眉間の真上から斜めにてらてら光る痕がついている。天下御免の向こう傷、といった風情のたいへん個性的な傷だ。

「それはいったい……」

「金曜日、〈葉崎オートキャンプ場〉内を移動中のゴミ収集車の後部から煙が出ていたので追いかけて、管理棟の手前で止まったところで声をかけたんですが、その瞬間」

「爆発したんですか」

池尻はあやうくふき出しそうになり、必死にこらえた。二村は上司をにらみ、

「ピーマンの切れ端が燃えながら飛んできて張り付いたんです。収集車は全壊、管理棟の窓ガラスも全滅しましたが、人的被害はこれ」二村は自分の眉間を指さした。「だけで済みました」

「それはよかった。……いや、市民に被害がなくて、という意味です」

「爆発の原因は、まだ確定したわけではありませんが、オートキャンプ場で出した事業者ゴミにカセットボンベが紛れ込んでいたためと見られています。というわけで今週、市のゴミ収集に影響が出そうです。合理化が大好きだった前市長に予算をカットされたおかげで、葉崎のゴミ処理事業は現在ギリギリで回しています。なのに収集車が一台吹っ飛んだ。全体のスケジュールや分担がぐずぐずになったと市の担当者から聞きました。以上。報告書はすで

に提出済みです」

「それは手早い。ご苦労でした」

「ありがとうございます。なので、あたしは現在空いています。なんなら重大事件の捜査に参加することもできます」

池尻の笑いは自然と引っ込んだ。現場主義のベテランはこれだから。定年が見えてくると回顧録が書きたくなるのか、面白そうなヤマにやたらと首を突っ込みたがる。

「それには及びませんよ。その件では磯貝管理官が一個小隊連れてきて、前線本部を立ち上げました。うちの署からも十数人の人員を吸い上げましたが、事件については保秘、部外秘、秘中の秘だ、所轄は我々とソーシャル・ディスタンスを取って、備品等の用意をしてくれればそれでいい、と言ったとか」

「ふうん。磯貝管理官の言いそうなことですね」

二村が顔をしかめた。池尻の頬がかすかにひきつった。

「二村さんも磯貝管理官をご存知でしたか。親しいんですか」

「まさか。マッチョな部下を引き連れて県警本部の廊下を練り歩くのが大好きな男ですよ。あたしみたいなオバちゃんと親しいわけないでしょう」

実際、管理官は葉崎警察署に黒の大型車をずらりと並べて到着すると、ものものしく署に入ってきたのだった。保秘と言いつつこれではどんな素人にも「なんかあった」とわかるよな、とそのとき池尻は思ったのだった。

「あー、ところで、オートキャンプ場はどうなりました」

「週末は閉鎖されました。今日から営業再開です」

「では、この週末はご自宅で？　違う？　余計なお世話かもしれませんけどね、二村さん。そろそろ自宅に戻られたらどうですか」

二村貴美子の夫は県警刑事部所属の警部だったが、七年前、県警の駐車場に停められた自家用の軽ワゴン車内で倒れているのが発見された。救急搬送されたが病院到着時に死亡が確認された。くも膜下出血だった。

捜査に夢中になると寝食を忘れる昔気質（むかしかたぎ）の男で、折しも、白鳥賢治という「日本一有名な殺人容疑者」が引き起こしたとされる事件捜査の真っ只中。ベッド状に改造した自家用軽ワゴン車の後部で仮眠をとりながら仕事に没頭する日常だったため、起きてこないのは過労による寝坊と勘違いされ、発見が遅れたのだと聞いている。

その後、二村貴美子は自宅にはめったに帰らず、夫の遺した軽ワゴン車で寝泊まりしているらしいという噂が池尻の耳にも入ってきていた。オートキャンプ場にもずいぶん長くい続けていたらしい。

「現職の警察官が車中泊を続けるのは、やはり外聞が悪い。体力的にも問題があるでしょう」

「大丈夫です。仕事に戻ります」

二村はにべもなかった。池尻は肩をすくめた。こういうとこだよな、と考える。上司に気を使われたら、もうちょっと丁寧に応対しないと。雑に返されたらこっちだって雑に使っていいんだなと解釈するよ。

「では、仕事の話をしましょうか。二村さんに担当していただきたい案件があります」

池尻課長はファイルを取り出して、二村に渡した。

「一昨日の土曜日、十月三日早朝。楡ノ山西峰にある私設庭園〈パラダイス・ガーデン〉で女性の死体が発見されました。検視の結果、自殺と断定されましたが身元が判明していません」

「これはもともと誰の担当だったんですか」

ファイルをめくりながら、二村は言った。池尻はコーヒーを飲み干すとマスクをつけて、

「その案件、最初に担当させられたのは斎藤です」

「彼は今日付で三浦南署に異動になったのでは」

「そう」

「翌々日に異動予定の人間が、なぜ」

「他に手すきがいなかったんですよ。土曜日には、藤沢で半グレグループの一斉摘発が行なわれましたからね。海岸道路の玉突き事故との関連も考えられるというんで、うちからも相

当数が応援に出張り、完全なる人手不足でした。先着した御坂交番の警官からの報告では自殺で間違いないようだとのことだったので、一日で処理が済むと見越して、異動の挨拶に来た斎藤に」

「押しつけたわけですか。ところがご遺体は身元を示すようなものはなにも持っていなかった。しかも、現場までの足が不明ですか。ふぅん」

二村は鼻を鳴らして考え込み、池尻は両手指を組み合わせて彼女を見上げた。

「そういうわけで、この件はよろしく。身元捜査は二村さんの得意とするところだそうで、早い解決をお待ちします」

二村は目をすがめて池尻を見下ろした。

「これまでの課長は全員、事件性がない遺体の身元調べなんかやらんでいい、向こうから捜しにくるまでほっておけ、期限が過ぎたら市役所に回せとおっしゃってましたけど。池尻課長はなぜこの死体の身元にこだわるんです?」

「こだわってませんよ」

思わず声が裏返った。池尻は喉の奥を払って、

「ですが、ついでにお願いが」

「なんでしょう」

「この捜査のためには西峰にも行きますよね。あそこは御坂交番の担当区域ですが、なにし

ろ遠い山の中だ。緊急事態宣言以降、住民の実態を把握しきれていません。ちょっと、様子を見てきていただけますか」

二村は上司を凝視した。

「西峰の住民の実態調査をせよということでしょうか」

「そんな具体的な話ではありません。西峰に行って、ベテランの二村さんが得た情報や気になったことがあればご報告いただきたいということです」

「西峰になにかあるんですか」

「いえいえ、あくまで二村さんにお願いするのは、宙に浮いたままの身元不明死体の身元確認です。ぜひ、きれいな山の空気を吸って、気持ちを落ち着けて捜査に邁進し、ホトケさんをお身内に返せるよう取り組んでいただきたい」

しまいには自分でもなにを言っているのかわからなくなってきて、池尻は咳払いをして手を振った。二村は妙な表情になりながらも一揖すると、ファイルを手に課長室を出ていった。

池尻はマスクを外し、ひと息ついた。

現場好きの二村が、このところもっぱら本部にあげる統計調査やその処理を任されていた。外に出る機会があれば食いつく。そう思った通りになった。西峰地区の調査を上乗せして押しつけるにはもってこいだったわけだ。

再びモーニングタイムを満喫しようと新聞を広げながら、池尻は考えた。

これで本部からのクレームをかわせればいいのだが。

2

二村貴美子は署の階段をのしのしと降りていった。

ホテル時代の名残で大理石がはめ込まれた豪勢な螺旋(らせん)階段だ。あちこちにアンモナイトの化石が見られるので、コロナ以前はよく、御坂小学校の子どもたちが見学に来ていた。

だが今、階段近くにひとの気配はない。重大事件発生中で署員が多忙を極めていることもあるが、そもそも好んで近づきたい場所でもない。理由は単純で、降りていくにつれ冷気が強くなってくるのだ。

底冷えのする地下に身震いしながら、中を覗き込んだ。元はプールだった場所を仕切り、光源を入れた鑑識室にはデスクや作業台、機器などが並び、一見すると科学捜査系ドラマのセットのようだ。だが、そこで作業を進めている鑑識課の人々のシルエットはふくふくと丸かった。まだ十月なのに皆、可能なかぎり着込んでいる。

「大野(おおの)くん」

作業台に向かって背中を丸め、鼻水をすすりながら段ボール箱の中身を取り出していた鑑識課の大野主任は振り返り、二村の顔を覗き込んだ。

「よくお似合いですが、なぜにサンバイザー？　刑事課にもフェイスシールドが配られたでしょう」

「こっちのほうがいいわ。UVカット機能付きだもの。日焼け止めを塗らずにすむ。便利でしょ」

「夜中、出くわしたくはないですけどね。ところで、西峰さんの関連資料はこれだけです」

「西峰さん……〈パラダイス・ガーデン〉の死体のこと？　名前つけちゃったの？」

「身元不明死体って呼ぶんじゃ、いくらなんでもあんまりだから」

二村はステンレスの作業台に近寄った。透明な保管袋に入れられて分類された遺品の数は、ふだんこの手の作業で目にするのに比べるとはるかに少ない。

「喉を刺した刃物はこの小包丁ですね。長いこと愛用していたんでしょう。研ぎに研がれて全体が薄くなり、柄の部分は取り替えられていた。刃に刻まれていたこれ」大野は袋越しに刃を見せた。〈登録　一石有勝〉の文字が刻まれている。「岐阜のメーカーですが、写真を撮って送ったところ、この柄は自分のところで取り替えたものではない、という返事でした。メーカー交換なら柄にも文字が入るんだそうです。おそらく、ホームセンターか流しの刃物研ぎにでも頼んだんじゃないかと」

「流しの刃物研ぎを追うなんて、殺人の捜査ならともかく自死者の身元調べじゃありえないわね。他には」

「バッグは三十年ほど前の合皮の安物です」

大野が品物を指さしながら説明した。

「小銭入れやその他、中身にも身元特定の手がかりはありません。予備のマスクはありふれた中国製の不織布だし、ティッシュケースの中に入っていたポケットティッシュはスポーツジムの宣伝用でしたが、二〇一七年九月に横浜駅前で配られたのが最後だそうです。パンプスは比較的新しいようですが、販売元に問い合わせたところ、一昨年から通販やスーパーで販売しているベトナム製で一足三千九百円。これまでに、この色で八千足以上が売れているそうです。それと、かつら」

大野は保管袋を取り上げた。白髪交じり、くるくるとウェーブがかかったウイッグが入っている。

「抗ガン剤治療が原因の脱毛を隠すために使っていたようですが、高価な医療用ではありません。通販のチラシやイベントスペースのワゴンセールで扱っている、数千円程度の安物です」

「なによ、耳寄りな情報ばっかりだわね」

二村はため息をつくと、サンバイザーを外した。

「着ていたものは？　名前と住所がでかでかと書いてあるのを見落としたんじゃない？」

「下着もストッキングも新しかったけど、どちらも大量生産品ですね。帽子とスーツとブラウスはやや古くて、おそらく手作りです」

二村は保管袋からスーツとブラウスを出して見た。スーツの生地は上等なサマーウール、ブラウスは化繊混紡。どちらにもブランドのタグはもちろん洗濯タグもついていなかった。丁寧できれいな手縫いの縫い目が見て取れた。

その下から布マスクが出てきた。こちらも手縫いらしい。特徴的な紫色の小花が全体に散っている。

「パッションフラワーですよ、その花」

大野が顎で布マスクを指して言った。

「パッションフルーツの元ですね。あのやたら濃厚で甘い果物の。花の形が時計の文字盤に似て見えるので、日本ではトケイソウというそうですが」

「知ってる。温暖化が進んで、葉崎でも栽培されるようになったのよね。コロナの前までは〈葉崎グランドホテル〉のバイキングの目玉にもなっていた。好きだったんだけどな、あのバイキング。保存容器持ってけば、ランチも持ち帰れたのに」

二村はスマホをかざしてパッションフラワーのマスクを撮った。

「他は？　アクセサリーとかレシートとかお守りとか。なんかないの」

「強いて言えばこれかな」

大野はミニタオルをつまみ出した。ラベンダー色でサンマの刺繍がしてある。

「ワンポイント刺繡ときたら、普通はウサギとかお花なのにと思って調べたら〈フレンド〉のオリジナル商品だった。まだ新しいので買ったばかりかも」

「〈フレンド〉って、葉崎のローカルスーパーの?」

「そう。あそこのコロッケうまいんだよな。大学芋もいい。アメリカンドッグも。日替わりのメンチカツもなかなかなか」

「揚げ物ばっかね」

「一日中冷え切った部屋にいると、カロリーと聞いただけで心まで温もるんです」

二村は大野主任の存在感あふれる腹を見て、首を振った。

「このミニタオルだけで、差し入れをよこせと」

「しかたないじゃないですか。身元の特定につながりそうなものは、見事になんにもないんですから」

「念のための確認だけど、行方不明者届は精査したのよね」

「もちろん、しましたってば。犯罪者データベースも捜査関係者もね。該当者なしでした。警察庁の失踪者データベースにあげてから、もしや身内では、という問い合わせが数件あったそうだけど、こちらも条件に合う人間はいなかった。そもそもIDどころかキャッシュカードもポイントカードも持ってないし、レシートすらなかったわけで、西峰さんはよっぽど自分のことを知られたくなかったんでしょう」

二村は小さな保管袋を持ち上げた。中には薬殻がたくさん入っている。

「これは？」

「モルヒネですよ。西峰さんの体内から検出されたのと同じものです。検出された指紋も本人のものだけでした」

「モルヒネは病院で厳重に管理されているのでは？」

「もちろんそうですが、末期ガンの患者によく処方されている薬でね。体内から検出された量は薬殻よりも少ないが、痛みを取るには十分でしょう。彼女の似顔絵ができたので、薬と一緒に近在のホスピスなどに問い合わせてます。自死とわかったホトケに普通はそこまでしないんですけど、河合が勉強がてら描いたので」

大野の部下がちらりとこちらを見た。デジタル化が進んでも、似顔絵の技術はいまだに職人の手仕事の世界。技術の向上をめざす熱心な捜査員は、身元不明の死体が出るとここぞとばかりに顔を描きにいく。

目を閉じたものと開いたもの、二枚の画像をスマホに送ってもらい、二村は署を出た。第二駐車場奥のソテツの陰に停めておいた夫の形見の軽ワゴン車に乗り込んで、葉崎医大病院をめざした。病院の入口ではかねて顔なじみの法医学部の三浦医師が待ちかまえていた。

パンデミック以降、法医学部もかなりの忙しさのはずだが、七十を超えて引退の気配もなく、相変わらずの怒鳴るような物言いで、

「こっちに死体だけぶん投げて、なんの音沙汰もないと思ったら、ついに現れた担当者は貴美ちゃんかい」

「出迎えご苦労様、先生。嬉しそうな顔しちゃって、そんなにあたしに会いたかった?」

「笑ってんだよ。なんだ、その近未来な恰好は」

法医学部の出入口は駐車場の西側にある。ガラスと樹脂でピカピカの新校舎を作って煉瓦造りの旧校舎を取り壊し、跡地は灌木(かんぼく)とベンチがまばらにあるだけの公園になった。以前はよくそのベンチに患者の家族がへたり込み、病院内のコンビニで買ったランチを口に押し込むようにしている姿が散見されたが、現在は仮設の入院施設やPCR検査所が設けられ、外を歩く人影はない。

熱を測り、アルコール消毒液を浴びるようにつけ、サンバイザーまで拭いたところで、ようやく警備員がゲートを開けた。二村は三浦に従って建物内に入った。

「パンデミック前に新校舎が完成していてよかったよ」

エレベーターを降り、モルグに向かって歩きながら、三浦は言った。

「旧校舎には愛着があったが、換気システムがおかしなことになって、変なところから謎の風が吹き出ていたからな。あのままだったら院内感染が広がっていたかもしれない。葉崎ではおたくの署以外ではクラスターは確認されていないし、感染者数もそう多くはないけど油断はならない。陸の孤島の内側で広がったらえらいことになる。感染源はたどりやすいかもしれないけどね」

葉崎はJR横葉(よこよう)線の終着駅。藤沢と鎌倉、両方に通じる海岸道路と国道、航路があり、バスと定期船が通っているが、葉崎の外に出るルートはそれだけだ。

「あ、ねえ、まさか」

「あの身元不明死体もちゃんと検査したさ。陰性だった。それにしても一昨日亡くなって、まだ名前で呼んであげられないとはね。貴美ちゃんも腕が落ちたんじゃないか」

「担当が決まったのは小一時間前よ。うちの鑑識は西峰さんと呼んでるけど。こっちに問い合わせはなかった？」

「一件だけな。そもそも昨日だって〈神奈川デイリー新聞〉の社会面は例によってコロナだらけ、地方版は藤沢の半グレ集団摘発、年配の女性の自死に割くスペースなんてちょっとしか残ってなかった。気づいた人間も少なかったんじゃないかな」

「その一件って、どんな？」

「我らが懐かしのリリーさんだよ」

「リリーさん？　彼女、元気なの」

「少し痩せたかな。相変わらず化粧が分厚いから、面変(おもが)わりしてたってわかんないけどさ。あのひっくり返ったような声を久しぶりに聞いたよ。身元不明の死体ってホントはカレなんでしょ。会わせてよ。カレに会わせて」

三浦医師は裏声で真似るとため息をついて、

「かれこれ二十年以上も前にいなくなった男に、まだあれほどの情熱が残っているなんざ女の鑑（かがみ）だね。カミさんに爪の垢でも煎じて飲ませたい」

「今はどうしてるの、彼女」

「まだあの〈タイガーリリー〉ってカラオケスナックで働いてるそうだ。もっともこのご時世だから店はずっと閉めてるみたいだけどな。十数年ぶりに行ってやろうかと思ったが、さすがに医療関係者が今カラオケはしづらい。ワクチンがいきわたるまではお預けかもな」

三浦は冷凍室に入った。係員の差し出した書類にサインし、「6」とある冷凍庫の扉の前に立つ。冷凍保存された死体が二人の目の前に滑り出てきた。頭部に髪はまばら、頬もこけていて、資料で見たときよりもさらに老けて見えた。

だが喉に残る刺し傷と解剖切開後の傷を除けば眠っているようだ。右肘が体から離れ、軽く浮いたようになっているあたり、寝返りを打つ寸前にも思える。

「鑑識からあらかたの話は聞いただろうが」

二村が手を合わせる間に、三浦はしゃべり始めた。

「年齢は六十代前半から七十代前半。内頸（ないけい）静脈の刺創（しそう）による出血性ショック死だが、かなりの量のモルヒネを摂取していた。もしかしたら、それだけでもあの世に行けたかもしれない。すい臓ガンが大腸にまで転移していたから、痛みを取るために与えられていたのを、ある程度ためて使ったんだろう。この病状では、もってせいぜい数週間。自死は死をほんの少し早めたに過ぎないね。ちなみに、警察医が検案を行なった十月三日の午前八時半頃にはほぼ全身に硬直が及んでいたことや、体温その他の状況を鑑みると、亡くなったのは十月三日の午前四時から六時頃と思われる。ただし、いうまでもないが急激に死を迎えた場合、死体が短時間で硬直してしまう場合もある」

「本人が自分でやったことに間違いない？」

二村は遺体の顔にじっと目を据えたまま、尋ねた。

「刃先は上を向いていた。他人に刺されたなら、通常刃は下を向いている。ためらい傷も複数あった。刃物を握った手も、武家の妻女が自害するときのようにきちんとしていた。誰かに刺されそうになって、押しとどめようとしていたなら、そうはならないだろう」

三浦は遺体の右手を広げて見せた。勢いで刃に触れたらしく、指先に切り傷が残っている。

「というわけで、自死と確信しているんだが」

「んだが？」

「このホトケさん、かなり苦労してきたようだ」

三浦医師は首を振り、係員に合図して遺体を戻させた。奥のデスクに進んでパソコンをいじり、レントゲン画像を呼び出して二村を手招いた。

「全身に古い骨折痕がいくつもあった。歯も総入れ歯だ」

「大事故にあって、折れたとか？」

「骨折には治療の痕跡がなく、自然治癒したものが多い。それと、ここ」

右肩と右肘を指し示す。二村は覗き込んで、うなった。

「螺旋骨折ね。腕をねじり上げられて折れた。彼女の肘が少し浮いたようになっているのはこのせいかしら」

「子どものものなら、一般的には虐待の証拠だと言われている。成人の場合は球を投げ込みすぎた野球選手がなったりもするが」

「いつ頃のもの？　子どものときとか」

「おそらく。それで思い出したが彼女は経産婦だ。少なくとも一人は子どもを産んでいる」

「身内がいるわけだ」

「その子どもが生きている保証はないがね」

二村は一歩下がって、考えながら言った。

「つまり彼女は地獄のような人生を生き抜いたがガンになり、終焉（しゅうえん）を迎えようとしていた。なにもしなくてももうじき死ねるのに、薬を大量に飲んだうえ自らの喉を刺すという相当な方法であの世に行った。どこの誰だかわからないように、身元を示すものを処分したうえで。ふぅん。なぜ？」

二村は鼻を鳴らして考え込んだ。三浦は椅子を回して腕組みをすると、首を振り、

「なぜだろうねえ。それに、地獄のような人生だったかどうかは他人が決めるこっちゃないとも思うがね。骨折の多くは、子どもの頃のものだ。成人して以降は料理を作り、縫い物をし、本を読み、子を育てて穏やかに暮らしていたのかもしれない。少なくともガンが悪化するまでは」

「かもしれないけど、それもまた偏見なのでは」

「手に小さな火傷の痕がある。普通はこういうの、料理をしているときの油はねなんかによるものが多い。包丁も本人の愛用品の可能性が高いし、彼女が着ていたスーツやブラウス、マスクもホームメイドだったんだろ」

「そうでした」

「ホトケには目を酷使していた形跡もある。読書ではなくゲームにハマっていたのかもしれないが、まんざらあてずっぽうというわけではない」

「失礼しました」

二村は詫びるように軽く手を上げ、ふと首をひねった。

「地獄のようなっていうのは、おっしゃる通りあたしの偏見には違いないんだけど、なんだか……その、彼女の顔をもう一度拝ませてもらえない？」

「どうした」

「見覚えがあるような気がするの」

3

　起きてすぐに火を入れたストーブの上で、昨夜仕込んだスープの鍋が温まっていた。大根の尻尾やセロリの葉、にんじん、玉ねぎ、ブロッコリの茎、ひねたジャガイモといった冷蔵庫の余り野菜を細かく刻み、手羽元や夏に収穫したトマトの水煮、庭で採れたローリエと一緒に煮込んだスープだ。

　湯を少し足してかき混ぜた。甘い香りがキッチン全体に広がった。

「こういうの、久しぶり」

　ストーブから離れた場所にあるソファに腰を落ち着けた井澤保乃(いざわやすの)が、足元の猫を撫でながら、のんびりと言った。

　糊のきいたピスタチオグリーンのリネンのマスクに、金の粒のピアス。ピアスと同じ金の粒状のチェーンで老眼鏡を首から吊り、手入れのいい汕頭(スワトウ)のブラウスにシルクのスカーフを巻いている。とても徒歩十五分のご近所から山道を登ってきた姿には見えないが、これがいつものスタイルだ。

　兵藤房子は深めの藍のスープ皿を探し出し、ストーブの端に置いた天然酵母パンをひっくり返した。

「確かにコロナ以来、人んちでごはんって珍しくなっちゃいましたね」

「そうね、それもある。外食すらまれになっちゃったんだものね。うちも一時期よりはお客さんが戻ってきて、この週末は目が回るほど忙しかった。席数を減らして客数も少なくなったのに手間は増えて、一組すんだら食器を下げて、割り箸だの七味だのをセットにしたものまで下げて、テーブルから椅子からアクリル板まで消毒して。でも、そこまで対策したって、お客がマスク外して大声でしゃべり始めるのは止められない。だから……あら。なんの話をしていたんだったかしら」

井澤保乃は宙を見上げて考え込むと、

「あ、そうそう。よそでごはんをいただくのが久しぶりってこともあるけど、うちじゃこういう香りのスープはまず食卓に上らないって言いたかったの。蕎麦の香りにさしつかえるってうちのが言うもんだから」

「おじさんが？　やっぱりお蕎麦って繊細なんだ」

器にスープをよそい、パンとチーズを添えて、お盆に載せて運んだ。中央にポーチドエッグを落としてセロリの葉を散らし、パンを添えた色鮮やかなスープに歓声をあげると、保乃はいたずらっぽく笑った。

「ほんとはトマトとセロリが苦手なだけ。でも、蕎麦の香りを楽しむために洋風のものはスープすら作らない、なんて言うと、頑固一徹な蕎麦職人っぽく聞こえるでしょ」

井澤屋はもともと〈葉崎八幡通り商店街〉の眼鏡店である。房子の母・日向子の実家は、祖父母の時代に同じ商店街で〈器のひらい〉を構えており、井澤保乃と日向子は小中高が一緒の幼なじみだった。

房子の両親は東京で生活し、房子も東京で生まれ育った。だが早期退職した両親が瑞福西寺から土地を借りて庭造りを始めてから、幼なじみ同士の交流が復活した。以後、父が死んだときも、母・日向子がガンを発症し、やがて亡くなってからも、保乃や、保乃の親戚で同じく母の幼なじみの児嶋布由(ふゆ)は、ずっと房子の支えになってくれた。

保乃の夫の蕎麦打ちの趣味が高じて夫婦で西峰地区に小さな蕎麦屋〈蕎麦・井澤屋〉を開いてからは、ご近所になったこともあって、さらに親しく行き来している。庭にこもってばかりの房子のもとに世間の風を吹き込んでくれる、ありがたい存在だ。

房子は保乃から離れたキッチンテーブルに自分のお盆を運び、二人はそれぞれスープを食べ始めた。黄身にスプーンを差し込むと、真っ赤なトマトスープに鮮やかな黄色が流れ出る。その色合いは、ソファの後ろの壁にかかったキルトの壁掛けに似ている。母が亡くなる前、キルト作家の前田潮子先生に教わりながら、保乃やその他の友人知人、ご近所さんなど大勢の手を借りて作り上げたものだ。

「ところで、庵主様が緊急入院なさったたって聞いた?」

無言のまま食べ終え、おいしかった、とマスクを戻して、保乃が言った。房子は驚いて顔をあげた。

「庵主様って瑞福西寺の？　どうなさったんです」

「先日、珍しく寝込まれたのね。夏の疲れが出たんだろうって春妙さんもタカをくっていたんだけど、真夜中に腹痛がひどくなって、慌てて葉崎医大病院に担ぎ込んだら胆嚢炎だったんですって」

「ああ、あれ痛いって聞きますね」

「庵主様ともあろうお方が、脂汗流して悶絶していたらしいわよ」

「だけど胆嚢炎って毎日焼肉食べちゃうような人がなると思ってました」

「そうよね、お精進なさっているのにねえ。でも、庵主様のお父さんもおじいさんも胆嚢炎をやっているそうだから、体質なのかもしれないわね」

「そうなんですか。いつ入院を？」

「何日だっけ、ここの庭で人が亡くなっていた日の夜よ」

房子はスープの最後の一口にむせかえった。

「……うちで人死にが出たって、おばさま誰に聞いたんです？」

「あら、違うの？　昨日の〈神奈川デイリー新聞〉の葉崎版に『楡ノ山西峰の庭に七十歳前後の身元不明女性の遺体、自殺と思われる』というベタ記事が出ていたって、うちのが言ったのよ。それに一昨日、警察車両が西峰道をぞろぞろ登っていって、しばらくして下りてきたって、結香園の大女将に聞いたのね。瑞福西寺の春妙さんには心当たりがないってことだったし、お寺の境内だったら『西峰の庭』とは書かないでしょうから、てっきりここかと」

井澤屋のおばさんは無邪気にこちらを見ている。こういうところはいまだに慣れないな、とコーヒーを入れながら房子は思った。

葉崎に引っ越してくるまで、兵藤一家は都会の集合住宅を転々としていた。そこでの近所付き合いは、お隣さんって存在していたのね、くらいのスタンスが正しい。

でもここでは、他人に対する興味を隠そうともしないのが、むしろ正しい。

「土曜の朝に死体を見つけて通報しましたけど、それきり警察からはなんの連絡もないんです」

房子はしぶしぶ認めた。死体発見後、房子は外に出なかった。ご近所さんは土日だいたい忙しいから行き来は少ない。だから慧笑庵主の入院も知らなかったのだ。

予約の入っていた見学者を、死体のことなどおくびにも出さずに出迎えて庭を案内し、たわいもない質問やおしゃべりに付き合ったが、おおむね高齢者に片足突っ込んだ見学者たちは、一様に庭や景色に感嘆し、「ぜひ、こんな眺めのいいところで最期を迎えたいものよね」と口々に言っていた。よく耳にしてきたセリフだが、なにやら違う意味を持って聞こえるようになってしまった。

「亡くなっていた人のことは知らないと言ったんですけど信じてもらえないし、本当に知らないなら関係者の連絡先をよこせ、調べるからって脅されました。うちから出た情報をもとに聞き込みなんかされたら困ると思って渡しませんでしたけど。だからその後、あの人の身元がわかったのかどうかを含めて、どうなっちゃったんだか知りません」

「じゃあ、房子ちゃんの知り合いじゃなかったのね」

房子はコーヒーを大ぶりのカップに注いで、保乃の前に置いた。西峰地区の入口近くにある貸別荘に住む男性のカップルが、陶芸作品をネットや玄関先で売っている。レンゲを思わせる淡いピンクと深い緑のラインが入っていて、保乃のお気に入りだから、ほとんど彼女専用なのだが、これも使うのは久しぶりだった。

「亡くなっていた方ですか。ええ、ですから見覚えありませんでしたよ」

「写真はないの？　スマホで撮っておけばよかったのに。こんな山の中だもの、警察が駆けつけるまで長いこと待たされたんでしょ」

房子は啞然(あぜん)として井澤屋のおばさんを見返した。撮っておけばよかったのにって、死体の写真を？

「あー、えーと、あの方はベンチに座って、帽子を深くかぶってマスクをしていたし、見えていたのは目元だけだったから。最初は海を見ているだけかと思ったんですよ。後になって、警察に言われてマスクを外した顔を見ましたけど、まさかそのとき写真を撮るわけにも」

「いくつくらいだった？」

両手でマグカップを包み込むと、保乃はたたみかけてきた。

「さあ。白髪交じりの髪が見えていたのと、すごく痩せていて……重い病気なんじゃないかと刑事さんは言ってましたけど、どうだろ。七十歳前後かな。もう少し若いかもしれない」

「自殺は間違いないの？」

「それは、それこそ警察に訊いてもらわないと。首にナイフが刺さっていたから最初は殺人かと思ってびっくりしたんですけど、殺人だったらさすがに警察ももう少し熱心なんじゃないですか」

保乃は返事をせずにコーヒーを飲んだ。房子は自分のコーヒーを猫島土産のカップに注いで、おずおずと訊いた。

「ひょっとして、おばさんにはなにか心あたりがあったりします？」

「どうして」

「亡くなっていた方は年齢からいっても、おばさん世代に近いから、知り合いの可能性が高いかな、と思って」

「だとしても顔がわからないんじゃね」

保乃はそっけなく言うとコーヒーを飲み干し、ソファから立ち上がった。

「ごちそうさま。おいしかったわ」

さっさと帰っていく保乃を狐につつままれたような気分で見送って、房子は庭に出た。

死体騒ぎでやるべき庭仕事がたまっていた。まずは秋まき一年草の植え付けをしよう。二時間ほどみっちり働いて、クリスマスローズの手入れに移ったとき、〈お茶と海苔の結香園〉の大女将こと関瑞季(せきみずき)がやってきた。仕事のときは着物姿だが、月曜日の今日は土産物店も休みで、ジーンズに白いシャツ姿で髪を下ろしている。

房子に気づいて手を振ると、ドライブ用のサングラスとグローブを外し、猫たちにまとわりつかれながら庭に入ってきた。

「久しぶり、房子さん。お元気でした?」

房子は笑顔で大女将を出迎え、外していたマスクをつけた。

「おかげさまで」

房子が〈パラダイス・カフェ〉を開いたのは、この大女将の勧めによる。

結香園は以前から、猫島海岸にお茶を使った若者向けメニューを売りにした海の家を開いたり、八幡通り商店街の〈武坂堂書店(むさかどう)〉とコラボしてブック抹茶カフェを始めるなど、盛大に業務を展開していた。

十五年ほど前、庭がそれなりに評判になり、見学希望者が増え始めると、房子さんもおやんなさいよカフェ、と大女将は最初のうちはにこやかに、やがて断固として、しまいには強くプッシュしてきた。お客さんは素敵な庭の時間をのんびり楽しみたいのよ。座ってお茶を飲みながらね。いい時間を過ごせれば、また来たいと思うようにもなるわ。

　客商売向きではない自分にカフェは無理と思ったのだが、押し切られて資格を取り、許可を取り、ダメ元で始めてみると、これが案外楽しかった。お客さんと庭の話がたくさんでき、学ぶところも多かった。

　ガーデニング修業のため英国留学をしたことのある母直伝の焼き菓子は評判がよくて、房子の自信にもなった。なにより、そこそこ儲かった。

　カフェのお茶は結香園から仕入れると自動的に決まったし、雑誌の取材を受けるとなるとどこからともなく話を聞きつけた大女将がやってきて、ぜひうちの商品を宣伝してちょうだい、と談判されることもあるのだが、それくらいは当然だろう。房子にとって大女将は商売上の師匠のようなものだ。

「なにをしてたの」

　大女将は興味深げに房子の手元を覗き込んだ。折しも、房子はビールのプルトップを引き上げたところだった。

「カットしたペットボトルを埋めてビールを注いでおくと、ビールに誘われたナメクジが落ちるんですよ。九月に雨が多かったせいで、大量発生しちゃったもので」

「あら、もったいない。それ全部ナメクジにあげちゃうの」

　大女将はヒョウ柄のマスクをしながら、目をむいた。

「あげるってか、溺れさせるんだけど。このあたりにはヤマナメクジっていう手のひらサイズの巨大なヤツも現れるから、二リットルのペットボトルにビールをたっぷり注がないと、トラップの用をなさないんです」

「今度うちの飲み残し集めてきますから新しい缶を開けるのはおよしなさいね。〈葉崎エール〉はウチ飲み需要に乗って品薄状態なのよ」

「賞味期限切れちゃってるし」

「あら、そんなの全然大丈夫よ。私なんか五年前のビールを飲んだこともあるんだから」

大女将は身軽に岩の上に登って周囲を見回すと、ここはいいわね、とため息をついた。

「庭の独特な雰囲気も、猫たちも、海の景色も。特にあの柳が風に吹かれているあたりがステキ。いろんな花や緑が重なり合って水彩画みたい。唯一いただけないのは、あそこかな」

大女将は東側の杉の木立を指さした。

「あのおかげで東側の景色が遮られているのね。朝日が昇るところを見られないんじゃありません？　切っちゃえばいいのに」

「そうなんですけど、根元は十五メートル、いやもっと下かな、崖の途中の狭いスペースなんですよ。わたしじゃたどり着けないし、業者にお願いするとなったら目の玉が飛び出るほどの料金を請求されると思うんですよね。そもそも切り倒すなら、地主である瑞福西寺さんの了解をとらないと」

「ここを借りたときからあったの、あの杉木立」

「その頃には崖を覗き込まないと見えないほど杉の木も小さかったんだと思います。あのあたりは風の流れのせいか、落ち葉がたまりやすいですしね。それにスズメバチが巣を作ったこともあって」

房子は身震いした。小学校の遠足でキイロスズメバチの群れに追い回されて学友が入院して以来、ハチがトラウマになっている。羽音を聞いただけで、赤く腫れ上がった彼女の顔を思い出してしまうのだ。

「まあ、いつ頃？」

「母が死んだ年でした。崖下からブンブン聞こえてきているから、あなたは近づくなって、母に言われましたよ。一刻も早く駆除したいと思いましたけど、母がこんなときに殺生っていうのもな、と思って結局そのままに。幸い直後に台風が来たんで、たぶん巣も流されちゃったんでしょうね」

「そうだったの。ところで最近もスズメバチが巣を作ったせいで、カフェの再開が遅れていると聞いてたのだけど」

「業者さんに頼んで、駆除は済んだんですけどね」

房子は言い訳がましく言った。現在の見学予約状況は、想定よりずっとよくて、平日には一日にふた組、土日には五組程度。昨日の日曜日には十組の客が来た。

ありがたいかぎりだが、立入禁止の札をかけた母屋に入り込んでうろついたり、喉が渇いたから休業中のカフェをやれと命令してきたり、はてはマスクを外して大声を出すような客もいる。予約をせずに押しかけてきて、こんなとこまで来てやったんだからと恩に着せたうえ、庭の花を引っこ抜いて持ち帰ろうとするものまで現れる。

見学だけでこの騒ぎなのに、と房子はカフェの再開に及び腰だった。

「駆除が済んだなら早く再開しなさい、と言いたいところだったんだけど。庭で女の人が亡くなっていたんですって？」

おいでなさったか、と房子は思った。井澤屋のおばさんがさっそく触れ回ったと見える。

葉崎のような辺境の山の中にポツンポツンと暮らす人々は多くのものを分かち合う。醤油、味噌、米、庭で採れた野菜や果物、作りすぎたお惣菜、そしてもちろんゴシップも。

房子がチェックしたかぎりでは、ネットニュースに『楡ノ山西峰の庭に身元不明女性の遺体、自殺と思われる』といった内容のものは出ていなかった。西峰までは新聞配達が毎日は来られないし、そもそも今どき紙の新聞を取っている人も少ない。井澤保乃が黙っていてくれればこの話は立ち消えたかもしれなかったのに。

「そうですけど、あの、あんまりおおっぴらにされると」

「どんな人でした？　七十歳くらいの女性と聞きましたけど写真はないのかしら。撮らなかったの？」

「……撮ってません」

「そう、残念。なにか特徴は？」

「心あたりでもあるんですか、その人に」

「あら、房子さんは気にならないの？」

「どこの誰だったのか調べるのは、警察の仕事ですよ」

「それはそうだけど」

大女将はなにか言いたげに語尾を濁したが、続けて、

「実はちょっと妙な噂を耳にしたのよ。房子さん、この庭やめるつもりないわよね」

「は？　庭をやめる？」

予想外の言葉が飛び出してきて、房子は目を丸くした。

両親が死んで、一人取り残されて、母の夢を受け継がされていることに苛立ち、逃げ出そうと思ったことは何度もあった。家族を持つには、ここに引きこもっていちゃダメだと考えたことも。

だが、そんな時期はとっくの昔に過ぎてしまっている。三十年経った今では房子の居場所はここしかない。

「そうよね。変だと思ったのよ。ここまで一所懸命続けてきた庭をあきらめて老人ホームに

しようなんて、房子さんらしくないなって」

房子はぽかんとして大女将を見返した。

「老人ホーム……って、なんですか」

「詳しいことはわからないのよ。ただこのところ、いろんな人から〈パラダイス・ガーデン〉の名前を聞くもんだから。ああいう景色がよくて素敵な庭を見ながら余生を過ごせるなんていい施設ができることになった、ってみなさん喜んだり羨ましがったりしてらして」

房子は絶句した。大女将は手を振って、

「まあ、お年寄りの中には記憶や考えが混乱しちゃっている人もいるから。それにタイミングがタイミングってこともあるし」

「どういうことですか」

「この西峰のあたりはもともと、瑞福西寺の庵主様のご一族の土地でしょ」

「そう聞いてます。西峰の住民はお寺に地代を納めてますもん」

「それがね。去年の暮れに庵主様のお父様が亡くなられたでしょ」

慧笑庵主の父は石塚公輝(きみてる)といい、葉崎ではそれと知られた地主の十数代目。福祉事業や不動産などを幅広く手がける実業家でもあったし、房子の母親が死んだ一九九六年に革新系の対立候補に敗れるまでは市長を務めていた。

「どうも庵主様のお父様は娘を可愛がって西峰の土地を自由に使わせていたし、地代もお寺に入るようにしていたんだけど、土地の名義がお寺や庵主様になっているわけではなかったのね」

「そういえば、賃貸契約書の貸主はお寺じゃなくて、〈ウエストピーク商会〉になってました」

「そう。それが庵主のお父様が代表取締役を務めていた不動産管理会社なんだけどね。お父様の死後、庵主様とお兄さんの公康(きみやす)さんの間で、相続争いが起きてるってもっぱらの噂なのよ。公康さんは〈葉崎葉桜会(はざくらかい)〉って福祉系民間企業の代表で、例えば〈萬亀苑(まんきえん)〉って国道沿いにある介護施設」

「ああ」

「あそこの経営をしているのよね」

大女将は、これでわかっただろう、という目つきをした。房子は混乱しながら必死に考えた。

「えーと、つまり、西峰の土地の半分が庵主様のお兄さんに行くかもしれなくて、その場合、そこにお兄さんが老人ホームを建てるかもしれない。で、その土地というのがここ」

房子は指を下に向けた。

「だと思われているってことですか」

「そんな顔しないで」

大女将は笑い出し、ジーンズについてもいない土を払った。

「誤解だってわかったんだから。いくら借り物でももう三十年も暮らしているんだし、房子さんの意向を無視して追い出すなんてできないし、庵主様がそんなこと許すはずもないでしょうし。ただ、そんなわけだから、できるだけ早く〈パラダイス・カフェ〉を再開したほうがいいんじゃないかと思ったのよ。庭をやめるつもりはありませんと態度で示せるでしょ。だけど、人が亡くなったんじゃ困っちゃうわね。せめて亡くなった人がどこの誰でどういう理由で死に場所にここを選んだのか、わかるといいんだけど」

「どうしてです？」

「どうしてって、老人ホームを建てる建てないでもめた場合、その場所で孤独な老女が自殺したっていうのは、なんというか、〈パラダイス・ガーデン〉にとって象徴的じゃないかしら。考えすぎかもしれないけど」

その人の事情がわかったら私にも教えてね、と大女将は出ていった。

急に足元から地面がなくなったような、胃が縮こまるような、体温がどっと低下したような気分で房子が立ち尽くしていると、やがて明るく呼びかける声がして、瑞福西寺の春妙が入ってきた。

ツヤツヤした頭に日光が当たり、小さな顔も血色よく見える。果物がてんこ盛りになったざるを片手で支え、房子に気づいて手を振ってきた。

「房子さん、よかったらこれもらってくれません？　檀家さんから大量に届いたんです。庭で採れた野ぶどうだそうなんですけど」

房子は返事をした。いつも通りの声に聞こえるのが、自分でも不思議だった。

「ありがとう、じゃあ、キッチンに」

わかりました、と春妙は明るく答えて、お勝手から中に入っていった。我に返って後に続いた。春妙はざるを房子が作業台にしているテーブルの上に置いていた。野ぶどうの甘酸っぱい香りがキッチンに充満し、顎の付け根がキュンとなる。

「かなり酸っぱいんで、ジュースにするつもりなんですけど、房子さんなら別の利用法を思いつくかなと思って」

「あ……そうね、やっぱりまずはジュースよね。それをゼリーにして、ヨーグルトを使った軽くてゆるいレアチーズケーキと二段にしてみようかな。ガラスの器で固めて、スプーンですくって食べるの」

「わあ、おいしそう。で……あのぅ」

春妙が上目遣いになった。房子は無理に笑った。

「庵主様、入院なさってるんですって？　おいしくできたら、お見舞いに少し持っていく？」

「え、ああ、そうですか。ありがとうございます。きっと喜びます」

春妙は額の汗を手ぬぐいで拭った。房子は思った。この降って湧いた不安を払拭するためには、とにかく慧笑と話をして、土地の現状がどうなっているのか訊きたい。

「それで、庵主様のお加減はいかが」

「炎症が治まったので、明後日の水曜日に胆嚢の摘出手術をすることになりました。コロナのせいで直接は会えないんですけど、電話ではサバサバしてましたよ。どうせ脂ものなんて食べないんだから胆汁が出なくてもかまわない、さっさととってさっぱりしたいって」

「庵主様らしいわね」

房子はがっかりした。いくらなんでも手術を控えた人に、電話であってもややこしい質問はしづらい。

春妙は房子の様子にまったく気づいていないらしく、

「問題は退院のタイミングなんです。コロナ禍でなければ、しばらく入院していて欲しいところなんですよね。駐車場からお寺まで四十分も石段と山道登るの、病み上がりの人間にはムリだもの。あのとき、どうやって庵主さんを車まで運んだのか、自分でも全然覚えていないくらいなんですよ。それはともかく……あのぅ」

言い出しにくそうな春妙の様子に、ふとひらめいた。

「もし、どうしても早く退院しなくちゃならなくて、だけどお寺まで上がるのがムリだというなら、うちに泊まってもらってもいいわよ」

「え？　庵主さんがここにですか」

「庭までなら車で来られるし、母が使っていた部屋が空いてるから。なんだったら庵主様の退院前に、わたしもPCR検査を受けておこうか。どのみちカフェを再開する前に受けなくちゃならないし」

「あ、なるほど、ありがとうございます、そうしてもらえると助かります。庵主さんも房子さんのところならイヤとは言いませんよ。房子さんのごはんはすごくおいしいってほめてましたから。春に届けてくださった筍（たけのこ）のお寿司とか、レモンメレンゲパイとか」

慧笑庵主は地主でご近所さんでもある上に、両親の墓を瑞福西寺に建てたことで、こちらは檀家となった。あくまで懇意に「させていただいている」のであって、カジュアルな関係ではない。この際だから追い出そうなんて気にならないくらいに努めよう、と房子は思った。

「そんなこと言われると張り切っちゃうわね。庵主様にはゆっくり療養していただけるようにがんばらないと」

「大丈夫ですよ、房子さんなら。で……あのぅ」

春妙はもじもじしながら、こっちを見た。

「なあに？」

「それとは関係ないんですけど、ここの庭で女の人が死んでいたって聞いたんです。房子さんが発見したんですよね。あの、どんな人でした？　もしや写真なんてあります？」

ひょっとして、と房子は思った。気の毒な死体の写真を撮ることなど、思いつきもしなかったわたしが変なの？

第３章

シグネチャー

Signature

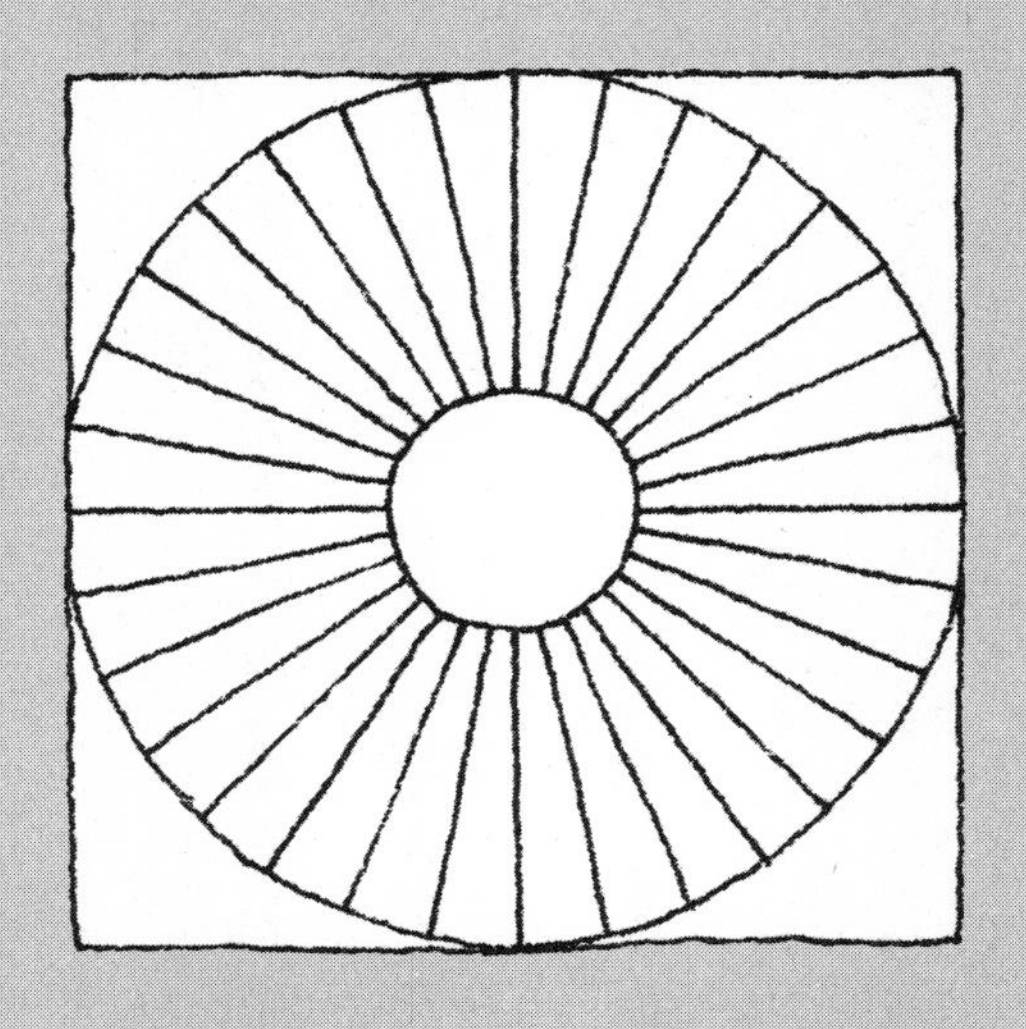

1

「やっぱり、ここらじゃ見ない顔だね」

二村貴美子の差し出した画像を覗き込んでいた御坂交番所長の百瀬拓郎(ももせたくろう)は、姿勢を戻してそう言った。

鑑識課の若手が描いた身元不明女性こと「西峰さん」の似顔絵を見ていたのだった。目が小さく唇が薄く、痩せて細面。ただしエラが張っているせいか頑固そうにも見える。これといった特徴はない。

「ここらじゃなくてもどっかで見たことないかな。あたし、なんかこの顔に見覚えがあるのよね」

二村はスマホを引っ込めながら念を押した。百瀬は彼の体重に耐えきれずギシギシと鳴っている椅子を回して、

「データベースは調べたんだろ」

「当然、鑑識がやってる。前科や逮捕歴があれば、指紋やDNAでとっくに誰だかわかってるはず。あー、どこで見たんだっけか。全然思い出せない。イライラする」

二村はサンバイザーをはめた頭をかきむしり、ただでさえボサボサの髪が四方八方に突き

出た。百瀬は呆れたように二村を見て、

「事件がらみと思ってるなら俺に訊くのは筋違いだね。そもそも俺もあの庭、〈パラダイス・ガーデン〉だっけ？　あそこに臨場してっから。知った顔ならそんときに言ったさ」

御坂地区はその名の通り、海の眺めを楽しめるよう緩やかな傾斜地に作られた街だ。大きく分けると、メインストリートでもある御坂を中心にした一丁目は旧別荘地。その周辺を囲むように広がる二丁目は戦後、不動産会社が開発した新興住宅地。三丁目はつい最近まで、田畑が広がるのどかな田園地帯だった。

すべての坂を登り切ったところに国道一三四号が東西に延びていて、御坂交番はその国道沿いにあった。南東に進むと老人ホーム〈萬亀苑〉、西に進むと葉崎駅。東側には〈御坂整形クリニック〉の看板が遠くに見える。ローカルスーパー〈フレンド〉や葉崎信用金庫御坂支店にもほど近い。

人の流れの多いところに交番を置くのは定石だが、住宅街から見れば交番のある地域は街外れ。ましてや、そこからさらに山を登った西峰地区など、

「この交番からだってずいぶん遠いんだよな。なのに臨場要請はまずうちに出る。うちの担当区域と決まっているから、しかたないんだけどさ」

百瀬は二村のリクエストに応じて西峰地区の概要をレクチャーした。主な施設としては瑞福西寺と〈パラダイス・ガーデン〉、飲食店や土産物店、キャンプ場など。他にも十数戸の

別荘がある。それ以外にも貸別荘が現時点でわかっているだけで二十八軒。〈ウエストピーク商会〉という管理会社が、駐車場などとともに管理している。貸別荘で長年暮らす住民もいる一方、自粛期間中に首都を脱出してきたにわか住民も少なくない。ただし建物の老朽化が進み、交通の便の悪さもあって、安さと海だけでは我慢できずに解約する客も多いから、入れ替わりは激しい。

「百瀬はここには長いの？」

缶コーヒーを渡すと、同期の気安さで二村は尋ねた。百瀬は、今日は俺一人だからよけいに嬉しいね、飲み物なんぞ買いに行けそうもなくて、とコーヒーを一口飲んで顔をしかめ、

「三年。あっちこっちたらい回しにされている身からすると、長いかもな」

百瀬は三十代の頃、運転中に睡眠時無呼吸症候群が原因の居眠りをして警備車両一台をポンコツにし、以降、内勤が長かった。完治を証明する医師の診断書を何回も人事に送りつけ、ようやく交番勤務に戻ったと聞いている。

百瀬はガムシロップを持って戻ってきた。外勤に返り咲くために行なったダイエットの成果は、この三年ですっかりなかったことになっている。

「じゃあ御坂の住民の顔はだいたい知ってるわね」

「あのな。御坂だけで葉崎の人口の六分の一が暮らしてるんだぜ。二村のほうが葉崎には長いんだから、住民の顔には詳しいはずだろ」

「それが最近めっきり、記憶力がね」

「この交番の前を通ってスーパーだの病院だのに行く住民ならともかく、配属以来、一度も見かけていない人間だって大勢いるさ」

「そうなの？　でも、地域課長に言わせると、百瀬はこの地区の主だ、巡回連絡カードの回収率も湘南地区でトップクラスだって」

分厚い脂肪の下に一瞬、百瀬の笑みが浮かんだ。

「この地区は高齢者が多いんで、葉崎の中でも日中の在宅率が高いんだ。住民の大多数はそこそこ金があって、そこそこの教育を受けていて、意識が高い。こんだけ人口密度が低いのにマスクなしで出歩いている人間は見たことないし、緊急事態宣言のときなんか石鹸やマスクの差し入れがあったんだぜ」

「へえ、それはすごい」

「去年の消費増税の直前に買い込んであったからってさ。それをネットで売って儲けようとは思わないあたりが昔ながらの良識ある市民ってやつで、だから警察にもわりと協力的だ。もちろん例外はいるがね」

「そういえば署で耳にしたんだけど幼稚園からパトロール強化の要望書が出たんだって？」

百瀬は舌打ちをすると、空き缶をデスクに置いた。

「坂下の空き家物件に家族で引っ越してきたばかりの若いリモートワーカーな。行政サービスは地理的条件に関係なく、いつでもフルに受けられて当然だと思ってる元都市生活者だ。息子の幼稚園の監視カメラシステムが故障したと聞いて、田舎の警備会社じゃあてになんない、幼稚園に警察を張り付かせろと騒いだらしい」

「あらまあ」

「ま、巡回強化の要望書なんてものは、ことあるごとに出されてこっちも慣れっこだけど、移住者様は自分が言ってやったおかげだとそっくり返っているとさ。あ」

交番前の横断歩道を、買い物カートを押しながら渡ろうとしていた老婦人が、信号の点滅に慌ててつまずいた。百瀬は笛を吹きながら飛び出していき、老婦人を救出して戻ってきた。

老婦人は二村のサンバイザーからこわごわ目をそらし、買い物カートから和菓子屋〈似勢屋〉の包みを取り出すと、百瀬に渡して去っていった。

「交番勤務は楽しいけど、これだから太っちゃうんだよな」

百瀬は包みの匂いを嬉しそうに嗅いだ。

「よく差し入れをもらうのね。この人気者」

「コロナになってからはずいぶん減ったけどさ。一丁目あたりは庭がでかいから樹も多いだろ。八重桜のつぼみと葉っぱを塩漬けにして自家製の桜餅作ったとか、うちの柏で作りましたのって柏餅、あと、ちまきとか、干し柿、柚子で作ったゆべしとか。お彼岸にもあっちこっちからおはぎが来た。体が大きいからたくさん召し上がるわよね、って重箱にぎっしり詰めてきてくれちゃうんだ。ほとんど相撲取り扱いだよ」

百瀬はおのれの腹を嬉しそうにポンポン叩いた。二村はマスクの陰で苦笑して、

「西峰さんの件に戻るけど、あたしの記憶はさておいて、なにか気になる話はない？　昔の住民に行方不明になっている人間がいるとか、重い病気の住民を最近見かけないというようなことは。住民本人でなくてもその親戚とか。噂でかまわないんだけど」

「さてね。まったく関係ないだろうけど、最近、西峰に新しく介護付き老人ホームができるって噂が飛んでるよ。地元でホームや施設を運営している福祉系企業の新規事業らしいんだけど、まだオープンどころか着工も、認可すら下りてないらしいのに、セールスレディがお年寄りを勧誘して回ってるのが気になるっちゃなるかな」

「民間の有料介護施設ってことになると、入居金だけでもまあまあいきそうね」

「まあ、まだお支払いまで至っていないそうなんだ。いずれそのセールスレディに話を聞くつもりではいるがね」

百瀬は考え込むように目をそらし、口調を変えた。

「西峰さんについては俺もずいぶん考えてみた。あんな死に方初めて見たからな。このあたりで自殺といったら、葉崎第二踏切に入るか、東海岸の崖の上から飛び降りるかだけど、どっちも発作的だ。やってくる電車を見ているうちに、断崖絶壁の上から海を見下ろしているうちに、ふらふらっと生死の境を越えちまう。でも、西峰さんのは違う。絶対に引き返すつ

もりのない覚悟の自殺だ。別の言い方をすると計画的だ」

「そうね。で？」

「刑事課の斎藤の言い分が正しかったような気がしてきた。〈パラダイス・ガーデン〉の女主人が一枚嚙んでいるんじゃないか、というやつ。つまり西峰さんを自分の庭に連れてきて、死なせてやったんじゃないかと」

「だけど自殺幇助の罪に問われたくなくて、しらばっくれている。ふぅん。十分にありうるわね」

「最初はそれ、違うんじゃないかと思ったんだけどね」

信号が変わり、またお年寄りが横断歩道をヨロヨロと渡り始めた。百瀬は腰を浮かしながら、言った。

「あの兵藤とかいう女主人、大切な庭に死体が現れて本気でうろたえているようだった。真剣に考えて、それでも知らないと証言しているようにも見えた。おっと」

百瀬はまた飛び出していき、道の真ん中で足が止まってしまったお年寄りを救出して戻ってきた。お年寄りはパチンコでとった、とチョコレート菓子の大袋を百瀬に手渡した。百瀬は嬉しそうに受け取り、こいつは後で、と冷蔵庫にいそいそとしまい込むと続けた。

「でも、俺は捜査員じゃない。地域住民から愛されるおまわりさんだ。職質は下手くそだし、他人の嘘を見抜くのは得意じゃないと自分でも思う。ことに女の嘘はさっぱりだ。認めたくはないがね」

「あー」

二村は言葉を濁した。百瀬の妻には浪費グセがあり、ネットショッピングで借金の山をこさえて離婚したのだった。百瀬は咳払いをすると、

「今にして思えば、警察官失格だよな。桐の箱に入った松阪牛とか、トロ箱にぎっしり詰まったタラバガニとか、明らかに場違いな高級食材が我が家の台所に積んであるのに、ポイントを貯めた、ふるさと納税の返礼品だ、懸賞で当たった、という女房の言い訳を真に受けてたんだから。早くに気づいていれば……いまさら言っても始まらないがね」

「家族って身近すぎて、案外気づけないもんよ。うちもそう。死んじゃってからよ、亭主の性格や好みがわかってきたのは」

「二村のダンナは捜査一課の凄腕(すごうで)刑事だったじゃないか。『多摩川(たまがわ)バラバラ殺人事件』で警視庁の鼻を明かしたり、『長後(ちょうご)駅前通り魔事件』を半日で解決したり、『白鳥賢治事件』を担当したりさ。花形中の花形だ。それにひきかえ、俺には長年一緒に暮らしていた女の嘘も見抜けなかった。西峰さんについては一度、〈パラダイス・ガーデン〉の女主人を締め上げてみることを勧めるね」

信号が点滅し始め、お年寄りが横断歩道の真ん中で小走りになった。百瀬は椅子を鳴らして立ち上がり、捨て台詞のように付け加えた。

「少なくとも御坂地区をうろついているよりは収穫があるだろうよ。ここは基本、平和な街だからさ」

2

義成定治（よしなりさだはる）は杖をついて御坂を登っていた。杖はチタン製で、持ち手はフックのように曲がり、棒の部分は少し重めだ。

足元はいささか若向きのスニーカーでかため、ポケットがたくさんついている釣り用のベストを着て、ポリエステルのスラックスをはいている。スラックスの膝下脇に目立たないようにチャックがついていて、これをあげるとスラックスが開き、膝を医師に診てもらいやすいのは「同病の士」ならすぐにわかる。

杖を握る手には薄いブルーの使い捨て手袋をはめ、その手で白いポリ袋を持っていた。中に「薬局」の文字が印刷してある紙袋が入っていることは、ポリ袋越しにも明らかだ。

傍目（はため）には、義成は杖を操ることだけに専念しているように見えた。シワも老人性のシミも、マスクでは隠せない。若い頃から記憶に残るようなご面相ではないことは、義成自身が知っていた。それが自分の武器だと気づいたのは仕事を始めてからだった。安全で安心な生活を送りたければ、人間、目立たないのがいちばんだ。

今日もそのつもりで万端整え、部屋を出てきたのだが、御坂の坂下付近はいつもと様子が違っていた。

秋の月曜日にしては人出がある。それも本来ならビーチで遊んでいそうな若いのがやたら目についた。サーフボードを抱え、イヤフォンやインカムをつけ、スマホを見ながら角々に立ち、あるいは〈ドライブイン児嶋〉の外のパラソルの下あたりに陣取り、ビーチパンツの脚を組んでクリームソーダをなめている。

都会の通勤電車に比べればスッカスカの屋外だが、御坂地区入口交差点付近にしては十分すぎるほど密だ。しかたなく予定のコースを外れ、別の目的地をめざして、こうして坂の上のほうまで上がってきたのだった。

もうじき正午で、住宅街のあちこちから昼食の匂いが流れ出ていた。ラーメン、カレー、パスタに丼物。出来合いやレトルトとわかる安っぽい匂い。どいつもこいつも、と義成は顔をしかめた。食をおろそかにしやがって。免疫力について考えたことがあるのか。

俺を見ろ。無農薬の玄米を三十回咀嚼(そしやく)し、新鮮な魚介でタンパク質とDHAを摂取。けさは菜洗地区でとれた新鮮野菜のグリーンスムージーを朝食にした。他にも健康に必要なサプリメントはしっかり押さえてある。セサミン、EPA、フコイダン、ノコギリヤシ、アントシアニン、レシチン、セサミン……セサミン二度目か。シリカ、アスタキサンチン、カテキン、ショウガオール、クロロゲン酸、リン酸塩……ん？　リン酸塩？

飲まなければならないサプリ、食べなくてはならない食品は膨大で、なかなか覚え切れないが、怯(ひる)んでどうする。手間を惜しんでいい人生が送れると思うなよ。

坂を登って路地に入った。人通りが途絶えた。以前から目をつけていた邸宅は古くて大きく、隅々にまで贅を尽くした見事な造りだった。若い世帯が同居していることを示す三輪車やキャンプセット、番犬や警備会社のステッカーのような野暮なものはいっさい見当たらない。大型バイクがある一方、洗濯物からして住んでいるのは夫婦、それも歳のいった夫婦だけのようだ。一階から大声の会話が聞こえている。

自然な足取りで敷地内に入り、ポリ袋を植え込みに置いた。耳を澄ませながら建物の奥に回った。夫の運転を妻が咎(とが)めている。いい加減に免許を返納したらどうなのよ。周囲の迷惑も考えてよ。喧嘩に集中して、他人が庭をうろついていることにも気づいていない。おあつらえ向きに二階のベランダの窓は開いていた。さらにありがたいことに、どうぞ踏み台にお使いくださいと言わんばかりの場所にエアコンの室外機が置いてあった。

義成の背中がシャッキリと伸びた。足は軽く室外機を踏み、杖を巧みに操って、音も立てずにベランダへと飛び移る。

二階の窓から侵入し、寝室の桐タンスの中にあったハンドバッグと、古希祝いと書かれた祝儀袋から十数万円抜き取って、植え込みに戻るまで二分とかからなかった。

夫婦の会話を背に聞きながら、義成はポリ袋を拾い上げ、再び杖をついて道に出た。

我ながら完璧な仕事だった。

うつむいて歩きながら、義成は高揚していた。仕事を終えて立ち去るこの瞬間が最高だと、いつも思う。

たとえ会話に夢中でなくても彼らは侵入に気づかなかっただろう。住民在宅時を狙う「居空き」は空き巣と違って、窃盗に入られたことにすら住民が気づかないのを尊しとしている。今回もおそらく金がなくなっていることに気づくのはずっと先のことだろうし、気づいても泥棒に入られたとは思わず、夫婦がそれぞれを疑い合うに違いない。

密かに微笑みながらも、でも、と義成は考えた。こんな調子じゃ必要な金を用意するには何年もかかっちまう。

義成が自分と同年輩の家庭を主に狙うのは、ほぼ間違いなく手元に現金を置いているからだ。現金。なんという美しい響き。クレジットや電子マネーなどクソ食らえ。なにが非接触だ、なにがポイント還元だ。現金なくしていい人生が送れると思うなよ。

だが本当は「金目のもの」だって大好きだ。

タンスには見事な黒真珠のネックレスやダイヤのブローチ、小箱に入った金歯もあった。以前の義成ならもれなくいただいただろう。ハイブランドの腕時計も。それと、床の間に飾ってあった掛け軸。ヘタクソだったが、海外にも名の知れた映画監督の落款があった。

昔なじみの故買屋ジョニーが今も生きていてくれたら、けっしてあの「金目のもの」たちを置き去りにしなかったのに。

ジョニーはすばらしい目利きで、高い技術力と繊細な想像力を併せ持つ関東一の故買屋だった。商品をきちんと調べ、見事な値付けをした。買い取った商品は「洗浄」し、場合によっては製造番号を打刻し直し、壊れた箇所は修理をして、完璧な状態にして市場に流通させた。愛用のこの杖だって、ジョニーの技術を見込んで特注で作ってもらったものだ。

そのジョニーが死んで、義成は「金目のもの」をすっぱりあきらめた。フリマアプリを使ってさばくことを考えなかったわけではないが、慣れない真似をして、いつ、どんな形で足がつくか知れたものではない。

義成は二十歳の頃から国民年金に加入していたし、貯金もあり、御坂地区に居心地のいいマンションも持っていた。部屋からは海と御坂地区の住宅街が見下ろせる。夕暮れどきにはベランダに出て潮風に吹かれながら以前に入った住宅の屋根を見下ろして、かつての仕事を反芻する。そして調子のいい日には、現役時代のカンを鈍らせない程度に安全第一のお盗めを果たす。

我ながらすばらしい引退生活を送っていると思っていた。得た金をすべて散財し、酒浸りになって早死にしたり、刑務所とシャバを行ったり来たりしているような、程度の低い同業者とは違うのだ。

だが先日、出がけにセールスレディに捕まって、近くに新しく建てるという介護付き有料老人ホームのパンフレットを手渡されてから考えが変わってきた。

一人暮らしだと、たとえコロナに感染して部屋で動けなくなっても、うっかりすると救急車も呼べない。仕事ができなくなったらいずれは施設に移りたい。じいさんばあさんに交じって毎日『むすんでひらいて』など歌う日々を送るのは願い下げだが、そのパンフレットの施設は狭いながらも個室があり、崖の上から海を見下ろせて散歩できる庭もある。すぐ近くに瑞福西寺もあり、元気な向きにはハイキングコースもあるようだった。

もう少し詳しく話を聞こうと思ったら、そのセールスレディはいきなり遠くを見るなりご検討くださいと逃げ出していった。呆れたものだが、もし詐欺なら、あんなバカみたいな女をセールスレディにはしないだろう。もろもろ考え合わせると検討してやってもいい。

ただまあ、金はかかる。マンションを売っても追いつかないかもしれない。

仕事がうまくいった高揚感の中で、ふと義成は思った。

金はまだ稼げる。足腰が丈夫な今のうちに、多少の無茶をすれば。

そう思ったのはこれが初めてではない。基礎疾患のある高齢者にとっては命取りかもしれないという病が流行し始めてからというもの、ときおり義成の脳裏をよぎる考えだ。もともと健康に気をつけ、他人との接触を避けてはいるが、歳をとることからは逃げられない。血圧は高く、動脈硬化や前立腺の問題もある。そろそろ遊び半分のお盗めもやめて、きっぱり引退するべきなのだ。

でもその前に、死ぬ前に、一度だけ。自分自身が納得できる仕事をやってのけたい。そのうえでいいホームに入れるだけの実入りがあれば……。

以前から目をつけている家があった。御坂のキワの路地奥にある高齢女性の一人暮らし。前田という表札が出ている。その住人女性、以前は有名な手芸の先生だったらしい。この先のローカルスーパー〈フレンド〉隣の葉崎信用金庫御坂支店のATMに、毎月第二週の平日のいずれかにやってくる。振込の他にまとまった現金を持って帰るのも調査済み。タンス預金はかなりの額になっているだろう。

何度か偵察し、現金はおそらく冷蔵庫の中と踏んでいる。だがこの手芸の先生は終活をしたらしく、今は広大な屋敷の中の水回りに近い部屋に寝室を移し、こぢんまりと暮らしていた。その目を盗んで屋敷内に入り、冷蔵庫までたどり着くには技術だけではない、運も必要だろう。

義成は顔をあげた。

そうだ。思い立ったが吉日だ。今日は調子がいい。足腰が悪いように見せているのは世を謀(たばか)る偽装だが、元が元気一杯というわけではない。夜中に何度もトイレに立つせいか、よく昼間でもぼんやりしてしまう。

だが、昨夜は久々によく眠れた。天気もよく、高齢者にとっては絶好の仕事日和だ。肩慣らしもすんだ。おそらく今日は十年に一度のラッキーデイ……あの世のジョニーならそう言うだろう。

義成は勢いよく振り向いて、高校生らしい少年たちの自転車を突き飛ばしそうになりながら元来た道を戻った。


前を歩いていた老人が急に振り向いてこちらに向かってきた。

児嶋翔太郎（しょうたろう）は驚きのあまり思わずブレーキをかけてしまった。老人は見向きもせず、停止した二台の自転車の真ん中を勢いよく通り抜けて行く。足が悪いと思っていたのに杖は宙に浮いたままだ。

「んだよ、あのジジイ」

榛原宇宙（はいばらこすも）が特徴的なハスキーボイスでつぶやいた。翔太郎は小さく尋ねてみた。

「ひょっとして気づかれたんじゃないか。すげえタイミングだった」

「まさか。気づくわけない。たまたまだろ」

そう言われても、と翔太郎は思った。腹がきゅうっと小さく鳴った。

父親が出ていき、母親が酒浸りになって育児放棄。五歳かそこらから生きるためにゴミ拾いからかっぱらい、葉崎マリーナでの使いっ走り、ときにはカツアゲや盗みまでなんでもやってきたコスモと違って、翔太郎はそこまで追い込まれたことがない。

父親が誰だか知らないし、母親は息子よりもオトコに必要とされるほうが大切で、そのオトコに幼い翔太郎が殴られているのを笑って見ているゲス女だが、祖父母には可愛がられてきた。祖父母は長年にわたって御坂地区入口交差点で〈ドライブイン児嶋〉を経営している。祖父の作るオムライスは絶品で、翔太郎の大好物だ。

二人とも厳しいことを言うこともあるが、基本的には翔太郎に甘い。よく〈ドライブイン児嶋〉の使っていない二階に泊めてくれるし、ときには小上がりに布団を敷いて一緒に寝てくれる。

葉崎西高校に合格したとき、翔太郎は二人にねだってクロスバイクを買ってもらった。中古だが、小回りがききよく走る。夜間に御坂の坂道を登ったり降りたりして走り回るうちに、翔太郎の運転技術は上達し、これまで翔太郎に見向きもしていなかったコスモが声をかけてくるほど太ももが立派になった。

「爺さん、命拾いをしたな」

道端に唾を吐いて、コスモはおどけたように言った。翔太郎は複雑な気分だった。これが翔太郎のやんちゃデビューになるはずだったのだ。

ハンドル操作を誤ったふりをして自転車をぶつけ、老人を転ばせて、大丈夫ですかと心配そうに話しかけながらベストの内側にある財布を抜き取る。万一の場合はコスモが手を貸して逃してくれることになっていたが、基本、やるのは翔太郎一人だ。

やり方を説明されたときは楽勝だと思った。杖をつきながらよろよろ歩いている老人などいいカモだと信じて疑わなかった。なんなら追い抜きざま杖を蹴ってやるつもりだったのだ。そうすれば前のめりになるだけで激しく転倒して頭を打ったりはしない、とそこまで計算していたのに。

「いいのかな、行かせて」

「バカ。あんな爺さん、他にいくらでもいる。ていうかさ、これ天のお告げかもよ。やっぱり最初が肝心だっていうじゃんか」

「なんだよ、それ」

「こんな寝ぼけた住宅地で、半ボケの老人いじめて数千円とったって自慢になんねえってことだよ。やっぱ、これだろ」

コスモがスマホの画面を突きつけてきた。翔太郎がよく見ようとすると、さっとスマホを引っ込める。一瞬SWANという文字だけが見えた。

「すげえバイトだろ。持つべきものは人脈だよな。な、やるって返事していいだろ」

翔太郎は唾を飲み込んだ。コスモの頭はこのSWANに回してもらったというこのバイトでいっぱいなのだ。

どういう相手なのか訊いたが、コスモは「オンジンだよ、オンジン」とニヤニヤするばかりだ。どうやらコスモが信頼している金持ちらしいけど、それ以上のことは教えてくれない。

「いや、でもさ。なんかこれヤバすぎないか。一回五十万って特殊詐欺でもそんなには出さないだろ」

「どっかの知らないオヤジに頼まれたんならオレだって乗らないけどさ。こいつは信用できるから。本気でヤバかったら絶対頼んでこないって。大丈夫。俺らの運転技術と機転があれば。絶対にうまくいく」

コスモはサドルの上にしゃがみ込むようにして乗り、はずみをつけて車体を回すと、しゃがれ声で自信たっぷりに言った。

「考えてみろよ。コロナでバイト先が全滅したんだ、大学の学費を貯めなきゃなんないしさ」

「コスモって大学にいく気なのか」

翔太郎は思わず尋ねた。コスモはハスキーな笑い声を立てると、

「当たり前だろ。オレには親も金も育ちの良さもない。学歴って肩書きは、そんなオレにでも手に入る最大の武器だ。いいとこに潜り込めればコネだってできる。同級生が医者だったり弁護士だったり官僚だったり、そういう人脈、起業するときにもきっと便利だしな」

こいつ、そんなこと考えてるのか。翔太郎はびっくりし、ついで感心した。そうだよな。オレだって先々のことを考えないと。じいちゃんもばあちゃんもめっきり歳をとってきた。いつまでドライブインをやっていけるかわからない。翔太郎が大学に進学するとき助けてもらえる保証はないのだ。自分でなんとかしなくっちゃ。

「だけど進学するならそれこそ犯罪歴はまずくね？」

翔太郎は気づいて、問いただした。コスモは冷静に言った。

「そりゃさ、失敗して捕まる危険性はあるよ。でも、オレらまだ十六歳だ。前科も前歴もない。ひったくり程度なら、魔がさしましたって泣いて反省すれば不起訴ですむ。逮捕歴が残っていてもそれで不利益を被ることにはならねーよ。被ったら訴えてやる。人権侵害っつってさ」

コスモはしゃがれ声でひきつったように笑った。

「なによ翔ちゃん。ひょっとして、やる気になってきた？」


前田颯平はソファに腰を下ろしてパンフレットを開いた。和泉渉がコーヒーを入れたカップを一つ颯平に渡すと覗き込み、なにそれ、と言った。

「こないだスーパーの前で、セールスレディらしいオバちゃんがお年寄りに渡してた。ついでにもらって忘れてたんだけどさ」

「へえ、老人ホーム？　西峰にこんなのできるんだ」

「らしい。まだ現地説明会の予約って段階だけど」

「こういうのって高いんだろ」

コーヒーをすすりながら渉が言った。颯平も一口飲んで、気づかれないように顔をしかめた。

颯平が焼いたカップをネットで売るようになってから渉はコーヒーに凝っている。カップを引き立てる演出のために、細い注ぎ口のついたシルバーのコーヒーケトルやドリッパーを用意し、葉崎東銀座から海岸道路沿いに移転したコーヒー専門店〈ブラジル〉で豆を買った。ぎこちない手つきで入れてみたら、これがびっくりするほどうまかった。

この成功体験で火がついた。ミルを買うことにしてネットで調べ、店に出向き、〈ブラジル〉の店主と意見交換してようやく購入。だが今ひとつ気に入らなかったと、バリスタのオススメを買い、口コミを精査して買い、直感で買い、キッチンはみるみるうちにミルだらけになった。まだ焙煎機の購入には至っていないが、「これならコーヒー豆だけじゃなくて、ゴマもお茶も煎れるから」と焙烙を取り寄せたので、時間の問題だろう。

ただ、凝り出してからの渉のコーヒーは、実をいうとあんまりうまくない。酸味が強すぎるし雑味も残っている。にもかかわらず渉は自信を深め、将来カフェを開きたいと言い出した。食器はもちろん颯平の焼いたものを使う。壁には渉のイラストを飾る。これらを商品として販売できるようにもする。

ありきたりな夢だが渉は真剣だ。叶えてやりたい気持ちはある。

問題は、やっぱり先立つもので……。

「まさかと思うけど、俺たちの将来を見越してホームを申し込んでおこうとか思ってないよな」

涉が真顔で言い出し、颯平はふき出した。

「俺らが施設に入るのは四十年は先だ。今申し込んだって入る頃には富士山の火山灰に埋もれてるかもしれないし、大雨で崩落するかもしれないだろ」

「じゃあ？」

「大叔母さんにオススメすることを考えてみた」

颯平はパンフレットをめくった。施設はいわゆるマンション分譲タイプらしい。独立した部屋にはキチネットとバストイレがついている。あとは価格に応じて寝室とリビングが別だったり、ワンルームタイプだったり。建物の一階には、食堂、共有スペース、大浴場などがあるようだ。

「けっこうするな、葉崎のわりに」

部屋の値段を指さして涉は言った。

「部屋より月々の管理費がな。人件費がかかるからって毎月十五万から二十五万だぜ。そんなに払えるヤツ、俺ら世代にはほとんどいないんじゃないか」

「問題は俺らじゃなくて大叔母ちゃんが払えるかどうかだろ」

涉はコーヒーをすすると、親指と人差し指で輪を作った。

「ぶっちゃけ、どうなのよ。大叔母ちゃん持ってんの？」

「わかんない。あの年代の人間って金遣いがビミョーだろ。前に行ったときに出されたお茶菓子、賞味期限が切れてたんだよ。嫌がらせなのかと思ったら『あら、あなた甘いものお嫌い？　だったら私がいただくわ』ってその菓子、パクパク食べたんだよな」

「そういうことじゃなくってさ」

渉は首を振った。

「うちの死んだおばあちゃんズはどっちも、もったいないが口癖で、ティッシュを一枚ずつ剝がして使って、使い終わった紙で食べ終わった食器拭いてた。でも死んだあと、父方のおばあと母方のおばあの貯金の残高、百倍違ってた。使い方で貯金額なんてわかんないよ」

「だからビミョーなんだって」

「入ってくるほうを考えようよ。年金とかどれくらいもらってんの。他に不動産を持ってたりは？　大叔母ちゃんはキルト作家として有名だったんだろ」

「立派な写真入りの重たい本を三十冊くらい出してたんじゃないかな。でも全部絶版になってると思う。現役当時は稼いでいたみたいで、大叔母さんが作ったオリジナルのベッドカバーサイズのキルトには百万以上の値がついたものもあったみたいだ」

「そりゃバブルの頃の話だろ。くだらないもんに高値がついたって聞いたぜ」

渉は軽蔑したように言った。颯平はいささかムッとした。

颯平が訪ねたときには前田潮子はすでに終活を終えていた。残ったキルト作品を数点見せてもらったが、その細工や配色、パターンの並べ方など驚くべきものだった。この人は芸術家だな、と颯平はそのときそう思い、奇妙な誇らしさを感じた。血のつながりはなくても、自分の親戚にこんな作品を生み出す人間がいたことに対して。

「そんな言い方ないだろ。完成まで何ヶ月もかかるものだってあるんだ」

「ま、おかんアートもアートのうちだからな」

涉はそっけなく切り捨てると、

「それだけ高値で売れたんなら、やっぱ貯め込んでるんじゃないか。子どもも身内もいないとくれば頼りになるのは金だけだ。調べられないのかな」

「どうやって。大叔父さん名義の土地家屋については自分にも権利があるけど、大叔母さんの貯金なんて関係ないからさ」

「え、死んだら颯平がもらえるんじゃないの」

「死んだ亭主の兄の孫ったら赤の他人だろ」

「なんだ」

涉は不機嫌にふくれてアトリエに引っ込んでいった。残された颯平は唇を噛み、カップを乱暴にテーブルに置いた。

二人でいれば、おたがいがいれば、それで幸せだと思っていた。今もそう思っている。天気のいい日に海まで出かけ、二人で散歩を楽しむ。安い食材を買ってきて一緒に料理する。

思い切っていいワインを取り寄せる。二人で寝袋に潜り込む。絵に描いたような幸せな日々。だが、コロナ禍とあばら屋と、一杯引っ掛けにいくのも難しい毎日が続くうちに、颯平は違和感を感じ始めていた。ちょっとだけ息苦しいような。二人で送る「正しい幸せ」に疲れてきているような。

きっと渉もそうなのだろう。ときどきこもったアトリエから話し声が聞こえる。誰かとネット上で出会って、たぶんいちゃついているのだ。別にかまわない。渉にだって息抜きは必要だ。直接会っていないのだから浮気とも言えないし。

問題は渉ではなく自分のほうだ。

昔から颯平は感情を表に出すのが苦手で、我慢して我慢して我慢して大爆発するのが常だった。周囲にとっては突然で、きっと理不尽に見えるのだろう。たいがいの人間関係は崩壊した。

このままの生活を続けていると、いつかまた臨界点を迎えてしまう。三十を過ぎて爆心地の真ん中にひとり取り残されるのは嫌だった。だからなにか変化が欲しかった。うまくいくわけがなくても、渉のカフェでいい、新しいことを始めたかった。

そのために必要なのは金。金のためには前田邸のあの家が必要だ。

颯平はパンフレットに目を落とした。大叔母のことはアーティストの先輩としてリスペクトしている。だが、そろそろ一人暮らしをやめて、施設に入って、面倒をみてもらう頃合いじゃないか。それが彼女のためでもある。

このパンフレットを持っていって大叔母と話してみようか。家は俺が面倒みるから安心して施設に入れと。大叔母がすんなりうなずくとも思えないが。芸術家なんてみんな頑固だ。そうでなければ納得のいく作品は作れない。

颯平は思いついて目を瞬いた。

だけど体の具合が悪くなれば大叔母も考えを改めるかも。例えば誰かに殴られるとかして、動けなくなれば。


先ほどまで泣き叫んでいた赤ん坊がやっと静かになった。それと同時に坂の上から〈ひよこ幼稚園〉の黄色いバスが見えてきた。

熊谷真亜子はできるだけ急いでバスが停まる四つ辻まで登っていった。今日はどういうわけか歩いている人や駐車中の車をよく目にする。うっかりするとぶつかりそうだ。

四つ辻では近所の数人の子どもたちが下車する。その子たちとそのママたち全員の名前と顔はすでに覚えていた。

相手の名前を挟みながら控えめににこやかに挨拶をした。ママたちも親しげに挨拶を返してくれる。そのまなざしに憐憫のようなものが含まれているのに真亜子は気づく。

治の声は大きく、家の壁は薄い。いつもはゴーストタウン並みに静かな住宅街なのに、けさにかぎって九時を過ぎた頃から人や車の往来が急に増え、そのせいか絢の機嫌が悪かった。落ち着かず、手足をばたつかせる。なにをしても泣きやまない。

案の定、治は怒り出した。赤ん坊を黙らせろ、仕事の邪魔だ、気の利かない女だ、と怒鳴る。

いつもは黙ってやり過ごすのだが、今日は真亜子も苛立っていた。怒鳴らないでよ、しかたないでしょ、赤ん坊なんだから。そんなにうるさければ自室にこもればいいじゃないの、と付け加えたが、それで治はムキになったらしい。ダイニングテーブルに仕事道具をすべて並べたまま、ここは俺の稼ぎで借りた俺の家なんだから、どこを使おうが俺の勝手だ、と威張ったうえに、おまえのせいで仕事にならない、とご自慢のバイクに乗って出かけていった。

ママ友たちの様子を見るかぎり、この顚末はすべてご近所に筒抜けだったらしい。

ま、いいけど。

最初は憐れまれるのがイヤだった。でも最近では願ってもないと思うようになった。治が顰蹙(ひんしゅく)を買えば買うほど、真亜子は「ひどいダンナを持った、かわいそうな徹ちゃんママ」という立場にいられる。見下(くだ)せる相手には、少なくとも表面上は、誰もが親切だ。

感染対策のため幼稚園が午前中で終わってしまい、子どもの相手をする時間が長くなり、つまりは自由時間が減ってママ友たちも苛立っている。仲間内のちょっとした言動がいつも以上に反発を招いているのを真亜子は見てきた。あのターゲットになるのだけはごめんだった。パンチングバッグの役割は家庭内だけで十分。バカにされようが憐れまれようが叩かれるよりマシだ。

バスが停まった。子どもたちがステップを下りてきた。徹は最後に現れた。なんだかしょんぼりしている。

「おかえり。どうしたの、なにかあった？」

「ママ、天志が休んだんだよ」

まだあまり回らない口で、息子は訴えた。親友の原天志が今日は現れなかったという。言われてみれば、いつもはバスを迎えに真っ先に現れる原沙優の姿が見当たらない。

「天志ちゃんならしばらく園をお休みするそうよ。けさ園に連絡があったって」

親子の会話を聞いていたママ友が、真亜子にそう言った。

「え、どうして？」

「例の監視カメラの件で、園に信頼がおけないって天志ちゃんのパパが言い出したんだって」

「パパ？　だって、沙優さんとこって離婚したんじゃ」

「あそこんちのパパは親権を持ってるのよ。養育権はママが持ってるけど。それにパパのお父さんが病気だとかで、天志ちゃんはしばらくそっちに行くらしいわよ」

嘘、と真亜子は思った。あたし、そんな話聞いてない。

「天志ちゃんパパのお父さんって、お金持ちなんでしょ。ほら、〈Ｃｏｎａ屋〉ってパンのチェーン店のオーナー社長ですって。都心の一等地に数百坪の邸宅があるって前にネットニュースで見たことある」

別のママ友が話に加わった。最初のママ友が首を傾げて、

「でもその社長って、実の父親じゃなくて養父って聞いたけど」

「養子だって実子と同じ相続権があるわけじゃない？　お父さんが病気なら点数稼ぎに孫を連れていくのは十分にありよね」

「だから、ママは羽を伸ばしに出かけちゃったんじゃないの。週末は飲み歩くんだって言ってたもん。いいよね、お金に困ってない人は」

「ホント羨ましい。ね、熊谷さん」

ママたちは顔を見合わせて、真亜子に言った。

なんとかうなずいたような恰好をしながらも、心臓はばくばく音を立てていた。自分の知らない沙優の話。自分の知らない沙優の家族の話。他のみんなは知っているのに。

どういうこと？

みんながいなくなると原沙優に連絡を入れた。まずはあたりさわりのない様子うかがいだ。天志ちゃんが休みだったって徹が心配しています。大丈夫？　すぐに既読になった、でも返事はない。

お腹すいたと騒ぎ出した徹をなだめすかし、お昼を買いにスーパー〈フレンド〉に行くことにして原家の前を通った。

原家は四つ辻から東へ進んだ場所に建つ。沙優の話では、祖父母が亡くなったので住んでいた家を取り壊し、三百坪の敷地を四分割して従兄弟たちと分けたのだという。沙優はじゃんけんに勝って道路に面した一区画をもらい、そこに自宅兼賃貸用の集合住宅を建てた。三階に天志と二人で住み、一、二階を人に貸して、その家賃で生活している。

金にも女にもだらしない元夫の今井彰彦は、離婚してからはむしろ子育てに協力的になった。葉崎マリーナにクルーザーを預けている関係で、ときどきは葉崎に来るし、そのときは天志の面倒をみているのだとは聞いていた。

うちの天志、小学校は私立に入れたいと思っているの、と沙優は手入れの行き届いたネイルを光らせながら、そうも言っていた。母方の祖母から受け継いだ那須(なす)の別荘を天志の進学資金のために売りに出したの、ちょうど売りどきだし。

沙優の話を聞くたびに、真亜子は羨ましくて息が止まりそうになる。お金さえあれば、あたしだって、治にバカにされ続けたりしないのに。

原家の敷地の残りの二区画に建設会社の幟(のぼり)が立ち、住宅の建築が始まっていた。道には建設関係のものらしき車がずらりと並んでいる。

真亜子は電気工事会社のバンの陰から原家の様子をうかがった。いつも原沙優が天志を遊ばせている三階リビングの窓が、今日は閉ざされている。換気に気を使う沙優のことだ、窓が閉まっているということは、やっぱり留守なのか。

いや。カーテンが動いた。女の手が出て、カーテンを引き直した。

沙優は中にいるのだ。たぶん、あたしにも気づいた。なのに無視するの？　どうしてよ。

徹に強く手を引かれ、真亜子はスーパーに向かってよろよろと歩き出した。胸に抱え込んだ赤ん坊が重かった。駐車中の黒い大型車にぶつかりかけて、慌てて立ち止まる。カーフィルムを貼った車のピカピカのボディに自分の姿が映っていた。都会のアパレルメーカーで働いていたときには、妊娠していても美容院に通い、楽だがきちんとして見えるように心がけていた。だが、今は……なんなの、これ。ひどい。顔はたるみ、目の下にはクマが出ている。

「ねえ、ママ。今日のお昼は焼きそばにしようか」

徹が真亜子の手をつかんで言った。真亜子はふだんの声を出そうと努力した。

「焼きそばがいいの？」

「徹はカメさんのパンがいいけど、パパは焼きそばが好きだから。ママ、またパパに怒られたんでしょ。だから」

胸の奥が痛くなった。親友と遊べずにしょんぼりしていた息子にまで気を使わせてしまうなんて、あたしはどんだけ惨めなんだろ。

赤ん坊を産んだばかりで、仕事をなくして、でも悪いことをしたわけではない。子育ても家事も精一杯やってる。なのにみんなに見下され、親友にすらまともに扱ってもらえていない。

心配そうな息子の顔を見下ろして、真亜子は目を瞬いた。気分を変えなくちゃ。辛い思いを子どもに振り分けるなんて絶対にダメ。

「ありがと。徹は優しいね。でも、いいよ。お昼はカメさんのパンにしよう」

「えー、いいの？」

「いいの。パパには焼きそばパンを買うもんね」

徹の顔がパッと明るくなった。一瞬、かつての治にそっくりに見えた。結婚する前の、まだ恋人だった当時の治に。不機嫌が常態化する前の治と同じ、伝染しそうな笑顔だ。

「焼きそばパンって手があったか」

徹がふざけて大声になった。真亜子は自然とふき出した。

「そだよ。その手があったんだよ。嫌とは言わせないもんね」

「もんねー」

徹は繰り返してきゃっきゃっと笑い、真亜子の手を振りほどいて先に立って走っていった。

その姿を眺めながら、しかたがない、と真亜子は自分に言い聞かせた。沙優には沙優の暮らしがある。事情だってあるはず。いつでも真亜子の愚痴相手になると言ってはくれたが、限度はある。依存されたら沙優だって迷惑だ。むしろ、こちらを避けるようになるだろう。

逆の立場ならそうすると思う。当たり前だ、子どもじゃあるまいし、そんなことわかってる。

わかっていても、徹に笑いかけながらも、喉の奥にゴムの塊が詰まっているようだった。

3

十二時を前に店は混み始めた。スーパー〈フレンド〉御坂店店長の岩生六郎(いわおろくろう)はガランガランと手鐘(ハンドベル)を鳴らし、マイクのスイッチを入れた。

「はい、お惣菜コーナー、本日のおすすめ品、アジフライ、アジフライができあがりました。猫島で水揚げされたばかりの新鮮なアジを、外はサクサク、中はふんわり、おいしいフライにいたしました。お魚苦手なお子様にも喜んでいただける〈フレンド〉特製タルタルソースをおつけして、五枚で四百五十円とたいへんお買い得。ぜひこの機会にお求めください……」

客たちは足早に惣菜コーナーへと移動した。アジフライは次から次へと買い物カゴに入れられ、レジには長い列ができた。岩生店長は顔見知りの常連客に挨拶し、他の客と距離をあけるよう優しく言い聞かせると、再びマイクを握った。

「はい、ベーカリーコーナー、お待ちかねのメロンパン、メロンパン焼きあがりでございます。葉崎産小麦使用の風味あるパンに、特製のクッキー生地をかぶせ、ザラメで仕上げた

〈フレンド〉自慢のメロンパン。人気商品でございますので、恐れ入りますが、ひと家族さま五点まででお願いいたします……」

店内にエンドレスで流れ続ける『スーパー・フレンドのテーマ』に合わせて踊っていた幼稚園児らしき男の子が、ママ早く、カメさんのパン焼けたって、と大声で叫びながらベーカリーコーナーに走っていった。ここのメロンパンは楕円形で、手足を引っ込めたカメに似ていることから、一部の子どもたちにはカメさんのパンとして親しまれているのだ。

そのちょこまかとした走りを見送って、岩生は感無量となった。

葉崎のローカルスーパー〈フレンド〉は大正時代、御坂地区が別荘地として開発された頃、右から左に〈フレンド商会〉と横書きにした看板を掲げてオープンした。創業者は、さる海運業者が十五人目だか十六人目だかの愛人に産ませた子で、自分で身を立てろと父親から申し渡されたとき、蚊柱の蚊ほどいる兄弟たちと鉢合わせせずに済むよう、へんぴな葉崎に移ったのだった。

父親のコネで舶来品が多数入荷することや、のちに関東大震災や戦争の影響から都心を離れて御坂で生活する人が増えたこと、潔癖だった創業者が、飲食物を扱うときはマスクに三角巾、手指の洗浄を徹底しろと強く指導したことなどが受けて、店は繁盛した。創業者は葉崎の名士となり、周囲に推されて市長に立候補、四期十六年を務めた。

その創業者が亡くなったのは、高度成長期の真っ只中だった。葉崎にも公団団地ができるなど人口が増え、セルフサービスが主流となった。二代目は社名を〈フレンド〉と変え、市内に七店舗を展開した。

だが岩生が入社した時代はひどかった。バブルに浮かれた三代目社長が経営失敗から二店舗を売却、三店舗の規模が縮小された。最初に配属された八幡団地店は団地内のシャッター商店街にあり、スーパーとは名ばかりの店構えだった。

店のシャッターには毎日落書きされ、酔っ払いの痕跡を掃除することで一日が始まる。日が落ちると暗い目をした少年少女が表にたむろし、団地の住人さえ寄りつけず、レジに行列ができるのは台風の日くらい。正社員は次々に辞めていった。病がちの両親の面倒を見る必要がなければ、岩生もとっくに退職していただろう。

明るい兆しが見え始めたのは十年前。今の社長が就任し、店内で作る弁当や惣菜、ベーカリーに力を入れるようになった。これが当たって業績はV字回復、〈フレンド〉は勝ち組企業を取り上げるテレビ番組に取材され、三角巾に頭を包み、マスクをした調理スタッフの姿は全国に知られるまでになった。岩生は長年の勤務態度が評価され、御坂店の店長に抜擢された。創業の地である御坂地区の店は小体だが、我が社にとって特別な店だ、その店をきみに託したい。内示を受けた一昨年、社長にそう言われたのだった。

岩生ははりきった。当初は、年配客が多いことから薄味の惣菜を増やしたものの売れ残る、といった失敗もあったが、自ら生産者を回って地元産の新鮮な食材を集め、惣菜レシピを募集し、高齢者や子育て中の常連客のために御用聞きスタイルを復活させた。その甲斐あってか、海岸道路に外資系巨大スーパー〈ドンドコ〉ができてからも御坂店の売り上げは右肩上がりだ。

来し方に目を潤ませていると、突然、肩甲骨を遠慮なく突かれた。現実に戻った岩生は、振り返る前から誰の仕業か悟ってうんざりした。

パートの茂木（もぎ）は八十三歳。二代目社長の頃から御坂店で働いていると称し、店長どころか社長に対してすら遠慮のかけらもないが、名物店員として〈神奈川デイリー新聞〉葉崎版に取材されたこともある。バケモノみたいな記憶力の持ち主で、無遅刻無欠勤、元日以外は毎日店にやってくるから、少々煙たいくらいではクビにもできない。

その茂木がなにか言った。岩生はシワだらけの顔を見下ろした。

「茂木さん、前にも言いましたが、いくらマスクで見えなくても入れ歯は外さないように」

茂木はマスクを外し、エプロンからむき出しの入れ歯を取り出してカポッと口にはめた。おかげで三千年乾かされていたような見た目が、三日ほどぬるま湯で戻されたようになった。岩生は身震いした。三角巾にマスク、手指の洗浄の徹底が〈フレンド〉の伝統だっていうのに。意味ないじゃないか。

「ケーサツが来てますよ。店長から話が聞きたいっていうんで事務所に通しときました」

「警察？　誰か万引きの通報でもしたんですか」

「じゃなくて、聞き込みだね」

茂木は思わせぶりに首を振って白目をむいた。茂木が記憶を呼び起こすときの癖なのだが、何度見ても慣れない。きっとこの人の死に顔はこんなだろうな、とつい考えてしまうのだ。

「二村貴美子って名前に覚えがある。葉崎署の捜査員ですよ。ずいぶん昔の話だけど、店に聞き込みに来たことがあったっけ。うちの従業員のケータイが詐欺に使われたって話でさ」

バックヤードへのスイングドアを通り抜け、八月の落雷以来、何度絞っても勝手に大音量になってしまう『スーパー・フレンドのテーマ』に包まれながらコンクリートの土間を通った。事業者ゴミの土曜日の回収が取りやめになったため、週末のゴミを溜めておくために新しく作った物置の前を抜ける間も、茂木はペラペラとしゃべりながらついてきた。

「そんなことまるでしそうもない人だったもんだから、おかしいってんで調べたんだ。調理スタッフに入ってたパートの女が、同僚のケータイ勝手に使って詐欺電話をかけたんじゃないかってことになった。そりゃそうだよね、自分のケータイで詐欺なんかしないよ。でも捜査が入った頃にはそのパート、とっくに辞めてたし、その後、その事件がどうなったのかわかんないけどさ」

追い払う口実も思いつかないまま、岩生は茂木を伴って搬入口の脇の事務所に入った。バックヤード向け放送の音量を絞り、お待たせしましたと言いながら相手を見て、岩生は絶句した。

なにこれ。フェイスシールドじゃなくてサンバイザー？

「先週、西峰で亡くなった身元不明者の持ち物にこんなものがあったのですが」

葉崎警察署刑事課総務担当警部補の肩書きの名刺を渡すと、二村貴美子はサンマの刺繍付きミニタオルの画像を差し出した。サンバイザーに気を取られていた岩生は、なんとか視線を画像に移して、ああ、と言った。

「うちのオリジナル商品です。去年の冬ごろに製作したんですが、誰の趣味なんだか海鮮系ワンポイント刺繍で、あんまり売れなくてね。ミニタオルなんて外出しなけりゃ使いませんから。八月以降はいくらかはけたんですけど」

「持っていた女性はこの人です。お心当たりは」

二村は似顔絵を差し出した。岩生は首をひねった。

「さあ、いや、すみませんが」

「見覚えはない」

「というか、こういう雰囲気のお客様、うちには大勢みえますから」

女捜査員を見返して、岩生はギョッとした。サンバイザーには岩生の顔が映し出されていた。十代の頃から働き続け、結婚もせずに病がちの両親の面倒を見てきた男の顔。その両親が、家を売って楡ノ山にできる新しい老人ホームに入居したいと言い出したときには、きっとこんな歪んだ顔になっていた……。

「このミニタオルが売れた日時を知りたいんです。レジを調べればわかりますよね」

「日時ですか。そりゃまあ、わからなくもありませんが」岩生は我に返ってげんなりした。

「商品番号がわかればすぐに検索できます。でも正確な日時を知るにはその月のデータを一つ一つチェックしなくちゃならず」

「お願いします」

「本気ですか」

「ぜひともご協力を」

サンバイザーがぐいと迫ってきて、岩生は思わず後ろに下がった。

「忙しいので、今すぐというわけには」

「そこをなんとか。日時がわかれば、監視カメラ映像も見せていただきたい」

押し問答をしていると、首を伸ばして画像を眺めていた茂木が口を挟んだ。

「そんな手間かけなくても、いつ売れたかわかるよ。金曜日の昼すぎだったかな。ミニタオルと水買って、たぶん裏から出ていった客だと思う」

「裏から？　どういうことです」

茂木は白目をむいた。二村がギョッとしたように身を引くのを岩生は笑いをこらえて見守った。妖怪対ロボット、令和の大決戦。

「レジで精算して店を出かけたんだけど戻ってきて、トイレを借りたいって言った客だよ。

バックヤードに通したきり店内には戻ってこなかったから、そのまま裏から出ていったと思う」

トイレはプレハブのすぐ脇にある。搬入口も目の前だ。

二村は似顔絵を見せて再確認した。

「この女性ですか」

「帽子をかぶってマスクしてたから絶対とは言えないけど。レジがミニタオルの包装を外して渡してた」

二人は揃って岩生を見た。しょうがねえなと思いながら、岩生は監視カメラ映像が見られるモニターの前に移動した。

「金曜日っていうと、二日の昼過ぎですか」

二台のモニターはそれぞれ四分割されていて、正面玄関、レジ、バックヤードへの出入口、店内数ヶ所、駐車場など八ヶ所の映像が見られるようになっていた。時間を戻し、少し早送りにして映像を流し始めた。

十一時半頃から店は混み始めた。できたての惣菜が並ぶたびに客たちがちょこまかと動いて惣菜売り場に移動し、レジに行列を作る。床に足の大きなマークをつけて間隔をあけるように指示してあるのに、間を詰めようとするせっかちな客もいて多少もめている。そこにすかさず茂木が行って手際よくさばいていた。

客がひっきりなしに正面玄関から入ってきて混雑していたのが、一時を少し過ぎたあたりですいてきた。茂木が、あ、と言って、正面入口の映像を指さした。戻してノーマルスピードにしてみると、紺のスカートスーツを着て茶のショルダーバッグをかけ、パンプスを履き、帽子を深くかぶって、模様入りの布マスクをした女性が急ぎ足で店に入ってくるところが映っていた。入口の消毒液を手に受けるとうつむきがちにカゴを手に取り、入口のほうを振り返りながら店の奥へ進んでいく。

やがて別のカメラに彼女が現れた。小さめのペットボトルを手にとり、レジへ向かう途中、雑貨コーナーでミニタオルをとった。すいているレジに行き、現金で会計を済ませる。あとは茂木の言った通りだった。ミニタオルの包装を外してもらい、むき出しの水を持ったままタオルで顔の汗を拭き、足早に出口に向かったがいきなり立ち止まり、店内に戻り、目の前が駐車場の見える窓になっているサッカー台でしばらく立ち止まっている。やがて、急に身を翻したと思ったら、客のいないレジを勢いよく逆走して茂木に話しかけ、案内されてバックヤードに向かっている。

ずいぶん長く先まで流したが、その後、彼女は店内には戻ってこなかった。

「茂木さんの記憶通りでしたね。でも、これじゃさっきの似顔絵の女性とこの人が同じ人物かどうかはわからないし、会計が現金ではこれ以上お客様の身元の調べようは」

ないんでこれで、と岩生が言いかけたとき、サンバイザーを上げて画面を凝視していた二村が体を引いて言った。

「同じ人物ですね」

「なぜ言い切れるんだい」

茂木が訊いた。二村はサンバイザーを戻すと、

「一度戻ってきてから荷物を詰める台のあたりに立ち止まっていましたよね」

「窓の外を気にしてるみたいだった」

「それもありますけど、彼女の手元。戻せますか」

岩生は言われたところに映像を戻した。二村は画面の女性を指さした。

「ほらここ。見てください」

本人の体の陰になって手元が見えないが、どうやら、

「台の下にあるゴミ箱になにかを捨てています」

「あ、ほんとだ。レシートかな」

「ポイントカードかも。え、ちょっと待って」

岩生は映像を戻し、また再生して目を凝らした。女性の手から次々にゴミ箱に投げ込まれているのは、

「これってキャッシュカードじゃないですか。あ、次のはクレジットカードだ。あれ、お薬手帳？　おいおい保険証だよ」

「亡くなっていた女性はこの手のＩＤやカードをまったく所持していなかった。ここで捨ていったからですね」

「だけど、いったいなんで」

茂木がぼそりと言った。岩生は指を組んで、

「身元を知られたくない事情があったってことなんじゃないの。刑事さん、この人もしや自殺したんですか」

「そうですが」

「だったらなにもかも潔く捨てていくのもわかる気がしますけど」

「そうかなあ。なにもこんなところに、そのまんま捨てなくたってさ。なにを慌ててるんだろ」

茂木が首をひねった。岩生は思わず手を挙げた。

「もしかして誰かに見つかったんじゃないですか。例えば、彼女の自殺を止めようとしている人が店の表にいたとか」

言いながら、もう一度映像を戻して通常スピードで流した。女性が店に駆け込んできた、買い物をして店を出かける、戻って外を見ながらカード類を捨てた、茂木に話しかけてバックヤードに行った……。

岩生は目を凝らした。女性が店の奥に急いでいると、正面入口から一人の男が入ってきた。

オールバックにした髪は真っ黒だが、額に刻まれたシワが年齢を物語っている。七十歳はすぎているだろうか。シャツにループタイ、薄いグレーのジャケット、黒っぽいズボン。石のはまった指輪。年季の入ったウェスタンブーツ。

男は店内を一周するとそのまま外へ出ていった。

「おや。いい男だねえ」

茂木が身をくねらせた。岩生は思わず、どこが、と言った。

「どこがって全部だよ。爺さんだろうに色気ってもんがある。アタシこういう闇の世界から出てきましたってのがタイプなんだよ。葉崎にはあんまりいないけど……でもなんだか、見覚えがあるような気もするね」

身を乗り出していた二村がサンバイザーを下ろし、一歩離れて息をついた。

「もしかして刑事さん、この男をご存知なんですか」

サンバイザーのせいで表情は読み取れないが、二村が苦々しい顔つきになっているように岩生には思われた。

「まあね。見覚えがあるのも当然ですよ。こいつの名前は白鳥賢治。かつて『日本一有名な殺人容疑者』と呼ばれた男です」

第４章

闇と光のキルト

Quilt in Dark & Light

1

葉崎市民にとって、楡ノ山ハイキングのハイライトは山頂近くの〈初日茶屋〉。正確に言えば、茶屋の団子だ。

茶屋の主人は京都で修業をしていた和菓子職人だったが、偶然訪れた楡ノ山の水に惚れ込んでこの地に移り住み、山頂近くの滝のそばに小屋を建て、団子作りに取り組んだ。

朝日とともに目覚め、鳥を友とし孤独に耐え、石臼や米俵を担いで小屋まで運び、米粉を作り、あるときは滝に打たれ、あるいは山中をひた走って足腰を鍛えと、なにもそこまでというほどの試練を自らに課した結果、五年後には我ながら究極と思える団子が完成。立ち寄った登山客に供したところ、うますぎると大評判をとった。以来〈初日茶屋〉の団子は、苦労して山を登らなければ食べられない、というハードルを含めて、葉崎市民に愛されてきた。

ここの団子に串はない。一口サイズに丸められたものが、沢の水で冷やしたあずきあんにとっぷりとひたった状態で供される。主人の気分と季節によっては楡ノ山の山栗で作った特製の栗あんで出されることもある。これに当たった登山客は喜びのあまりそのおいしさを数倍に盛って吹聴し、今ではこの山栗団子、幻の銘菓と呼ばれ、秋の登山客増加に一役買っている。

だが、なんといっても〈初日茶屋〉の団子の真髄は団子そのものにあった。もっちりと柔らかくよそでは味わえない食感で、一説によると楡の木の内皮を干し、臼でひいた粉が混ぜてあるそうな。だから楡ノ山でしか作れないのだと。

その話が本当か〈初日茶屋〉の主人は黙して語らないのでさだかではないが、真実なら団子作りにはおそろしい手間がかかっている。主人が毎週月曜と火曜の二日間は店を閉め、仕込みにあてるのも無理はない。

「だから月曜日にこんなとこに来るヤツはモグリだってんだよな」

ベンチに寝転がっていた〈楡ノ山ハイキングコース入口駐車場〉の管理人は、入ってきた横浜ナンバーの黒い4WDに気づいて愛犬に言った。

犬はコンクリートに腹を押し当てたまま、短い尻尾を振った。秋の日差しは正午を過ぎていよいよまぶしく駐車場に照りつけていた。絶好の行楽日和だが駐車場はほぼ空だ。ロータリー周辺の土産物屋や軽食屋など、近くにある〈蕎麦・井澤屋〉もすべて閉店している。だって月曜日だもの。

管理人はしぶしぶ起き直って、あくびをした。

西峰の地主だった石塚公輝はその昔、〈久我茂工務店〉の口車に乗って西峰の一部を別荘地として分譲し、さらに別荘を建てて貸し出すという事業に乗り出した。

そのとき管理会社として〈ウエストピーク商会〉を設立。仕事もせずにぶらぶらしていた親戚を管理人として雇い入れた。管理人というからには居住者や店子のクレームに従って多少の管理——詰まった雨どいの掃除とか、割れた窓ガラスの修理や業者の手配など——をすることもあるが、疲れてくると愛犬とともに駐車場の入口脇のベンチで駐車料金の徴収に当たっている。

アンテナを立て、車内が見えないよう窓に濃いカーフィルムを貼った4WDは駐車場を一周し、管理人と犬のいるベンチの前に停まった。ついで運転席の窓が全開になり、ブラックスーツを着た男が顔をのぞかせた。首はとんでもなく太く、耳はカリフラワーのよう、腕は冗談みたいに太かった。

男はサングラスを外し、案外とつぶらな瞳で管理人を見た。

「ちょっと訊くが」

「いらっしゃいませ。〈楡ノ山ハイキングコース入口駐車場〉にようこそ。駐車料金は一律七百円になります」

管理人は愛想よく言った。

「半日でも三分でも料金は変わりません。ただしオーバーナイトは認められません。駐車場での煮炊き、キャンプ行為も禁止。駐車場のトイレは有料、無料のトイレがご希望なら、ハイキングコースを十分ほど登ったところにある〈楡ノ山キャンプ場〉のトイレをご利用ください。その先は山頂までトイレは……」

「ちょっと訊くが」

男は辛抱強く繰り返した。

「ここらはいつも、こんなにすいているのか」

「月曜日だもんで」

得意の口上を遮られ、管理人はムッとしながら答えた。

「〈初日茶屋〉が休みですからね。わざわざ山を登ろうなんて物好きはあんまりいませんよ」

「でも何台か車は停まっているな」

男は駐車場の外れに並んでいる車に向かって、顎をしゃくった。

「そりゃアタシにだって足は必要ですからね。家は御坂三丁目なんですよ。あそこっから山道を歩いてきたら片道三時間半はかかりますからねえ。アタシはね、つい先日も言ってやったんだが……」

「他の車もあんたのか」

「軽トラは全部、キノコ採りに来た連中のだね。今年は比較的雨が多かったんで、楡ノ山ではキノコが豊作なんですよ。道の駅でもよく売れて、いい小遣い稼ぎになるらしい。ただし、キノコ採り名人でも間違えて毒キノコを採ってしまうことがありますからね、素人さんは手を出さないほうが……」

「このあたりに貸別荘はあるか」

男は手元のタブレットを見ながら訊いた。管理人はもみ手をした。冷やかしかと思ったら意外にいいカモ、じゃなかった客かもしれないぞ。貸別荘の賃料の管理も彼に一任されている。契約書に記載の賃料はごまかせないが、山の管理費を上乗せした上で懐に入れるのは管理人としての特権だと彼は考えていた。

「ありますとも。ファミリー向けですか、それとも二人の世界を堪能なさりたい？　マニアの方には隠れ家的な物件もあるけど」

男は興味をそそられたように、窓から首を突き出した。

「その隠れ家というのは、どんなものだ」

「お子さんがおありなら断然、ファミリー向けがいい。子どもがどんなに大声を出しても、隣近所に迷惑をかける心配はありません。西峰の入口に三角屋根の洋館が見えたでしょ。あの付近にも八軒ほどの別荘があるんですよ。このコロナ禍で引き合いが多ござんしてね。古いが自分で手入れをすれば……」

「その、隠れ家の件だが」

「カップル向けも三軒あって、うち一軒は空いてます。意外と回転が早いんですよ。ちょっとコンビニ、ちょっとスーパー、なんてことすらできずにいると、いくらラブラブでもじきにおたがい気が滅入ってくるようで、すぐに解約……」

「隠れ家とは、どんなものだと訊いている」

男は声を大にした。管理人はそっとため息をついた。あきらめも察しも悪いヤツだよ。あれは賃料どころか管理費も取れない物件なんだよな。

「山の中にある一軒家ですわ。都会の人が考えるような、癒しの隠れ家とかオトコの隠れ家なんておしゃれなもんじゃない。ガスなし電気なし水道なし、『平家の隠れ里』的なものの家版ですな。水は近くの沢で汲み、火も自分でおこす。食料もエネルギーも調達は自己責任ですからね」

「住めるのか、その家」

「さあ、もう道も埋もれてなくなってるくらいだから、建物も腐っちゃってるかもしれないやね。そもそもはうちのもんじゃないんですよ。〈久我茂工務店〉がドサクサ紛れにうちの土地に余った建材で勝手に建てたもんでね。成り行き上うちの管理下にあるってだけで……」

男は喉の奥でうなった。

「じゃあ、その件はいい。では、このあたりで見慣れない不審な人物を見かけたことはないか」

「そりゃありますよ」

管理人はふてくされて答えた。なんなんだ、この二十年遅れのメン・イン・ブラックは。人の話も聞かないで。

「いつ。どこで」

「今。ここで。ここらじゃ見かけないよね、あんた」

男の顎の周囲がひきつった。管理人は唾を飲み込み、犬が尻尾を足の間に入れた。

「他には」

「ほ、他ですか。いつもの年なら瑞福西寺さんや〈パラダイス・ガーデン〉に来るお客さんは月曜日のほうが多かったりもするんだけどね。道はすいてるし客も少ないし、料理もゆっくり出してもらえるから。だけど春以来どっちも休業中だ。おまけに瑞福西寺の庵主さんは胆嚢炎で入院中だってんだから。今日あたり、寺や庭めあてで来るヤツはいないだろうよ」

男はサングラスを顔に戻し、無言で車を発進させた。登ってきた軽ワゴンと駐車場の入口でぶつかりそうになったのをかわして山道を下りていく。

管理人と犬がその様子を見送っていると、急ブレーキを踏んだ軽ワゴンから女が降りてきた。顔が色付きのサンバイザーにすっぽり覆われ、昭和のロボットアニメの脇役みたいに見える。

女は憤然と黒の4WDが走っていった方角をにらんでいたが、やがてベンチに向かってのしのしと歩いてきた。管理人は愛想よく言った。

「いらっしゃいませ。〈楡ノ山ハイキングコース入口駐車場〉にようこそ。駐車料金は一律七百円になります」

女はＩＤを出して、管理人に訊いた。

「〈パラダイス・ガーデン〉に行きたいんだけど、車はここに停めるべき？」

2

兵藤房子は口をあんぐりと開けたまま、そのパンフレットを眺めていた。

表紙には相模湾を背景にした〈パラダイス・ガーデン〉の全景写真に、三階建てのマンション風の建物が合成され、その前に複数のお年寄りが立ったり車椅子に座ったり。パステルカラーの制服を着た介護ヘルパーらしい優しそうな男女がお年寄りに寄り添っている。

写真の下にはこんな言葉が印刷されていた。

「相模湾を望む景色のいい場所に終の住処を――介護付き有料老人ホーム〈パラダイス・ガーデン楡ノ山〉現地説明会ご予約開始！」

分厚い紙を使った八頁のパンフには「運営団体〈葉崎葉桜会〉代表・石塚公典ご挨拶」と、葉崎在住のハードボイルド作家・角田港大先生のエッセイ「葉崎に暮らす」の抜粋、さらには七タイプあるという部屋の間取り図などが配置されている。そのあちこちに、〈パラダイス・ガーデン〉やそこに咲く花の写真などがちりばめられていた。

「〈パラダイス・ガーデン〉ってここでしょ。庭の景色は写真と同じだし」

パンフを持ってきた客は、とげとげしく房子に言った。

スープの残りをクリームシチューにアレンジし、冷凍庫で発見したごはんにかけてチーズをたっぷりのせたドリアをオーブンに突っ込んだところへ、予約なしに息子らしい男の運転する車で現れた客だった。いや、客ではないか。この老女、防虫剤の臭いを撒き散らしながらズカズカと門扉から入ってくると、開口一番、どうしてくれるんだ、と房子に詰め寄ってきたのだった。アタシの終の住処で死人を出すなんて。

派手なウイッグを載せて、サングラスとマスクをし、タンポポみたいな黄色いスウェットに黒のパンツを穿いている。目の周りは黒々と縁取られ、マスカラもたっぷり。三十歳は年上だろうけど、と気圧(けお)された房子は考えた。女子力もはるかに上みたい。

「確かに〈パラダイス・ガーデン〉って名前は同じだし、写真もうちの庭みたいですけど……」

「ほら。そうなんでしょ。ここのことなんじゃないの。なんで違うなんて言うのよ。聞いた、淳(あつし)ちゃん。ママの言った通りでしょ」

老女は勝ち誇ったように息子に向かって、

「思った通りだわよ。あの記事見て私、ピンときたんだから。絶対に隠蔽(いんぺい)するつもりだって。老人ホームの予定地で自殺だなんて縁起でもないですからね。ごまかそうったってそうはいかないわよ」

「いやいやいやっ」

房子は手と首をぶんぶん振った。

「そういうことじゃないんです、違いますって」

「違わないでしょ。自殺者が出たこと、隠すつもりなんでしょ」

「いや、だから。そもそもうちは老人ホームのことなんか、なんにも知らないんですって」

「は？　なに言ってるかわかんないわよ、早口で。わかるようにしゃべんなさいよ」

老女は房子をにらみつけた。補聴器を押さえつけるようにして、

「年寄りだと思ってバカにすんじゃないよ。もしや、老眼の年寄りはベタ記事なんか見ないとでも思ってたかい？　残念だったね。死んだ亭主は常日頃、新聞はベタ記事から読めと言ってた。世渡りのヒントはここにあるってね。こっちは遺言守って〈神奈川デイリー新聞〉を隅から隅まで読んでんだ。楡ノ山西峰の庭で自殺と思われる女性の身元不明死体発見、って記事だって、見逃したりするもんか。それともなに？　この記事は神奈川デイリーの誤報だってのかい」

「いや、ここで知らない人が亡くなったのは事実ですけど、そうじゃなくて」

「ほら。やっぱり死んでるんじゃない。都合の悪いことはすぐごまかそうとするんだよね、最近の連中は。どいつもこいつも往生際の悪い。事実は最初っから認めなさいっての。ジタバタするからよけいに傷口が広がるんだよ」

「だから、そういうことじゃありませんって。写真と名前を無断で使われただけで、そもそもうちはこのパンフとは無関係なんですっ」

房子は躍起になって口を挟んだが、相手は補聴器をいじりながらしゃべるのに夢中で、聞いてもいなかった。

「こうなったらもう、余分な費用なんか一銭も払うつもりないからね。むしろ口止め料をもらいたいくらいだ。でも、こっちは別に困ってないから金じゃなくていい。最上階の、このDタイプ」

老女はパンフをひったくると、震える手で間取り図の中でもいちばん広い部屋の頁を開き、房子に向かってぐいと突き出した。キチネットとバストイレ、リビングにベッドルームがついて二千八百万より、とある。

「眺めがよくて広さに余裕があるから、老人どもが裏金積んで争ってるんだって、おたくの気の利かないセールスレディに聞いたけど、いいかい、この部屋は私に用意おし。そしたら自殺の件は他の入居希望者に黙っててやる。正規の料金はきちんと払うんだからね、文句ないだろ」

おいおい。

房子は思わず天を仰いだ。なにこれ。いったいわたしはこの件を、どっから突っ込めばいいわけ？

「もし、いやだってんなら自殺の件を吹聴してやるよ。死にぞこなった友人がまだ大勢残ってるんだからね。現役時代はみなひとかどの人物だったんだ。マスコミもいるし政治家もいるし、法律家やコメンテイターだっている。楡ノ山の〈パラダイス・ガーデン〉は金のために孤独な老人の孤独な死を隠そうとしていると訴えれば、テレビにも取り上げられるし、噂も広まる。ホームの部屋は売れなくなる。やがて値崩れを起こす。どうだい、この交渉に乗らずに困るのはそっちだからね」

房子はため息をついて、「淳ちゃん」を見やった。還暦を過ぎたばかりと思しき息子は、我関せずとばかり、離れたところに突っ立っている。

「すみませんけどお母様におっしゃってください。うちはこの老人ホームとはなんの関係もないって」

息子はだるそうな視線をこちらに向けた。

「だってここは〈パラダイス・ガーデン〉なんだろ」

「三十年前からそうですけど、見ての通り、老人ホームではありません」

「バカじゃないの、あんた」

息子は眠そうに言った。

「これから現地説明会をするってんだから、建てるのはまだ先なんだろ」

「どっかの誰かがそんなこと考えてたとしても、うちは立ち退くつもりはありませんので」

息子はボサボサの頭をかきながら、こちらに向き直った。

「は？　なに言ってんだ、あんた」

「いえ、ですから……」

「要するにこういうことか。あんたが立ち退かなきゃ、この老人ホームは作れないって話か」

えーと。房子は思案した。そういうことに、なるのか？

「かもしれませんが、そもそもまだホームを作るかどうかも知らされてなくて……」

「あ？　冗談じゃないぞ。だったらとっとと立ち退けよ」

息子は房子の足元に唾を吐き捨てた。

「やっとママの気に入るホームが見つかったっていうのに断りもなく予定を変更するな。こっちがどれほど長い間、施設を探してると思ってんだ。そんなの詐欺じゃないか。訴えてやる」

いや、だから。房子は破れかぶれになって、大声でわめいた。

「わたしはここに老人ホームを作るなんて聞いてません。立ち退きの話さえまだ出てません。なのに勝手に現地説明会するとか、こんなパンフ……初めて見たんだからっ」

老女は怯えたように後ずさり、息子の腕をつかんだ。

「なんなのこの人、大声出して。怖いわ、淳ちゃん」

「おい、あんた。年寄りをいじめて楽しいか。これ以上ごちゃごちゃ言うなら通報すんぞ」

息子はスマホを取り出し、どうだという顔になった。房子は完全にキレた。なによ。なんなのよ。理不尽な言いがかりをつけてきたのはそっちのくせに。人の死を使っていい部屋を確保しようとした脅迫者の分際で、年寄りを口実に被害者ヅラすんなっての。

「上等だわ、呼んでもらおうじゃないのケーサツ。四十分はかかるけどっ」

「こっちは税金払ってるんだ、四十分も待たせる気か」

「わたしに言うな、ケーサツに言えっ」

腹の底からドスのきいた声が出て自分でも驚いた瞬間、扉が開いた。サンバイザーで顔を覆った女がのしのし入ってきて言った。

「警察ですが、呼びました?」


房子は二村貴美子の名刺をガーデンエプロンのポケットに入れ、頭を下げた。

「ありがとうございました、刑事さん。おかげで助かりました」

「災難でしたね。ま、相手の物わかりがよくてよかった」

二村は真顔でイヤミを言い、房子は笑いそうになりながら手を振った。

「いえいえ、あのままじゃ、わたしが悪者にされるところでした」

実際、二村の対応は見事だった。マスクの上にサンバイザーという旧式の近未来ロボみたいな見た目と突然の登場で双方の毒気を抜き、その場の主導権を握ると、パンフレットをよくチェックして言ったのだ。

「このパンフは誰から手に入れました？　セールスレディ？　顔見知りの？　はあ、初めて会う相手だった。なるほど。うーん、このパンフには随所におかしなところがありますね。この下の細かーい字で書かれた情報ですけど、まず建設予定地の住所がねえ。葉崎市楡ノ山地区西峰三十八番地とありますが、楡ノ山地区という地名はありません。このへんは西峰地区といいます。この庭の住所は確か」

二村は房子を見た。房子はうなずいて答えた。

「西峰地区五番地です。郵便は『西峰地区パラダイス・ガーデン』で届きますけど」

「だそうです。それとここ。運営団体〈葉崎葉桜会〉代表の挨拶がありますが」

「〈葉崎葉桜会〉は実在する組織だろ。葉崎で他にも高齢者施設を運営してるってネットに出てたぞ」

ネット検索程度でそっくりかえる「淳ちゃん」に、二村は逆らわず、

「ええ、そうですね。〈葉崎葉桜会〉はちゃんとした福祉企業ですが、惜しい。代表の名前は石塚公康ですよ。公典じゃなくて」

他にも、施工業者として名前の挙がっている〈久我茂工務店〉というのは四半世紀も前に活動を休止した会社だし、あと細かいところはどっかの不動産会社のチラシの記載事項をコ

ピペしたんでしょうね、あたしも不動産関係にはさほど詳しくはないけど、こんな山の中なのに『都市計画／市街化区域』ってことはまあ、ないですね……。

「え、ちょっと待ってください」

二村の説明を聞くうちに、房子は思わず口を挟んだ。

「てことはこの老人ホーム建設の話、住んでるわたしに断りもなく、土地の所有者が勝手に話を進めているとかじゃなくて」

「少なくともパンフレットはニセでしょう。この手の印刷物を作るのはいまや簡単です。よその老人ホームの販促パンフを元にちょこちょこっと手を加えてデータを作り、ネットで印刷を発注したんでしょう。葉崎が誇る角田港大先生を持ち出したのは、なかなかのセンスですが」

「そうだ。角田先生が推薦している老人ホームだぞ。デタラメってことはないだろう」

息子がわめき立てた。二村は肩をすくめ、

「よく読んでください。先生、推薦なんかしてませんよ。エッセイの一部を掲載されただけ。ご本人の許可を取っているかどうかも怪しいし」

「つまりこれって、詐欺？」

房子はおそるおそる訊いた。二村はうなずいた。

「こんなインチキなパンフを元に入居者を集めているなら、その可能性が高いですね。すでに入居金を支払ったりしました？」

訊かれた息子は首を振った。

「まだ現地説明会の予約って段階だったんで。だから詐欺だとは思えないな。母のところにタナカだかスズキだかいうセールスレディがこのホームを売り込みに来たのは八月だよ。金めあてならとっくに入居金を支払わせてるはずだろう。なあ、ママ」

老女は両手の指を組み合わせたまま微動だにせず、返事もしなかった。息子は振り返った。

「なんだよママ。まだ金は払ってないんだよな」

「え、いや、だって。現地説明会の前に特別会員になれば、入居の優先順位が上がるって言われて」

「どうしたら特別会員になれるんです？」

「前もって特別料金を支払った人間だけがなれるの。あ、でもそのお金はちゃんと入居金に繰り込まれるんだし、部屋がもらえなければ返金してもらえるんだから問題ないわよ」

「払ったのか。いくら」

老女は手を広げ、二村が言った。

「五十万ですか」

「いやだ五百万よ」

房子はひゅっと息を吸い込んだ。老女は、ちゃんと領収書ももらったわよ、と付け加え、息子は黙り込んだ。二村は老女に訊いた。

「そのセールスレディに最後に会ったのはいつです?」

「あら。いつだったかしら」

「連絡つきます?」

「それがこないだから電話がつながらなくて。それだから直接交渉に来たんじゃないの。死んだ亭主は常日頃、交渉ごとは相手と面と向かってするにかぎると言ってたのよ」

二村は息子に向かって、どうやら、と言った。

「すでに被害が発生しているようですね。そういうことなら被害届を提出」

「いやいや、まだ詐欺と決まったわけじゃない。電話がつながらないなんてよくあることだ。それにあんたがここに居座っているせいで、老人ホーム計画が進まないだけかもしれないじゃないか」

房子は指さされてひっくり返りそうになった。は? わたしのせい?

「いや、だから」

「うるさい。とにかく、ケーサツにも勝手な真似をしてもらっちゃ困るからな。詐欺だとか噂をばらまいたりしたら、ただじゃおかないぞ」

息子は言い捨てると、母親を引きずるような勢いで出ていった。やがて車のドアが閉まり、発進する音がして遠ざかった……。

「あの人たち、被害届を出さない気なんでしょうか」

ちょうどドリアが焼きあがったらしい。いい匂いが建物の外にまで漂い出していた。房子は二村をキッチンに誘いながら、尋ねた。

「メリットがあれば出すし、なければ出さないでしょうね」

二村はサンバイザーの陰で言った。

「被害が表面化していないいまならまだ交渉次第で自分たちだけは金を取り戻せるかもしれないから。詐欺師と連絡がつけば、だけど。どこにいるかわからず、直接交渉できなければ、次善の策として警察を使うかも」

あの老女なら、詐欺師を脅して金を返させるくらいのことはするかもしれないな、と房子は思いつつ、丹念に手を洗っているうちにふと気がついた。

「これってつまり、どっかの詐欺師が〈パラダイス・ガーデン〉の名前を勝手に老人ホームに流用したってことですよね」

「あなたが許可してないならそういうことでしょう」

「ひどい」

「言い方はアレですけど、うまい手口と言えるかもしれません」

二村はキッチンを見回しながら、そう言った。

「楡ノ山、パラダイス・ガーデンで検索をかければ、ここの庭についての情報がどっと出てくる。人間って、自分に都合のいい情報は信じたいと思うものです。いい施設を探していて『景色のいいイングリッシュ・ガーデンに建てる老人ホーム』の話を聞き、ぜひそこに、と思う人は、〈パラダイス・ガーデン〉の情報を見ても、あれ、ここは庭だな、老人ホームじゃないな、と思う代わりにこう思うんじゃないでしょうか。庭の一部にホームが建つんだろう、だから名前が同じなんだ、と」

二村に入口近くのソファを勧めると、房子は勢いよく湯気を噴き出すヤカンに近づきながら、大きく息を吐き出した。

「そういえば、最近、庭の見学者がよく言ってました。こんな眺めのいい素敵な庭で最期を迎えられたら幸せよね、みたいなことを。結香園の大女将にも言われたんです。素敵な庭にいい施設が建つことになったと喜んでいるお年寄りがいるって。まさか、その人たち……」

「老婆心ですけどね」

二村はドスンとソファに腰を下ろし、サンバイザーを外した。遠巻きにこわごわと二村を眺めていた猫たちが四方に散った。

「できるだけ早く、いろんな形で、うちは老人ホーム計画とは関係ありませんと喧伝したほうがいいですよ。なんなら〈葉崎葉桜会〉とも話しておくべきかもしれません。被害届も出ていない現在の状況では警察は動けませんけど、下手するとおたくにはかなり迷惑がかかるんじゃないかしら」

「そ……うなんですか」

「『自分は騙されたりしない』という思い込みって厄介なんですよ。詐欺にあったと思うくらいなら、あなたが嘘をついていると思いたくなる。詐欺被害を受け入れたら受け入れたで、あなたも詐欺グループの一味だと思うかもしれない。ひょっとしたらさっきのおばあちゃまみたいな人が次々に現れるかも」

「嘘でしょ」

ランチの用意をしながら房子は天を仰いだ。二枚の盆の上に半分に分けたドリア、庭で採れたトマトのマリネ、ひじきのサラダとコーヒーを載せて、二村の前に運んだ。

「残り物のアレンジ料理ですけど、どうぞ。ここでお昼を食べておかないと近隣に開いてる店屋はありませんから。ちなみにわたしは発熱していません。してたとしてもこの場合、知恵熱かと」

「ご馳走になります」

二村は手を合わせてマスクを外し、素直に食べ始めた。

「それにしても今日は厄日だわ」

房子は二村から離れたキッチンテーブルに自分のランチを運んで座ると、

「ついさっきも変な黒ずくめのマッチョが来たんですよ。カーフィルムを貼ってアンテナ立てたでかい黒い車を表に停めて、庭に入って来たと思ったら、このあたりで見慣れない人間に気づかなかったかとか、誰か家に泊めていないかとか、すごい尋問口調で訊かれました。亡くなった女性について調べているのかと思って、警察の方ですかと尋ねたら、急に慌てちゃって。思い当たることがないならいい、ってすごい勢いで山を下りて行かれたんですけど」

「……おいしいですね、このドリア」

二村はそっぽを向いて口の中で答えた。房子は座り直して、

「残り物のアレンジだからこそ、チーズは贅沢に使ってるんです。……ねえ、刑事さん。思うんですけど、こんな変なことが、次々に重なるなんて偶然あります？　つまりこの〈パラダイス・ガーデン〉で、名前を勝手に使った老人ホーム建設計画が起きて、どうやらそれが詐欺で、見たこともなくどこの誰かもわからない人が自死して、おかしなマッチョが訪ねてきて、知り合いから死体の写真を要求されて」

写真は無理だけど、と二村は房子のスマホに例の似顔絵を送ると、

「偶然かどうか、こちらで見つかった西峰さん……ええと、あの死体の身元ですが、これが明らかにならないとなんとも言えませんね。行方不明者届を出すまでにタイムラグがあるのは珍しくありませんから判明するのはこれからかもしれませんが。兵藤さんはあれから思い出したことはありますかね」

房子は似顔絵を眺め、知り合いに送っていいですね、と断ると、

「いえ全然。見学者の予約リストやお客さんが送ってくれた写真を見直したりもしたんですけど、まったく思い出せなくて」

「見学は完全予約制ですか」

「今はね。コロナ前にはふらっと立ち寄ってくださるお客さんもいたんです。上の瑞福西寺の参詣や楡ノ山の登山のついでに。でも申し訳ないけど、そんな通りすがりみたいなお客さんのことまでは覚えてないし」

「コロナでこちらも大変なんですね」

「収入は減りましたけど、わたしは一人だし借金はないし、瑞福西寺さんへ払う地代も安いし。住む家があって野菜はとれるし、ご近所同士でお惣菜のやりとりもあるし。御坂の知り合いのお宅の庭仕事を引き受けて、それが現金収入になりますし。贅沢はできませんけど」

「こんな世の中だと、生きる基本が自給自足と物々交換っていうのは強いですね。手作業の底力というか——こちらも兵藤さんが自分で作ったんですか」

二村は不意に立ち上がり、キルトの壁掛けに歩み寄った。房子は驚いて二村を見上げた。

「それですか。母が亡くなる前に作ったんです。病気が重くなって、体力的に庭仕事が難しくなってきた頃に、風除けを作りたいと言い出しまして」

「これ風除けなんですか。ずいぶん立派で手もこんでますね」

二村はキルトに顔を近づけて、ひとりごとのようにつぶやいた。

「風除けでなくっちゃ、と母が言ったんです。実はこの家、三十年近く前に頼んだ最初の工務店がとんでもないずさんな工事をやったもので、初めは欠陥住宅の見本のようだったんですよ」

初めて見たこの家はなにしろひどかった。外観はプレハブと掘っ建て小屋の合いの子、中に入ると床と壁の間に二センチもの隙間があって風が吹き込み、天井からは雨漏り、張ったばかりのはずの壁紙がもう剝がれ始めている。洗面所の配管はずれて、使うたびに水が床にあふれてきた。

父は苦情を言ったが、工務店の社長はせせら嗤い、直して欲しければそのぶんの料金を払え、山の中だから倍額だと足元を見てきた。親たちは御坂の借家を解約していたから、イヤでもここで暮らさなくてはならなかった。

慧笑庵主や結香園の大女将が間に入ってくれ、別の工務店を紹介してくれて、ひとまず住める目処は立ったが、しばらくして父は脳梗塞で急死した。母は工務店のせいだと言った。このトラブルによるストレスと隙間風の寒さのせいで父が死んだのだと。

「ふぅん。さては〈久我茂工務店〉の仕業ですか」

「刑事さん、ご存知なんですか」

言い当てられて房子は目を丸くした。二村は手を振って、

「三十年くらい前の話だっていうんでしょ。当時の葉崎じゃ有名でしたからね。久我茂ってのはしっちゃかめっちゃかなオヤジで、他人の車を勝手に売り飛ばしておきながら頼まれて売ったと言い張る。よその現場から建材を持ち出して許可は取ったと言い張る。契約書に自分に有利な文言を紛れ込ませておくなんて朝飯前、認知機能に問題のあるお年寄りの家に上がり込んで、印鑑を持ち出して、契約書にバンバン押したと告発されたこともあったっけ」

「それってれっきとした犯罪では？」

「そうだけど、言った言わないの証明って難しいんですよ。なかなか尻尾をつかませなくて、被害届だけが増えていってね。そのうち当の本人がまずい相手を怒らせて楡ノ山に逃げ込んで、山狩りをしても見つからずに行方不明のまま現在に至ってます。で、このキルト、これはお母様がお一人で作られたんですか」

なおもキルトに張り付きながら、二村が訊いた。

「結香園の大女将に前田潮子というキルトの先生を紹介してもらって、教わりながら作ることになりました。その頃には余命宣告を受けてましたのであんまり時間もなかった。母の友人たちに声をかけて、布を集めて、パターンを決めて、ピースを切ったり縫ったりするのも手伝ってもらいましたけど」

「その、パターンとかピースというのはなんです」

「それほど詳しくないんですけど……キルトはまず、小布（こぎれ）つまりピースを一定の法則、つまりパターンにそって縫い合わせる、いわゆるパッチワークから始まります。布が貴重品だった時代に、ほんの小さな端切れも美しく利用しよう、というところから生まれた生活の知恵ですね。帯状やら正方形、三角に切ったピースを組み合わせ、さらに大きな図形を作っていく。法則は様々ですけど、わかりやすく共有するためなのか、パターンには名前がついています」

房子は立ち上がると、九枚のパターンが三枚かける三枚という形で並んでいる壁掛けに近寄って、説明した。

左上から、斜めクロスで中央に正方形、ストライプをつないだパターンは〈ジャックの建てた家〉。その隣が三角形をつないで斜めクロスにしたものが〈ジャックス〉。放射状に円を形作っている〈シグネチャー〉。中段は円状のパターンで〈チップス・アンド・ウェットストーンズ〉、〈シグネチャー〉に縁をつけ、車輪のようにした〈運命の輪〉。ツツジを図案化してクロスさせた〈ヘザースクエア〉。下段はぶっちがいの斜めクロスで〈キルト・イン・ダークアンドライト〉、円形の〈マリナーズ・コンパス〉、そして星をさらに複雑にあしらった円形のパターンで〈テキサススター〉。

「できあがったパッチワークのパターンをラティスと呼ばれる帯状の布でつないで、綿と裏布を重ね、上から刺していく、つまりキルティングをするわけです。で、縁取りをして、この場合は壁掛けだったから、棒を通す輪を上部に作って——それで完成かな」

「これほどのものを作るのには、ずいぶん時間がかかったでしょうね」

「そうでもなかったかな。いや、そうだったかも」

房子は口ごもった。このキルトが完成した暁には母との別れが待っている。それがわかっていたから、できあがるまでのことがうまく思い出せない。母の友人たちが手伝ってくれて、どんどんできていくキルトを見ると、やめてくれと叫びたくなった。そんなに急いで完成させないで、と。でも一方、今日はこんなに捗ったのよ、と笑う母を見るのは嬉しくもあった。あの頃の時間の流れはねじ曲がり、歪んでいる。

ただ、できあがった瞬間のことは覚えている。最後のひと針を母が縫い、玉留めをした。房子が壁にかけて二人で眺めた。これさえあれば隙間風を防げると母が言い、一緒に笑った……。

「その、手伝ってくれたお母さんのお友だちのことですが、房子さんはご存知ですか」

二村がスマホをスクロールしながら言った。房子は考えた。

「はい、いや、どうかな。長いお付き合いの方もいますけど、一度しか会ったことのない人もいますので」

全員の顔までは、と言いかけて、房子は思わず立ち上がった。

「ちょっと待ってください、刑事さん。あの亡くなっていた人が母の友人だとでも言うんですか」

「その可能性は大いにあると思いますよ」

二村は振り向いて、来て、というような身振りをした。

房子は近寄った。二村のスマホには布の画像が大写しになっていた。白地に紫の小花柄。パッションフラワー、日本名はトケイソウ。時計の文字盤に似た特徴的な花の形からそう呼ばれている。「西峰さん」がつけていた布マスクの生地の柄だ。

同じ生地が壁掛けの中にもあった。下段左側、〈闇と光のキルト〉というパターンの明るいほうの布が、まさにそれだった。

3

ランチタイムのピークを過ぎて店はすいてきた。児嶋布由はカウンターにもたれて一息ついた。

「忙しかったですね」

隣でパートのウェイトレスが銀のお盆を置いて同じようにため息をつき、二人は顔を見合わせた。

「ホントだね。今日はいったいどうしちゃったんだろう。〈葉崎市ハイパープレミアム商品券〉の使用期限はまだ先なのに」

もう一人のパートが、ピッチャーに氷と水を補充しながら言った。

「外席(そとせき)は変なお客ばっかりですよ。マッチョで、アロハ着てインカムをつけて、むっつり顔でときどきひとりごとみたいにしゃべって、脚を広げて椅子に座って、道路を見ながらクリームソーダを二時間かけてちびちびなめてるの。それも一人や二人じゃないんだから。なんなのかしら」

「これ。お客さんのことをあれこれ言うもんじゃないよ。まったく、イマドキの若いもんはこれだから」

叱られたウェイトレスは面食らったように布由を見ると、クスクス笑いながら去っていった。なに笑ってるんだい、と言いかけて考えてみれば、彼女がうちで働き出して二十五年、いや三十年？　とっくに還暦を過ぎている。

布由はほろ苦い思いで年季の入った店を見回した。

反応の鈍い自動ドア、店名があせて破れた店舗テント、黄ばんだお品書き。何十年も前に動かなくなってしまったレコードタイプのジュークボックス。今世紀に入った頃から使っていない二階席への中央の階段は油と埃が模様のようになっている。

赤と白のギンガムチェックのビニールクロスで覆われた食卓に醤油とソースの瓶とプラスティックのお箸入れ、紙ナプキン、台所用消毒液のスプレーボトルが無造作に立っている。

駐車場の一角にパラソル付きのテーブルを並べて外席としたのを除けば、開店当時からあまり変わらない眺めだ。

御坂地区入口交差点に〈ドライブイン児嶋〉がオープンしたのは、前の東京オリンピックの翌々年、昭和四十一年のことだ。

神奈川の盲腸と呼ばれた葉崎にも公共事業費が回ってくるという噂が立ち、市は張り切って様々な計画をぶち上げた。葉崎マリーナの拡張計画。海岸道路の拡張計画。猫島海岸ビーチの拡張計画。葉崎半島近くに点在する小島に、水族館を中心としたマリンパークの計画。

地元は好景気の期待に沸き立ち、海岸道路沿いには工事関係者をターゲットにした飲食店が次々にオープンした。

だが、これらの計画は予算獲得にことごとく失敗。あてにしていた特需は絵に描いた餅だったと悟った多くの店が撤退していった。

それでも〈ドライブイン児嶋〉はしぶとく生き延びた。海岸道路の拡張計画が頓挫したことで渋滞が常態化。鎌倉から葉崎半島の先端を抜けて葉崎駅前を通り、藤沢方面に出るルートにしても、その逆に藤沢から楡ノ山の裾野に広がる田園地帯・菜洗地区を抜けて鎌倉へと向かうルートにしても、途中、喉の渇きや自然からのお呼ばれに耐えられなくなるちょうどのタイミングで現れるのが〈ドライブイン児嶋〉だったのだ。ドライバーにしてみれば児嶋はまさにオアシス。皮肉なことに、当初あてにしていた工事が中止になったおかげで児嶋に客が集まったのである。

そしてひとたび〈ドライブイン児嶋〉で食事をした客は、マスターこと児嶋隼也(しゅんや)の出す料理のトリコとなった。ポークソテー定食、生姜焼き定食、ハンバーグ定食、ナポリタン、ドライカレー、オムライス、チキンバスケット、フィッシュバーガー、アップルパイ……昭和の家庭で喜ばれた、いわゆるお母さんの洋食をプロの手腕でおいしく仕上げたその味は、地元御坂地区の住民にもマリーナに遊びにくる観光客にも通りかかったドライバーにも愛された。半月もするとまた食べたくなるとわざわざ遠方から寄ってくれる客も珍しくなかった。

もちろん閉店の危機は何度もあった。近隣にファミレスがオープンし、古びた児嶋が見向きもされなくなったとき。葉崎信金から改装費の融資を受けた途端にマスターが腰痛になり、布由がリウマチを発症したとき。隣のガソリンスタンドが休業し、景気がどん底で、数人しか客が来ない日が続いたことも。

それでもまだ若かったからなんとかなったのだ。

今年、布由は七十六になった。毎日早起きして一日中働くから若いつもりだったが、コロナ禍の到来で歳をとったと思い知らされた。将来が見えない。頑張る気力もない。客は減り、実入りは悪化し、しまいには緊急事態宣言による休業だ。貯金を取り崩してスタッフの給料と光熱費を払っていたが、いつまでも保つわけではない。宣言の解除後、少しは客足も戻ってきたが、それでも売り上げは以前の四割程度だし、公的支援のほとんどが「融資」という名の借金だ。

後期高齢者になって借金。

そろそろ限界だ。

自動ドアの開閉音に布由は我に返った。店内にいたランチタイムの最後の客が出ていったのだ。

スタッフの間にホッとしたような空気が流れた。まかないの時間だ。

以前はみんなでテーブルを囲み、ワイワイ食べたものだが、児嶋夫婦をはじめレジ担当のチセさんも調理助手のイさんもサービス担当の二人のパートも、全員が六十歳以上だから、それぞれがそれぞれの皿を抱え込んで店内に散らばることにしている。さみしいがしかたがない。

今日のまかないはパスタだった。残ったトマトソースと旬のキノコがたっぷり、ベーコンと鶏胸肉でタンパク質を補っている。贅沢にもベビーホタテを使ったチャウダーがついていた。

いつもながら、このまかない、メニューにできないかね、と思いながらゆっくり食べ終わった途端、刺すような視線に気がついた。外のテーブルに井澤保乃が座って、布由をにらみつけているのだ。同時にケータイが鳴った。

「ちょっと、いつまで待たせるのよ布由ちゃん」

保乃の甲高い声が耳をつんざいた。食休みをさせる気はないらしい。布由はため息をつき、すぐ行くから、とジェスチャーで示して食器を片づけた。

布由には父方の従兄弟が十一人いる。すでに七人が籍をあの世に移し、三人が施設で介護を受けていて、シャバで暮らしているのは布由と保乃だけだ。

血のつながりがあっても気が合わない人間はいる。布由と保乃は昔から犬猿、水と油、不倶戴天のいい実例だと言われるほど仲が悪かった。従姉妹でなく、市内に暮らしているのでなければとっくに縁は切れていただろう。

それがわかっているくせに、なにしに来たんだか。

布由は氷水を持って店を出て、保乃のテーブルに着いた。彼岸が過ぎ、秋風が立っているのに外は暑かった。保乃は仏頂面で氷水を飲む布由を見た。

「ちょっと。外でさんざん待ってたんだから、私のぶんの水も持ってくれれば？　気が利かないわね」

「気が利かないのはどっちだい。目が回るほど忙しかったのは見ててわかってただろ。少しくらい手伝ったらどうよ」

「いやよ、今日は休日なの。わざわざここまで来てやったうえに、なにが悲しくてお運びさんをしなくちゃなんないの。こっちは客よ」

えらそうに。布由はさっそくムッとした。

同じ飲食店といっても、保乃のほうは店を息子夫婦に譲って引退後、夫婦二人で小さな蕎麦屋を半ば道楽で経営しているだけ。高齢スタッフの生活の心配までしなくちゃならない自分たちに比べて、優雅この上ない。

「へえ、そりゃ悪かったねえ。呼んでもないのにわざわざ来てやってくださって。おまけに客とは気づかなかった。なにを注文したのさ」

空のテーブルをジロジロ見ながら言うと、保乃はリネンのマスクの位置を直しつつ、

「アイスコーヒーを注文しようと思ってたのっ。忙しそうだから気を利かせて注文を後回しにしてあげたんじゃないの。ホントに布由ちゃんときたら、いっつもそう。こっちの気配りを全然理解しようとしないんだもの。辻堂(つじどう)のおじさんのお葬式のときだってさ」

あーあ、やっぱり始まった。

布由は保乃の長広舌を聞き流し、それとなく周囲を見回した。あらホント。パートが言っていたように外テーブルが埋まっている。

一人ずつテーブルを占拠している安っぽいアロハを着た男たち。全員これでもかといわんばかりに鍛え上げ、機械を耳につけ、顎を引いて交差点に目を据えている。テーブルの上には少しだけ中身の残ったグラスがあった。見たところ彼らは学生ではなく、食いつめているようでもない。一時間以上いるなら追加オーダーが礼儀だってての。

かつての布由の「悪行」についてまくし立てている保乃の背後には若いカップルが座っている。男は薄汚れたスニーカー、女はパンツで足元はごついウォーキングシューズ。その靴

で海辺デートはないわな。

その隣は古い生命保険のパンフレットを持った女二人組だが、おたがいに海岸道路の上手と下手に目を据えて動かない。スーツにネクタイの男二人組もいたが、外回りの営業なら後生大事に持っているはずのバッグが見当たらない。車に置いてきたのだろうか。

布由は駐車場を見回した。客用のスペースでまず目につくのは、驚くほど趣味の悪いピンクの軽、保乃の車だ。あとはカーフィルムを貼ってアンテナを立てた大きな黒のスポーツワゴンやSUV、地味なレンタカーが何台か。それとスクーターやバイク。横っ腹に会社名が書かれた営業車など一台も見当たらない。

ひょっとして、もう営業車なんて古いんだろうか。使うたびに借りて、維持費を節約するのが当たり前なのかも。

布由はため息をつきそうになった。歳をとるにつれ、世間に追いつけなくなりつつある自覚はあった。世界中に広まった感染は凄まじいスピードで常識を変えている。それまではっきり見えていた世界がどんどん塗り替えられ、気づくと変貌を遂げている。今、自分の前に広がるこの世界も見た目通りではないのかもしれない。

交差点や道路沿いを歩く人たちが目に入る。普通の人間に見えるが本当にそうか。例えば海岸道路をジョギング中の女性。こんな日射のきついときにあれほどしつこく走り込むなんて。サーフボードを抱えた大柄な若者。孫の翔太郎のように、お腹をすかせた性格のいい大型犬みたいだが、さっきから同じ場所を何度も往復している。防波堤に腰かけた若者たち。マスクも羽目も外し、ヤケクソ気味に遊ぶ若者なら見かけるが、防波堤のコたちは楽しそうではない。きちんとマスクをし、全身を緊張させている。

おかしくない？　それとも気にしすぎかしら。

「ちょっと、布由ちゃん聞いてるの、私の話」

保乃が大声を出し、布由は従姉妹の顔に視線を戻した。

「聞いてない」

「なんなの人に話させておいて。あ、そっか。いよいよボケがきたのね」

保乃が卑しげな顔で笑い、布由はムッとした。

「悪かったね、あんたのイヤミだらけの話を聞いてやるほど人間ができてなくて。辻堂のおじさんが死んだのは前世紀の話だろうが。昔話なんかどうでもいいからさっさと用件を言いなさいよ。いくら屋外でマスクしてたって、あんたみたいにベチャベチャしゃべる女は危険なんだからね」

「失礼ね。なによ人を疫病神みたいに」

保乃はむくれたが、気を変えたらしく声を低めた。

「一昨日の土曜日に、西峰の房子ちゃんとこの庭で騒ぎがあったの、知ってる？」

布由は呆れて言い返した。

「知ってる? じゃないよ。興奮してけさ電話してきたばかりじゃないか。どうせうちだけじゃなくて知り合い全部に連絡を回したんだろ。よくない癖だよ、火のないところに煙を立てるのは。房子ちゃんにも迷惑だよ」

「よく知った場所に死体が転がってたんだから、誰だってちょっとくらい興奮するわよっ」

「あんたが見つけたわけじゃないんだろ。騒ぎすぎなんだよ。まさか、それをまた話しにわざわざ来たの? だとしたらボケがきてるのはそっちのほうだね」

「そうじゃないわよ、その死体がさ」

外席の客たちが、突然、一斉に席を立ち始めた。その椅子を引きずる音にかき消されまいと、保乃が大声になった。布由は手まねでボリュームを落とすように示した。保乃はそのジエスチャーが気に障ったらしく、さらなる大声で、なによっ、と目を吊り上げた。

「なんなのよ、それ。言いたいことがあるならはっきり言えばっ」

「みっともないから大声で死体とか言うなってのっ」

反射的に言い返してしまって、布由はうんざりした。レジに向かっていた外席の客たちが不埒(ふらち)なものを見る目つきで布由を見ている。察しの悪い保乃との会話は、たいていがこういう展開になってしまうのだ。

「……これがさっき、房子ちゃんから送られてきたの。警察が作った、亡くなっていた人の似顔絵だって」

保乃が声を小さくして、スマホを布由に突きつけた。布由は体を引いて、その画像を見た。似顔絵の女がこちらを見返していた。目が小さく唇が薄い。細面だが少しエラが張っている。どこにでもいそうな、地味な顔立ちの年配の女だ。

「保乃あんた、この女に心当たりあるの」

「だって似てない？」

「誰に」

「だから、おみっちゃんによ」

布由は気抜けしたように保乃の顔を見返した。一拍おいて、記憶の蓋がぱかんと開いた。おみっちゃん……あのしんねりむっつりした、無口で、腹のしれない幼なじみの久我美津江、通称・おみっちゃん。

保乃の家は古くから葉崎医科大学病院と葉崎八幡神社の間をつなぐ〈葉崎八幡通り商店街〉で〈眼鏡の井澤屋〉をやっていた。布由の両親は商店街近くで小料理屋を営んでいた。兵藤房子の母・日向子の実家は〈器のひらい〉、おみっちゃんの実家は〈久我安工務店〉だった。

シャッター通りとなった今では往時の面影もないが、自分たちが小学生だった頃、商店街には近隣の団地の住人や医大の関係者が集まり、活気があった。近所の女の子たちは放課後になるとランドセルを投げ出して友だちの店や家に押しかけ、「遊びましょ！」とわめいたものだ。

縄跳び、ゴム跳び、だるまさんがころんだ。ときにはみんなで海に行き、ボートを漕いだり、浜に流れ着いた海藻を拾ったり。雨の日には、誰かの家に転がり込み、リリアンを編んだり塗り絵をやったり、新作の漫画に読みふけったりもした。

保乃と布由はその頃からいがみ合っていたが、能天気な昭和の子どもだったからだろうか、一緒に遊ぶことにはなんの抵抗も感じていなかった。それに日向子がいた。彼女は物事にこだわらない性格で、うまく仲を取り持ってくれた。埃まみれのスカートから毛糸のパンツと赤チンだらけの膝小僧をむき出しに転がり回って遊んだ日々を、布由は今でも懐かしく思い出す。

だが、操船が得意だったあのおみっちゃんは……。

「少し前から私、しばらくぶりにおみっちゃんのことを思い出していたのよね」

保乃はとくとくとして言った。

「葉崎で見かけたって布由ちゃんも言ってたし、それに……ほら、覚えてる？　日向子ちゃんが亡くなる前、みんなで〈パラダイス・ガーデン〉を訪ねたことがあったじゃないの。おみっちゃんも一緒に」

「ああ、そうだった。よせばいいのに、あんたが連れてきたんだ」

客の大部分が立ち去り、がらんとしてしまった駐車場に目を向けながら、布由は答えた。

おみっちゃんの実家の〈久我安工務店〉は、酔った父親の久我安五郎が風呂場で溺れて死んだのち、おみっちゃんの兄が受け継ぎ、その兄の名をとって〈久我茂工務店〉になった。兵藤日向子が夫とともに葉崎の西峰に越してきて、庭に家を建てるとなったとき、久我茂はどこからか聞きつけて売り込みに出向いたのだ。日向子は物事にこだわらない性格だったから、わざわざ来てくれたのだし、幼なじみの兄だし、と久我茂にマイホームの建設を依頼してしまった。

で、その結果……布由は当時を思い出して顔をしかめた。兄と日向子夫婦がトラブルになっても、おみっちゃんはなんにもしなかった。あんたがなんとかしなさいよと言っても、まるで他人事のような顔で聞き流した。

「欠陥住宅の件はおみっちゃんのせいじゃないわよ」

保乃は弁解がましく言った。アロハたちがいなくなり、営業らしき二人組二セットも立ち去って、カップルだけが残ったドライブインの外席に、保乃の声がきいきいと響いている。

「久我茂が勝手にやったことじゃない。おみっちゃんだって巻き込まれただけ。だから」

「だからはやめて」

布由は遮った。急に人けの少なくなった御坂地区入口交差点の信号が変わり、最近よく店に来てくれる、髪の毛先をピンクに染めた女性が立ち止まっているのが見えた。青ざめた顔でボストンバッグを抱え込んでいる。

店に寄ってくれるだろうか、と布由は考えた。保乃もいい加減に帰ればいいのに。外席にはああいう客が座ってくれたほうが、店の格が上がるってもんだ。

「とにかく、あの四人で庭に集まったとき、おみっちゃんが言ったのよ。こんな庭から天に昇っていけるなんて日向子ちゃんが羨ましいって」

「もうすぐ死ぬって人に、そんなこと言ったの？」

布由は目をむいた。保乃は手を振って、

「日向子ちゃんは気にしてなかったわよ。むしろそう言われて誇らしげだった。そうなの、この庭からなら天国はほんの一またぎだと思うのって言ったわね。だから全然怖くない。むしろこの庭がどう変わっていくのかあっちから見るのが楽しみなのって」

交差点の信号が点滅し始めた。信号待ちのバイクがエンジンをふかし始めた。ピンクの髪の女性は抱えていたボストンバッグを手に提げ、イライラと信号を見上げている。布由は横目でその有様を見ながら呆れて言った。

「つまりあんたは、自殺を決意したおみっちゃんがその話を思い出して、どうせなら日向子ちゃんと同じルートで天国に行こうと〈パラダイス・ガーデン〉で死ぬことにしたって言ってんの？　そんなバカな」

「なにがバカなのよ」

保乃は唇を尖らせた。

「庭でみんなで会った後、おみっちゃんは葉崎から出ていった。それからずいぶん経ったけど、おみっちゃんが当時のことを忘れるはずがない」

「そりゃ忘れるはずないだろうよ」

布由は皮肉な口調になった。保乃は布由をにらみつけた。

「布由ちゃんはあの子が嫌いだったでしょ。子どもの頃から布由ちゃんはおみっちゃんに意地悪だった」

「ええ、嫌いでしたよ。子どもの頃から大っ嫌いだったね。勝手に人のランドセル漁って、消しゴムだの鉛筆だののちょろまかしてさ。あんただって大事にしていたハンカチを返してもらえないってベソかいてたじゃないか。あたしなんか満点の答案ビリビリに破かれて捨てられたんだよ。それで先生に叱られても無言で黙りこくって、気色の悪い上目遣いでこちらをにらんで、謝らなかった。意地悪しようが優しくしようが、おみっちゃんからのお返しはいつも盗みか嫌がらせだけ。ホントいい迷惑だった」

「そんなふうに言わなくてもいいでしょ。まだ子どもだったんだし、あんな親に育てられたらあんなふうでもしかたなかった。……ねえ、どうしよう」

保乃が口調を変えた。両手を神経質にこすり合わせている。

「どうしようって?」

「放っておいていいのかな。もし死んでいたのがおみっちゃんなら」

「なによ、警察に行きたいわけ？」

「でも無縁仏にするわけにもいかなくない？　幼なじみとしてそれはひどすぎると思うの」

でたよ、いい人面、と布由は周囲を見回して、バイクのエンジン音にかき消されない程度まで声を落とした。

「冗談じゃないよ。あんた、あんときのこと忘れちまったのかい。あれが蒸し返されたら房子ちゃんだってさ」

次の瞬間、それは起きた。

歩行者用信号が青になり、ボストンバッグを提げたピンクの髪の女がこちらに渡ってきた。先ほどからかすかに響いていたエンジン音が次の瞬間大きくなり、バイクが交差点の空き地側から飛び出してきた。歩道すれすれに置いてあった『車両侵入禁止』の看板付きコーンが勢いで転げ、ぽかんという音が響き渡った。

その音が消えるより早く、交差点にいた大勢の人々がいきなりバイクに殺到した。巣に侵入してきたスズメバチをミツバチが団子になって撃退するように、バイクは黒山の人だかりに埋もれて見えなくなった。ピンクの髪の女は急ぎ足で横断歩道を渡りきると、歩道に立ち止まって振り返り、その様子を眺めている。

「まあ、なんなの……」

保乃が声を荒らげて立ち上がった、そのときだった。店の裏手から二台の自転車が飛び出してきた。どちらもシルバーのクロスバイクで、乗っている若者はヘルメットをかぶり、バンダナで顔を覆っている。

段差をスムーズに乗り越えると、一台目の自転車乗りが体をはみ出させるようにして女にぶつかった。女がよろけて前にのめり、膝をついたところへ、二台目が来た。二台目の自転車乗りはボストンバッグの持ち手をつかんで、そのまま走り出す。女は無言でバッグにしがみつき、バッグごとしばらく引きずられた。地面に強くこすられたバッグの底が壊れ、なにか金具のようなものが地面にこぼれた。

一台目が戻ってきて近くで止まり、前輪を女の顔面に軽くヒットさせた。女がバッグから手を離すと、二台目はバッグを左手で担ぎ上げながら、加速。例の大柄な若者が抱えていたサーフボードを投げ捨て、怒号をあげて追いかけるのを振り切って、海岸道路を鎌倉方面に走り去った。もう一台は若者を避けたはずみに、走行中のセダンの鼻先に割り込んだ。

セダンが急ブレーキを踏んだ。後続車がそのケツに突っ込んだ。押されたセダンは反対車線に飛び出し、やってきたトラックにぶつかって半回転し、とんでもない音を立てながら数メートル押し戻されてきた。やがてトラックが動きを止めると、セダンはぎいぎい鳴りながらさらに数メートル、くだんの後続車の鼻先にぶつかって、止まった。

いったんあたりは静かになった。排気ガスと焼けたタイヤの臭いがあたりに漂った。倒れていたピンクの髪の女が起き上がり、いまさらのように悲鳴をあげた。外席のカップルが彼女に駆け寄った。トラックから蒼白の運転手が飛び出てくると、セダンの運転席にしがみついて中を覗き込んだ。

「なんなの、ねえ、布由ちゃん。これなんなの、ひったくり？　なんなの」

保乃が壊れたレコードのように、何度も繰り返した。騒ぎに驚いて店からスタッフが飛び出してきた。布由は逆に、震えながら大急ぎで店に飛び込んだ。

世界は変わった。やっぱり世界は見た目通りではなかったのだ。

第５章

チップス・アンド・ウェットストーンズ

Chips & Whetstones

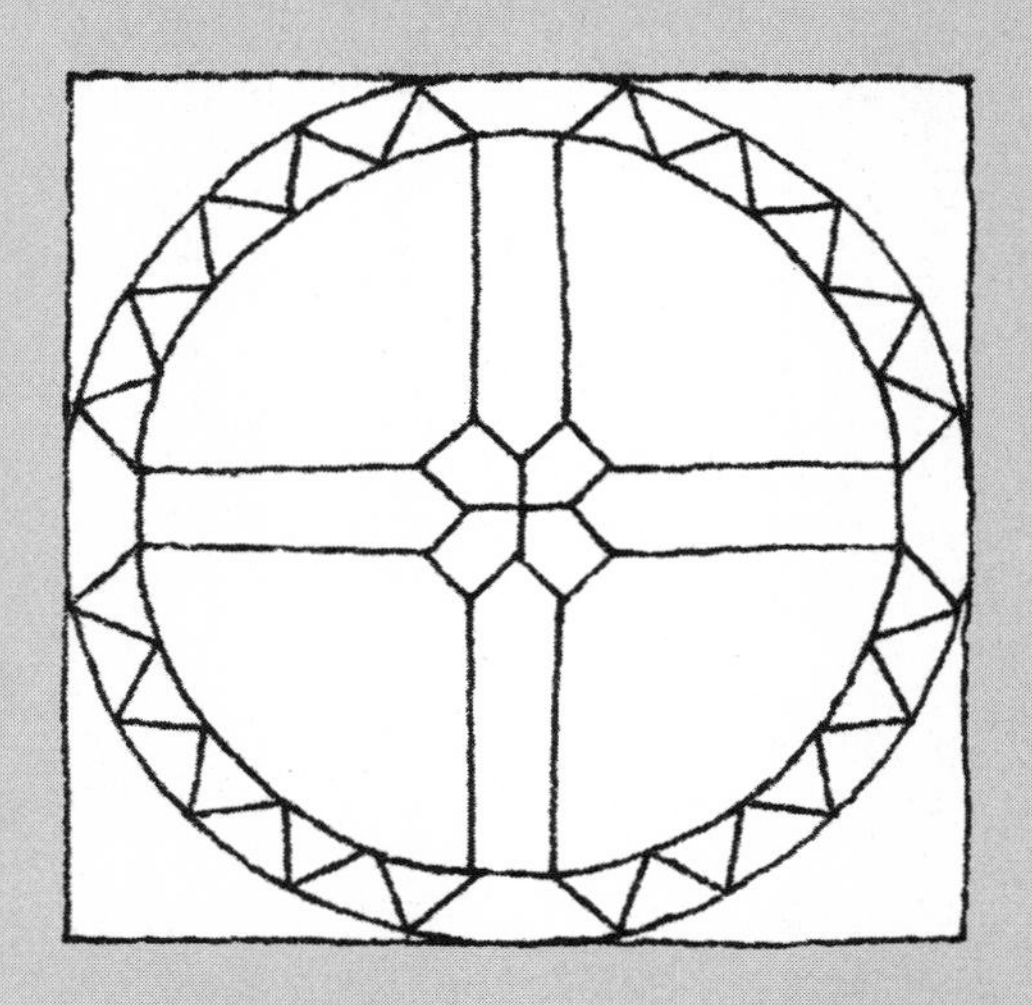

1

「うちにある母の物はこれで全部です」

納戸の奥から持ち出してきた段ボール箱の最後の一箱をキッチンのソファの脇に積み上げると、兵藤房子は言った。

「一周忌に形見分けをして残りはほぼすべて箱に入れてしまい込んでありました。古い年賀状とか昔のアドレス帳もここにあると思います」

二村貴美子が箱を開け、中身を取り出す様子を、房子は落ち着かない気持ちで見守った。

亡くなった人とうちにはつながりがあった。それが、あろうことか母のキルトで証明された。

二村がハガキの束をめくりながら房子の心を読んだように言った。

「鑑識が調べたところでは、トケイソウ柄のテキスタイルは珍しいようですよ。あなたのお母様が使った生地と、西峰さんの布マスクの生地は別のルートで入手されたもので、二人がまったくの無関係って可能性もなくはないけど」

「そうですよ。きっと、たまたま」

言いかけて、房子は顔をしかめた。そりゃないか。

「ところで兵藤さんは白鳥賢治って覚えてますか」

二村が突然言い出し、房子は面食らった。

「え、白鳥賢治……ったらアレですよね。日本一有名な殺人容疑者」

バブル経済の初期、昭和末期の一九八七年、向島（むこうじま）の料亭〈棕村（はなむら）〉の女将・棕村弥英子（やえこ）が行なった国債還付金詐欺が世間をにぎわせた。当時、経済大国となった日本の国債を利用した詐欺事件が盛んに起きていたのだった。

弥英子はカモに対し、自身の料亭の客である政界や財界の大物から情報を得られると匂わせ、偽造した国債の還付金確認証や預金証書などをちらつかせる手口を使い、手数料や印紙代、大物への接待費などの名目で金を騙し取った。被害総額は二十億とも三十億とも言われている。

事件発覚直後、当時五十七歳の弥英子は突然行方をくらませた。愛人のクルーザーでグアムに向けて出航したという情報が入り、先回りして待ち構えていた警視庁の捜査員とマスコミがグアムに到着したクルーザーに殺到したが、そこに弥英子の姿はなかった。弥英子は下田（しもだ）でクルーザーを下りたと愛人は言ったが、その裏付けはいっさい取れなかった。

弥英子の暮らしぶりは確かにハデだったが、本人が使ったのは多く見積もってもせいぜい三億。回収できたのは数千万と計算が合わない。愛人の白鳥賢治は弥英子より二十は年下の「ダンディな青年実業家」で、メディアに流れた弥英子の写真は腹を壊したヒキガエルを思わせた。そのため日本中が、詐欺の首謀者は白鳥賢治で、弥英子は利用されたあげく太平洋かった。

事件当時、房子は大学生だった。ワイドショーが連日この話題を取り上げていたのを覚えている。メディアは「日本一有名な殺人容疑者」となった白鳥賢治を追いかけ回し、彼のベタにゴージャスな暮らしぶり——都内に豪邸、グアムに別荘、高級外車数台、高級料亭やレストランに銀座のクラブホステスを連日同伴——を電波に乗せた。白鳥はマスコミの追及をのらりくらりとかわし、弁護士を従えて会見を開くなど事態を楽しんでいるようだったが、海の藻屑と消えたと思った。だが証明はできなかった。

「あの人って結局、逮捕されたんでしたっけ」

「当時の外為法違反容疑で東京地検にね。詐欺や殺人容疑での立件を視野に入れた別件逮捕だったんだろうけど、結局、証拠はあがらず自白も取れずじまい。ただし捜査の過程でかなりの額の脱税が発覚して、数億円の追徴金と懲役六ヶ月が確定したんじゃなかったかな。あのときはね」

その後も白鳥賢治は宝石詐取で訴えられたり、経営するライブハウスに放火されたり、恐喝容疑で家宅捜索を受けたり、事故を起こして逮捕されたり、妻に刺されたりと、こまめにメディアを騒がしている。最近では七年前、ライブハウスの共同経営者の変死事件に絡んで逮捕され、傷害致死で実刑を受けた、と二村は説明した。

「へえ。で、その白鳥賢治とうちになんの関係が」

「あたしはその白鳥にちょっとした引っ掛かりがありましてね」

二村はマスクの位置を直しながら、言った。

「昔、調べたことがあるんです。脱税で服役して出所した後この男、騒がれすぎ注目されすぎてうんざりしたんだか、一九九六年に平凡な苗字の女性の籍に入って自分の名前をロンダリングしてます」

「はあ」

「似てるんですよ。ここの庭で死んでいた女性と白鳥賢治の妻が」

房子はあっけにとられて二村を見直した。

「じゃあ刑事さんは、その妻がうちの母親の友だちで、ここで自死したと」

「可能性はあるかな、と」

「なんていうんです、その人」

「田中瑞恵。写真を見ただけだけど地味な女性でしたよ。小柄で細面、目は小さく鼻筋は通り唇は薄い。そういう女性ほどメイクをすればぐっと派手になるものだけど」

タナカミズエと口の中で繰り返しながら母のアドレス帳をめくり、首を振った。

「ありませんね。わたしも記憶にないですし。あんな男と結婚するような女性と知り合いだったら覚えてるはずだけどな」

「そうですか」

「だって普通の女性なら『日本一有名な殺人容疑者』との結婚には二の足を踏みません？　よほど肝が据わっているか、変人か、白鳥賢治と同じくらい自己顕示欲が強いんでなければ」

「人間って意外な行動をとる生き物ですよ。だからこの仕事は面白いんだけど」

アドレス帳には三人の田中が載っていた。二村はそれを控えると、他の頁を眺めながら言った。

「ところで、あのキルトの残り布はどうなりました？」

「段ボール二箱分ほど残っていたのを、四十九日の後、潮子先生に」

「ああ、キルトの先生の」

「差し上げたっていうか、もともと先生からいただいた布が多かったので、ありがたくお返しした形ですけど。他の人からもらって使わなかった布も、そのときまとめてお渡ししました」

澱のように沈んでいた二十四年前の記憶が舞い上がってきた。まだ、最初のキルトの授業が始まったばかりの頃だ。母が、キルト用の布を買いに横浜まで行きたい、明日には絶対に連れていって、と言い出したことがあった。あのとき房子は危うくキレそうになったのだ。

母の命が終わりかけていること、庭はまだまだ中途半端、話を聞きつけた母の友人が次々にやってきて、あなたのお母様のようないい方が病気になるなんて、などという涙ながらの繰り言に付き合わされること、それまで母がやっていた、財産管理やその他もろもろの手続きを一手に引き受けねばならなくなったこと。

自分がこんな山の中で泥まみれになり、思いがけない展開に身を削られている間にも、友人はみんなバリバリ働いて、恋をして、結婚して出産して次のステージへ、次のステージへと登っていっていること。

母が、私が死んだらここにとどまらず、あなたはあなたの好きなように生きなさいね、と言いながらも、天からこの庭ができていく姿を見られると思うと死ぬのが怖くない、と、房子がこの庭を作り続ける前提の物言いをすること。

まるで母が自分の命を人質に房子を庭に縛りつけているようで苦しく、でも、そんなことを口に出すわけにもいかず、なにもかも放り出したいほどなのに——そのうえ、今度は手芸の面倒まで見ろって？　風除けを作って残そうという発想は、元は欠陥住宅だったこの家に房子が住み続けると思っていなければ生まれないんだよ、お母さん。わかってる？

ずいぶん後になってから、あのとき、我慢せず母に向かって怒鳴り散らしてしまえばよかった、と房子は考えたものだ。あれが母に甘えられる最後のチャンスだったのだ。言いたいことを全部ぶちまけて、一緒にわあわあ泣いてしまえばよかった。そうしていれば母の死後、房子は山を下りられたかもしれない。

でも、そんな真似はできなかったし、しなかった。房子はすべてをぐっとのみ込んで、わかった、と言った。連れてったげる、と。

　そこへ、ちょうど井澤や児嶋のおばさんたちが来たので母を任せ、ガソリンが尽きる寸前までドライブをして気を鎮めた。戻ってみると母は一人でベッドに倒れ込んでおり、幼なじみと久しぶりに語りつくして疲れたと言って、翌日の横浜行きもなくなった。念のため、布の種類が豊富だという専門店の場所などを調べておいたが、それきり母が横浜に出かけたいと言い出すことはなく、それどころか庭から出るのさえ嫌がるようになったため、壁掛けの材料はほぼ頂き物で済ませたのだ。

「そういうことだと、この布の本来の持ち主は潮子先生かもしれませんね。変わった布を集めるのも仕事のうちだったんでしょうから」

　二村がそう言い、房子は現実に引き戻された。

「そういえば、終活以前の先生の作業場にはものすごく大きな棚があって、すべて布でいっぱいだったと聞いたことがあります」

「ふぅん。先生のおうちに行かれたことがあるのね」

「二年ほど前からかな。たまに庭仕事を頼まれるんですよ。あそこは庭が広いし、膝の悪い先生では手に負えないから」

　そしてお礼をもらう。たいていは一万円札が一枚入ったポチ袋だ。日給一万円と考えると、仕事の内容――広い庭に生えまくるドクダミとの戦い――に比べてかなり安いが、現金収入だ。でもって「知り合いからのお小遣い」だから税金はかからない。

「先生はお一人暮らしですか」

「ずいぶん以前にご主人を亡くされて、お子さんもいらっしゃらないし。確かお弟子さんがいらっしゃったはずですけど。ケアマネジャーさんに挨拶したことならありますけどね」

「先生には介護が必要なんですか」

「昔から膝が悪くて、何度か手術されているはずですよ。八十過ぎのわりには十分お元気ですけどね。今年の冬にもここまで愛車のロードスターを自分で運転していらっしゃいましたから」

立て続けに質問されて房子はたじろいだ。先生が留守のときも庭に出入りできるように門の鍵の隠し場所は教えてもらっているから信頼されてはいるのだろう。だが、親しいわけではない。いうなればこっちは使用人に毛が生えたようなものだ。

「潮子先生を母に紹介してくれたのは、結香園の大女将なんです」

以前、先生からもらったサイン入りの『前田潮子のシンプルパターンで作るベッドカバー』を棚から抜き出しながら、房子は言った。写真を多用した作品集でひどく重い。奥付を見ると一九九七年発行となっていた。母が死んだ翌年の本だ。先生がこの本をくれたのは、母が先生にあげた布が使われているからだった。奥付のスタッフの最後には、special thanks to Hinako Hyodo と母の名も加えられていた。

「結香園というと、八幡通り商店街のお茶屋さんでしたっけ」

「大女将は顔の広い方ですから。当時、駅前のカルチャーセンターでキルト講座の講師をしてらした先生に母の事情を話して、ここまで教えに来てもらえるように段取りをつけてくれました」

「個人教授ですか。お金がかかったでしょう」

「どうだったかな。そんなにかかったはずないと思いますけど。通院や治療費が必要だったし、変な話、その治療がいつまで続くかもわからなかったから。いくら母の頼みでも、高額の謝礼が必要だったなら我慢してもらったと思います。あ」

房子は先生の著書をパタンと閉じた。二村が怪訝そうに房子を見た。

「どうしました?」

「いえ、あの、なんでもありません」

「なにか面白いこと、思い出したでしょ」

二村がサンバイザーをぐっと近づけてきた。房子は苦笑して、

「たいしたことでは。ていうか全然関係ない話ですけど、結香園の大女将の下の名前、瑞季だなあって。それと、ご実家は小田原の〈田中茶園〉というんですね。てことは大女将の元の名前は『田中瑞季』かな、『田中瑞恵』と似てるなって。あ、もちろん完全に別人ですよ、大女将が白鳥賢治と結婚してるわけないし、結婚後の今は関瑞季なんだから」

「ふぅん」

二村は言った。

〈葉崎八幡通り商店街〉は現在、絵に描いたようなシャッター商店街だ。

地元野菜を扱っていた〈八百源〉は、主人の腰痛と後継者がいないことを理由に店を畳んだ。〈ミート服部〉も奥さんが亡くなって以来休んだまま。おもちゃ屋さんも駄菓子屋さんも、パン屋もトンカツ屋も中華料理店も、〈宮下豆腐店〉も〈手芸の店ハタノ〉も〈器のひらい〉も店を閉めて久しい。

商店街全体が落書きだらけで、割られたガラスを補修しながら営業を続けている店もある。ボヤでもあったのか焼け焦げた空き店舗もあるし、草ぼうぼうの更地に粗大ゴミが転がっていたりする。

その寂れたアーケードに、お茶をほうじたその残り香が漂っていた。

葉崎八幡神社の石段下に店を構える〈お茶と海苔の結香園〉の店舗は白木をメインにした造りで、まだ新しかった。入口には趣味のいい紺の暖簾がかかり、ガラスもピカピカに磨かれ、店の前は掃き清められている。

店内もさっぱりと無駄がなく、小ぶりの茶箱と茶壺が棚に収まり、店の奥への通路には緑と茶色を基調としたパッチワークの布が下がっていた。

壁には写真を入れた額がかけられていた。

昔の結香園の前で撮影されたセピア色の写真。紋付羽織袴の主人夫婦を中心に、かしこまったような奉公人たち。

もう少し時代が下って、商店街で撮影された集合写真。下の余白に〈器のひらい〉主人、〈八百源〉主人、〈久我安工務店〉主人などと書き込まれている。全員が若く、エネルギーに満ちていて、勢いがあった。彼らの足元には子どもたちが照れたような笑顔を見せている。

最後の一枚は大きな農家の前で撮られたものだった。太い眉毛にぱっちりした目のよく似た夫婦、よく似た娘と男の子たち。少し離れて細面で目の小さい、地味な感じの女の子と、野良着の男女が十数人。脇の門柱には〈田中茶園〉という看板が掲げられている。

ほうじ茶を袋に詰めていた〈お茶と海苔の結香園〉の大女将こと関瑞季は写真の中の娘と同じ、ぱっちりした二重を見開き、アクリル板越しに二村貴美子の視線を追った。

「ええ、わたくしには妹がおりますよ。生きていれば今年、六十六歳になる瑞恵という妹がね。その写真の、少し離れて立っている女の子がそうです」

房子から聞き出した噂話によると、大女将の母親は今の大女将によく似た働き者で、ぶっきらぼうで愛想の一つも言えない夫の代わりに、積極的に自農園のお茶の売り込みに出歩いていたらしい。結香園もその母親が足しげく通った訪問先の一つで、それが縁で大女将は結香園の跡取り息子と知り合って、十代のうちに結婚した。

「そのおっしゃりようだと失礼ですが、妹さんとは……？」

「そうね、口をきかなくなってどれほどたつかしら。警察の方ならとっくにご存知でしょうけど妹はとんでもない相手と結婚したのよ。おまけに相手の籍に入ったならまだしも、その逆だなんて。実家に対する嫌がらせかと思ったくらい」

大女将の口調は穏やかだったが、その白い額には青筋が立っていた。

「お察しします。白鳥賢治と一緒になるなんて妹さんはずいぶん大胆な人だったんですね」

「むしろ、子どもの頃から殉教者みたいな子だったわね。うちの両親は子どものしつけも昔風だった。鉄拳とか食事抜きとか、真冬に表に立たせておくとか。今だったら虐待で逮捕されかねないけど、時代が時代だったし、親たちもそんな風に育てられてきたから。特に父は」

大女将は言いさして、袋詰めの作業を再開させると、

「そういうとき、他の子たちは泣きながら謝って許してもらうのに、妹は違った。黙って殴られて、黙って外に立ってるの。それでよけいに父の機嫌が悪くなって、もっとひどいことになるんだけど、妹はじっと耐えているわけよ。白鳥賢治の件で親戚中から責められたときも同じ。彼と結婚しますと一言言って、あとは黙ってた。マリア様みたいな顔つきでね」

大女将はうつむいたまま、早口になった。

「瑞恵は高校を卒業して実家の農園で働いてたんだけど、あんなぼーっとした子は放ってお

いたら嫁き遅れると親がすぐに結婚させたの。十年たっても子ができずにいるうち、相手が別に女を作ってね。実家に戻った妹は、おまえがいたらないせいだと父にずいぶん責められたらしいわ。昔気質の父はしゃべるのが苦手だから、もっぱらお酒を飲んでは手を上げた」

「それはまた。悪いのは結婚相手と、そういう男を伴侶に選んだお父様のほうでしょうに」

「確かに。だけどあの子の場合、そうやって罵られたりひどい目にあわされるのがむしろ心地良かったのかもしれない。潮子先生だって人使いは荒いほうだし、いつまでも一人前には扱ってくれない。なのに何十年も内弟子を続けたし、白鳥賢治なんて男と結婚したのも」

二村は手を挙げた。

「待ってください。瑞恵さんって、前田潮子先生の内弟子だったんですか」

「あら、ご存知なかった？　父が死んで、弟の代になって、実家にもいづらくなったあの子の身の振り方を考えていたときに潮子先生と知り合ってね。妹の唯一の特技は縫い物だと事情を話したら、トントン拍子に話が進んで、先生のお宅に住まいながらキルトの技を教えていただけることになったわけ。当時、先生はキルト作品が認められて仕事を始めたばかりで、忙しさのあまりか不眠症になったりして、どうしても手伝いが必要だったのね。しかも妹が内弟子になってわりにすぐご主人が交通事故で亡くなったものだから」

「ふぅん。そういうことでしたか」

二村は大きく息をついた。

「では、大女将が兵藤房子さんのお母さんに前田先生を紹介したのも、その関係で？」

「そういうことになるかしらね」

大女将がマスクの陰で苦笑した、気配がした。

「潮子先生も芸術家肌というのかしら、変わった方でね。妹が白鳥と結婚してからも、そのまま内弟子として家に置いてくださってたの」

「え、てことは、妹さんは、白鳥と一緒に暮らしては」

「なかったのよ。それもまた腹が立ったんですけどね。親戚中を敵に回して籍まで入れておきながら結婚生活も送らないんですもの。ただまあ、おかげで、っていうのも変だけど、白鳥と妹の結婚はマスコミの話題にはなったけど、そんな生活スタイルだし、苗字も『田中』だしで、周囲の人たちには妹だとほとんど気づかれなかった。身内を除くと、たまたま来店中に瑞恵が押しかけてきたので事情を知ってしまった〈パラダイス・ガーデン〉の日向子さんくらいだったし、あの方は口が固かったので、結香園の暖簾に傷がつくこともなかった。少なくともその当時はね」

大女将の額にまた青筋が立った。二村は目をそらして、

「ということは、日向子さんが亡くなる前のキルト作りに妹さんも出席を？」

「あら。そういえばそうね」

大女将は驚いたように目を見開いた。

「そうだわ、日向子さんとこで顔を合わせてるんだわ。今でも覚えてますよ、日向子さんのキルトの会のことは。庭にテーブルと椅子を並べて輪になって、日向子さんやそのお友だち、潮子先生と六、七人でパッチワークをしながらおしゃべりして、房子さん手作りの焼き菓子を食べて、持っていったおいしいお茶を飲んで。わたくしは瑞恵と違ってお針はへたっぴいでよく指を刺したし、日にも焼けたけど、それなりに楽しかった」

「なるほど。となると、いささか申し上げにくいのですが、見ていただきたいものが」

大女将は二村が差し出した西峰さんの似顔絵を注視した。

「お心当たりは？」

「ひょっとして、妹かどうか訊かれているのかしら」

「ま、それも含めて」

「長年会ってないのよ。直に顔を合わせてもわかる自信はありません。ましてこんな絵じゃ。それに……」

「では、こちらはどうでしょう」

二村はトケイソウ柄の生地を拡大した。大女将は老眼鏡を取り出して目を凝らした。

「見たことないと思いますけど」

「本当に？」

「日向子さんのキルト以降、わたくしはいっさい手芸をしておりません。それにこれ、プリントが鮮明で色も凝った感じですし、お高いんじゃないかしら。この手の生地をお持ちなのは、やっぱり潮子先生でしょうね」

「前田先生ですか」

「ご本人は潮子先生と呼んで欲しがってらしたの。ほら、葉崎で前田と名乗ると誤解されてしまいますでしょ」

葉崎には前田という有名な一族がいて、御一新(ごいっしん)までは領主としてこの地を支配していた。戦後いったんは没落したものの、その後持ち直して葉崎信金などの金融機関や不動産、ホテル、葉崎FMなどを経営し、育英基金やNPOの運営も行なっていた。そのためかつて葉崎においては、前田抜きで物事は決められないと言われるほどの影響力があった。

前田潮子も夫の前田毅も葉崎の出身ではなく、従ってその前田家の出ではないのだが、

「潮子先生のキルトの本の出版記念パーティーで、生前、前田一族の女帝と呼ばれていた実業家と先生がにこやかに語り合っている写真が市の広報誌に載りましてね。それ以来、勘違いが広まってしまった。先生も、自分は違いますと言いふらして歩くわけにもいきませんものね」

「で、このトケイソウ柄の生地は、その潮子先生のものだと」

「あちらはキルト作家でらっしゃいましたからね」

老眼鏡を懐に戻した大女将は詰め終わったほうじ茶の袋をシールし、コンテナに並べる作

業を続けながら、

「もともとパッチワークは古くなった服の繕いや補強から生まれたものでしょ。わずかなボロも使い切ろうというリユースの原型みたいなものだから、堅苦しいことを言えば、作品のために布を買ってくるなんて本末転倒ということになってしまう。けど、イメージ通りの作品を作るのが仕事となったら、そうも言っていられませんものね。横浜や都内の手芸品店やアンティークショップ、骨董市にも足を運んで、イメージに合う布地を探してらしたみたい。よく、潮子先生が愛車のロードスターでさっそうと出かけていく姿をお見かけしましたっけ。今でもたまに乗ってらっしゃるみたいですけど」

二村が口を開きかけたとき、彼女のスマホに着信があった。詫びを言い、電話を受けながら店を出た二村の後ろ姿を眺めて、大女将は思った。

あれは先週の土曜だったか日曜だったか、夕方、楡ノ山ハイキングコース入口の土産物屋を閉めて、下山して本店に戻ってきたとき、店番をしていた従業員から自分を訪ねて男が来た、と知らされた。

男はおじいさんで、真っ黒に染めた髪をオールバックに整え、ウェスタンブーツを履いていた、と従業員はくすくす笑いながら言った。大女将なら楡ノ山にいけば会えますと伝えると、礼も言わずに出ていったそうだ。

それが白鳥賢治だったかどうか大女将にはわからない。そんな男は土産物屋に来なかったし、だから確かめようもなかった。

大女将は白鳥賢治に直接会ったことがない。金に汚い海千山千の男が、仮にも義弟になったのだ。店や息子になにか仕掛けてくるのではないかと戦々恐々としていたのだが、ありがたいことにはなも引っかけられなかった。それでも事件が起きて……そう、あれ以来、妹とは完全に断絶した。顔を合わせることがあっても口はきかず、両親の葬式にも呼ばなかった……。

自動ドアが開く音がして二村が顔をのぞかせた。

「話の途中でしたが、署に戻らなければならなくなりました。またあらためてうかがいます」

「あの、刑事さん」

出ていこうとする二村の背中に大女将は呼びかけた。

「なんでしょう」

「〈パラダイス・ガーデン〉で亡くなられた方の身元を調べてらっしゃるんですよね。でもそれが、瑞恵でないことは明白なんじゃないかしら」

「なぜです？」

「妹は逮捕されたことがあるじゃありませんか。夫である白鳥賢治を刺して、現行犯で。そのときに指紋くらい取られてますよね」

2

スーパー〈フレンド〉のポリ袋を提げた二村貴美子はアメリカンドッグをかじりつつ裏口から署に戻った。

署内の空気は切迫していた。うっかりすると髪が逆立ちそうだ。だが、静かだった。多くの署員がまばたきもせずにパソコンやスマホに向かっている。

やだね、と二村は思った。

池尻課長からの電話で、事情も聞かされないまま、全員を署に帰投させる、二村くんもいったん署に戻ってくれと厳命された。それはいい。こういう職場だ。想定内だ。むしろ、待ってましたと言いたいくらいだ。職場環境よ平穏であれと望むくらいなら、こんな仕事についたりはしない。

ただ以前ならこういう場合、署内には怒号が飛び交い、電話のベルが鳴り響き、書類を抱えた事務方が小走りに行き交い、報告と連絡が錯綜(さくそう)し、命令一下、電話に飛びついて問い合わせをし……やかましく、活気にあふれ、汗と涙とストレス臭で満ちていた。無関係のものでさえ脳の奥底まで活性化して思いがけないことを思い出し、それがきっかけで抱えていた事件が解決したこともある。

今ではずいぶん様子が違ってしまった。感染対策で大声は出せない。連絡も報告も電子化されている。オフィスは細分化され、横のつながりは分断された。全署員一丸となって世のため市民のために戦ってるぜ、という熱い雰囲気もない。気分は盛り上がるどころかピリピリしているだけだ。

二村は一階ロビー近くのトイレの前で顔見知りを一人捕まえた。警務課の古馬久登（こばひさと）という男で、ウェブ方面に詳しく大工仕事が得意なため重宝されているが、口が軽く脇の甘いお調子者だ。

「あれ二村さん、なにが起きたか知らないんすか。ヤバいっすよ、うちの署。マジでヤバい」

しきりと騒ぎ立てる古馬の首根っこを押さえ、植え込みの陰に連れ込んでアメリカンドッグを与えると、古馬はガツガツ食べた。朝からおむすびを一個、ペットボトルの茶で流し込んだだけだったという。

「で、なにがヤバいって？」

「身代金を強奪されちゃったんすよ」

アメリカンドッグを頬張りながら、古馬はさらりと明かした。二村は目をパチクリさせた。

「は？　なにそれ、どういうこと？」

「今オレ、例の重大事件の前線本部にいるんすよ。二村さん相手に保秘ってもしょーがないからはっきり言いますけど、重大事件ってのは身代金目的未成年者誘拐事件のことで……そこらへんまでは聞いてますよね」

「あたしにも耳はあるからね」

二村は仏頂面で答えた。

けさ、池尻刑事課長のところへ行く前に「重大事件」こと営利目的誘拐事件発生につき、昨日県警本部内に特別捜査本部が立ち、ついで本日未明、葉崎署内に磯貝管理官がやってきて前線本部を立てた、ということまでは小耳に挟んでいた。だいたい警察官というのは好奇心旺盛でなくては務まらない。別の言い方をすれば野次馬根性著しい。そのため重大事件が起きれば野火よりも韋駄天よりも稲妻よりも速く警察内部に広がる。

「葉崎署に前線本部を立てたってことは、誘拐されたのは葉崎の子どもよね」

「御坂地区に住む、原天志って五歳の男の子っす」

上唇についたケチャップをなめ取りながら、古馬は言った。

「〈ひよこ幼稚園〉のシロクマさんクラス。両親は二年ほど前に離婚して、父親が親権を持ち、母親が養育権を持って、ふだんは母親と暮らしてんすけどね」

誘拐事件が発覚したのは昨日、十月四日日曜日のことだ。原沙優はこの日の明け方、タクシーで帰宅した。

前日の土曜日のお昼過ぎ、彼女は元夫である今井彰彦を自宅に呼び、二人の息子である天志の世話を頼んで外出した。二時に横浜の友人数人と合流、お茶、カラオケ、食事、お酒を半年ぶりに一気に楽しみ、帰宅するなり化粧も落とさずベッドに倒れこんで熟睡した。

目が覚めたのは八時間後で、正午を過ぎていた。シャワーを浴びて人心地つき、気づくと元夫も息子も家にはいなかった。天志の最近のお気に入りで、ないと眠れない「ぽう」――LEDライトを仕込んだ首輪が光る、犬のぬいぐるみ――も見当たらない。元夫に連絡したが既読にならず、当然ながら返信もなかった。

沙優は腹を立てた。「ぽう」を持っていったとなると、たんに遊びに出ただけではなくどこかに泊まるつもりだろう。母親である自分には当然連絡し、了解をとるべきだ。だいたい離婚に至ったのも元夫のこういうだらしなさが原因ではないか。

プリプリしながらも散らかっていた部屋を片づけ、昼食を用意したが、相変わらず連絡はつかない。電話をかけたがつながらない。だんだん不安になってきて、家の前をうろうろしていたら、息子が通う〈ひよこ幼稚園〉のママ友と出くわした。彼女は沙優に気づいて陽気に手を振った。

「昨日、天志ちゃんパパに会ったわよ。しばらく園をお休みさせて、おじいさんのとこに行くんですってね。やっぱり監視カメラの件が心配だからかしら」

「ええ、まあ」

面食らいながらも沙優は反射的にうなずいた。〈ひよこ幼稚園〉では少し前から、ＹＳＳこと〈横葉セキュリティーシステム〉という警備会社に委託していた監視カメラの不具合が問題になっていた。不安をかきたてられた保護者たちの中には転園を口にしたり、抗議の声をあげる者もいた。根がのんきな沙優はあまり気にしていなかったが、急な休みも園のせいにしておけるならそのほうが都合はいい。

やっぱり彰彦が連れ出しただけだったか。

沙優は少し安心して部屋に戻った。おじいさんというのは彰彦の養父・今井勇蔵のことだ。小さなパン屋だった〈Ｃｏｎａ屋〉を一代でチェーン展開させた傑物だが、三年前に引退し、その途端に深刻な病気が見つかったと聞いていた。ひょっとするといよいよなのかもしれない。もしそうなら彰彦が天志を養父に会わせるために連れ出したのもうなずける。

沙優は今井勇蔵と親しくなかった。彰彦は生まれてすぐに子どものなかった勇蔵夫婦の元に養子に出されたのだ。

その実態を、彰彦は沙優に知られたくなかったのかもしれない。実家に沙優を連れていったのは最初の顔合わせのときだけ。ギャンブルの借金の尻拭いや女との手切れ金など、なにかと金銭的な援助を受けていたことも、離婚する段になって初めて知った。天志の親権を彰彦が持つことになったのももとを正せば勇蔵のせいだ。離婚騒ぎを聞きつけた勇蔵が彰彦に凄腕の弁護士をつけたのだ。そもそも彰彦は天志にそれほど興味がなく、勇蔵がでしゃばらなければ親権も沙優のものになったはずだった。

その意味では勇蔵は鬱陶しい存在だが、天志のことは血はつながらなくても孫としてかわいがってくれていたし、ランドセルを買ってくれる約束もしていた。まして病気が重いとなれば。新型ウイルスの感染拡大が落ち着いた今のうちにと勇蔵に会いにつれていった、なら文句は言うまい。

日が傾いてきても彰彦からはなにも言ってこない。勇蔵に連絡を取ろうとしたが考えてみれば連絡先を知らされていなかった。再び怒りが湧いてきた。

沙優はまた外の様子を見に家を出て、発作的にタバコを買った。

初めて会ったとき、元夫はフリーの音響技師だと名乗ったが、実際にはちょっとばかりライブハウスに出入りして趣味で楽器をいじったりしているだけだった。身分は〈Ｃｏｎａ屋〉の子会社の役員だが、その子会社は某省の官僚の天下り先として、かつ元夫の「飲む打つ買う」の尻拭い用として作られたようなものだった。結婚当時の彰彦はしばしば「社用」で出かけたが、それは浮気の、あるいはギャンブルの、あるいはいかがわしいパーティーの、アリバイ作りの口実だった。

要するに働きもしない遊び人。それが元夫の正体だ。おまけに養育費も払ってくれない。

沙優はいつのまにかタバコをくわえて火をつけていた。

ああした男がマメに払うわけがないとわかってはいたが、養父から毎月多額の小遣いももらっているはずだ。約束の半分でいいから払ってくれるべきではないか。

沙優のほうは綱島でやっていたイタリアンの店を畳んだばかりで、当座の生活費を工面しようと母方の祖母が遺した那須の別荘を売り払ったところだった。コロナ移住が盛んになったおかげで不動産価格が高騰し、税金を差し引いても二千万ほどが手元に入った。これでしばらく食いつなげるし、天志の進学費用にもなるとホッとはしたが、愛着のある大好きな別荘だったのに。

ちくしょう。

コロナが怖くてしばらくやめていたニコチンが全身に染み渡っていた。

なんだよ。ふだんほったらかしのくせに。久しぶりに息子に会って気まぐれを起こし、泊まりがけで連れ出したんだろうが、あたしがどんだけ心配するかわかりそうなもんじゃないか。

ま、そこまでは許してやってもいい。沙優はしきりとタバコをふかしながら考えた。あたしも天志から実の父親を取り上げるつもりはないんだから。でも母親である自分に無断で連れ出して、事後承諾すら取ろうとしないのはありえなくない？　アメリカだったら誘拐罪で二十五年は刑務所に入る大罪だ。

甘くみてんじゃないわ。

午後六時になって沙優は御坂交番に駆け込んだ。事情を説明していると、ようやく元夫のスマホから返信があった。親身に話を聞いてくれていた警官に謝り、腹を立てつつもホッとして開くと、そこには血まみれの元夫と、怯えた顔で父親に寄り添う息子のボケた画像、次のようなメッセージがあった。

〈二千万用意しろ。通報するな。また連絡する〉

原沙優の悲鳴で交番にいた全警察官が飛び上がった……。


「しっかし、ずいぶんとクラシックな誘拐よね」

食べたりなそうな古馬に〈フレンド〉のポリ袋からコロッケを手渡して、二村は言った。

「未成年者の営利誘拐、父親付き。手間と経費がかかって捕まるリスクもめちゃくちゃ高い。特殊詐欺でも働いたほうがよっぽど成功率は高いのに」

「令和の誘拐つったら小中学生とネットで知り合って誘い出し、自宅に連れ込んで監禁するもんすよね。でもって身代金はビットコインを送金させるとかさ。リアルで現金の受け渡しなんてありえねーし、万一そうなっても葉崎のような陸の孤島でやるわけねーと。だいたい上はこの誘拐をホンモノと思ってなかったんすよ」

「父親の自作自演ってこと?」

コロッケで口をいっぱいにした古馬は、それ、というように指を立てると、

「母親が二千万を手に入れた途端に二千万の身代金が要求された。タイミング良すぎるっし

よ。不動産売買を知る者が関わっているはずで、母親によれば知っているのは不動産仲介会社と買い主を除くと元夫の今井彰彦だけ。血まみれの画像は芝居染みてるし、彰彦が超ヤバい借金取りに追いかけ回されてるんじゃないかなんていうアヤしい噂もあって」

「あらだって、彼には大金持ちの養父がいるでしょ」

「今井勇蔵が元気ならいつものように借金を片づけてくれたんだろーけど、病状が悪化してそれどころじゃないらしいんすよ。彰彦の行状を前から苦々しく思っていた親戚連中が勇蔵を彰彦に会わせようとしないとか」

そんな次第で、本部が葉崎署に前線本部を立ち上げたのも、

「母親につけている特殊班とのただの連絡用ってことっすね。なので磯貝管理官が恐れていたのは情報漏れと感染だけ。事件はどっか遠くで起きている、ってことになると思ってたみたい。オレら署員を大部屋に吸い上げておきながら、本部から来たものとは距離をとれ、話があるならメールを使えって言うんすよ。だったら部屋を別にすればいいのに、情報管理上おまえらは目の届くところに置いとく、ってこうだもん。本部所属のマッチョでなきゃ信用しないんっすね」

ところが、けさになって原沙優のスマホに再び、今度は見知らぬケータイからメッセージが送られてきた。その内容は、〈古い紙幣で二千万円を用意し、次の連絡まで自宅で待機せよ〉というもので、

「現金かよ。ってことはまさか直接受け渡しかよ。自作自演じゃないかもよ。ってなことになって、そっからノンストップの大騒ぎっすわ」

本部から応援部隊がやってきて、原沙優の自宅近辺にどっと投入される。銀行に連絡が行き、届いた札の番号を控える。駅、バスターミナル、定期船乗り場、国道にも人員を配置する。

交通の便が悪いから人口も少なく、観光業はコロナのおかげで大打撃。多少の移住者の増加くらいでは追っつかないほど、このところ葉崎は静かだったのだが、

「周辺映像をずっと見てたんすけどね。閑静な住宅街が今日は人だらけ。特に御坂地区入口交差点近くは、ボード抱えて海岸道路を行き来する陸サーファーやら、日差しが半端なくきついのにジョギングし続ける女やら、コスプレ捜査員で大混雑っすよ。原家の周囲も、電気工事の車やアンテナ立ててカーフィルム貼った黒の大型車が無断駐車してるもんで、ご近所さんからの苦情電話が鳴りまくり。だけど、犯人側が警察の動きを探るなら御坂交番だろうから相手を刺激しないように交番内の警官を減らせって、管理官はおっしゃるわけっす。知ってます？　だから今日はあの交番、百瀬さんしかいないんすよ」

「ふぅん。なるほど」

「こんな昭和っぽい営利誘拐なんて上もほとんど経験してないっしょ。だから焦るのはわかるんすよ」

古馬はマスクを戻し、油で光った指先をウェットティッシュで丁寧に拭った。

「でも、それにしたってへんぴな住宅街がいきなり密って、誰が見たっておかしいでしょ。〈ドライブイン児嶋〉の外席も営業マンやらカップルやらに化けた捜査員だらけで、管理官が連れてきたマッチョがクリームソーダで二時間粘ってる。普通じゃない」

古馬は声を低めた。

「大丈夫かなと思ってたら犯人からの指示が来たんすよ。小ぶりのボストンバッグに詰めた二千万を持って、母親一人で、徒歩で、二時までに猫島海岸近くの海岸道路沿いにあるでっかい外資系スーパー……ええっと」

「〈ドンドコ〉ね」

「その駐車場まで来いって内容で。陸の孤島で受け渡しはないって思い込んでたから、そうか、そこに車が停めてあって、それで身代金を運ばせるつもりだと上は考えた。それで母親に二千万詰めたボストンバッグ持たせて自宅から送り出した段階で、磯貝管理官が児嶋とその近辺にいた自分の部下と本部から来た捜査員を全員、バイクや車両ごと〈ドンドコ〉に先回りさせたんす。ところが」

「ひょっとして、そのタイミングで？」

古馬はうんうんとうなずいて、

「母親が御坂地区入口交差点を渡っているさなかにバイクが急接近したんすね。近くにそういうバイクが停まってエンジンふかしてるという報告を聞いた管理官が興奮して、母親に近づくようならためらわずに確保って命令を出したわけ。で、母親についてたうちの捜査員がどっとバイクに群がってるすきに、二台のチャリに身代金の入ったボストンバッグをひったくられました。おまけにそのチャリが原因の事故が起きて、海岸道路が両車線とも一部封鎖っすよ」

それでか、と二村はひとりごちた。〈葉崎八幡通り商店街〉から署まで戻るのに大渋滞でビクとも車列が動かず、いつもの倍近い時間がかかったのだ。

「車は動かせない、スクーターやバイクはすべて〈ドンドコ〉に向かってる、うちが出した捜査員が走ってチャリを追いかけたけど、取り逃がしました。チャリは鎌倉方面に逃走して、その後の足取りはまだつかめてません。検問が居眠りこいてたんでなければ葉崎の外には出てないみたいっすけどね」

「足取りがつかめてないって、発信機は？」

「磯貝管理官が最新式だとかいうめっちゃ小さいGPS発信機を用意させて、バッグの底に仕込んだんすけどね。ひったくられて、引きずられてるうちに外れてどっか行っちゃったらしくて」

「なんだそれ。えーと、ドローンは飛ばしてたんだよね」

「だから、ドローン部隊も〈ドンドコ〉に」

「普通、その母親の姿を押さえとくもんじゃないの？」

「いや、自分に言われましても」

「じゃあ犯人から人質の解放につながる情報は」

「まだ入ってきてないっすね」

「てことは、身代金を持ってかれて犯人の所在も人質の安否もわからないってこと？」

「そういうことっす」

「ふぅん」

二村が首を振ると、古馬は舌を鳴らした。

「他人事みたいなため息ついてる場合じゃないっすよ、二村さん。今日、楡ノ山の西峰に行ったっしょ」

「行ったけど」

「気をつけたほうがいいっすよ。今回の件は誰が見たって磯貝管理官の采配ミスだけど、あの人がそんなの認めるわけないっすもん。もうすでに、葉崎署の捜査員が犯人をとり逃がしたって署長を怒鳴りつけて、声のデカさで責任をなすりつけようとしてるって話っすよ」

それと西峰がどう関係あるのよ、と聞き出す前に、二村のスマホが振動した。

3

署の最上階にある署長室は、ホテルだった頃にはスペシャルデラックススイートルームと呼ばれ、なんとかの宮様ご夫妻が宿泊されたという歴史があると聞く。

開け放たれた窓を背にした署長の薄毛越しに、紺碧(こんぺき)の相模湾、多くのヨットやクルーザーが係留された葉崎マリーナ、点在する小島、澄んだ秋の空、陽光を反射する波、風に漂うカモメが見て取れた。

二村貴美子が署長室にたどり着いたとき、この絶景を背景に、居並ぶ葉崎署の幹部を前にして、磯貝管理官が演説の真っ最中だった。

磯貝管理官は大学時代、パワーゲームが三度の飯より好きだと気づいて国家公務員試験に挑戦するも失敗。官僚にはなりそこねたが、神奈川県警に入ると強烈な上昇志向と鉄面皮な朝令暮改、徹底した責任回避を組み合わせた姿勢で他人の業績に乗っかり、あるいは掠め取り、針のような貢献を棒と言いふらすことで、県警内に確固たる地位を占めてきた。

その彼にとって、この誘拐事件はまったくもって度しがたいものだった。

まず舞台が葉崎というのが気にくわない。こんな田舎の署に自分ほどの人間が回されるというのがそもそもおかしい。前線本部がにわかに本件の中心的舞台となり、結果、悪夢のような事態に陥ったのも許せない。誰がそんなこと指示したよ。

身代金を強奪されたなんて、これ以上の失敗はないと言ってもいい。クロスバイクだかなんだか知らないが、しょせんは自転車。そんなもんにやられるとはなんたるこった。

交差点で人質の母親に近づいたバイクの男を素早い命令で押さえることに成功したのに、これが近所に住む移住者だった。その際、警官に怪我を負わせたことにして、公務執行妨害の現行犯で逮捕させ、署に連れてこさせて事情を訊いたが、最近、人質の母親が妻と親しげなのが気に入らず、交差点で見かけたので近寄って話しかけようとしただけだの一点張りだ。

誘拐事件の真っ只中にそんなことってあるか、この熊谷治という男を徹底的に調べろと命令したが、任意提出させたスマホに怪しい点はまるでなし。当初、会社員と名乗っていたのに、当の会社に問い合わせたら二ヶ月前にクビになっていたことが判明したが、それを突きつけると相手は逆上。プライベートをほじくり返すなんて許せないとわめき散らし、いっこうに怒りを収める気配もない。どうすんだよ、こいつがSNSで警察批判をやらかして、犯人側に警察が動いていることがバレてしまったら。

さらに身代金を取られた際に人質の母親が転んで怪我をした。たんなる膝小僧の打撲だが、緊張とストレスからかヒステリーを起こし、警察ははじめ元夫の仕業かもと言ってたじゃないか、なのに一人で大金を運ばせるなんて、訴えてやる、と騒ぎ立てている。おまえが転んだせいでバッグから発信機が外れちまったんじゃないか。訴えたいのはこっちのほうだ。

サイバー班はまだメールの送信元のスマホを特定できていない。最新式のGPS発信機は身代金強奪と交通事故のどさくさに紛れてどこかに消えた。さらに、と磯貝は思い出すなり心の底から憤った。

葉崎市内の監視カメラは〈横葉セキュリティーシステム〉通称YSSというローカルな警備会社のものが多いのだが、先々月、市内の多方面に落ちた雷でシステムがあちこちいかれ、復旧したかと思えばまた落雷にあって壊れ、直ったはずがまた、と不具合が収まっていない。そのうえ、身代金強奪犯をしっかり押さえていたはずの〈ドライブイン児嶋〉の防犯カメラまで、「ひったくりと交通事故の現場」を目の当たりにして興奮した児嶋のママにいじられた結果、データが消去されてしまったという。

データは復元できるが時間がかかる。目撃した捜査関係者の証言によれば、強奪犯は二人ともヘルメットをかぶってバンダナで顔を隠していたそうだから人着が判別できるとも思えないが、そんな程度の映像でも、磯貝が目にする頃には自転車は青森あたりまで逃げているだろう。

このままでは犯人逮捕はおぼつかない。それどころか、今回の事態が自分のせいにされかねない。

そんなことはありえない。かくも優秀な私がここで出世街道から転がり落ちるようなことは、神奈川県警のためにも、県民のためにも、いや日本国民のためにもあってはならない。

この状況を打開するため、すでに磯貝は全力を傾け、あらゆる手づるに連絡を取って、今回の切腹モノの大失策は無能な葉崎署のせいだと吹聴してきた。磯貝の責任になってしまうと、その磯貝を前線本部長に据えた一課長や刑事部長までもが任命責任を問われかねないため、すでに県警本部内では磯貝の言い分が、しぶしぶながらも通り始めている。

あとは、葉崎署がおのれらの責任を認めれば申し分ない。自分が本部の捜査員を現場から遠ざけてしまったことや、慌ててバイクの確保を命じたことなど、それでなかったことになる。

というわけで最前から磯貝は握りこぶしを上下させるという独裁者スタイルの演説で、葉崎署の落ち度をあげつらい続けていた。相手がうっかり「申し訳ございませんでした」と口を滑らせてくれれば葉崎署が責任を認めたと上に報告できるため、いやが上にも熱がこもった。

葉崎署の捜査員が自転車を取り逃がした。おかげで、犯人検挙につながる最大のチャンスも逃してしまった。

葉崎署の捜査員が自転車を追いかけた。おかげで、犯人に警察が動いていることが知られてしまった可能性がある。

しかも交通事故が発生し、海岸道路が一部封鎖され、本部から来た優秀な捜査員が〈ドンドコ〉の駐車場から出られなくなった。葉崎署の交通課の処理が遅かったせいだ。

「そもそも、葉崎署は葉崎市内を十二分に把握できているとは言いがたい」

磯貝は強調した。この「言いがたい」という言葉が磯貝は大好きだった。これを使うと、いかにも自分は現状を熟知しているように聞こえる。

「例えば、犯人のアジトになりそうなアパートや貸別荘等についての報告はまだおたくの署から上がっていない」

磯貝はおのれの声に酔いしれた。本当はマスクを外したい。でもってマイクも使いたい。そのほうがより我が美声が轟くのに。

「葉崎市内に犯人のアジトが存在する可能性もある。捜査員が数少ない監視カメラ映像をチェックしたかぎりにおいては、行方不明の親子が葉崎市の外へ出る様子は捉えられていないのだから、人質が市内に監禁されている可能性も視野に入れた捜査が必要だろう」

「おっしゃる通りです」

例のクラスター後の葉崎署に着任した署長が、眠たげに相槌を打った。先ほどからの磯貝の演説に、署長はひたすら頭を低くして対処している。さっさと「申し訳ございません」と言えばいいのに。

磯貝はさらに声を大きくした。ここからが肝心なところだ。所轄に出向する際は、あらかじめ彼らの死角を調べ、そこに部下を派遣して、地元の人間すら知らない情報を得ておくようにしている。情報が死命を制するこの業界でマウントを取るために編み出した、磯貝独自のワザである。

「例えば楡ノ山西峰地区などは貸別荘が多いそうだが、この署ではきちんと把握できているのかね。不特定の人間がしきりと出入りするような貸別荘は、今回の件にかぎらず、放置しておくと犯罪の温床になりかねない。コロナによる首都脱出の動きが高まってこの市でも移住者の数も増加している。西峰の貸別荘の需要も増えているようだがそのあたりの情報はどうなってる」

署長室は静まり返った。磯貝は気持ちよさそうにそっくり返った。

「知らないんだな。知らないんだろう。やっぱりな。きみら葉崎署は仕事をなめているんだな。そんなことだろうと思い、私は早手回しに部下をだな」

「あ、二村くん」

そのとき、池尻刑事課長が廊下に立って『磯貝管理官ショー』を見物していた二村を手招いた。と同時に磯貝に向かって言った。

「管理官のおっしゃる通り、西峰地区は我々の情報網の中でも大きな空白になっております。そこでけさから、うちのエースであり大ベテランを単独で西峰地区に送り込み、状況を探らせていました」

せっかくの見せ場を邪魔された磯貝管理官は、ムッとした。

「けさから？　それは危険じゃないか。もし西峰に本当に犯人のアジトがあったら、警察官がうろつくのは」

あんたの部下もだろ。と口先まで出かけたに違いない言葉をのみ込んで、池尻は続けた。

「先週、西峰で自殺案件がありました。そのホトケさんの身元が不明のままでしてね。この件の捜査という名目で送り込みましたので、ご心配なく。だね、二村くん。では管理官に報告を」

二村は注目を一身に浴びつつ思った。ふぅん、なるほど。だから「事件性のない身元不明の死体」の調査を命じ、ついでに西峰の様子を見に行かせたのか。

おそらく池尻は、所轄の粗探しが得意な磯貝のやり口を知っていたのだろう。「二村さんも磯貝管理官をご存知でしたか」と課長は言っていた。ということは、池尻「も」磯貝を知っていたということだ。

監視カメラ映像をチェックしたかぎりにおいては、行方不明の親子が葉崎市の外へ出る様子は捉えられていない。仮に葉崎市内だったら彼らをどこに監禁しておくかと考えた場合、貸別荘が多く、人の入れ替わりが激しく、情報が把握しきれていない西峰地区に磯貝が目をつけるに違いないと見越したわけだ。

これで二村が磯貝の部下より多くの情報を持ち帰ればよし。ダメだったら悪いのは、肉をくわえて帰ってこられなかった二村ということになる。

どいつもこいつも、と二村は思った。つまんないパワーゲームに巻き込みやがって。五歳の子どもの命がかかってるんじゃないのかい。

　だがそれで、万一にも本物の誘拐犯と二村が出くわしてしまい、不測の事態が起こった場合、西峰地区に二村を送り込んだ池尻は大きな責めを負うことになる。池尻には本気で西峰地区で誘拐犯のアジトなど捜すつもりなどない。ちゃんと西峰地区にも目配りしてましたよ、とアピールできれば、それで十分なのだ。

「西峰には現在、二十二世帯三十五人の住民がいることになっています」

　御坂交番で百瀬のレクチャーを受けておいてよかった、と思いながら二村は話し出した。

「住民票を西峰におき、固定資産税を支払っている住民です。ただし残念ながら居住実態についてては明らかではありません」

「それはどういうことか」

　池尻が小気味いいタイミングで合いの手を入れた。

「高齢で施設に移ったり家族に引き取られたケースもある、ということです。これ以外にわかっているだけで貸別荘が二十八軒ありまして、現在はこの八割以上が埋まっています。一帯の管理を引き受けているのは〈ウエストピーク商会〉という管理会社で、〈楡ノ山ハイキングコース入口駐車場〉や個人所有の貸別荘を主に扱っています」

　磯貝が顔を赤くして割って入った。

「その程度のことだったらな、うちの部下だって報告してきてるぞ。それに、聞いたところでは山の中には管理の行き届かない廃墟のような貸別荘もあるそうじゃないか。そのことについては知ってるのか」

「それなら以前、〈久我茂工務店〉が建てた貸別荘ですよね」

署の人間が反応するかと見回したが、誰もが聞き流している。久我茂がよからぬ筋に追われて楡ノ山に逃げ込み、警察が山狩りを行なったのは四半世紀前のこと。葉崎署史に残る大事件だが、新参の上層部は聞いたこともなく、興味もないらしい。

「八月の末頃ですが、葉崎をたびたび落雷が襲ったんですね」

「それは知ってる。おかげで監視カメラシステムがイカれたと何度聞かされたことか」

「その際、山中で火災が発生したのではないかと、管理会社の人間が問題の山荘近くまで様子を見に行ったそうですが、長年放っている間に道自体が消滅して建物を見失ったとか。管理人すらたどり着けないのに、人質を、まして子どもをそこまで連れていけたとは思えません」

言い負かされて管理官は黙り込み、かたわらのマッチョ男が居心地悪そうに身じろぎした。男には見覚えがあった。〈楡ノ山ハイキングコース入口駐車場〉から飛び出てきた黒の大型車の運転席にいた男だ。あやうく衝突しそうになり、必死に急ブレーキを踏んだのに、無視して山を下りていったヤツ。

ま、おかげで駐車場の管理人と話が通じやすくなったのだが。管理人もこの男の態度が気に食わず、できるだけ質問には答えないようにしてやったと言っていた。もちろんアタシは警察に協力しますよ。ちゃんと警察と名乗った場合にかぎるけど。

「〈ウエストピーク商会〉の管理人さんからは、現在の貸別荘の借主の情報と先週以降の監視カメラ映像を提供してもらいました。のちほど鑑識に回します」

「うん。わかった。ご苦労だった」

池尻課長が満足げにうなずいた。磯貝はさらに顔を赤くした。

「その程度じゃ情報のうちに入らんぞ。不審者情報はないのか」

「地元の人によると、カーフィルムで車内を見えないようにした黒い大型車を運転する、二十年遅れのメン・イン・ブラックみたいなマッチョに質問ぜめにされたそうです。警察の人間かと尋ねたら、すごい勢いで逃げていったとか」

「それは怪しい。ねえ管理官。人員を割いて調べてみましょうか」

署長が眠たげな瞼(まぶた)を持ち上げた。磯貝の部下が耳を赤くした。磯貝は頰を引きつらせると、わざとらしくスマホを眺め、さも連絡が来たような顔をして態勢を立て直した。

「ま、そもそも西峰に誘拐犯のアジトがあると決まったわけではない。ここの所轄に情報があるなら、それで結構。深掘りしなくていい。では、我々は前線本部に戻り、事件解決に注力することとする」

磯貝一行がそそくさといなくなり、少ししてから葉崎署の幹部から小さな笑いが漏れた。

池尻が言った。

「いや、よかった。これでしばらく時間が稼げましたね」

「あの、よろしいでしょうか」

署長は二村が挙げた手を無視して、言った。

「磯貝管理官は焦っている。事件が解決する前に、いや人質が無事に保護される前に、失敗の責任をうちに押し付けようと動いているそうだ。だが、さすがに早手回しすぎて本部内でも顰蹙を買っている」

「おっしゃる通りです。いま下手に責任回避の行動をとればかえって逆効果になります。うちはあくまで淡々と管轄内の情報を集めることに専念しましょう。でもその情報は県警の捜査本部にもあげたほうがいいですね」

「ちょっと、よろしいでしょうか」

池尻も二村の声を黙殺し、話を続けた。

「〈ドライブイン児嶋〉の消された映像データが復元できたら、前線本部ではなく本部に直接提供してはどうでしょう」

「それはいい。重要な情報は効率的に回さなくては。ああ、二村くん。ご苦労様でした」

署長が手を振った。もういいから行けということらしい。二村は慌てて、一つよろしいでしょうか、と言った。

「その〈ドライブイン児嶋〉の消されたデータの件についてお話が」

「二村さん、あなたは誘拐事件とは関係ない。だから首も突っ込まない。いいですね」

「ですが」

「いいですね」

池尻は犬でも追い払うように手を振ると、しぶしぶ部屋を出る二村の背中に向かって付け加えた。

「それと。今ので二村さん、磯貝管理官ににらまれただろうから、しばらくの間署には近寄らないほうがいいかもしれませんね」

第６章

ヘザースクエア

Heather Square

1

児嶋翔太郎はメットを放り出し、息をつきながら熱い砂の上に寝転んだ。思い切り大の字になって、空を見上げる。かたわらで榛原宇宙が座り込み、遠くを見ていた。

空が高く、青い。翼を広げたトンビが甲高く鳴きながら風に流されていく。近くに打ち寄せる波の音が振動のように伝わってきた。やがて、翔太郎は上体を起こして砂を払った。視線の先、沖合にはいくつも小島が見えた。小島の陰にクルーザーが停泊しているらしい。波によって白い船体らしきものが見え隠れし、そのたびにときどき小さな光が見えた。

「な、翔ちゃん。一人二十五万だぜ。なにに使う?」

コスモが言った。さっきからそればかり繰り返しているのだ。

「進学資金にとっとくんじゃなかったのかよ」

「バーカ。二十五万ポッチじゃ足りねーもん、投資するよ。でも少しくらいゼータクしてもよくね? ホントは新しいクロスバイクが欲しいんだよな。オレのは藤沢の駐輪場でみっけてがめた中古だから。ブリヂストンのシルヴァか、トレックのFX2。二十五万あれば新車が買えるじゃん。翔ちゃんはなにに使う」

「ロックかな」

「ロック？　どこのブランド？　知らねーし」

「じゃなくて、チャリのロック。鍵だよ。アブスのUグリップボードだと八千円くらいするから」

「チャリの鍵？」

聞き返してコスモは破顔した。いつもしかめっ面なのに、あけっぴろげに笑うとまるで別人だ。思わず一緒に笑いたくなる。

やめろよ、と翔太郎は喘ぎながら言った。

「な、もう笑うなよ。つられんだろ。腹が痛え」

「翔ちゃんが変なこと言うからだろ。チャリのロックだって。ヤバい、ちびるかも」

コスモは上体を起こし、虫歯だらけの奥歯が全部見えるほど大口を開けて笑い始めた。翔太郎はしばらく耐えたが、結局は笑いが伝染し、なかなかおさまらなかった。

葉崎東海岸では入り組んだ入江の奥に砂浜が点在している。二人がいるのはそのうちの一つで、崖を下りた岩場の奥の広さ八畳ほどの砂浜だった。海藻が団子になって打ち上げられ、波にこすられて曇りガラスのようになったペットボトルや空き缶の他、最近ではマスクなどのゴミが散らかっている。よっぽど物好きな釣り人でもなければ立ち入らないし、崖の上からこの場所は見えない。

アルコール依存症の母親から育児放棄にあったコスモは、近所の葉崎マリーナをうろついて、ゴミ箱の食べ物をカモメと取り合って生き延びた。それに気づいたマリーナのユーザー……例のSWANもその一人らしいが、よくちょっとした用事を言いつけては、引き換えに小銭をくれたり弁当を買ってくれたりしたらしい。だが、せっかく食べ物を手に入れても家に持って帰ると母親に奪われてしまうので、いつしかコスモはこの秘密基地みたいなミニビーチに隠れる癖がついたそうだ。

そんな大切な場所を自分にだけは教えてくれたのだ。翔太郎は内心誇らしかった。

「それにしてもうまくいったよな」

ようやくまた静かになって、コスモが繰り返した。

「そだな。運がよかった」

翔太郎は答えて腕で鼻をこすった。腕に鳥肌が立っていた。興奮が収まると、なんだか寒かった。コスモは顔についた砂を払い、波に向かって唾を吐いた。

「運じゃねえ。実力だろ。オレら実力で成功したんだ」

結局二人は、強奪に成功したらバッグと引き換えに五十万という報酬につられて、コスモが信頼するSWANとやらの誘いに乗ることにして、〈ドライブイン児嶋〉の敷地内のゴミ置場の陰に身をひそめた。葉崎市の事業者ゴミの回収がこの十月から平日のみ、土曜日は中止となったため、たっぷり溜まった週末のゴミが放つ悪臭に具合が悪くなりそうだったが、指示通り、ターゲットの「ボストンバッグを抱えたピンクの髪の女」が通りかかるのを待ったのだった。

翔太郎はそのSWANとやらをイマイチ信用しきれずにいたのだが、コスモは自信満々で、

「場所が児嶋の前の交差点だってのがいいね。あそこならオレらの庭みたいなもんじゃん。ま、追いかけてくるやつもいないだろうとは思うけど、仮にいたって、ぜってえ逃げ切れる」

すでに五十万が手に入ったような顔をしていた。

それでも、いざ交差点に出向いて二人はたじろいだ。コロナ以降、真夏でも客は減っていたのに、今日にかぎって児嶋の外席がほぼ埋まっている。いつもと比べて人通りもかなり多いし、そのほとんどが知らない顔だ。昼食時を過ぎてしばらくすると外席はどっとすき、人出も減ったが、それでもいつもよりまだ多かった。

それにターゲットが現れたときにも驚いた。よく〈ドライブイン児嶋〉にやってくる客だったのだ。近所に住んでる子連れの女。児嶋のじいちゃんが「掃き溜めに鶴」と見とれ、ばあちゃんに脇腹をどつかれていたくらいだから、美人でスタイルはいい。着ているものもなんか都会的だ。幼稚園児くらいの子どもを連れ、ママ友らしき女たちと一緒に来店するが、他の主婦たちとはまったく違う人種に見えた。

あの女かよ。じいちゃんとこの客。

それまで翔太郎はコレをゲームみたいなもんだと感じていた。ちょっとしたやんちゃデビ

ュー。叱られても逮捕されても、まだ未成年なんだし、泣き落とせばいいや、的な。

だが相手が顔見知りとわかった瞬間、急に背筋が冷たくなった。どっかの知らない誰かならともかく顔見知りって、さ。なんかちょっと違うじゃん。

やめといたほうがよくね？

翔太郎がそう言いかけた瞬間、交差点を渡り始めたピンクの女に向かってバイクが突っ込みかけ、さらにそのバイクめがけて交差点にいた人たちがどっと殺到した。と思ったらコスモが先陣を切って女の近くに飛び込んでいった。翔太郎は考えるまもなくコスモに続いた……。

「だってさ、あの人出の中、オレらちゃんとバッグを手に入れたんだぜ。すげえよな。やっぱ実力だろ？」

コスモは興奮すると白目が赤くなる。こうなるとたまに手がつけられないほど暴れ出すこともあって、翔太郎は少し尻をずらしてから言った。

「だけど、なんだったんだろな、あいつら」

「あいつらって？」

「交差点に立っててバイクに飛びかかってた連中だよ。あのピンクの髪の女もさ。何者だったんだろ」

ただの近所の主婦だと思っていたが、ひょっとして、どっかの組のアネさんだったりして。

バイクに飛びかかったのはアネさんの護衛とか。バイクが交差点に突っ込んできたとき、翔太郎ですら、ヤバい、先を越されたと思ったくらいだ。護衛が女を守るためにバイクを取り押さえた可能性は高くないか。でもって、たんなる近所の主婦に、あんなにたくさんの護衛なんかついてない。

「別にいーじゃん。どこの誰でもさ」

コスモがつまらなそうに言った。

「オレら完璧だったんだから。あんなに大勢の目の前で仕事きっちりやってのけたんだぜ」

「そりゃそうだけど」

「だけど、あんだよ」

コスモは赤くなった白目をむいて翔太郎を見た。

「そりゃさ、思ったよりあの女しつこかったよな。なかなかバッグを離さねーし。だから、ちょいとこづくハメになったけど、大したケガさせたわけじゃねーし。肝心なのはオレらがミッションを成功させたってことだろ。ちゃんとバッグを奪って逃げ切ったってこと。だろ?」

それは確かに。あのとき、翔太郎はバッグを担ぎ上げて必死にペダルを踏んだ。背後でクラクションやものすごい金属音がしたのを無視して、冷や汗をかきながら、勝手知ったる東海岸地域の裏道を猛スピードで走り抜け、あちこち遠回りをしてようやく、落ち合おうと決めていたこの小さなビーチにたどり着いたのだった。二人とも、無事に。

大成功。

だよな？

翔太郎はもう一度、笑おうとした。

だが、今度は笑えなかった。興奮は薄れ、腹が痛くなり始めていた。オレひょっとして、とんでもないことしたのかも。じいちゃんとばあちゃんの店の前で、お客の女の人を転ばして持ち物盗ったんだよな。

それに、女がそのスジの人間だって想像が当たってたら。オレらガチでヤバくね？　いまさらだけど、成功報酬五十万ってやっぱりフツーありえないもん。

ああ、腹がヤバい。

コスモは砂を蹴って、翔太郎をにらみつけた。

「なんだよ、暗い顔すんなって。オレのおかげで翔ちゃんのやんちゃデビューが華やかになったってのに。ちったあ感謝しろよ」

「そうだけど。チャリでひったくりするだけのはずが交通事故を引き起こしちゃったみたいだし、スジもんの荷物かもしんないもんに手を出したんだぜ。コスモと違ってオレそこまでの経験も度胸もねーもん」

コスモは呆れた顔をした。

「ま、事故はけっこうハデな音してたよな。じっくり見らんなくてすっげえ残念。だけど、ありゃあの、サーファーみたいなヤツが追っかけてきたからだろ。それに、なんだよスジもんの荷物って」

コスモは戦利品のボストンバッグをとって戻ってきた。ここの崖はかなり険しいので、下りるときに上から放り投げたのだ。ピンクの女が持っていたボストンバッグは浜の砂に半ば埋もれていた。持ち上げると、翔太郎が引きずったときに壊れた底の外側の板が斜めにぶら下がった。そう言えばあのとき、地面に金具みたいなものがバラバラ散らばってたな、と翔太郎は思った。

「これを届ける場所の指示は、まだ来てないんだよな」

翔太郎が訊くと、コスモはバッグを翔太郎の足元に投げ、スマホをチェックして仏頂面になった。

「来てねえけどさ。あんだよ。タダ働きさせられたって思ってんのか。心配すんなよ、もう一回、成功した、連絡くれって入れとくから」

コスモの白目がいっそう赤くなった。翔太郎は無意識に後ずさりながら時間を見た。もう四時に近い。なのにまだ連絡がないなんて。

やっぱしヤバくないか。

あのバッグの中身はなんだろ。

クスリとか、銃器とか、そんなんだったらどうしたらいいんだ。

気づくと喉がカラカラになっていた。翔太郎は飲み物を買いに崖を這い上った。自販機のある崖の上から、海岸道路がちらりと見えた。渋滞が続いている。事故処理はどうなったんだろう。まさか、死人が出たわけじゃないよな。

じいちゃんから聞いた話を思い出した。翔太郎が生まれるずーっと前。ケータイはあったけどスマホはなくて、まだ〈ドライブイン児嶋〉のジュークボックスが生きていて、まだアース・ウィンド・アンド・ファイアーやエルトン・ジョン、ロッド・スチュワート、カーペンターズのレコード（！）を回していた三十年も昔の話。

その日、じいちゃんは防波堤で釣りをしていた。家族の晩飯用にアジを何匹か釣り上げて、そろそろ帰るかとバケツを手に歩き出した目の前で、車が御坂の上から猛スピードで暴走してきて交差点を通り抜け、防波堤に突っ込んだ。じいちゃんは驚いて海にバケツを落としてしまった。

おかげでアジは命拾いをしたが、運転手の男性はそうはいかなかった。衝撃で車の前部分がめり込んでしまい、車の長さが半分になっていたほどだった。しばらくすると壊れた車のあちこちから液体がにじみ出て、海岸道路にしたたった。消防車が来て、救急車が来て、パトカーが来て、御坂のお屋敷に住んでいた男性の奥さんがお手伝いさんみたいな人に付き添われて駆けつけてきたけど、どうにも手の施しようがなかったそうだ。

運転手は酔っていたらしい。車は坂を蛇行しながら下っていったと後でわかった。だから、とじいちゃんはこの話の締めくくりにいつも、怖い顔で翔太郎に言ったものだ。男にとってスピードも、酔いも、どっちも最高にキモチいいが、いっぺんに試しちゃいかん。金属からカラダを剝がすのはものすごく大変だし、シミはそれからずっと、アスファルトの張り替え工事が済む十数年後まで、海岸道路に残り続けたんだぞ、と。

その話を聞いてからしばらく、翔太郎は海岸道路を通るたびに、路面に目を凝らさずにはいられなかった。

でも、さっきスピードを出していたのはオレらのほうなんだよな、と思いながら、コスモが好きなビタミン系の炭酸飲料と自分用のスポーツ飲料をTシャツの中に入れて戻ると、コスモはまだ目を真っ赤にしてスマホをにらみつけていた。

「来ない」

手渡した飲み物を一気飲みするとペットボトルを海に向かって投げ捨てて、コスモは言った。

「いや、あれから五分きゃたってねーし」

「とっくに来てなきゃおかしいよな。翔ちゃんだってそう思ってんだろ」

それはまあ、と翔太郎が言葉を濁すと、コスモはバッグに向かって顎をしゃくって手をかけた。

「でも切り札はこっちにある。だよな」

「なにすんだよ」

「中を確かめるに決まってんだろ」

「いいのかよ、そんなことして」

「見るなとは言われてねーし。確かめたくねーか」

「なにを」

「スジもんの荷物かどうか」

「え、いや、それは」

翔太郎がもたもたしていると、コスモが鼻を鳴らしてバッグを開けた。二人は声を揃えて、うおっ、と言った。

小型のボストンバッグには紙幣が詰まっていた。古い一万円札がバラで、ぎっしりと。

「それではよろしくお願いします」

佐伯春妙は看護師に深く頭を下げた。春妙と同い歳くらいの看護師は荷物を手に提げて、確かにお預かりしました、と言った。

看護師がエレベーターに消えるまで見送って、春妙は大きく息をついた。

葉崎医大付属病院では現在、入院患者に直接会うことはできない。着替えその他の荷物も、病棟の一階入口で入院している階のナースステーションに内線電話で連絡をして、看護師に取りに来てもらうことになっている。

看護師さんにとっては余計な仕事が増えるわけで申し訳ないなと思いつつ、返ってきた荷物を駐車場の自分の車に運び、エンジンをかけたところへ着信があった。

「荷物届いたよ、ありがとうハルちゃん」

スマホの画面に瑞福西寺の庵主こと石塚慧笑が手を振る姿が映し出された。春妙が届けた柔らかい布の帽子をかぶり、マスクをした童顔に目一杯の笑顔を浮かべている。顔色はまだそれほどよくはないが、病院に担ぎこんだときに比べたら段違いにマシだった。

「具合はどうですか」

「どうもこうも、胆嚢をとっちゃえばスッキリするんだろうけどね」

慧笑庵主は苦笑いをした。

「それまではひたすら退屈と戦っておりますよ。仏心に退屈なしというからには、そもそも退屈を感じること自体がおかしな話かもしれないけど」

「病院生活が退屈なら、それに越したことはないですよ」

慰めになっているのだろうかと思いながら春妙は言った。でもこれは本心だ。慧笑を病院に担ぎ込んだときのことを思い出すと、今でも全身が冷たくなる。

警察車両の下山を見送ってのち楡ノ山ハイキングコース入口の土産物店結香園から寺に戻

ると、慧笑はまだ布団の中にいた。

　悪いけど今日は寝かせてくれと言うので、バイタリティーの塊みたいな人が珍しいなと思ったが、枕元に白湯を入れたポットと充電したスマホを置いて、春妙はその場を離れた。

　コロナの前には、家にじっとしているとボケそうだから、という檀家のお年寄りが朝早くから寺にやってきて、草むしりや石段の掃除、花の手入れなどを手伝ってくれ、お礼にランチをお出ししたものだが、彼らが来られなくなって久しい。今では慧笑庵主と春妙の二人だけで境内や菜園などを見て回っている。それがさらに一人になったわけだから、なお忙しかった。

　三頭いる番犬に餌をやり、洗濯をし、残り野菜を刻んで干した。本堂の仏様にお供えしている花の水を取り替え、いけ直し、香炉の灰をはたき、檀家さんにプレゼントされたロボット掃除機のスイッチを入れて、宿坊で前夜の客が使った布団カバーをすべて洗い、布団も干して日に当てた。そろそろ終わりを迎えるしその穂を残らず摘み取って、塩漬けにした。檀家が急に墓参にやってきて、頼まれて墓前で経を唱えた。

　一人だから家仕事もほどほどにしようと思っていたが、やることは多かった。おまけに一日中眠気が振り払えず、いつもよりも作業に時間がかかった。

　夜になってもぼんやりしていたから、這うようにして部屋を出てきて勤行を済ませた慧笑庵主が晩ごはんを断っても気にならなかった。食いしん坊で、丁寧に一口三十回嚙みながらも底なしに食べ続ける人間が、二度にわたって食事を拒否したのだ。異常に思うべきだったのに、本人がそういうならと白湯だけ追加して、自分は冷や飯に茶をかけてかきこむと、さっさと布団に入った。

もしあのとき、そのまま朝まで眠り込んでしまっていたら。

春妙はぶるっと全身を震わせた。

御仏のお導きか、お茶のせいか、二時間ほどで目が覚めてしまったのだ。すでに山の夜の空気は冷たく、体温に温もった布団からしぶしぶトイレに立って、慧笑の部屋から聞こえてくるうなり声に気づいた。のぞいてみると、多少の不調などではビクともしないあの慧笑が脂汗を流してのたうちまわっていた。

その後、闇の中、どうやって慧笑を駐車場の車まで担ぎ下ろしたのか、自分でもよく覚えていない。気がつくと後部座席の庵主に声をかけながら、ハンドルを握って真っ暗い山道を走り下っており、そのまま葉崎医大付属病院の救急外来のドア前に車を横付けにしていた。

幸い、檀家の息子という医師がいてすぐに診てもらえることになったが、今は家族でも病室には入れない、病状説明も電話でと追い払われた。春妙は空があかるむまで病院の駐車場の車に座ったまま、帰ることも眠ることもできなかった……。

「来てくれるのはありがたいけど」

スマホの小さな長方形の画面の中で、慧笑は言った。

「ハルちゃんあなた、ひょっとして気にしてるんじゃないの。自分がもっと早くに気づいて病院に連れていけばよかったって」

「ええ、はい。……で、あのぅ」

「今回のことはただの病気であって誰が悪いわけでもない。強いて言うなら本人のせい。痛いおかしいとなった段階で早く病院に行くべきだった。コロナとか、山奥の寺から下りる面倒とか、ひどい病気だったら怖いとか、いろいろ理由はあったけど、大丈夫大丈夫でやり過ごそうとしたのは他ならぬこの私だよ。ハルちゃんのせいじゃないからね」

「それはそうかもしれませんけど。……で、あのぅ」

「どうしたんだい、ハルちゃん。なにか気がかりなことでもあるのかい」

慧笑は心配そうに訊いてきた。

「あんた一人に寺のことをすべて任せることになって、申し訳ないね。大変だろうね。なにか困ったことがあるんじゃないのかい。私もなんだかやるべきことがあった気もするんだけど、あの痛みのせいか、全部吹っ飛んじゃってね。いろいろ大事なことを失念してるかもしれない。とにかく、なにか起きたら一人で抱え込まずに三東寺（さんとうじ）のご住職に相談なさい。こちらからも連絡しておくから」

「……はい」

「寺の設備に問題が起きたらハルちゃんの考えで対応してくれていい。面倒なことを言ってくる人間がいたとか、そういうことなら、退院後に私が対処すると丸投げしてくれていい。くどいようだけど、こっちの心配はいらないからね」

慧笑はまくし立てると、手術が終わったら連絡するから、しばらく来なくていいんだからねと重ねて言うと、通話を終えた。あのぅ、と言う暇さえなかった。

春妙は助手席にスマホを投げ出した。駐車場の端で、医者らしい白衣の男にハデな化粧の女が絡みつこうとしているのを眺めつつ、窓に頭をもたせかけて考えた。

慧笑は正しい。あれからしばらく春妙は自分を責めていた。もっと早く異常に気づくべきだった、と。

だが、手術の日程も決まった今となっては、そんなことより他に尋ねたいことがあったのだ。

スマホを拾って兵藤房子が送ってくれた画像を開いた。慧笑の入院騒ぎの日の朝に〈パラダイス・ガーデン〉で死んでいた、目が小さく唇が薄く、細面で、少しエラが張っている以外は地味な顔立ちの年配の女の似顔絵。

ずっと気になっているのだ。あの日の朝、起きたときにはいなくなっていた宿坊の宿泊客のことが。同じ日に〈パラダイス・ガーデン〉でその客と同じ年頃の女性が死んでいたと聞いてからは、特に。

庵主の古なじみだというあの宿泊客、スズキだかタナカだかと名乗ったあの客とこの似顔絵、すごく似ているように思えるのは、自分だけだろうか。

今にして思えば、彼女が持参した〈菜洗〉の大吟醸の味がいつもとは違っていたような気がするのも……。

2

「ね、センセ。リリーのお願い聞いて。お・ね・が・い」

どこからともなく飛び出てきた女に絡みつかれて、葉崎医大法医学部の三浦医師は顔をしかめた。酸化した化粧品の匂いが鼻をつく。

「やめなさい、リリーさん。ほら離れて。このあいだも言っただろ。このご時世、むやみと他人に触るもんじゃない」

「やだ、センセったら照れちゃって」

リリーさんと呼ばれた女はくねくねと体を動かした。なんの発作だと見直して、もしや誘惑のつもりかと気づき、ギョッとする。

女は年老いて痩せこけていた。むき出しのデコルテには血管とイボとさざ波のようなシワが出ていて腕は簡単にへし折れそうなほど、ミニスカートから突き出た脚にはたるんだストッキングがまとわりついている。

近くで見ると驚くべき厚化粧だった。それもかなり下手な。そのべったりしたアイラインも重たげなつけまつげも、カラオケスナック〈タイガーリリー〉の暗い照明の中でならともかく、白日のもとではかえって老いを強調し、別人のように見えた。

リリーさんの本名はなんだっけ、と三浦は考えた。ファーストネームはわかりやすく、ゆり子。苗字はタナカだったかスズキだったか。たぶん、もう古希を過ぎたはず。家族はいるのだろうか。いないだろうな。

「高齢者がこんなところうろついてちゃダメだ。外出は自粛しなさい。まして用もないのに来るんじゃない。すぐ先には発熱外来があるんだよ」

帰った帰ったと手を振ると、女はつけまつげで巨大化した目を瞬き、ウイッグを揺らしながら地団駄を踏んだ。

「なによ高齢者だなんて。女に歳なんかないのよ。センセひどいわよ。あんまりよ。許さないんだから」

昔のリリーさんだったらな、と三浦はちらっと考えた。三浦が〈タイガーリリー〉によく顔を出していた頃、もう二十年以上は昔の話だが、リリーさんは輝いていた。

当時もう若くはなく、今と同じくらいの厚化粧で、ウエストの肉がスカートのベルトの上にのっかっているような体型だったが、オープンマインドであったかく安らげる女性。目の前にいるのがその成れの果てとは信じがたい気さえする。

リリーさんの作る料理は素朴でうまかったし、高音になると裏返る歌声にゾクッとくる男も多かった。商店街の店主たち、医大出入りの業者たち、医大の医者たち……当時はそれなりによりどりみどりだったはずだ。

だが、彼女は妙な相手ばかりとややこしいことになった。不倫相手が五人もいる男とか、結婚詐欺の前歴がある男とか、とどめは久我茂とか。

商店街に事務所を持つ工務店の社長で、あっちこっちで金がらみのトラブルを起こしていた男。しまいには危険なスジの金を使い込んだか、楡ノ山に逃げ込んでそれっきり。山狩りをしても見つからなかったが、実は殺されたという噂だ。

リリーさんはこの久我茂に入れ込んで、「彼は自分を愛してやまないはず」という強い信念を持っていた。その彼が姿を消し、なんの連絡もよこさないなど絶対にありえない。にもかかわらず自分に連絡がないということは、彼は連絡できない状態にある。つまり死んでいる。

そういう次第で葉崎で身元不明の死体が出るたびに——潮の加減で流れ着いたり、爆発炎上した車の中から発見されたり、アパート火災の犠牲者だったり、そういった事件はこの葉崎でもたまに起きた——リリーさんは法医学教室に押しかけてくるようになった。そして、美しい声でこうかきくどくのだ。

カレがアタシを置いてどこか行くはずない。きっとカレは事件に巻き込まれたんだわ。身元不明の死体ってホントはカレなんでしょ。会わせてよ。センセ、カレに会わせて。歯型やDNAなんて関係ないわ。どんな姿になっていたって、アタシが見ればカレだとわかるはず。身内じゃないとダメ？　なに言うの。籍なんか入ってなくたって、アタシはカレの心の妻なのよ。

三浦はこのリリーさんの口上を何度となく聞かされ、そのたびに泣きじゃくる彼女をなだめて店まで送り届けたものだ。

また同じことをするのかと三浦はぐったりしながら言った。

「いいから帰んなさいっての。カラオケスナックはしばらくお休みしてるんだって？」

「開けてたって誰も来ないんだもの。薄情よね、センセも」

「感染を防ぐためにはしかたないだろ。俺だってリリーさんの解剖なんかしたくないんだからさ」

「やあね帰るわよ。用が済んだら。ね、今センセんとこに身元不明の死体があるんでしょ」

リリーさんはたるんだ瞼をぱたつかせた。来たか、と三浦は身構えた。

「またそれかい。何度言えばわかるんだろうね。ご遺体にはね、身内でなければ会わせられないんだって。しかも今度の人はリリーさんが捜している相手じゃないよ。女性だからさ」

「そう。女なの、アタシが捜してるのは」

「嘘つけ、いつから宗旨替えしたんだよ」

「そんなんじゃないの。ね、見せてよ。センセならできるでしょ。一目だけでいいんだって」

リリーさんは三浦の二の腕にしがみついた。面倒なと思いながら三浦は軟化した。

「じゃあさ。警察の担当に連絡して立ち会ってもらおうか」

リリーさんは三浦の腕をぎゅっと握った。

「なんでよ。どうしてケーサツなんか。アタシ、センセに頼んでんのよ。別に触らせろとか引き取らせろとか言ってない。一目見たいだけなんだって」

「痛いなあ。いったい誰を捜してるんだ、リリーさんは」

「誰だっていいじゃない。ね、お願い。お願いします、この通り」

「担当者はリリーさんもよく知ってる、二村の貴美ちゃんだよ。今は刑事課の総務担当だけど彼女なら立ち会ってもいいだろ。急いで来てもらうから」

「もういい。センセのバカ」

つかんでいた腕を乱暴に放すと、よろよろと立ち去るリリーさんを見送って三浦は顔をしかめた。

一目、見たいだけ、か。

会いたいだけ、ではなく、見たいだけ。

いったいリリーさんは誰を捜しているんだろう。

アルコール消毒液を手に擦り込みながら職場へ戻る途中、ふと、三浦は妙なことを考えた。あの厚化粧を落としたら、リリーさんはどんな顔をしているのだろうか。素顔は意外に地味で、目が小さく唇が薄く、細面でエラが張っていたりして……。

3

『最近、〈パラダイス・ガーデン楡ノ山〉という介護付き有料老人ホームの建設計画が持ち上がっているそうですが、当〈パラダイス・ガーデン〉とは一切関係ありません。当〈パラダイス・ガーデン〉は個人の庭です。老人ホーム計画とはまったく関わりなく、従って老人ホームに関するお問い合わせにも対応できません。ご了承ください。』

「これでよし、と」

兵藤房子はひとりごち、一歩離れて貼り紙を眺めた。

二村警部補のススメに従って、告知をすることにしたのだった。この文章を印刷してビニール袋に入れ、〈パラダイス・ガーデン　since1990〉と小さな銘板が出ている門柱の下に貼りつけた。同じ文章をウェブサイトや各種ＳＮＳにも掲載した。

本当は、その老人ホーム計画って詐欺です、うちも巻き込まれた被害者です、とも書きたかったがやめておいた。パンフはインチキだろうが、計画そのものが詐欺とはまだ決まったわけではない。ひょっとしたら、いや、まずそんなことはないだろうが、パンフの作成を任された人間がおそるべきいいかげんなヤツで、悪気なく適当な資料をでっち上げてしまっただけなのかもしれないし。詐欺扱いして違っていたらよけい面倒なことになる。

反響は早くても数日後だろう。よし、それまでは庭仕事、と門扉から中に戻り、汚れた手をはたき合わせたところへ着信があった。たった今、ウェブサイトを見たという問い合わせだった。その女性の声の感じから、検索くらいはパソコンやスマホでするが、問い合わせには電話を使う世代の人らしい。

「〈パラダイス・ガーデン〉って庭付きの老人ホームじゃないの？」

電話の相手は言った。

「いえ、違います」

「でも、おたく〈パラダイス・ガーデン〉なのよね？」

「そうですけど、老人ホームではありません」

「でも、老人ホームになるのよね」

「なりません」

「でも〈パラダイス・ガーデン〉っていう庭付きの老人ホームが楡ノ山にできるのよね」

「だとしても、うちとはまったく別の〈パラダイス・ガーデン〉です」

「〈パラダイス・ガーデン〉が他にもあるの？」

「他の〈パラダイス・ガーデン〉については知りません」

「だって〈パラダイス・ガーデン〉といったら老人ホームよね」

いや、だから。

房子は電話口で握りこぶしを作った。のみ込みが悪いのか、理解できないのか、理解したくないのか、他に問題があるのか。電話の相手はこの問答をキリなく続けかねない。

たぶん、「楡ノ山の〈パラダイス・ガーデン〉（つまり房子んちの庭）に老人ホーム」計画を信じたお年寄りで、「うちとは無関係」という突然の情報に不安になり、同じことを何度も尋ねてしまうのだろう。それにしても、やはり名前が同じだとややこしい。うちは〈パラダイス・ガーデン〉で、老人ホームも〈パラダイス・ガーデン〉らしいけど、こっちの〈パラダイス・ガーデン〉とそっちの〈パラダイス・ガーデン〉は関係ありません――言っている房子でさえわけがわからなくなる。聞いているお年寄りはなおさらだろう。

「じゃあ老人ホームはどこにできるの？」

さんざん繰り返した末に相手は泣きそうな声でそう言った。房子は必死におのれを奮い立たせた。気の毒だけど、ここで突っぱねないとよけいに面倒なことになるぞ。

「老人ホームについてはうちでなく、紹介した人にお尋ねください」

「それってセールスレディのタナカさん？」

「そうなんですか、知りませんけど」

「だったらあなた、タナカさんにつないで。四連休明けから連絡しているのに何度電話してもつながらないんだもの」

「つなげませんよ。うちは老人ホームとは関係ないので」

「だって、おたく〈パラダイス・ガーデン〉なのよね」

うっわー。らちがあかない。

無限ループを断ち切るべく、とにかくうちは老人ホームではありません、そうなる予定もありません、と強い口調で言い切って通話を終えた。すぐまたかかってきたのを切り、また切り、また切って、最終的には着信拒否のリストに入れた。

嫌な気持ちだった。まるで詐欺に加担しているような、罪のないお年寄りを故意に傷つけてでもいるような。

庭仕事をする気も失せてキッチンに戻った。ソファを独占していた老猫を追い払い、仰向けにひっくり返って膝を立て、ゆっくりと深呼吸をした。以前、瑞福西寺の慧笑庵主に教わったアンガー・コントロール法の初歩。いつものように深呼吸を繰り返すうちに、ちょっとずつ心が落ち着いてきた。

相手はお年寄りなのだ。もう少し親身になって相手の話を聞いてやるべきなのかもしれない。だが、自分にも事情はよくわかっていないのだ。下手に優しくし、この人に訊けば大丈夫、なんとかしてくれるかも、などと期待させるほうが罪は重い。

このぶんだと、ウェブサイトにも問い合わせが入っているかもと起き上がり、ノートパソコンを開いたところで気が変わった。葉崎、パラダイス・ガーデン、有料老人ホーム等で検索してみる。有料老人ホーム〈パラダイス・ガーデン〉のウェブサイトに行き当たった。詐欺であっても、金と手間を惜しんでいるわけではなさそうだ。

中身はパンフレットとほぼ同じ。石塚「公康」を「公典」と間違えているところも、角田港大先生のエッセイの抜粋があるところもだ。

ただ、ウェブサイトの最後に、なぜか近隣の観光案内が載っていた。楡ノ山ハイキングコースと頂上近くの〈初日茶屋〉、コース入口の駐車場と土産物店や軽食店、〈蕎麦・井澤屋〉、瑞福西寺までもが写真と説明付きだ。どこかで見たことあるな、と考えて、葉崎市観光協会のサイトのほぼ丸写しだと気がついた。

ただし、〈パラダイス・ガーデン〉の箇所だけは省かれている。

房子は画面をにらみつけた。

これってやっぱり悪意があるよな。または作為か。うちの庭と老人ホーム版〈パラダイス・ガーデン〉を同じものに見せるべく、誘導しているようだ。

だけどなんで。なんで、うちを巻き込もうとしてんの？〈パラダイス・ガーデン〉って名前が老人ホームっぽくて、三十年かけて整備してきたので他の場所に比べて建物が建てやすそうだから？　いかにもリアルな計画に見えて、他人を騙しやすいから？

それだけなんだろうか。

急に全身から血の気が失せたような感覚に襲われた。

結香園の大女将が言っていたではないか。西峰の土地をめぐる相続争いが瑞福西寺の庵主とその兄の間で起きているらしい、と。ひょっとして、やっぱり詐欺じゃなくて、ここに老人ホームを建てる計画が本当にある……？

まさか。

房子は生唾を飲み込んだ。

ここを追い出されるんじゃないでしょうね、わたし。


「ああ。西峰の老人ホーム計画ね。知ってる知ってる」

加山（かやま）と名乗った〈葉崎葉桜会〉の事務長はあっさりそう言った。

「えーと、それは、そちらで計画中と考えてよろしいんでしょうか」

房子は目もくらむほどの怒りを必死に抑えながら、訊いた。

御坂地区の国道一三四号沿いにある老人ホーム〈萬亀苑〉の中に、〈葉崎葉桜会〉の事務局はあった。あれこれ考えているうちにどうにも落ち着いていられなくなり、房子は軽トラに飛び乗って山を下りたのだった。すでに時刻は三時半を過ぎ、日の入りまではまだ時間があるものの、空も空気もオレンジ色に染まり始めている。

押しかけたはいいが、肝心の石塚公康は事務局にはいなかった。あわせて相手は感染対策に特別気を使う介護施設だ。当然のように門前払いだったが、西峰地区の〈パラダイス・ガーデン〉のものだ、と食い下がると風向きが変わった。中には通せないが、電話をかけてくれたら事務長が対応します、とインターホンで言われて駐車場に停めた軽トラの運転席から電話してみたところ、加山事務長が対応してくれたのだ。もっともこれなら家から電話すればよかったのだが。

「え、そちらってうち？〈葉崎葉桜会〉がってことですか。そんなわけないですよ。おたくが噛んでるんじゃないんですか」

「おたくっていうと」

「だから兵藤さんが」

「まさか。死んだ母の趣味で〈パラダイス・ガーデン〉なんてたいそうな名前をつけてますけど、うちはたんなる個人の庭ですよ。老人ホームを作れる人材も経験値もお金もない。そういうのお持ちなのは〈葉崎葉桜会〉さんのほうでしょ」

「はあ。そういやそうですが……なるほど。困りましたねえ」

加山事務長は困ったように言った。

「最近うちにも、老人ホーム〈パラダイス・ガーデン〉についての問い合わせがちょこちょこありましてね。びっくりはしてるんだが、まんざら無関係とも言い切れないんで困ってるんですよ。西峰地区はうちの代表の死んだ父親の土地だし、おたく、つまり〈パラダイス・ガーデン〉も要は代表のお父さんの土地の上にあるわけだ。ま、老人ホーム予定地とおたくの住所は違っているみたいだけど」

一応、ちゃんと調べてはいるらしいと房子は思った。

「警察の人にパンフレットを見てもらったんですが、住所その他におかしな点があるので詐欺ではないかと言われました。うちも〈パラダイス・ガーデン〉の名前を勝手に使われて、大変迷惑しています。〈葉崎葉桜会〉さんのほうは今後どういう対応をお取りなんでしょうか」

「そうねえ。うちの代表曰く」

「石塚公康さんですね」

「そう。その石塚代表曰く、西峰の土地は死んだオヤジのもので、笑美――ってのは代表の妹で、今は瑞福西寺の慧笑庵主のことですが、その妹の許可もしくは自分の許可なしになにかを建築するなんてありえないし、少なくとも自分はなんの許可も出してない、と。でもひょっとして、妹かオヤジが生前、代表に知らせずに事業を始めようとしていた可能性もあるんで市役所に確かめました」

「なるほど。それで」

「それらしき申請は出ていませんでした」

「じゃあ、やっぱり老人ホーム計画は詐欺……」

「なんでしょうね。言っちゃなんですが、うまい手口ですわ。このご時世、安心して余生を送れる施設を探していらっしゃるお年寄りやその家族は多い。そのためならいくらでもとまではいかなくても、それなりの出費は覚悟なさいます。自慢じゃありませんが、我々〈葉崎葉桜会〉は実績を積んで、介護の分野でそれなりの評価をいただいている。おたくの庭もよく雑誌に取り上げられて評判だ。双方を組み合わせた施設ができると誘われて、なんとかなるような金額だったら、私でさえ考えますよ。三十年後のために予約しとこうかなと」

　加山事務長は笑って、付け加えた。

「今のところこちらで把握しているのはスズキだかタナカだかいう平凡な名前のセールスレディがパンフレットを持ってお年寄りの間を売り込みに歩いているってことと、現時点ではまだ『現地説明会の予約申し込み』という段階だってことですね。ただし、その説明会の予約をしようと連絡を入れているのに、四連休くらいの頃からそのセールスレディは電話に出ないそうですが」

　そういえば、さっきの女性も同じようなことを言っていた。

「普通に考えれば詐欺がバレそうになったので逃げたんでしょうけど。入居金を振り込めとか頭金をよこせというところまで行き着いておらず、実質的な被害はまだ出てませんね」

「でも特別料金を払えば特別会員になれる、特別会員になれば入居の優先順位が上がる、料金は入居金に繰り込まれると言われて、すでにお金を払った人がいますよ」

房子が教えると、加山は驚きの声をあげ、ついで舌打ちをした。

「それは知りませんでした。まずいな。うちでも問い合わせがあった場合、うちとは無関係の事業であるとはっきり伝えてあるんですが、それに加えて、そういう形でお金を要求される場合もあることも知らせるようにします」

「よろしければ西峰の〈パラダイス・ガーデン〉も無関係だと言っている、と付け加えていただけませんか」

「ええ、かまいませんよ」

加山事務長はあっさり引き受けてくれ、房子は大きく息をついた。安堵の気持ちで全身の力が抜ける。

「助かります、よろしくお願いいたします。突然、押しかけたのに対応していただき、ありがとうございました」

「いえ、えーと、でもあの、ただですね」

加山事務長はさらに困ったように言った。

「気に入っちゃったんですよね、うちの代表。この話を」

「……は？　気に入ったって、詐欺を？」

「いやいや、まさか。気に入ったのは、西峰地区に老人ホームを建てる計画ですよ。いいとこなんでしょ、おたくの庭。崖の上にあって、相模湾を見下ろせるイングリッシュ・ガーデンだとか。四季折々の花が咲き乱れ、葉崎の桜の名所に選ばれたし、バラ園も見事と聞いています。そんなところに老人ホームができたら、多くのお年寄りが潮の香りに包まれ、花に囲まれて幸せに余生を過ごせるし、我々もゆったりと看取って差し上げられる」

加山事務長は夢見るような口調で言うと、急に事務的になった。

「と、言うわけですよ代表は。だから考えてみてもいいんじゃないか、と」

「考えるって？」

「おたくの庭に老人ホームを建てることをですよ」

「ちょっ……」

房子は絶句した。

「ちょっと待ってください。つまり石塚代表は詐欺の尻馬に乗って、うちの庭をつぶして老人ホームを作ろうと……？」

「人聞きの悪い。代表はね、大勢のお年寄りの幸せを願っているだけですよ。とてもいい話だと思いませんか」

いい話？　うちの庭をつぶすことが？

「おも、思いませんっ。これまで、わたしと両親がどれほど庭造りに精魂込めてきたと思っているんですか。竹やぶを払い、岩を掘り起こし、木を植え、花を植え――今の状態にするまでに三十年かかったんですよ三十年。そんな簡単に」

「あのねえ兵藤さん。そりゃ大変だったでしょうが、あくまで個人の趣味でしょ。失礼ですけど、どっちが大切だと思います？　個人的な楽しみと、大勢のお年寄りの終の住処と」

「そっ、そんな……なにもうちの庭でなくたって、老人ホームを建てられる場所なら西峰地区にはたくさんありますよね」

「うちの代表はよく言いますよ」

加山事務長はのんびりと言った。

「最大多数の最大幸福ってね。一人でも多くのお年寄りが幸せに終焉を迎えられれば、そのお年寄りのご家族もみんな幸せになれます。幸せに生き切ったお年寄りを見ることで、若い人たちももっと気楽に生きられるし、将来のリスクをとらずに様々なことに挑戦できる。いい施設は入るお年寄りだけではなく、その周辺にいる人々、社会全体の活力と幸福度を上げるんです。おたくの庭にそんなことできます？」

房子の反論を待たずに、事務長は言った。

「ま、仮におたくの土地にホームを建てることになった場合、目玉となるのは庭なので、全部つぶしちゃったら意味がない。バラ園や桜は大切に継承されることになるでしょう。それに、計画が実行されるまでには、多くの許認可や詐欺の後始末が必要でしょうからね。いますぐ兵藤さんに立ち退きを迫ることはありません。でも、考えてみてください。老人ホームは我々が迎えている超高齢社会にとって喫緊の課題で、庭はどんなにステキな庭でも、ただ庭ってだけ。言ってみりゃ不要不急ですわ」

「あ……う……」

房子は口をパクパクさせた。驚きと怒りで言葉が出てこない。

「でもきっと、兵藤さんならわかりますよね」

こちらが大荒れなのに気づいていないのか、加山事務長はあいも変わらずのんびりと、だが声を小さくして言った。

「知り合いの刑事に聞きましたよ。兵藤さん、女性を庭で死なせてあげたんですって？　いちばん景色のいいベンチに座らせて、日の出とともに静かに逝かせ、警察の調べにも動じずに知らない相手だと言い張って、身元不明のままにして、いずれはご遺体を引き取るつもりとか。誰にでもできることじゃない。自殺幇助は犯罪ですが、その女性に対する優しい配慮の結果なんですよね。私は個人的にたいへん感服しましたよ」

なんだそれ、なんだそれ、なんなんだそれはっ。

軽トラをスーパー〈フレンド〉の駐車場に突っ込むと、房子はシートベルトを外し、背もたれを思い切り後ろに倒して仰向けになった。深い呼吸を繰り返し、怒りが収まるのを必死に待つ。

不要不急ってなに（深呼吸）。社会全体の幸福度ってなに（深呼吸）。女性を死なせてあげたってなんなのよっ。

こればかりは深呼吸どころではなく、房子はイライラと起き上がった。

わたしはあの死体が誰なのか知りませんっ。死なせてあげてませんっ。このまま身元不明でも、遺体を引き取るつもりはありませんっ。ケーサツのバカーッ。デタラメ流すなーっ。

思わず声が漏れていたらしい。通りすがりの子どもが軽トラの運転席を覗き込むようにした。母親らしい女性が子どもの腕をつかみ、大急ぎで離れていく。

房子はハンドルをポンポン叩いて、頭を振った。

このままではいかん。さっさと「西峰さん」の身元を特定して、身内に遺体を引き渡してもらわなければ。誤解が誤解を呼び、知りもしない人の遺体を引き取れと言われるかもしれない。それどころか、もっと恐ろしいことになるかも。

房子は身震いした。

だが警察に任せておいていいのだろうか。二村警部補は斎藤よりは信用できそうだが、白鳥賢治なんてものを持ち出し、その妻と房子の母が友人だったのではないかと言い出した。庭の死体と、田中瑞恵という白鳥賢治の妻がよく似ていたのと、例のトケイソウの布がその根拠らしい。

でも、母のアドレス帳に田中瑞恵の名前はなかったのにな。

房子は運転席で身じろぎし、スマホを出した。田中瑞恵と白鳥賢治について調べ、やがてある記事に行き着いた。田中瑞恵は夫である白鳥賢治——戸籍上は田中賢治になるわけだが——を刺して軽いケガを負わせ、逮捕されていた。

え、待って。てことは警察のデータベースに田中瑞恵の指紋やＤＮＡが残っているのでは。身元不明死体が出たとき、データベースと照らし合わせるくらいはしたはずなのに、ヒットしなかったということは、あの女性は田中瑞恵ではなく、つまり白鳥賢治の妻ではないってことになりはしないか。似ているというのはあくまで二村の主観に過ぎなかっただけで。

二村は、個人的に白鳥賢治に引っ掛かりがあった、と言っていた。ひょっとしてそのせいで身元不明死体を白鳥の妻だと思い込んだのかも。

おいおいおい。やっぱ信用できないぞ、ケーサツ。

房子は大きく息を吐き、吸って吐いてを繰り返してなんとか落ち着いた。

ここはシンプルに考えよう。物証だ。この場合の物証はトケイソウ柄の布だ。死体が身につけていた布マスクと、母のキルトの両方にあった生地。母のキルトに携わった人たちに片っ端から訊いてみれば、あの生地がどこから来たものかわかるかもしれない。

母のキルトを作る手助けを主にしてくれたのは、井澤屋のおばさん、〈ドライブイン児嶋〉のママ、結香園の大女将。そして、なんといっても前田潮子先生だ。

山を下りてきたのは正解だったかもしれない、と房子は思った。

潮子先生の家は御坂地区の一丁目、御坂の中ほどの路地を入った奥にある。緩やかな傾斜の御坂がやや急勾配になる、そのほんの手前のところ。家は平屋だが日当たりもいいし、隣家は低い場所にあるから海まで景色が見通せる。大きなケヤキと八重桜があって、ケヤキは夏の暑さを遮り、八重桜は初夏には桃色の雲のような花を咲かせ、庭は花吹雪に埋もれる。風情があってすばらしいが、そろそろ落葉の季節になる。毎日毎日、きりなく落ちてくる葉を片づけるのはなかなかどうして大変だ。なので、用事があって下りてきたついでに庭の様子を見に寄りましたというのは、潮子先生を訪ねるいい口実になる。

軽トラを出した。先生の家まで五分とかからなかった。

五時半近くになり日は落ち始め、巨木の多い御坂地区一丁目はすでに夜に入り始めている。軽トラを路地に進め、十メートルほど先の門の前に停めた。エンジンを切った。急に世界が静かになった。どこか遠くでかすかに猫の声がした。

車から降りて周囲を見回した。薄暮の空にコウモリが羽ばたき、海からのわずかに生暖かい風が樹々を揺さぶった。

先生が膝を痛めた後、茅葺(かやぶき)の屋根をいただいていた趣ある門は取り替えられた。アルミサッシの親玉みたいな今の門に段差はなく、鍵もついている。安心だがどうも安っぽい、と思いながら門の脇の呼び鈴を押した。家の奥で鳴っているのが聞こえたが、返事はない。

房子は背伸びをし、門の隙間から中を覗き込んだ。先生の愛車のダークグリーンのロードスターがアオキの陰に停められている。家の周囲は落ち葉に埋もれ始めている。家の中に明かりは見えず、だが、房子は眉根を寄せた。

玄関扉の前に落ちている紙もの、あれはもしや介護付き有料老人ホーム〈パラダイス・ガーデン〉のパンフレットでは……？

もう一度、呼び鈴を鳴らした。返事はなかった。房子は塀に沿って路地を奥まで進んだ。門から二十メートルほど行くと、今度は裏門に行き当たる。裏門もアルミサッシ風だが高さ一メートルと少し、その先に勝手口が見えた。こちらにも明かりはついていない。

コロナ禍なのに、足が悪いご高齢の先生が、こんな時間まで出かけている？　それも車があるということは、おそらく徒歩で。誰かが迎えに来てくれたのかもしれないが。

房子は先生のケータイに電話をかけた。いくら待っても先生が電話に出ることはなかった。

房子は門の鍵の隠し場所を探り、門から中に入った。玄関は閉まっていた。だが、勝手口に鍵はかかっていなかった。

房子は声をかけながら勝手口を開け、電気のスイッチに手を伸ばした。

第７章

マリナーズ・コンパス

Mariner's Compass

1

スマホをかざした野次馬の群れを、規制線に張ったテープの前から追い払っていた御坂交番の百瀬拓郎は、近づいてきた人影に破顔した。

マスクの上にサンバイザーをつけて現れたのは二村貴美子だった。サンバイザーは定期的にパトランプを浴びて赤く光り、よりいっそう前世紀のSF映画風に見える。

むやみやたらと写真を撮っていた野次馬たちも毒気を抜かれて後退した。人混みが二つに割れてできた道を堂々とやってくると、二村は立ち入り禁止のテープをくぐって靴カバーを受け取り、靴に装着しながら百瀬に訊いた。

「第一発見者は兵藤房子だって？」

「そこにある本人の軽トラの運転席に座らせてる。さっきまでブルブル震えて話になんなかったんだ。無理もないけど」

「そんなにひどい？」

鑑識が出入りしている裏の勝手口を、二村は軽く示した。百瀬は鳴り続ける電話を切って、肩をすくめた。

「まあな。被害者は前田潮子という元キルト作家。このあたりじゃ有名人だ。八十を過ぎたご婦人で膝も悪かった。この家には五十年ほど前から暮らしている。夫はかなり前に交通事故で死亡、子どもはなく、近い身内もいない。夫の遠縁が近くに引っ越してきたと、担当のケアマネジャーさんから聞いたことはあるけどね。長い間、内弟子がいたらしいけど、現在は一人暮らしだ。杖ついて散歩に出かけ、〈フレンド〉で惣菜買って帰るのが日課でさ。よく見かけるんだけど、痩せた上品な女性で、あんなに何度も殴ることなかったのにと思うよ。……はい、そこ。密になってるよ。下がって離れて」

百瀬は野次馬に向かって指示すると、

「それに加えて〈パラダイス・ガーデン〉の女主人にしてみれば、三日間で死体を二つもめつけたんだぜ。これで平常心だったら、そっちのほうがおかしいやな」

兵藤房子からのしどろもどろの通報があってすぐ、御坂交番にいた百瀬に指令が入り、彼はスクーターを飛ばして臨場した。駆けつけたとき、兵藤房子はスマホを握りしめて路地の入口のところにしゃがみ込んでおり、歯をガチガチ鳴らしながら奥を指さすばかり。行ってみると勝手口の扉が開いていて、台所の床に前田潮子が目をむいて倒れていた。あたりには血が飛び散っており、急死の現場で必ず感じる「どす黒い」とでも表現したくなるような、なんとも言えない死臭が鼻をついた。

「殴られて死んだのは間違いないの？」

「こっちは医者じゃない。でも頭が割れて、近くに立派なガラスの花瓶が転がってた」

百瀬はまた電話に出ずに切ると、そっけなく言った。

「周囲の血は乾いてるし、ホトケさんの目は白濁してた。中には入らず応援を呼んだんで、ホトケさんには触れてない。詳細は鑑識か三浦先生に訊けよ。……ほら、そこのお兄さん二人。そう、咳してる……ゼンソクだって？　いや、兄さんら西峰の陶芸家さんたちだろ。こんなとこまで密作りに来なさんなよ。若くたって呼吸器疾患持ちだと人混みは危ないだろ。はい、下がって離れて」

「三浦先生来てるの」

「ついさっきな。うちの捜査員よりよっぽど早く。ていうか捜査員でやってきたのは刑事課の矢澤と守口、それに二村だけだぞ。な、どうなるんだ」

「どうなるとは」

「とぼけんなよ。……ちょっと、そこのおじいさん。そう、杖ついてるあんた。悪いこと言わないから家に戻んなよ。高齢者は用もないのに外出しちゃダメだって。他の人もだよ。はい、下がって離れて」

百瀬は野次馬を叱り飛ばし、また鳴り出した電話に出もせず切って、

「例の重大事件のあおりを食ってるんだとは思うけど、殺人事件にこの態勢はなかろうよ。そのうえ初動は俺一人だったってのに、上が代わる代わる電話をよこして状況を報告しろと来た」

「上って？」

「署長、副署長、うちの課長、刑事課長におたくの刑事、うちの班長、本部の刑事が何人か。例の磯貝管理官からもあった。報告は随時きっちり上げてるってんだ、それ聞きゃいいじゃないか。なんで上はいちいちかけてくるかなっ」

百瀬は鳴り出した電話をイライラとまた切った。二村は肩をすくめた。

「あたしは捜査に来たわけじゃないから。誰が担当になるのか含めてなんにも知らないわよ。このまま少数でいくのかもしれないし」

「だって本部から来るだろ、捜査員が一班」

「うちが要請すれば」

「しない気かよ」

「うちの課長が言うには、まだ殺人と決まったわけじゃない、傷害致死かも、いや事故か病気かもと」

「あ？　頭が割られてると報告したのに？」

「病気で倒れてどっかにぶつけたんじゃないか、と」

「あのな、こっちはシロートじゃないんだ。血だのなんだのの飛び散り方見ればさ」

「わかってますって。だけど、かの重大事件が片づくまでは葉崎に世の注目を集めるなと本部から厳命されてるらしいのね。なので、この件も公にはまず不審死で発表する。事故や病死の可能性を含めて慎重に捜査中、って」

百瀬はうなった。二村は首を振って、

「報道の連中だってバカじゃないからそのカラクリには気づくでしょうけどもさ。誰だって子どもの命を危険にさらしたなんて責められたくはないから、ひとまずその線に乗っかるわね。問題は」

二村は軽トラを眺めた。車の窓は内側から白く曇っている。

「じゃあ、なにか。二村は〈パラダイス・ガーデン〉の女主人の口封じに来たわけか」

「ま、そんなとこ」

磯貝管理官との対決に利用したあげく追い払った二村を、事件が起きると同時に池尻課長はケロリと呼び戻し、新しい現場に駆けつけて兵藤房子を抑えるよう命じたのだった。

土曜の朝の自死に続いて再びの死体発見、犯人でなければ本人は相当にショックを受けただろうし、SNSや友人相手に見たもの聞いたことを吹聴しまくるに違いない。それは困る。しっかり口を塞いでおかなくては。すでに兵藤房子とコンタクトを取っているベテランの二村さんなら、この種の情報漏れにも責任を持って対処できますよね。

「ひでえな、おい。ネタが漏れたら二村のせいってことじゃないか」

「上司なんてそんなもんよ。期待しても始まらない」

二村は奥へと進んだ。地面に敷かれたブルーシートの上をのしのし歩き、勝手口を覗き込むと、検視の真っ最中で、鑑識や刑事、それに三浦医師がご遺体を取り囲み、真剣にデータを取っているところだった。

二村はしずしずと軽トラの近くまで後ずさった。兵藤房子は運転席で仰向けになって、必死に深呼吸を繰り返している。

窓をノックしようと手を上げて、二村はふと野次馬に目をやった。

義成定治は人混みの中で杖をつき、路地の奥に向かって首を伸ばしていた。

立ち番の警官に目をつけられ、面と向かっておじいさんだ高齢者だと言われたときには腹を立て、帰ろうとしたが、不思議と体が動かなかった。警察官にしっかり顔を見られてしまった今、こんなところに居続けるのは命取りだとわかっているのに。

周囲には、御坂地区にこんなにいたかと思うほど人が出ている。俺がじいさんならこいつらはなんだ、ゾンビかと訊きたくなるような老人たち。無言のまま濁った目で規制線の奥を覗き込んでいる。中学生か高校生か、思春期の子どもたち。刑事ドラマから得た程度の知識をひけらかしあっている。子どもを抱いて家を出てきた主婦。退屈した上の子たちが帰りたいとぐずるのを叱り飛ばし、野次馬の群れにとどまり続けている。

なにを期待しているんだ、こいつらは。

義成は震える手で杖をつかみ直した。

野次馬の群れから少し離れたところに、黒々としたオールバックでウェスタンブーツの男が立っていた。いかにもご同業らしい匂いのするあの男を除けば、ここにいるのは本物の暴力を見たこともなく、感じたこともないおめでたい連中ばかりだ。画面上の虚構のバイオレンスと同じように、自分たちにもその興奮を分けてもらえると期待して寄り集まった、強欲な群衆ども。自分たちの身に本物の暴力が降り注ぎでもしたら、血相を変えて騒ぎ立てるくせに。

その昔、自分も一度だけやらかしたことがあった。

まだ場数を踏む前の話だ。無人だと思ったアパートの部屋に住人がいたのだ。押入れの上の段に布団を敷いて寝ていたことに、その押入れを開けてみるまで気づかなかった。

驚いて起き上がりかけたその中年男を、義成はとっさに手近にあった灰皿をつかんで殴りつけた。脳天が切れ、血がどっとあふれ出て、床に血だまりを作った。中年男は傷を押さえ、押さえた手が血まみれになっているのに気づき、かわいらしい悲鳴をあげて気絶した。

義成はそのまま逃げた。この一件は小さいがニュースになった。男性が「侵入してきた男に殴られ、軽い怪我を負った」と聞いてホッとしたが、人を殴った手応えと、血の臭いや温かみが記憶にこびりついて拭えず、しばらくは仕事にならなかった。

遊ぶ金欲しさ、遊び半分の盗みをやめてプロに転向したのは、思えばあれが原因だったかもしれない。

以来、下準備は念入りに行なった。相手と出くわして暴力を振るうようなことにならないために。どんなにおいしい仕事でも暴力的な人間とは組まず、危険を感じたら撤退する勇気を持つようにと自分に言い聞かせてもきた。おかげであれ以来、血を見ることはなかった。

今日までは。

野次馬の若い子たちが規制線のテープを背にして自撮り写真を撮った。そのフラッシュと笑い声に我に返って、義成はまた杖を強く握った。

血に飢えたケダモノどもめ。こいつらにはどうでもいいことなのだ。年寄りが自宅で死のうが、それも殺されようが、退屈な日常を彩るささやかなトピックに過ぎないと思っている。若さは残酷で無慈悲で傲慢(ごうまん)だ。自分たちだけは敵から逃げ切れる、大丈夫だと、なんの根拠もなく信じていられる。

だが、覚えておけよ。誰も時間からは逃げられない。やがて肌はしぼみ、目はかすみ、歯は抜け、体は思うように動かなくなる。なにより恐ろしいことに記憶力や判断力が衰えてしまう。長年うまくやってきたのに、うっかり老人ホームの夢など見たばかりに、最後の大仕事をやっつけてしまおうなんてバカげた真似をしてしまい、それで……。

「あの、すみません」

不意に呼びかけられて、義成は硬直した。先ほど規制線の内側にのしのしと入っていった女が、こちらに向かってきたのだ。

マスクの上にフェイスシールドをつけるのが今の葉崎警察署の感染対策マニュアルらしく、立ち番の警官も腕章をつけた捜査員もそうしていたが、この女だけは買い物や子どもの送り迎えに忙しく自転車を漕ぐ主婦の日焼け対策風に、顎のあたりまでサンバイザーで覆っていた。

サンバイザーはパトランプを反射して不気味に光った。

「すみません、そこの人。ちょっとよろしいでしょうか」

女は規制線のテープをくぐり、勢いよくこちらに進んできた。野次馬が振り向いて義成を眺め、道をあけた。

義成はギョッとした。

様々な考えが光の速さで脳裏をよぎった。なぜわかったんだ。髪の毛かフケでも落としてきたか。そういえば新しい仕事を始める前には必ず髪を何十回も梳かして抜け毛を防止するのに、今日それをちゃんとやったか覚えていない。いや、まだ捜査は始まったばかりで、そんなものがあったとしても自分とは結びつかないはずだ。

ではなにをやらかした。どうして目をつけられたんだ。ダメだ、わからない。仕事の隅から隅まで記憶しているプロの窃盗犯、義成定治ともあろうものがどうした。

サンバイザーが野次馬の間を縫うようにしてのしのしと向かってくる。どうした、とか考えている場合じゃない、どうするんだ、これから。

どうする。

義成は杖を握りしめ、きびすを返して逃げ出した。

咳がおさまるなり和泉渉は前田颯平にささやいた。

「ヤバい、あの警官、俺らのこと知ってる」

「西峰の陶芸家だって。なんでだ」

颯平は周囲を気にしながら小声で返事をした。

「たぶん引っ越したばかりの頃、巡回連絡カードを持ってきたオマワリだと思うけど」

ゼンソクなんだし、出るものはしかたないだろ。渉は咳き込むたび、冷たい視線を感じる。涉はマスクをして、さらに腕の内側を使って咳エチケットもしてる。屋外だしさ。

ここにいるのは不要不急の野次馬だけだ。緊急車両のサイレンに飛び出てはきたものの、群がっていたって面白いものが見られるわけでも詳細を教えてもらえるわけでもないことくらい、住民らしい老人たちも、子ども連れの主婦たちも、興奮している若者たちも、群れの背後にぬっと立っているウェスタンブーツの男も、全員がわかっている。ヤならとっとと帰りゃいいんだ。引き止めやしないから。

自分たちこそ帰ろうとは思いもせず、颯平は規制線の奥を覗き込んだ。

きっと作業は家の中で進められているのだろう。路地にはさっき捜査員らしい女がのしのし入っていったきりで人の動きはない。警察関係者の数が少ないのは気のせいだろうか。少数で構わないほど、すでにいろんなことがわかってしまったのだろうか。どこかにカメラでも仕掛けてあったとか。自分のしたことは見られていたのか、なにか残してきたのだろうか。

親指の爪を嚙もうと無意識に口に運び、マスクに邪魔されて我に返った。落ち着け、と自分に言い聞かせる。

鉢植えだらけのアトリエに渉が引きこもってから、老人ホームをオススメしに潮子大叔母を訪ねる口実に、まずは鎌倉でお菓子でも買ってこようと思いついた。押し殺したような笑い声をあげている渉に、出かけてくると声をかけて家を出た。

海岸道路ではなく国道一三四号を選んだのが正解で、平日の昼過ぎのドライブは爽快だった。だが鎌倉に到着してみたら、東京あたりから遊びに来たらしいグループだらけ。ひとかたまりになってしゃべり続けるおばさんたちを避けて歩き、鳩の形の落雁を買うと長居せず、元来た道を葉崎に戻った。

御坂の交番近くに車を停め、大叔母に電話をかけた。お土産があるので寄らせてもらいます、と言うつもりだった。庭に回って縁側からお届けします、と。

だが、今日の電話に大叔母は出なかった。ひょっとして大叔母さんもドライブだろうかと、車を前田邸の前の路地まで転がした。自慢のロードスターはうっすらと埃をかぶって門の中に停まっている。呼び鈴を鳴らしても応答はない。

次の瞬間、希望が込み上げてきた。

待った甲斐があって大叔母の心臓がイカれ、家の中で倒れているのではないか。ついにこの家が自分たちのものになるのかもしれない。

有頂天になって、後先を考えなかった。お菓子と例のパンフレットを携えて裏門を飛び越え、家と塀の間を抜けて玄関に行った。鍵がかかっていたが、庭へまわるといつものように縁側は開け放たれていた。何度か声をかけたが、返事はなかった。

靴を脱ぎ捨てて、縁側から屋内に上がり込んだ。

眺めれば眺めるほどいい家だった。床にも梁にも天井にも柱にも、本物の木材が使われていた。颯平はここで暮らす自分たちを夢想した。このビニールの壁紙はいただけない。珪藻土を塗ろう。プロジェクターを長押のところに設置すれば、白くなった壁をスクリーンがわりに映画が楽しめる。この壁には作り付けの棚がいるな。自分の作品をずらっと並べよう。こっちの部屋は明るいし、暖かい。渉のアトリエにちょうどいい。なんだったら庭に突き出すような形の温室を作るという手もあるな。鉢植えはそこに並べよう。

屋内を歩き回った。自分が招かれざる客だということも、これが不法侵入だということも念頭になかった。ただ、自分と渉の輝かしい将来をもたらすはずのものを早く確認したかった……。

「そろそろ帰ろう」

渉が颯平の耳元でささやいた。少し声が震えている。

「ケーサツとは関わり合いにならないほうがいいって。帰れと言われたのに居座ったらよけいに目をつけられる。ああいうやつらはきっと俺らみたいなのが嫌いだ。いちゃもんつけられて、調べられて、家にまで押しかけて来られたらマズいだろ」

「そうだな」

それがいいと思いながら、颯平の足は動かず、目は規制線の奥に注がれたままだった。大叔母の体に触れたその感触が、血の臭いが、爆発した怒りが、颯平の中にまだとどまっていた。そのせいで冷静な判断ができなかった。

本当はあのときとどまって通報すればよかったのだ。そうすれば、縁側から家に入り込んだことにも、あちこちに足跡その他の痕跡を残してしまったことにも、ちゃんと説明がついたのに。

実際には颯平はただ逃げ出して、車に乗って家に戻った。血のついた服を脱いで洗濯機に放り込み、シャワーを浴びた。証拠を隠滅したのだ――そのときには気づかなかったが。そして葉崎のローカルサイトを注視し続けた。

いつもは近所の居酒屋でテイクアウトが始まったとか、〈葉崎八幡通り商店街〉にまた空き店舗が出たとか、比較的のんびりした内容が多いのに、今日は御坂地区入口交差点付近で交通事故やひったくりがあったというハデな話題で持ちきりだった。そのうえ日が落ちた頃になって、御坂の中央あたりに警察車両が集結している、という書き込みが現れた。矢も盾もたまらず犯行現場に戻ることにした。

渉にはサイトを見せ、大叔母さんが心配だからちょっと行ってくるとだけ言った。息抜きを済ませた渉は後ろめたいのか急に優しくなっていて、強引についてきた。

颯平は考え続けていた。今からでも遅くはないかもしれない。あの警官のところに行って、こう言えばいい。

死んだのが前田潮子なら彼女は僕の大叔母です。実は数時間ほど前にもここに来ました。電話にも呼び鈴にも応答がなかったので心配になって家に上がり込みました。台所で大叔母さんを見つけました。でも怖くなって逃げました。

できるかぎり本当のことを話し、そこに少しだけ嘘を入れる、いや事実を省略する。一度話したことは絶対に変えず、慣れないシチュエーションにパニックになった哀れな一般人を演じ切る。

それでも疑われるだろう。そりゃそうだ、こっちには動機がある。おまけに渉の言うように、たいていの警官は保守的で頭が固い。俺らみたいなカップルを理解できず、偏見からよけいに疑ってかかるだろう。

それでも、一刻も早く自分から申し出たほうが有利だということくらいはわかっていた。

問題はタイミングだ。こんなに野次馬だらけの中、自分から警官に申し出るのは……。

「あの、すみません」

不意に呼びかけられて、考えにふけっていた颯平は硬直した。先ほど規制線の内側にのしのしと入っていった捜査員らしい女が、こちらに向かってやってくる。サンバイザーがパトランプを反射して闇に赤く浮かび上がった。

「すみません、そこの人。ちょっとよろしいでしょうか」

颯平はギョッとした。サンバイザーで完全に顔は隠されていたが、間違いなくこちらを見ている。

どうしよう。あの女刑事に話すのか。信じてもらえるのか。どうするんだ、これから。どうする。

「おい、行こう」

渉が颯平の腕をぐいと引っ張った。二人は野次馬の群れを離れて走り出したが、同時に走り出したじいさんとその杖にぶつかり、ひっ絡まって、地面に転がった。

2

「あのねえ、二村くん」

池尻刑事課長はため息交じりに言った。

「こちらの指示を覚えていますか。あなたにお願いしたのは、現場に行って兵藤房子という第一発見者と話をして、見たこと聞いたことをしばらくの間よそに漏らさないように説得してくれってそれだけですよ。ですよね」

「はあ」

二村は生返事をしながら、チェアの上で身じろぎをした。

「他の人間が担当している捜査に首をつっこめとか、犯人を逮捕しろなんて頼んでいません。むしろ重要なのは、事件が目立たぬようにすることです。人質の安否が不明の今、葉崎の警察沙汰を犯人一味が勘違いしてパニックを起こしたらどうします。子どもの命が危険にさらされる。しかもそれが、磯貝管理官の狙い通り、うちの署の落ち度になってしまう。あなたのクビが飛ぶだけじゃすみませんよ。わかっているんですか」

「はあ」

「なのになんですか。野次馬の面前で容疑者を三人も確保するなんて。SNSを見ましたか。写真が拡散されてます。おまけに、警察官であるあなただけはサンバイザーで顔を隠し、公妨容疑で緊急逮捕した三人の顔が出ちゃってるんですよ」

「おほめにあずかって恐縮です」

「ほめてません」

池尻は手厳しく言った。

「人権派の弁護士とかに攻撃されかねないの、わかりますよね。ああいう連中は公務執行妨害罪が嫌いなんですよ。サンバイザーをつけた謎の女警が迫ってきたので怖くなって逃げただけの一般市民に言いがかりをつけて逮捕した、とでも責められたらどうします。おまけに今日は前線本部のほうでも公妨容疑での逮捕者が出てるんですよ。身代金強奪時に人質の母親めがけてバイクで突っ込んでいった男ですけどね」

「そうらしいですね。まだ釈放されてないんですか」

「磯貝管理官の指示で逮捕してすぐ署に連行し、聴取継続中じゃないかな。とにかく葉崎で一日に四人なんて多すぎます」

刑事課の矢澤が小走りに二村の近くまでやってきて、「え」と言って立ちすくんだ。二村はスピーカーにしてあったスマホに手を伸ばし、上司に言った。

「すみません課長。事件の担当者が来たのでこれで」

「待ちなさい、二村くん。今どこにいるんですか。なんかジュージュー聞こえますが」

「気のせいじゃないですか。あたしは現在、完璧な感染対策のもと、署内で担当の各部署と協議中です。では」

「署内のどこ」

通話を切った。必死にこらえていた鑑識の大野主任と警務課の古馬久登が、喉を詰まらせそうになるほど笑った。

「言えばよかったのに。第二駐車場ですよ、星空の下ですよ、課長もいかがですか焼肉って」

「冗談。押しかけてきかねない」

二村は七輪の網の上の肉をひっくり返した。煙がもうもうと立ち上る。

ホテル時代にはテニスコートだった葉崎警察署の第二駐車場は海岸道路沿い、葉崎マリーナの向かい側にある。奥には巨大なソテツが生えていた。深海から現れ出でた大タコといった趣でコンクリートを割ってのさばり、道からの視線を遮っている。

二村貴美子はその陰にトップにソーラーパネルがついた白のスズキ・エブリイを停めていた。

跳ね上げ式の後部ドアから中を覗くと、後部座席が撤去され、少し上げ底になった床一面に合成皮革をかぶせた柔らかそうなパネルがはめ込まれているのが見える。運転席の後部にはスリムな流し台、反対側には吊り戸棚。パネルの隅には、低反発マットレスと寝袋が丸めて置いてあった。

「二村さんってホントに車中泊してるんですね」

軽ワゴン車の内部を覗き込んでいた矢澤が、二メートル間隔で離れて座り、それぞれの七輪を前に肉や野菜を焼きながら食べている同僚たちに言った。テーブルには炊飯器とコーヒーメーカー、キムチまで並んでいる。

「この軽ワゴンは車体全体に断熱塗料を塗ってるから、居住性もいいのよ」

二村は網の上の肉や野菜を残らず皿に移すと、別の椅子を持ってきて七輪の前に置いた。パネルを持ち上げて下に収められたクーラーボックスから焼肉用にカットされた肉や野菜を取り出し、皿や箸と一緒に矢澤に渡し、椅子を勧める。

「死んだ亭主は中古で買ったこのエブリイをコツコツ手直ししてったの。安い角材にクッションを材張って、シートをかぶせてステープラーで止めて。カーテンを手縫いして、ネットで中古市場をチェックして、シンクや蛇口なんかを少しずつ揃えた。ソーラーパネル関連は、もうすぐ完成ってときに、あたしがボーナスで買ってやったんだけどさ」

まごまごしていた矢澤は、今や夢中になって肉を焼き始め、話を聞いてもいなかった。二村は肩をすくめ、皿に移した焼肉にタレをかけて、離れたところで食べ始めた。

「さてと。では始めますか」

一足先に食べ終えた大野が満足げに口元を拭い、マスクをつけ直して言った。

「現時点での前田潮子の死亡推定時刻は今日の午後三時から五時の間。頭部を殴打されてたぶん脳内出血を起こしたんだろうけど、解剖してみなければ断言できないと三浦先生は言ってます。ちなみに解剖は明日の十四時からで調整済みです」

「午後二時から？　遅くない？」

「うちの上が結論を出すのはできるだけゆっくりって、先生に頼んだんすよ」

こちらも食べ終えて礼をすると、古馬が口を拭きながら言った。

「病気か事故の線もあるかもしれないなーってお茶を濁して時間稼ぎをしろって。三浦先生、そういうの嫌いな人だけど、どうも池尻課長が誘拐の件、こっそり教えて脅迫じゃなかった、説得したみたいっすね」

「どう考えても殺人だけどな」

大野がコーヒーを紙コップに注ぎながら付け加え、二村は言った。

「百瀬さんの話じゃ、被害者は傷だらけだったみたいだけど」

「胸に殴られたような痕、手を踏まれ、頭部は割られてた。頭部を殴ったと思われるガラスの花瓶が、どうやら転がっていったらしくてダイニングのテーブルの下にあったし、倒れたはずみに家具にぶつけたと思われる痕もあった。ただ、傷に多少の時間差があるようでしてね。矢澤くんのほうはどうです？」

「逮捕したじいさんの身元の裏がとれました」

ふられた矢澤が牛タンを裏返しながら、言った。

「義成定治、窃盗の前科があります。本部の三課に問い合わせたんですが、義成というのはその道では知られた一匹狼（おおかみ）の居空きだとか。酒も夕バコも女もやらず仲間もいない。開けっぱなしの窓やドアから侵入し、一度に数万から多くても十数万程度しか抜かないし、持っていくブツも一つか二つなので、被害者が被害に気づくのはずいぶん経ってから。気づいても泥棒にやられたとは思わず、自分の記憶や身内を疑ってしまうそうです」

「へえ。そんな幽霊みたいな凄腕が、どうして三課には知られてたんすか」

「昔、横須賀に故買屋ジョニーってのがいて、義成はその常連だったんだ。犯罪者が自慢で自滅すんの珍しくないけど、義成はそういうタイプじゃなかった。ただしジョニーのほうは自分はすごい相手と取引があるんだと吹いてたようで、ま、そこから」

「で、その泥棒の様子は？」

「それがびっくりするほど素直でしてね。供述は明日でいいって言ったんですが、捕まったんだからしょうがない、俺の負けだとペラペラ。止めるのが大変でしたよ」

それによると、義成は今日の昼過ぎ、以前から目をつけていた前田潮子邸に忍び込んだ。

被害者が毎日散歩かたがたスーパー〈フレンド〉に買い物に行くことや、門の鍵を塀の穴に隠してあること、天気のいい日中は路地側から見えない庭に面した縁側の窓を開け放して風を通していることを知っていたので、門を開けて南側の庭へ出ると縁側から屋内に侵入した。

「被害者は終活をしてから、水回りの集中している台所や食堂、その近くの寝室に生活の拠点を移して、日中は食堂でテレビを見ていることが多かったとか。現金はその近くにあるはずと、目星をつけていた冷蔵庫のある台所にズカズカ入っていったら、散歩に出かけていると思っていた被害者が、あの子を出せとか、あの子はいつ来るんだとか、ケータイで話しながら現れたそうです」

いきなりだったので逃げそこね、鉢合わせしてしまった。相手が驚いて口を開きながら杖を振り上げた。黙らせなくてはと、とっさに自分の杖の持ち手のほうで強く胸をついたところ、前田潮子は胸を押さえ、家具に頭をぶつけながら倒れて動かなくなった。慌てて盗みを中止して、被害者が落としたケータイを拾い上げ、通話を切って持って逃げた。

「なんでまた」

「通話の相手がなにか聞いたんじゃないか、とりあえずこれは処分したほうがいいと思ったと言うんです。そのケータイは自宅マンションに持ち帰り、風呂に沈めたと言ってます」

大野が水を張ったブリキのバケツに焼き網を浸けて、やれやれ、仕事を増やしてくれちゃって、と言った。矢澤は古馬がよそったご飯を嬉しそうに受け取ると、

「本人はいたく反省して、こうも供述してます。お昼前に御坂地区で一仕事やった。これがうまくいったので調子に乗ったのが間違いだったと。楡ノ山西峰に新しくできる予定の有料老人ホームを勧められたばかりで、金さえあればそういうところにも入れると欲が出てしまったんだとも」

二村がむせかえった。古馬が訊いた。

「楡ノ山に老人ホームを作るんすか」

「俺も知らなかったけど、セールスレディにパンフレット見せられたって、義成のじいさんが言ってた。介護付き有料老人ホーム〈パラダイス・ガーデン楡ノ山〉。御坂の〈萬亀苑〉の経営母体が作る施設らしいよ」

「あ、そんなパンフレットが被害者宅の敷地内に落ちてたな」

矢澤は新しい肉を網に載せながら、

「実を言うと、逮捕された他の二人のうち一人も、その老人ホームがらみで被害者を訪ねたと言ってるんです。死んだ前田潮子の遠縁で、前田颯平三十二歳、陶芸家。一緒にいたのは和泉渉、同い歳のイラストレーター。それぞれ所持していた運転免許証で身元を確認しました。二年前から西峰地区入口近くにあるボロい一軒家を借りて一緒に暮らしています」

「こっちの二人もすぐに口を割ったの?」

「最初のうちは不当逮捕だなんだ騒いでましたけどね。和泉渉から大麻の臭いがしたんで尿検査をしたら陽性反応が出て、問いつめたらあっさり白状しました。ゼンソクに効果があると聞いて、ネットでタネを購入して鉢植えにして育て、たまに吸っていると。あくまで個人的使用の範疇(はんちゅう)、それも医療使用だと言い張ってますが」

矢澤は熱々の肉を口に入れると、もぐもぐしながら、

「和泉って男、あんまり頭がいいほうじゃないですね。おまけにおしゃべりだ。会社を辞めて草深い田舎に引っ込んでネットで自分たちの絵や陶器を売って生計を立てているが、それ

だけでは、と口を滑らせて慌ててましたから。おおかたクサも売って生活費の足しにしてたけど、売人となると罪が重くなることくらいは知ってたんでしょうよ。薬物対策班に回しましたけど、大野主任、押収したスマホの解析よろしくお願いします」

「了解」

大野は軽く手をあげた。矢澤は立っていってお代わりをよそうと、

「前田颯平のほうは尿検査、陰性でしたよ。和泉も、颯平は大麻とは関係ないと力説してました。でも、和泉の大麻での逮捕を告げて、前田潮子の件で聞いておくことはないのかと尋ねたら、前田颯平のほうもしゃべりだしましたよ。明日でいいって言ってるのに」

前田颯平が前田邸を訪ねたのはだいたい三時頃。だが電話にも出ず応答もなく、もしや倒れているのではと門から入って庭に回り、縁側から中に入り、台所で倒れている大叔母を発見した。

「疑われるんじゃないかと心配になり、びっくりしてそのまま逃げたと」

「つまり、動機があったんすね」

「あの家はまだ大叔母の夫の殺、つまり前田颯平の祖父の弟の名義のままだとか。大叔母さんがいなくなれば家は自分が引き継げる。もちろん殺す気なんて一ミリもない、ただ家からはぜひ出て行っていただきたいから、老人ホームのパンフと鎌倉で買ったお菓子を持って訪ねたんだと」

「それで守口さんが言ったんだ。あんたが大叔母を手にかけていないなら、発見当時着ていた衣類を提出して欲しい、それで無実も証明できると。そしたら急にうろたえて、帰宅してからシャツやジーンズを脱いで洗濯しましたって言うわけ」

「あからさまな証拠隠滅っすね」

「本人は感染対策だったと言い張ってる。鎌倉にはしゃべりながら歩いている人が多かったんでそうした、同居人がゼンソク持ちなんで気を使っているんだと」

「え、帰ってすぐに着てたものの洗濯なんかします？」

待機寮で暮らす古馬は目を丸くした。妻子持ちの大野はコーヒーを飲み干すと、

「するだろフツー。着て出たものは全部脱いで、頭からシャワー浴びるだろ。ウイルスがついてるかもしれないんだからさ」

「いやー、オレ、手を消毒するだけっすよ」

「洗えよ、せめて」

「はあ、でも、そんなに気にして意味あります？　前田颯平は鎌倉から前田邸に直行したんすよね。それだとウイルスがついたかもしれない状態で高齢の大叔母さんに会いに行ったことになるけど、それはいいんすか」

矢澤は大盛りのキムチ載せごはんを瞬く間に食べ進めつつ、

「ともかく、守口さんが前田颯平に説明したわけですよ。洗濯機に入れた程度じゃ、すべての血液は洗い流せない。ＤＮＡは取れなくても痕跡は残る。シャツを押収して調べた結果、返り血としか思えない血痕が出てきたらどうなるか。あんたが犯人で確定だ、しかも嘘をついたことで状況はなお悪くなる。なぜ嘘をついたのかを考えたとき、あんたの同居人の存在も考慮に入れなくてはならなくなるな、と。そのあたりを一晩ゆっくり考えなさいと留置場に戻そうとしたら、前田颯平がいきなり往生しまして」

床に倒れていた大叔母を発見し、屈み込んで呼びかけたら、てっきり死んだと思っていたのにうなりながら目を開け、震える手で自分の足首をつかんできた。パニックになって逃げようとして、大叔母の杖に滑って転びかけ、手を踏んでしまった。すると大叔母がひどい悲鳴をあげた。黙らせようとして反射的に近くにあったガラスの花瓶で大叔母の頭を殴りつけた。血が噴水みたいに飛び散って我に返り、縁側から家を飛び出して車に乗り、家に戻った。

和泉渉はその間ずっと、自宅にいたはずだ。彼は大叔母の件と微塵も関係ありません。自分一人でやりました。申し訳ありませんでした。

古馬が、おお、と声をあげた。

「すごいじゃないすか、矢澤さん。被害者が同じ日に、それぞれ別の人間に二度にわたって襲われたなんて面倒な事件を、その日のうちに解決するなんて」

「こういうこともあるんだなって守口さんが呆れてたよ。遅くなるから取り調べは明日にって言ってるのに、彼らはどっちも、それを遮ってまでしゃべり続けたからね」

　矢澤がようやく箸を置いて、嬉しそうにゲップをした。大野が首を傾げた。

「時間的にも状況的にも今のところ供述に矛盾はないようだけど。一つ気になるのはガイシャの杖だな」

「杖って？」

「居空きのジイさんが言ってたろ。ガイシャは杖を振り上げたって。でも杖は現場になかった。明日もう一度、今度は供述をもとに現場の検証を行なうつもりだけど、杖を見落とすなんてことはな」

「そのあたりのところは明日、もっとじっくり聞き出すつもりだって、守口さんは言ってます。確認しなきゃならない細かい点が、他にもいくつかありますし。でもきっと、すぐに送検できるんじゃないかな。上がOKを出せばの話ですが。なにしろ重大事件に注目させるな、葉崎警察署は目立たないようにしとけと磯貝管理官がこの期に及んでまだやかましいもので。それにしても」

　矢澤は食器を片づけながら、つくづくと二村を見た。

「二村さんは規制線の内側から野次馬を見ただけで、どうやって連中が疑わしいと気づけたんです？　二村さんに声をかけられて、びびった連中が逃げ出さなければ、まだ一人の容疑者も見つからずにいたところなのに」

「あ、それね」

二村はマスクを付け直し、照れくさそうに言った。

「彼らの勘違い。あたしが声をかけたのは、野次馬の後ろに立っていた、黒い髪をオールバックにしたウェスタンブーツの男のほう。そいつ、その昔『日本一有名な殺人容疑者』と呼ばれていた、白鳥賢治にそっくりだったのよ」

3

「は？　逮捕？　夫がですか」

葉崎警察署の受付で、ぐずる赤ん坊を無意識にゆすりながら、熊谷真亜子は立ちつくした。

「た、逮捕されたって夫は一体なにしたんです」

「担当の人間が参りますので、そちらで少々お待ちください」

受付の警察官に愛想よく、だが断固とした口調で言われて、真亜子はよろよろと『ソーシャル・ディスタンスをお取りください』という紙が座面に貼られたロビーのベンチに腰を落とした。徹は真亜子のブラウスの裾をつかんだまま、ついてきてもたれかかった。ふかしての肉まんみたいにホカホカしている。このままでは、またすぐに眠り込んでしまうだろう。

いや、そんなことより、まさか。まさかまさか。嘘でしょ、逮捕って。

喧嘩になり、治がバイクに乗って出かけていってから十二時間経っていた。

あの後、真亜子は〈フレンド〉で買い物をして、家に帰って子どもたちと昼食をとった。穏やかな午後だった。原沙優が気になって心がざわついていたし、海岸のほうから救急車のサイレンが聞こえていたし、絢はときどき存在を主張するかのように泣いたし、徹もたまに癇癪を起こしかけたが、それでも真亜子は久しぶりにくつろいでいた。

これもすべて、夫がいないおかげだと思った。

もう帰ってこなければいいのに、とも思った。

その願いが叶ったのか、治はなかなか帰ってこなかった。連絡もなかった。こちらから詫びるつもりはいっさいなかった。放っておくことにした。

子どもたちと昼寝をし、目が覚めるとテレビをつけておやつを食べた。治がダイニングに居座って仕事をしているときは、テレビもつけられない。子どもがうるさいと、おやつもなしになる。

でも今日は、夕方のニュースショーを見ながら夕食の支度をした。野菜たっぷりのつくねの照り焼きと、キノコのおみおつけと、〈フレンド〉のポテトサラダにキャベツの千切りとコーンを和えてカサ増ししたコールスロー。絢にはしらすのおかゆとつぶしたかぼちゃ。

テレビを見ながらの調理だったのにいつもより手際よくできた。ついでにアップルゼリーも作った。鰹節をたっぷりめに混ぜ込んだ納豆をあぶらげに挟んだものも用意した。オーブントースターで焼いてポン酢をかけて食べるのが治の好物だ。

まだ明るかったが、子どもたちに食事をさせてお風呂に入れた。夏の間、あせもに苦しんだ徹の脇腹に天花粉(てんかふん)をはたき、お風呂でご機嫌になった絢を着替えさせる。子どもたちは大はしゃぎだったが、着替えも入浴もはかどった。

そして、それでも治は帰ってこなかった。

そのうち、サイレンがひっきりなしに聞こえてくるとやがて止まった。坂の途中の路地のあたりに緊急車両が集合しているらしい。ライトでその辺りが赤く染まって見えた。ローカルサイトには、御坂で住民が死んでいたらしい、と書き込んであった。詳細は不明、事故か事件かもわからない、とも。

ほんの目と鼻の先で人が死んだのか。事件かもしれないんだ。

最初はへえ、と思っただけだったが、その話を沙優としようとスマホを手にとって、気がついた。沙優からは相変わらず返信がない。彼女以外には他にご近所で連絡する相手は思いつかない。治は帰ってこないし、連絡もない。

急にみぞおちが冷たくなった。

事件かもしれないってことは、誰かがその住民になにかしたってことだよね。その誰かって、だれ。もう捕まったの？　それともまだそのへんにいるの？

例えば野次馬に紛れ込み、警察やご近所の様子をうかがってるとか？

道に面した窓から表を見た。サイレンに気づいた住民たちが、現場らしい場所をめざすつもりか坂道を登っていく。マスクをつけて、しゃべり合いながら。カーテンの隙間からその様子を見ていると、真っ黒い髪をオールバックにした男が大股に坂を下って行きながらこちらを見た。

目が合った。

真亜子は大急ぎでカーテンを閉めてしゃがみ込んだ。どうしよう、と思った。近所にいるのはせいぜい顔見知りのママ友くらいだ。なにかあっても彼女たちは助けてはくれない。治に電話をかけた。電波が届かない場所にある、と音声が返答した。何度かけても同じだった。電源を切っているのだ。

こっちが治なしののんびりした午後を過ごしたのと同様、あっちも羽を伸ばしたのだろう。バイクを飛ばして町田にある実家に転がり込み、ママの手料理を食べながら真亜子の悪口をママに聞かせているに違いない。

治のママに電話をするのは気が進まなかった。いい人だし大人だからきっと真亜子を責めたりはしない。むしろ、治ちゃんがわがままで真亜子さんにも迷惑をかけて、と申し訳なさそうに言うだろう。まるで自分と治ちゃんだけが真の家族で、真亜子は礼を尽くすべき他人であるかのように。他意はない、というより、気を使ってのことだろうけれど。

だが意を決して電話をかけたところ、意外な返事が戻ってきた。

「ひょっとして、治ったら真亜子さんに話してないのかしら。聞いてない？」

いつものペースでのんびりと、徹ちゃんは元気、絢ちゃんは大きくなったでしょうね、コロナが終わったら会いたいわ、と言うと、治のママは戸惑ったように沈黙し、咳払いをした。

「なにをですか」

「いやあね、その……私が再婚すること」

スマホが滑り落ちそうになった。

「おか、お母様が再婚？」

「あら、やっぱり言ってないのね」

治のママは嘆息した。真亜子は夢でも見ているような気分で尋ねた。

「どなたとですか」

「私、スウェーデン旅行で知り合った人とお付き合いしていたんだけど、緊急事態宣言で離れ離れになったでしょ。心細かったし、寂しいし、いっそのこと一緒に暮らそうってことになって、宣言明けからしばらくして彼の家で暮らし始めたの。それがうまくいったんで、私のほうの家は引き払ったわけよ」

治のママはとうとうと話し始めた。

「二人とも還暦過ぎてるし、それぞれ子どもや孫がいるし、おまけに治が猛反対で彼と会ってもくれないのね。だったら事実婚でいいかと思ったんだけど、あちらのお嬢さんが、一緒に暮らすなら正式な配偶者になったほうがいざというとき安心だと言うの。ほら、病院で同意書書いたりするのにね。こういうことにかけては娘のほうが現実的よね。息子はダメだわ、感情的になっちゃって。四十を過ぎた妻子持ちのおっさんが母親の再婚に文句を言うとは思わなかったわよ」

「治ちゃん」だったのが「治」、どころか「おっさん」になっている、と真亜子は口を挟むいとまもないまま、呆然と考えた。

「のちのち相続でもめないように、公証役場に行って細かい取り決めを文書にするつもりなの。入籍はそれからね。簡単に言うと、彼が先に死んでも、彼のものは私経由で治に行くのじゃなくて、残らずあちらのお子さんに行くようにするの。そこは真亜子さんも了承しておいてちょうだいね」

「は、はい……」

「私のほうは多少の預貯金があるだけで、この間まで住んでいたのも治の父親が死んだ後に暮らし始めた借家でしょ。なんの思い入れもないから先月解約して、残っていた治の荷物はそっちに送ったんだけど。真亜子さん、本当になにも聞いてないの?」

「はあ、すみません……」

実家から来たので、てっきりママの荷物だと思っていたとは言いかねた。

「葉崎の新居にママの部屋も用意してあるって恩着せがましく治は言うけど、私の心配はいらないわよ。まだ当分は働けるし、彼と支え合ってやって行くから。そのママの部屋とやらはいらないって、治に伝えておいてね」

入籍の準備ができてコロナが収まったらお披露目がわりに食事会でもと思ってるの、そのときはぜひ出席してと言うと、ママは誰かに呼ばれ、すぐに電話を切った。

真亜子は畳の上にへたり込んだ。再婚。あのママが。

びっくり。

治ったらどうして言わなかったんだろう。

だがなんとなく、彼の気持ちもわかる気がした。真亜子がママの再婚に反対するわけがない。絶対に祝福する。つまりこの件に関しては真亜子は治にとって敵になると、話す前からはっきりしていた。

ひょっとして、それで治は勝手に拗ねて、理由も言わずにあたしに敵対してたわけ？

バッカじゃないの。

そう思いつつも、なんだか気が抜けた。ママの台詞じゃないけど、四十を過ぎた妻子持ちのおっさんが、母親が新しい人生を歩き出そうとしている事実を受け止めきれず、あたしに八つ当たりしてたって？

マヌケすぎて、哀れすぎて、かわいくて、笑える。

さっきお祝いを言わなかったことに気づき、徹と絢の動画に『おばあちゃんおめでとう、お幸せに』のメッセージをつけて送りながら、真亜子はクスクス笑った。治が帰ってきたらちゃんと話そう。ちゃんとバカにしてやろう。そして思い知らせてやろう。いざというときに治が逃げ込めるのはもうママのところじゃない。あたしたちのところだけだって。

だが、さらに時間が過ぎて、御坂から緊急車両が引き上げていっても治は帰ってこなかった。

真亜子は再びローカルサイトをのぞいてみた。今日、この近所では警察沙汰が頻発していたらしい。午後に海岸道路で、トラックとセダンが衝突する交通事故が起きていた。そういえばその頃、救急車のサイレンを聞いたのだった。バイクが巻き込まれたんじゃないかという書き込みも一件だけあった。

心臓がどくんと跳ねた。いやだ、まさか。

そんなはずはない。事故ったならすぐに連絡がくるはずだ。免許証もスマホも持っているんだし。

でももし、事故でスマホが壊れたんだったら？　それに、治は引っ越し後、免許証を新住所にちゃんと書きかえたのだろうか。治はなにかというと真亜子は気が利かないと罵っていた。マメに自分で動こうとせずに被った不利益を、全部、真亜子のせいにしていたような気がする。

だとしたら、あのひと、新住所やあたしの連絡先なんか持っていないのかも。だから連絡がこないのかも。

どうしよう。

寝息を立てる子どもたちの枕元で、真亜子はスマホを握って考えた。

どうしよう、じゃない。ここに助けてくれる人はいないのだ。自分でどうにかするしかない。家族のために。

それでも散々迷ったが、結局、戸締まりをして、眠り込んでいる徹を揺り起こし、絢と二人、軽自動車のチャイルドシートに乗せた。消防か警察、どっちに行くべきだろうと考えて、葉崎警察署を選んだ。

大の男と連絡がつかなくなってまだ半日。取り合ってくれないかもしれないが、赤ん坊と五歳の子どもを連れて駆け込んだ母親を無下にはすまいと考えた。その思惑通り、警察署の受付にいた年配の警察官は、アクリル板を蹴倒して飛び出てくるんじゃないかと思えるほど、真亜子を心配してくれた。

だが、それも夫の名前を口にするまでのことだった。受付の警察官は急に無表情になり、あちこちに内線電話をかけた。そのうえで真亜子に告げたのだ。ご主人は本日午後、逮捕され、署内で話を聞かれています、と。

長い間、ロビーのベンチで待たされた。眠り込んだ徹の頭を膝にのせ、眠りに落ちた絢の重みが肩に食い込むのを感じ、このままでは自分も眠ってしまうと思ったとき、動きがあった。

恰幅のいい女性が正面玄関からのしのしと入ってきて、ちらりと真亜子たちを見やってから受付に歩み寄ったのだ。受付の警察官が地獄で仏に会ったように彼女を出迎え、小声でなにやら話し出した。課長がどうとか、管理官がどうとか、で結局押しつけられた、などと聞こえてくる。

やがて彼女は真亜子のところにやってきて、サンバイザーをかぶりながら少し離れて脇に座り、葉崎警察署刑事課総務担当、二村貴美子警部補と名乗った。

「小さいお子さん二人も連れて夜遅くにここまでいらっしゃるのは大変だったでしょう。どうしましょう、ここでお話ししますか。それともどこか部屋に移ってお子さんたち、横にしましょうか」

蛍光灯を反射するサンバイザーと全身から立ち上る焼肉の臭いに、毒気を抜かれていた真亜子は我に返って二村に詰め寄った。

「あの、いったいどうなっているんでしょうか。夫が逮捕されたって」

眠り込んでいた徹が身じろぎした。真亜子は慌てて裏返りかけた声をのみ込んだ。二村がなだめるように言った。

「捜査中のため詳しいことは申し上げられませんが、ある事件の発生時、ご主人が被害者にひどく近寄って制止されたんですね。その際、ご主人が暴れて警察官の一人に怪我を負わせたため、公務執行妨害罪の現行犯逮捕となりました。その後その、ある事件に対するご主人の関与について話を聞いていたのですが、その際ご主人がですね、嘘をついたことで心証が悪くなりまして」

説明を聞いてもなんだかさっぱりわからないが、治が嘘をついたというのは納得できた。そもそも気の小さい人なのだ。相手に弱みを見せないために嘘をつくくらいのことは考える間もなくやってしまっている。

「なにを言ったんです、あの人」

「ええ、それがですね、まことに申し上げにくいのですが」

二村が息をついだ、その瞬間だった。正面玄関の自動ドアが開いて、背の高い女性が入ってきた。

真亜子は目を見張った。原沙優だった。やたらとガタイのいい男たちを数人ひきつれるようにして署内に足を踏み入れると、真亜子に気づいて駆け寄ってきた。

「ね、あんたなの、真亜子。あんたがやったの」

真亜子はぽかんとして沙優を見返した。沙優の顔はむくみ、肌は荒れ、目ばかりギラギラと光っていた。真亜子の胸ぐらをつかまんばかりに近寄って、これまでに聞いたことのないような声ですごんできた。

「あんたの亭主を逮捕したって聞いたんだけど。まさか、あんたも噛んでんの。今日の昼頃、うちの様子を見にきてたよね。亭主に頼まれたから？　ね、頼むから天志返してよ、ね。返しなさいよ早く。お金はいいから返してよ息子を。お願いだから返して。返しなさいよ」

しまいには絶叫しながら真亜子につかみかかろうとするのを、二村が割って入り、付き添ってきた男たちが必死で止めた。だが沙優に振り払われ、中にはあっけなく床に転がるものもいた。

「なんなのよ、あんたの亭主はっ。仕事なくして金が欲しいからって誘拐なんかしなくたっていいじゃないのっ。うちの子はどこっ。天志は無事なの、教えなさいよっ」

絢が目を覚まして泣き出し、徹が怯えて真亜子にしがみついてきた。沙優はその有様を見て力が抜けてしまったらしい。男たちに抱えられるようにして署の奥に連れていかれるのを真亜子は呆然と見送った。

今のなんだったの。誘拐？　天志ちゃんが？　治が仕事をなくした？　いったい全体どういうこと？

騒ぎに気づいたのか、深夜の警察署のロビーに急に人が増えてきた。真亜子たちを覗き込む視線も感じた。

「大丈夫ですか、熊谷さん」

二村が真亜子の二の腕に触れて気遣わしげに言った。真亜子は膝がガクガクするのを感じながら徹の頭を撫で、絢を揺すり上げた。なにがなんだかいまだによくわからないが、一つだけはっきりしていることがあった。しっかりしろ自分。腰を抜かしてる場合じゃない。なんとかしなくては。

真亜子は子どもたちを抱えてすっくと立ち上がり、二村に言った。

「うちの夫は確かにバカですけど、息子の友だちを誘拐するほどじゃありません。もう一度、最初から詳しく説明してください」

第８章

ジャックス

Jacks

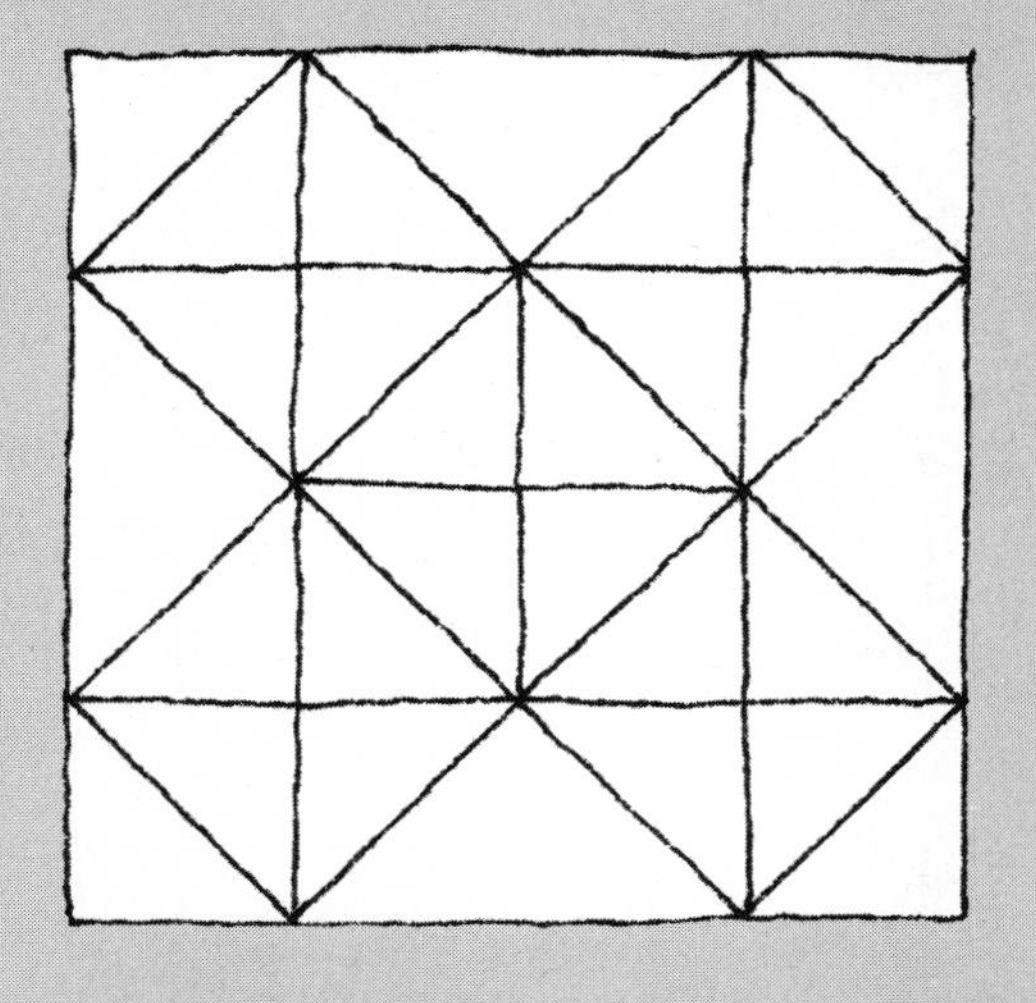

1

兵藤房子は夢を見ていた。

母が楽しそうに庭の手入れをしていた。バケツを手にゆっくり庭を歩きながら、花殻を取り除き、雑草を抜き、枯れた葉を拾い集める。伸びてきた芽、膨らんできた蕾を愛(め)でる。

「庭の楽しみは、再生の喜びを味わえるところよね」

母はロシアンセージの葉をちぎって、首筋に擦(こす)りつけながら言った。

「生きとし生けるものは、いずれ時がくれば必ず終わりを迎える。美しく咲いた花もやがてはしおれる。新芽も育って大きな葉を広げ、色を変えて枝から離れていくでしょ。でも、次の周期が巡ってきたときにはまた蕾をつけ花を咲かせる。芽吹いて、天に向かって伸び始める。終わりはあるけど終わりはないの。庭で草花とともに過ごしているとそれを心の底から実感できる。あなたもでしょ、房子」

気づくと母は離れたところで友人たちと輪を作り、キルトを縫い進めていた。輪の中には井澤屋のおばさんがいる。〈ドライブイン児嶋〉のママに瑞福西寺の庵主様。結香園の大女将と前田潮子の間には、細面で小さな目、薄い唇の、これといった特徴のない地味な女性がいて、熱心にすばやく針を運んでいた。

彼女たちはカフェのテーブルと椅子を並べて、芝生の真ん中に座っていた。誰かがなにかを話し、それに応じてさざ波のように笑い声が広がっていく。紅茶とバラと潮風が入り交じった香りがみんなを包み込んでいる。

「パラダイス・ガーデン」

母が縫い物の手を止めて、房子に微笑んだ。

「いい名前でしょ。天国に近い庭。命のサイクルを実感して、自分も次のステージにうつろっていくの。すてきな庭」

母の視線がゆっくりと一巡した。房子は母が見ているように庭を見た。崖や道を隔てるように植えられた樹、配置された岩、細い小道。種類によって光によって、風の動きによって、趣と風情を変えていく緑、また緑。その合間に赤や白、黄色、紫と思い思いに咲く花々。

「房子のおかげよね」

母は再び庭の小道に立って、ロシアンセージをちぎっては匂いを嗅いでいた。

「今のこの庭のすべて。あなたが作り、あなたが維持し、あなたが咲かせている。すごいわね。私が生きて続けていたとしても、こんな風にすてきな庭にはならなかったんじゃないかしら。庭をパラダイスにしたのはあなたの功績よ。ホントにすばらしい。でも、油断しちゃダメよ。あなたもちゃんとこうしてセージを擦りつけときなさい。虫除けになるんだから」

「虫除けって、お母さん死んでるじゃない」

これまでの人生、こうして手放しで自分をほめてくれたのは母だけだったなと思いながら照れ隠しで言い返すと、母は真顔になった。

「そうね。でも天国にも虫はいるし刺すこともあるから。聞こえるでしょ。ほら」

指さされたほうを見た。東側の杉の木立の陰から、ぶーんぶーんと低い羽音が聞こえてきた……。

目を覚まし、眠っていたことに気づいた。羽音と思ったのは、三十年前、この地に引っ越してきたとき父が引き、現在では〈パラダイス・ガーデン〉の代表番号に使っている固定電話からの転送を知らせるスマホの振動だった。

時間を見た。おいおい。五時って。

昨日は遅くまで警察署で事情聴取を受けた。遺体発見当時の状況を繰り返し説明させられ、書類を読まされサインを求められ、これで終わりと思ったら二村貴美子が現れて、詳細を外部にはいっさい漏らさないようにと説得された。

二村はすまなそうではあったが、意外としつこかった。特にSNSにはあげないように念入りに確認された。しまいに房子は、誰がそんな縁起でもない話あげるか、うちのSNSの目的は庭のアピールだっての、とわめき、二村が上司に別の用件を言いつけられたこともあってようやく解放されたのだった。

日付が変わる直前に帰宅した。もこもこに泡を立てた石鹼で全身をくまなく洗い、残り物で食事を済ませ、ベッドに潜り込んで眠りについた。だが小一時間で目が覚めた。足先が冷え切っていて、そこから先、なかなか寝つかれなかった。

前田潮子の死に顔は不思議なほど思い出さなかったが、門の前でうろうろしていたときのことや〈葉崎葉桜会〉の事務長との会話、庭に押しかけてきた老婦人とのやりとりなどが繰り返し脳裏に再生される。考えたくなくても、何度寝返りを打っても、振り払えなかった。

そうしてなんとか眠り込んだのに、それを破ったのが固定電話への着信とは。どうせ例の老人ホームがらみの問い合わせに違いない。

無視して瞼を閉じたが、夢の世界には戻れなかった。気持ちの悪い汗で寝具全体がねとついていた。電話は留守電に切り替わったが、再びかかってきた。そしてまた。そして、また。

房子は重い頭で起き上がり、庭へ出た。

夜明け前、空は東からほんのりと白み始め、西に残る星々が少しずつ光に溶けて消えていく。暗かった海が空を映し、濃紺を含んだ波は絶え間なく動き続けている。点在する小島に隠れるように停泊しているクルーザーのデッキに、ときどき小さな光が見える。

房子は眺めのいいベンチに駆け寄って、背をつかみ、猫たちが怯えて四散するのもかまわずに、海に向かって立て続けに大声をあげた。息が切れるまで。肺から最後の空気を絞り出すように。

それから、潮風が肺を満たすに任せた。

慧笑庵主にアンガー・コントロールを教わったのは、二十四年前。母が死んでしばらくたってからだった。母は生前瑞福西寺の墓地に小さな墓を建て、みずから父の遺骨を納めた。四十九日がすみ、その同じ墓に今度は房子が母の骨を納めた。三十歳の誕生日に。

その日、すべてが終わって帰ろうとする房子に、庵主様がにっこり笑ってこう言った。ただ、ひたすら息をなさい。吐いて、吸って、吐いて吸って。体の隅々に空気を送り込むの。目の前の海、背後の山、あなたの作っていく庭があなたを満たしてくれるまで。

それだけで大丈夫。

房子は海に向かって息を吐き、力を抜いて空気が肺に流れ込んでくるのを感じた。無理に怒りを手放そうとしなくてもいい。不安を忘れようとしなくていい。

しばらく繰り返し、なにげなく目を開けて振り返った。

昨日、閉め忘れたのか、門の扉がいつのまにか開き、そこに女が立っていた。マスクをつけ、帽子をかぶり、夜明け前の闇に溶け込むようにして。このベンチで仰向けに死んでいた女性と同じ小さな目で房子を見ている。

え。え、あの。なに。

門の扉がギーッと音を立てて動いた。

房子はしばらく立ち尽くしたのち、我に返って絶叫した。

「もう。まだ留守電のまま」

井澤保乃はスマホを置いて、舌打ちをした。

「房子ちゃんたら、なにしてんのかしら。ちょっと様子を見てこようかな」

「やめとけ」

保乃の夫にして元〈眼鏡の井澤屋〉の婿養子、今は〈蕎麦・井澤屋〉の主人は、店舗兼自宅の調理場のテーブルで朝茶をすすりながら言った。

「まだ六時じゃないか。寝かせといてやれよ」

「もう六時よ。あの子も若い頃はねぼすけだったけど、歳のせいか、最近じゃ生まれ変わったように早起きなんだから。それに山倉(やまくら)さんの話では」

昨日の夜、前田潮子先生が亡くなったらしい、という衝撃的な電話連絡を回してきた御坂一丁目のゴシップ仲間の名前を持ち出すと、

「潮子先生が亡くなっているの見つけたの、房子ちゃんじゃないかって言うんだもの。潮子先生んちの前の路地に停まってた軽トラに房子ちゃんが乗ってたって。捜査員とも長いこと話してたんですって」

「それが本当なら、なおのこと寝かしといてやったらどうなんだ。昨夜は遅くまで警察で事情を訊かれたはずだろう」

「きっといろんなことを知ってるわよね、房子ちゃん」

保乃は腕まくりをした。井澤屋に近い〈楡ノ山ハイキングコース入口駐車場〉から〈パラダイス・ガーデン〉まで登りで徒歩十五分。まああきつい勾配なのに、今にも走っていきそうな勢いだ。

「山倉さんの話じゃよくわからないんだもの。野次馬が何人も警察に連れていかれたとか、そのうち一人は咳してた、なんてことは教えてくれたけど、潮子先生がどうして亡くなられたのかは知らないって言うのよ。山倉さんっていっつもそうなのよね。潮子先生のご主人が亡くなったときもお葬式の連絡がいい加減だったから、鎌倉の斎場でお葬式の真っ最中に喪服でご自宅にうかがっちゃったのよ。住み込みのお弟子さんにお香典お渡しする羽目になって、恥ずかしいったらなかったわよ。おまけに私、そのお弟子さんをおみっちゃんと間違えちゃってさ」

「前田さんはいいお得意様だったな」

主人は茶をすする合間につぶやいた。

「ご主人のほう？　商事会社の社長さんだったのが、会社を売って悠々自適でらしたのよね。潮子先生より十五かそこら年上で鷹揚(おうよう)な方だった」

「いい眼鏡をあつらえてくれたし、腕時計もうちで注文してくれたたっけ」

「ご自分の身に着けるものにはお金を惜しまなかったわね。そのお金を健康にも使えばよかったのに」

保乃は手厳しく言った。

「医者嫌いで、会社を売ってからは特に健康診断も受けたがらなかったんですってよ。事故も最初は飲酒運転と思われたんだけどアルコールは出なかったのよね。だから運転中に心臓麻痺(まひ)でも起こしたのかも」

「結局、原因はわからなかったのか」

「衝撃でご遺体が車にめり込んじゃうほどの事故だったんだもの。解剖できる心臓なんて残ってなかったんでしょ。お葬式に出た人の話じゃお棺の蓋も開けなかったんですって。お気の毒に潮子先生、ご主人と最後のお別れもできなかったなんて。一瞬で死んじゃった本人はいいけど、遺された身内はたまらないわよ。あなたもね、葉崎市の健康診断のお知らせがきてたから、四の五の言わずに血液検査くらい受けてくださいな」

「はいはい」

主人は聞き流し、首を傾げた。

「あれ、だけど前田さんのご主人、葉崎医大病院には通ってたんじゃなかったかな。うちの店には通院ついでに寄ってくれてたはずだけど」

うちの店こと〈眼鏡の井澤屋〉は八幡通り商店街の入口、葉崎医大付属病院の正門向かいにある。

「そうなの？　だったらやっぱり、どこか悪かったのね」

保乃は上の空で決めつけると、再び房子に電話をかけた。

〈ドライブイン児嶋〉は朝六時からモーニングサービスを始める。コーヒーにトースト、ゆで卵にサラダがついて四百円。五十円プラスすると、ごはんに味噌汁、しらすと海苔、卵、ママ特製のぬか漬けがついた和朝食に変更できる。ごはんのお代わりは自由。頼めば味噌汁を大盛りにもできる。

以前は六時になるのを待ちかねたドライバーやサーファー、ご近所さんが自動ドアの前に行列を作っていた。人数はやや少なくなったが、今も時間になると常連が距離をとって並び、開店と同時に店内になだれ込んでくる。

児嶋夫婦は朝四時には店に来てその日の準備を始めていた。炊飯器のスイッチを入れ、ボコボコになったアルミの巨大なお盆にお椀を並べて乾燥わかめや麩を入れる。マスターの手前味噌による評判の味噌汁がやがてここに注がれることになる。

ママのぬか床は五十年もの。今の時期、ナスや梨のぬか漬けが気前よく小鉢に盛りつけられる。モーニングというからにはコーヒーとトーストがいい、でも、漬物も食べたいとワガママを言う客のために、最近、サラダの代わりにぬか漬けを選ぶこともできるようにした。

やがてごはんが炊き上がり、卵が茹で上がった。味噌汁もできた。開店数分前だった。

マスターは脇によけておいたお盆に、大ぶりのごはん茶碗と味噌汁用の椀を二つずつ置いた。お皿にはサラダにハム、ゆで卵、ぬか漬け。これも二人ぶん。

たっぷり盛り付けるとマスターは無言のまま盆をママに渡し、布由は盆を持って厨房脇の二階席への階段を登っていった。

2

古馬久登は署二階の廊下を鼻歌交じりに歩いていた。

機嫌がいいわけではない。古馬の場合、疲労困憊したときにこそ鼻歌が出る。おまけに出てくる鼻歌が『スーパー・フレンドのテーマ』だったりする。のんきに見えるし、ダサすぎるし、意識下に〈フレンド〉がいるのもぞっとしない。人質の無事がわからず犯人からの連絡もなく、真夜中過ぎて未明を迎えても署全体が眠れず、神経をとがらせているときにこれでは張り倒されそうだ。だからやめたい。でも止まらない。無意識だから。

ビタミン剤を口に放り込み、自販機コーナーで買った水で流し込んだ。廊下のどん詰まりにある窓から明け始めた空が見える。この時間からの二度寝は最高なんだよな、頭が痛くなるけど、と古馬は思いながら、もう一口水を飲んだ。

寮に戻って眠っていたところを前線本部に呼び出された。パソコンがらみの、ちょっとしたトラブル。解決には三十秒とかからず、呼びつけた首の太いマッチョも拍子抜けしたらしく、ろくに礼も言わなかった。

けっ。人を叩き起こしておいてなんだよ。

そう思いつつも文句は差し控えた。言ったところで、問題のすり替えに長けた本部の捜査員に「人質の子どもの安否もわかっていないのに、早起きさせられたくらいで騒ぐな」などと一喝されて終わりだ。それに実際、前線本部の捜査員たちは毛穴の開いたテカテカした顔のまま必死に働いている。椅子に座ったまま寝入ってしまっている者もいる。数時間でも横になれただけありがたいと思うべきなのかもしれない。

ぼんやりとした頭で、空を眺めた。胃の中で昨夜の焼肉が存在を主張している。寮に戻る気にもなれない。人質の子ども……原天志ちゃん。まだ犯人からはなんの連絡もないらしい。カメラ映像にも手がかりは見つかっていない。どこでどうしているのやら。無事だといいけど。

結局、今日もこのまま一日が始まりそうだ。どうせだから溜まっている経費の精算でもするかとあくび交じりに立ち上がって、刑事課総務担当の小部屋から漏れている明かりに気がついた。

覗き込んだ。シェードが下りた暗い部屋の、中央のデスクの島に毛布が二枚敷かれ、その上に寝袋が脱皮然として横たわっている。かたわらに二村貴美子が座り、難しい顔でパソコンを見ていた。

「あれ二村さん、夜勤の当番だったんすか」

近づいて声をかけると、二村はむくんだ顔を古馬に向けた。

「いーや。人使いの荒い上司を持ったってだけ。二村さんが家に帰らないなら、過労でジンマシンが出た山本(やまもと)を帰宅させますから、二村さんは署に宿泊してぜひ役に立ってくださいってさ。昨日はあれから、西峰さんの身元調査のために金曜日の夜から土曜日の朝にかけての〈楡ノ山ハイキングコース入口駐車場〉の防犯カメラ映像をずーっとチェックして、西峰さんらしき人物の乗っていそうな車が映っていないのを確認していい加減疲れ切ってたのに、前田潮子事件のマスコミ向け声明文の下書きと、第一発見者の兵藤房子対応に加えて、公妨で逮捕されたバイク乗りの妻子への対応までやらされたわよ」

「誘拐事件には関わりあうなと命令されてたのに？」

「そのバイク乗りの逮捕を担当者から強引に聞き出して、頭に血がのぼった人質の母親が責任者に会わせろと署に押しかけてきちゃってね。ロビーで妻子と鉢合わせ。もう、てんやわんやで」

二村はあくびをかみ殺した。

「ひどくないすか。池尻課長、なんで二村さんにそこまで」

「そりゃ、あれよ。どっかの誰かが、第二駐車場で二村さんに焼肉ご馳走になったんすけどめちゃうまかったっす、とかなんとか大声で自慢してるのを聞いちゃったからだわね」

げっ、と古馬は思わず声を漏らした。二村は苦笑しながらマスクをつけて、

「食い物の恨みは怖いから、当分、池尻課長はおさまらないわよ。おまけに第二駐車場で寝泊まりしてたのがバレたじゃないの。どうしてくれる」

「あー、うわー、すんませんっ」

古馬は深々と頭を下げた。

「お詫びになんかお手伝いすることがあれば、なんなりと言ってください。誠心誠意努めさせていただきます」

「あ、そ。えらいことを発見して、どうしようかと思ってたとこだった。丸投げできれば助かるわ」

「なにを見てたんすか」

古馬はパソコンの画面を覗き込んだ。犯罪者データベースが表示され、小さな目に薄い唇、細面だが少しエラの張った地味な顔立ちの女の写真が映っていた。これといった特徴のない顔だが、こちらをにらみつける目つきがひどかった。少し気の弱い子どもならひきつけを起こしかねない。

「田中瑞恵。一九五四年十一月二十日生まれ。二〇〇〇年二月四日、新宿駅近くの路上で夫である田中賢治の左脇腹を包丁で刺し、駆けつけた警察官により現行犯逮捕……へえ、しょぼいけど悪そうな女っすね。何者です？」

「あたしも焼きが回ったかしらね」

二村はつくづくと言った。

「なんすかそれ」

「いえね、前に一度、この田中瑞恵って女の写真を死んだダンナが持ってた資料で見てるはずなの。でもあらためて見ると、なんか記憶と違ってる。もしかして、この田中瑞恵こそが西峰さんかと思ってたんだけどね」

「〈パラダイス・ガーデン〉の死体っすか？　河合の描いた似顔絵に似てはいますけど、そもそも逮捕歴があったら指紋やＤＮＡですぐに身元が割れるはずだから、他人の空似っすよね。ん？　あれ」

古馬は手を伸ばしてスクロールすると、

「この刺された夫の田中賢治って、昨日、二村さんが言ってた白鳥賢治のことっすか。あの『日本一有名な殺人容疑者』の。昨日、御坂の事件の野次馬の中に見かけたっていう」

「古馬くんの世代でも知ってるんだ。こいつがワイドショーを騒がせていた頃には生まれてもなかったでしょうに」

「ええ、なんで犯罪史の教科書で知りました。へえ、でもなんか意外」

「というと」

「白鳥賢治って、金を詐欺ってはばらまいて、ベタにゴージャスな生活でマウント取ってるイメージだったんすよ。そういう人間って、連れてる女も若いモデルとかタレントの卵とか、これ見よがしじゃないすか。なのに奥さんがこんなって、ちょっとびっくりというか」

「そもそもネームロンダリング用の女房だからね」

「でも、世の中には平凡な苗字の女なんてごまんといますよ。ごまんといるから平凡なのか。このときこの奥さんいくつっすか。四十五？　マジで？　十歳は老けて見えるな」

「ふぅん。ちなみに七年前、六十三歳の白鳥賢治の写真がこちら」

今度は画面に男の顔が映し出された。黒々と染めた髪をオールバックにして、そこだけは若々しいが、伸びかけたヒゲ、シミやシワ、たるみは隠せず、不摂生を絵に描いたような面構えだ。目つきはふてぶてしいが、顎が小さく、そのせいかどこか神経質そうにも見える。

「ライブハウスの共同経営者の不審死に絡んで逮捕されたときの写真ね。殺人は立証できず、傷害致死で懲役七年の判決を受けてみっちり七年間服役し、出所したのが先月九月二十三日水曜日」

「なるほど。並べてみるとお似合いかも。どっちもいかにも悪いことしそうだし」

「鬼の女房に鬼神がなる」

二村は口の中でつぶやいた。古馬はデータベースをスクロールして、

「刺したり刺されたりした後も二人は夫婦だったんすね。離婚したってそのまま田中の苗字は使えたのに。やっぱり案外、仲がよかったんすか」

「ネットでこんな写真も見つけた。結婚当時の週刊誌のグラビアなんだけど」

二村はスマホを古馬に差し出した。画面いっぱいにややボケた白黒写真が出ている。黒髪のオールバックにウェスタンブーツ、レイバンのサングラス、開襟シャツにキラキラしい腕時計といったいでたちの白鳥賢治に、小柄な女がぴったりと寄り添っていた。髪は長く、小さな目をメイクで巨大化させ、ヒョウ柄のミニドレスを着ている。

古馬は口笛を吹いた。

「化けましたね、田中瑞恵。化粧をするとそれなりに見えます。まあまあスタイルもいいし。仮面夫婦って感じでもないっすね」

「結局、白鳥は刺されても被害届を出さなかった。たんに警察沙汰がめんどくさかっただけかもしれないけど。田中瑞恵を振り捨てたかったなら絶好のチャンスだったのにね。そもそもその刃傷沙汰の原因は白鳥の浮気だった。女が包丁を持ち出すのは愛があるからよ。いくら腹が立ったとしても、どうでもいい亭主だったらそこまではしない」

「なんか深いっすね」

「おまけに七年前の共同経営者の傷害致死事件で懲役七年の実刑判決が出て、白鳥は福島刑務所に収容されてたんだけど、田中瑞恵は刑務所の近くに住民票を移して、マメに面会にも行ってたわ」

「泣かせる話っすね」

古馬はあくびをかみ殺すと、

「だけど二村さん、なんでこんなん調べてるんすか。田中瑞恵は西峰さんじゃなかったわけだし、ご近所に白鳥賢治が出没してようがどうでもいいじゃないすか。なんで葉崎の住宅街をうろうろしてんのか、不思議ではあるけど」

「さて、そこで。あたしの発見したえらいことってのに戻る」

二村は再び、田中瑞恵のデータを呼び出した。部外秘の個人情報の頁には親兄弟や配偶者、子どもその他の身内の情報が事務的に並んでいる。二村はその一部を指さし、古馬は顔を近づけた。

「え、ここっすか。ああ、田中瑞恵は白鳥賢治の前にも結婚して離婚してるんすね。でもって離婚から数年後の一九九一年三月に子どもを産んでるんだ。えーと、名前は彰彦。父親の記載はなし。同年同日東京都渋谷区南松濤(みなみしょうとう)八丁目一番今井勇蔵と養子縁組……えっ」

古馬は飛び上がって、パソコンを指さした。

「ちょっとちょっとっ」

「ね、びっくりよね」

二村は面白くもなさそうにそう言った。

「誘拐事件の人質の一人今井彰彦と、数日前に自死した西峰さんそっくりの田中瑞恵は血を分けた実の親子だった。おまけに田中瑞恵の夫の白鳥賢治は葉崎をうろついている。これって偶然かしらね」

御坂の真ん中付近、前田潮子邸へ入る路地にはまだ規制線のテープが張られ、足元にはブルーシートも残されていた。朝早くから二度目の鑑識作業のために屋内に入っていく大野ら鑑識班と飽きもせず様子を見に来た近所の野次馬を横目に、二村は御坂を登っていった。

前田潮子事件の手伝いをしろと池尻課長に命じられたのだ。すでに容疑者が逮捕され、九分通り片づいた事件の、いまさらの近所への聞き込み。嫌がらせのような命令だが、二村は待ってましたとばかりに引き受けて署を出てきたのだった。

通勤時間帯ということもあって次々に車が出ていくのをやり過ごし、やがて御坂の途中の古い民家に行き着いた。〈医療法人社団めかぶ会　居宅介護支援事業所〉の看板が小さく出ている。

道から続くガタガタの石畳、夏の間に伸びてしまったベニカナメモチの生垣、日当たりの悪い三和土(たたき)と引き戸。昔ながらの民家の玄関先に手すりとスロープが後付けされており、庭の奥からラジオ体操の音楽が流れてきた。

やがて現れた女性は、ケアマネジャーの小川理佐(おがわりさ)と名乗り、つっかけを履いて家の外に出てきた。この先に小さな公園があるのだと言う。

サンバイザーをかぶりながらついていくと、住宅の合間に手入れの悪い公園があった。ブランコと、パンダとも猫ともつかぬ謎の生き物の形をした乗り物。地面に敷かれたレンガの間から雑草がヒョロヒョロ伸びている。こんなだから子ども連れもめったにこなくていい息抜きの場所なんですよ、と小川理佐は公園の植え込みの角に腰を下ろした。

「前田潮子さんの担当になってから、かれこれ十年近くになります」

ポーチから取り出したタバコに火をつけると、

「だから正直ショックです。噂では殺されたってことでしたけど。犯人は捕まったんですよね」

問いかける目を無視して、二村は訊いた。

「潮子先生は膝がお悪かったそうですね」

「十年前に〈御坂整形クリニック〉で手術されて、介護保険の申請があって、介護支援事業所の選定でうちを選ばれて、私が担当することになりました。選んだ理由は単純に家から近いからということでしたけど」

前田潮子は物腰の柔らかい、上品なマダムという感じの女性だったが、

「リハビリには熱心に取り組まれてみるみるうちに回復されましてね。その後は月に一回、ご自宅を訪問する程度でした。ただ二年前に再び手術を受けて、直後は要介護2と認定されたんでした」

「潮子先生には近いお身内がいらっしゃらないそうですね」

「ご主人を亡くされてからはそうだったと聞いています。タナカさんといったかしら、住み込みのお弟子さんが献身的に面倒を見てました」

「田中瑞恵さん」

「あ、そうです。その田中さん。身内でもあそこまでは、というくらいお世話なさってたんですけどね。でも、前田さんがキルト作家を引退されてしばらくたった頃にはいなくなってました。前田さんに訊いても、どうなさったのか教えてもらえなくて」

小川理佐はタバコを唇にあてると、

「引退にあたって前田さん、終活かたがた猫島ギャラリーで最後の個展をなさったんですね。ギャラリーのオーナーに聞いたんですけど、作品をオークションにかけたら、往年のファンがつめかけて争奪戦になったとか」

「へえ。人気があったんですね」

「同年輩の女性に特に。でも昔から、高いキルトを購入する若い男性ファンもいたそうですよ。とにかく、出品物は完売してかなりの金額になったそうですけど、それが原因で私、前田さんともめてしまったんです」

「というと」

「受け取った現金を前田さん、ビニール袋に入れて冷蔵庫で保管してたんです。隠し財産ってことなんでしょうけど、そのことをあちこちでぺろっとしゃべってしまうので、危ないから銀行に預けるように説得してくれないか、とお弟子さんに頼まれました。でも、私の言い方がまずかったのかご機嫌を損ねちゃいまして。頼れる身内のいない高齢者には財産管理に口出しされるのを嫌がる人が多いんです。前田さんもその一人だったわけで、失敗でした」

小川理佐は二村から顔を背けて煙を吐くと、

「日頃の上品な物腰とは真逆の口調で罵られました。私よりもお弟子さんに対してひどかった。たしかその後すぐでした。お弟子さんがいなくなられたのは。キルト作家を引退されたので、お弟子さんに暇を出されただけかもしれませんが、あれがきっかけだったんじゃないかと思うと……お弟子さんが一緒に住んでらしたら、前田さんはこんなことには……」

小川は言葉を濁し、二村は膝を乗り出した。

「悪いのは犯人だけ。あなたに責任はありません。話しにくいとは思いますが、潮子先生がお弟子さんを罵った内容について、詳しくお願いします」

「え？　そう言われても」小川は困ったように目を瞬いた。「家族の言い争いに立ち会ってしまうこともありますが、家族の歴史の上でのケンカなので、たいがいの場合、内容はほとんど理解不能なんです。その場の雰囲気で、なんかひどいこと言ってるんだな、と推察するだけだから、詳しくと言われても」

「でも、なにでもめているのかくらいはわかりますよね。キルトのことだったか、お弟子さんの身の振り方についてか。話の流れからいくと、お金についてでしょうか」

小川理佐は吸い殻を携帯灰皿に押し込みながら、ためらった末に言った。

「そうですね、たぶん……ご主人のことだったかと」

「ご主人？　三十年前に交通事故で亡くなった前田毅さんのことでしょうか」

「と思います。主人のことではあんたを助けてあげたのに、なによ、と怒鳴り散らしてました。お弟子さんのほうは黙ってうつむいて、なんだか殉教者みたいに耐えてましたけど」

「ふぅん」

二村は小首を傾げた。小川は居心地悪げに立ち上がり、ジーンズを払った。

「もういいですか。次の約束があるので」

「すみません、あと少し。前田颯平という人物のことはご存知ですか」

「ご主人の遠縁だとかいう人のことでしょうか。近所に引っ越してきたと話には聞いています」

「潮子先生は彼をどう思っていたんでしょう」

小川理佐はためらって、うつむきながらマスクをつけた。

「あの、これはあくまで私の感じたことで根拠はないんですけど。前田さん、ご主人とはあまり仲がよくなかったのかもしれません。その遠縁の男、死んだ主人に声がそっくりなの、と嫌そうにおっしゃってました」

「もう少し大声でお話しいただけないかしら、刑事さん」

堤（つつみ）シウは小声で、というか、本人が小声だと思っているらしい声で言った。

「聞き取りにくいですからね。でもそうすると、お向かいの山倉さんに聞こえてしまうわね。山倉さん、いい方なんですけど、聞きかじったことを残らず知り合いに電話連絡してしまうし、それがまあ、たいがい的外れなんですの」

シウは細い腕を優雅に持ち上げ、マスクの奥で笑い声を立てた。

近所で話を聞きまわった末、二村は前田邸の斜面下側、堤家の玄関先にいた。

時節柄、聞き込みはほぼインターホン越しだった。顔を合わせないせいもあってか、話は通りいっぺん。みなハンコを押したように、

「前田さん？　いい方でしたよ。有名なキルト作家でらして、以前はたまに頂き物のおすそ分けにあずかりましたっけ。こんな近所で、あんな上品な方が事件に巻き込まれるなんて、怖いですわねえ」

などと言うだけ。亡くなった前田家の主人のことを尋ねようにも、よく知らないか、忘れてしまっているかだ。

御坂交番の百瀬に頼んで、口の軽い古くからの住民を紹介してもらおうかと思っていたところ、堤家ではいきなり門が開いて玄関先に通され、シウが車椅子でしずしずと現れた。車椅子を押す女は仏頂面で二村をにらみつけた。

「祖母はご覧の通り高齢ですから。お話は五分で終わらせてください」

「いいじゃないのサチコさん。コロナからこっち、わたくしの生活は単調なんですもの。デイサービスにも外食にも行けないし、今年は花火大会まで中止でしょ。毎年夏には浴衣がはだけた若い子を眺めるのが楽しみだったのに。最近の刺激といえば、トイレットペーパーが香り付きになったことくらい。たまにはサンバイザーで顔を隠した刑事さんに尋問でもしてもらわなくちゃボケてしまうわ。ね、刑事さんにお茶お出しして。昨日の午後、結香園から取り寄せたばかりのいいお茶があるでしょう」

「おや。こちらは結香園とお付き合いが」

「ええ、わたくしの姑(しゅうとめ)の代からですよ。いつも大女将がお茶が切れかかった時期をみはからって電話をくださいましてね。お願いすると一袋五百円の番茶でも嫌な顔一つせず、ときには自ら届けてくださるわけ」

「ということは、もしや前田さんちに、えー」

「妹さんのこと?」

二村が言いよどんでいると、シウがケロリとして言った。

「前田さんのところで、大女将の妹さんが内弟子として働いてらっしゃいましたからね。でも大女将は妹さんにはお会いになっていません。それは確かですよ」

「それはまた、どうしてです」

「ね、刑事さん。ちょっと屈んでみて。あ、もうちょっと左。一歩後ろ。少し右向いて、ああ、逆。そう。そこで耳を澄ましてみて」

二村は言われた通りにして、思わず前田邸の方角を振り仰いだ。指紋採取の指示を出す大野らしき男の声が耳元に響いてきたのだ。

「聞こえました？　前からこうなのよ」

シウは茶目っ気たっぷりに声をひそめた。

「境界線上の崖の整地をして、分厚いコンクリで土留めをして、水抜きの管を入れてあるでしょ。その管からじゃないかと思うんだけど、前田さんの家の音がここまで聞こえてくることがあるの。反響の加減かしらね」

「ふぅん。では、昨日もなにか耳にされました？」

「それが昨日は部屋から出ずに録画した大リーグの試合を見てたの。その後は寝入ってしまったし。私の寝室はいちばん奥まっているから表の音が聞こえてこないのよ」シウは残念そうに言った。「ですから、隣の騒ぎも山倉さんから電話をもらうまで気づかなかったのよ。あの方、誰か逮捕されたと騒いでらっしゃいましたけど、ほんとかしら」

「詳しいことは申し上げられませんが、逮捕者が出たのは事実です」

「あらまあ、驚きだわ。数撃ってると山倉さんでも当たることがあるのね。以前、あの方の勘違いで大騒ぎになりかけたことがあったのに」

「ふぅん。というと」

「昭和の終わり頃に『日本一有名な殺人容疑者』と呼ばれた男がいたでしょ。ご存知かしら」

二村は思わず一歩下がった。

「白鳥賢治ですね」

「そうそう。悪そうで、どこか神経質そうで、オールバックにウェスタンブーツとバカみたいな恰好だけど、ちょっといい男だったわねえ。その白鳥賢治が結婚したのよ、阪神・淡路大震災の翌年だったから九六年ね。お相手の名前が田中……」

「瑞恵」

「そう。大女将の妹さんと同姓同名だったし、顔もそっくりだったものだから、週刊誌を見た山倉さんが本人と勘違いしてご近所に言いふらしましてね。でも、お弟子さんのほうの田中瑞恵さんは、朝早くから夜遅くまで毎日、前田家で働いてらっしゃったのよ。それもお手伝いさんのするような炊事洗濯から弟子としてのお仕事まで。都心で有名人の亭主と暮らして週刊誌に写真を撮られるヒマなどなかったわ」

「ふぅん。それは前田さんちの物音や音声からも明らかだった？」

「それはノーコメント。わたくし立ち聞きなんていたしませんのよ」

「でも偶然、耳に入ることもあったのでは？」

シウは目を細め、なにやら思案するように首を傾げて言った。

「ねえ、刑事さん。わたくしいくつに見えます？」

「は？　えーと、お若く見えますが」

「九十八なの」

「まだ九十五でしょ」

孫娘が訂正したが、シウは意に介さず、

「四捨五入すると百歳なの。この歳になると、なにを言っても本当のことかどうか怪しくなってくる。わたくしの証言なんてまともに取り合ってもらえないわね」

「そんなことは」

「文句を言っているわけではないのよ。だからこそ話せることってあるでしょ。棺桶に片足突っ込んだバアさんのたわごとと思って聞いて欲しいんですけどね、刑事さん。前田さんの奥さん、あれ、大したタマだったのよ」

「おばあちゃん」

孫娘が我慢し切れなくなって遮るのを、震える手で制すると、

「前田さんの亭主は自動車事故で死んだんだけどね。あれこれ聞こえてきたことをまとめると、運転前に一服盛られてたと思うわ。無理もないけど。ひどい男だったもの。高価なものを身につけて、外国帰りの紳士然として、妻のキルトの才能を自慢していたけど、家の中で

はとんでもない。よく奥さんを罵ってたわね。主婦として最低だとか、少しばかりキルトが認められた程度でのぼせるなとか、子どもも産めなかったくせにとか。一度奥さんが、子どもが流れたのはあなたに殴られたせいじゃありませんか、と叫んだことがあったけど、翌日奥さん、目のあざをサングラスと化粧で隠してらした」

シウは胸を上下させ息が収まるのを待って、続けた。

「それに、一つ屋根の下に内弟子がいるようになったら……わかるでしょ。瑞恵さんは当時三十代の半ばくらい。愛嬌があって彫りの深い大女将とは、姉妹ながら対照的に地味で垢抜けない人だったけど、自分に自信がないくせに尊大な男が踏みつけにしたがるのはああいうタイプよ、かわいそうに」

「ひどい」

孫娘がショックを受けたようにつぶやいた。シウは舌を鳴らして、

「だからまあご亭主も自業自得なの。奥さんの手元に睡眠薬があったのも、精神科に追いやった亭主本人のせいですものねえ。それにご亭主が死んで半年くらいしてからかしら。〈ドライブイン児嶋〉のママが、都内の産婦人科でお腹の大きな瑞恵さんを見かけたって噂が立った。しばらく内弟子さんの姿を見かけなかった時期よ」

二村は思わず、サンバイザーを上げそうになった。

「えっ、では田中瑞恵の赤ん坊の父親は、前田毅だったと」

「そこまでは知りません。ママが見かけたのが本当に内弟子さんだったのかもわからないわよ。ただはっきりしているのは、内弟子さんは戻ってきて、前田さんと一緒に暮らし始めたし、そのうち今度は奥さんが瑞恵さんに怒鳴り散らす声が聞こえるようになったってこと」

シウは疲れたように深い息をもらすと、車椅子の中で急に小さくなった。

「それだけよ。なにもせず、ただ他人の家の事情を漏れ聞いていただけのバアさんのたわごとは。死ぬ前に吐き出せてスッキリしたわ」

3

御坂を下りる頃には十時半を過ぎ、太陽は高く昇っていた。

朝のうち渋滞していた海岸道路は流れるようになり、車が軽快に走っていた。事故により閉鎖されていた〈葉崎オートキャンプ場〉が昨日から再開したせいか、キャンピングカーも目につく。

道路の向こうには海が見えた。鈍色（にびいろ）の海を横浜行きのカーフェリーが進んでいく。ビーチを犬連れ、子ども連れが散歩しているのがサンバイザー越しに逆光になって見えた。

事故のあった御坂地区入口交差点は、なにごともなかったかのようにきれいに片づいていた。昨日と打って変わって、人の姿もほとんどない。〈ドライブイン児嶋〉の外席もすいていて、近所のおじいさんがぼんやりと新聞を読み、スタッフが屋外のベンチや喫煙所で休憩している。

二村は店に入った。店内に客の姿はない。テーブルに頬杖をついていたママがギョッとしたように顔をあげた。

「ブレンド」

二村は断固とした口調で言うと入口近くの席に腰を下ろし、サンバイザーを外した。ママはぶすっとして水を持ってくると、

「警察官が午前中からサボりかい、二村さん。モーニングは終わっちゃったよ」

「だから、ブレンド」

「はいはい」

ママは厨房にオーダーを通しに行き、ついでにマスターとヒソヒソ話をしてから、思い出したように布マスクをつけてコーヒーを運んできた。眉間にシワが寄り、顔色が悪い。

「昨日は大事故があったんですってね」

厨房脇にある階段を登っていくマスターを見送って、二村は言った。ママはアクリル板の脇で仁王立ちのまま早口に、

「久しぶりにね。昔はそこの交差点の信号機の加減でしょっちゅう事故が起きてたもんだけどさ。信号の切り替わりが早くて、焦った車が赤で突っ込むから。御坂を下ってくる車が勢

いあまって防波堤に突っ込んじゃったこともあるし」

「潮子先生のご亭主の事故ね」

「あれはいまだに語り草だよ。あんたもあの頃は交通課で、初々しく事故処理をしてたっけ。あれ以来の付き合いだから、かれこれ三十年になる」

「そうね。ママの娘さんたちが大きくなるのも、お孫さんが生まれて育って、今年、高校に進学するのも、ずっと見てきたわね」

ママは言葉をのみ、喧嘩腰に続けた。

「そうだね。だから、あたしの機械音痴は百も承知だろ。そりゃ防犯カメラのデータを消しちゃったのは悪かったよ。でもその件じゃ昨日からこっち、ありとあらゆる警察官に謝った。事故の処理にきた交通課から私服でうちの外席にいたのから御坂交番の百瀬さんまで。県警本部所属だとかいう黒ずくめのマッチョなんか、まるであたしがわざとデータを消したみたいにネチネチとさ。そのいちいちに頭下げたのにあんたまで」

「事故を持ち出したのはたんなる話の接ぎ穂よ。〈パラダイス・ガーデン〉で死んだ女性の身元を調べてるんだけど、その件でママさんに助けてもらおうと思って」

二村は冷めていくコーヒーを眺めながらのんびりと言った。ママは口の中で、なんだ、とつぶやくと、

「死体が見つかって何日もたつのに、どこの誰だかまだわかんないの」

「力不足で申し訳ない」

「二村さんのことだから、目星くらいはついてるんだろ」

「まあね。だけど、ちょっとややこしい話で」

みなまで聞かず、ママは身を乗り出した。

「あたしに話を聞きに来たってことは、あたしの知り合いかもしれないってことかい？　まさか保乃の言ったように、おみっちゃんだったとか」

「おみっちゃん」

二村が目を丸くした。ママは手を振って、

「本名は久我美津江。覚えてないかな、八幡通り商店街にあった〈久我茂工務店〉の社長があちこちに不義理を働いた末に楡ノ山に逃げ込んだ事件。詐欺で被害届も出ていたから警察が山狩りまでしたのに結局見つからなかった。おみっちゃんってのは、その社長の妹。あたしや保乃や房子ちゃんの母親の日向子ちゃんの幼なじみでもある」

「なぜ、その彼女だと？」

「保乃は、その身元不明女性の似顔絵がおみっちゃんにそっくりだと言うんだ」

ママは昨日、大騒動が持ち上がる直前まで交わしていた保乃との会話の内容を説明すると、

「確かに似てはいたけど、あのおみっちゃんが自死なんて考えられないし、〈パラダイス・ガーデン〉から天国に渡りたいなんて思いつくとも思えない。まあ、逆に〈パラダイス・ガ

ーデン〉を汚してやろうとしたっていうなら、ありうるけど」

「ふぅん。それはまた、なんで」

「性格が悪いから。あの子、妬みっちゃんで嫉みっちゃんだもの。口の利き方がモタモタしてるから頭が悪そうに見えるけど、実はすごくずる賢い。それにきっと、あの庭があれほど美しくなったのを見たら」

ママは言いよどんで、話を変えた。

「あたしが子どもの頃、よくおとなたちがひそひそ話してたものよ。久我茂とおみっちゃんの父親の久我安五郎はあんな目の小さい地味な顔立ちなのに女にも手が早くて、なんてね。それでだろうけど、女房は二人の子どもを久我安の元に残して逃げた。その後の一家がどうなったか想像つくだろ」

日頃、子どもたちはほったらかし。食事も与えなければ風呂にも入れない。そのうちお腹をすかせた子どもたちが他の家の食事時に強引に上がり込んだり、商品を盗んだりするようになった。それで苦情が入ると、親に恥かかせやがって、と久我安は子どもたちを商店街に引きずり出し、買い物客の目の前で殴ったり蹴ったりする。

「だからご近所もみんな、文句を言わなくなったんだ。他人のものを盗っても家に上がり込んで盗み食いしても、大目に見るようになったわけ。それできっとあの子たち、なんでも自分のものだと思うようになったのかもね。ほら、サルが畑の野菜だの店先の商品だのを盗んで追い払われると、歯をむいて怒り狂うじゃないか。サルにとっては自分が見つけた自分の食料だから。そんな感じ？」

「ああ……」

「おみっちゃんはよく人のものを平気で盗んで嫌われてたけど、『他人のものは自分のもの』を地で行っていた人間にしてみれば、自分のものを自分の手元に置いただけ。それで叱られるなんて理不尽と感じていたのかも」

ママは大きなため息をついて、二村から離れた席に腰を下ろした。

「だけど、性格が悪いってことに変わりはないよ。日向子ちゃん夫婦が西峰で庭を作り始めた三十年ほど前の話なんだけどね。都内の病院で大きなお腹のおみっちゃんを見かけた。入口の脇にある花屋で、豪勢な花束を作ってもらっている車椅子の女性と、話をしてるところをね。呼び止めようとして、よく見たら別人だったんだけど、すごく似てた。その話を保乃にしたら、保乃がそのことおみっちゃんに話しちゃってさ」

ママは下がってきたマスクを鼻の上まで持ち上げると、

「それからしばらくして、山倉さんって御坂の金棒引き(かなぼうひ)に言われたんだ。ママさんあなた、潮子先生のお弟子さんを都内の産婦人科で見かけたんですって、って」

「ははあ」

「噂の出どころはおみっちゃんだった。問いつめたら、自分と見間違えるほど似てたんなら潮子先生のお弟子さんに違いないと思って、と言うんだよ。思い込みで無関係な人間を巻き込んで、しかもそれをあたしが吹聴したことにするってなんだい、って詰め寄ったらさ。ニターッと笑って、例によって曖昧な口調でボソボソ言うんだ。大丈夫だって」

ママは一気呵成にしゃべり倒すと、うつむいて息をつき、それからハッとして顔をあげた。

「まさか、おみっちゃんでないなら身元不明の死体って、潮子先生のお弟子さん……そういえば、日向子ちゃんがキルトを作ったときに先生が連れてきたお弟子さんって、おみっちゃんと見間違えるほどそっくりだったけど。二村さん、あんたもそう思ってんのかい」

二村はそれには答えず、探るようにママを見た。

「一つ、確認しておきたいんだけど。身元不明死体＝おみっちゃん説にママが賛成しなかった理由は、おみっちゃんの性格からってだけ？」

ママはなにか言いかけて、額を強張らせた。

「それだけじゃダメかい？　あたしらケーサツじゃないんだからさ。女の直感だけで決めつけたって問題ないだろ」

二村はじっとママの顔を見ると、口調を変えた。

「じゃあ、ママが最後におみっちゃんに会ったのはいつ？」

「日向子ちゃんが亡くなる前だね。保乃と一緒に日向子ちゃんを庭に訪ねたんだけど、よせばいいのに保乃がおみっちゃんを初めて庭に連れてきた。会ったと言えるのはそんときが最後だね。その直後、おみっちゃんは葉崎を出たんだと思う。日向子ちゃんの葬式やお別れの会にも来なかった。最近になって二、三度見かけたことはあったけど」

「最近って」

「二週間、いやもう少し前だったかな。スーツ姿のおみっちゃんが、御坂地区で杖ついたお年寄りと一緒のところを見かけたよ。パンフレットみたいなものを手にして、なにか勧めてるみたいだった」

「声はかけなかった？」

「かけようとしたら目が合って、向こうが逃げていったんだ。それで、ああ、やっぱりおみっちゃん本人なんだと思った。長いこと会ってなかったし、前にも例の産婦人科の件で間違いをやらかしてるけど、あの反応は絶対におみっちゃんだね」

「なんで逃げるわけ？　おみっちゃんにはママに会いたくない理由でもあったのかしら」

「さあね」

ママは強情そうに腕を組むと、

「こっちだって追いかけてまで話したい相手でもないから、ほっといた。ねえ、二村さん。〈パラダイス・ガーデン〉の死体がおみっちゃん本人ではないにしても、なんか関係があるのかい」

「どうしてそう思うの」

「どうしてって。そりゃ、そうなるだろ」

「そう？　じゃ訊くけど、おみっちゃんが〈パラダイス・ガーデン〉に行ったのは、日向子さんが死ぬ前のたった一回だけなんだよね。保乃さんが『おみっちゃんを初めて庭に連れてきた』。しかも『会ったと言えるのはそんときが最後だね』と。ママは今、そう言った」

「そうだよ。久我茂との欠陥住宅トラブルのときにも、おみっちゃんは日向子ちゃんのために指一本動かさなかった。当然、日向子ちゃんとこに顔も出してない」

「だったら、ママがおみっちゃんと庭との関係に妙に神経質なのはなぜ？」

ママは黙り込んだ。二村は冷めたコーヒーをごくごく飲み干すとマスクを戻し、小銭入れを取り出しながら言った。

「ママって正直な人よね。マスクをしてるとたいていの人は、なに考えてるかわかんないものなんだけど」

ママはうろたえて、マスクを鼻の上に引っ張り上げながらもぐもぐと言った。

「ほめられてるわけじゃなさそうだ」

「うん。ほめてはない。嘘が下手だと言ってるの」

「へ、へえ。警察といえども面と向かって人を嘘つき呼ばわりするからには、根拠があるんだろうね」

「ふうん。根拠ねえ。じゃ、防犯カメラの件なんかどうかしら。ママみたいな肝の据わった女性が、それも以前は小さな事故ならしょっちゅう起きてた交差点のすぐそばで毎日働いて、事故には慣れているはずの女性がよ。昨日にかぎってめちゃくちゃうろたえて、直後に防犯カメラをチェックしに店内に駆け戻ったりするかしら。そんなの、ママを知ってる人間なら誰も信じない。あ、ダメダメ」

血相を変えて言い訳を始めかけたママを二村は遮った。

「多少時間はかかっても、データは復元できんのよ。結局は映像を捜査関係者が見ることになる。お孫さんの進学祝いにクロスバイクをプレゼントしたこと、お孫さんが夢中になってその自転車を乗り回してること、マスターやママが嬉しそうに自慢していたのを覚えてるのは、あたしだけじゃないと思う」

「……二村さん」

「出頭するなら早いほうがいい。事故でセダンは大破したけど運転手は軽傷ですんだ。ひったくりの被害者も膝小僧を打っただけでピンピンしてる。でもこの件、実はかなりややこしい。名乗り出て、正直にすべて話さないと、ものすごく面倒なことになるから。仮に未成年の初犯であってもね」

小銭を置いて立ち上がった二村は次の瞬間動きを止めた。ママは二村の視線を追って振り向いた。

店の中央の階段からマスターが降りてきた。ケチャップやソースのシミの残ったシェフ服に包まれた、ふっくらした大柄な体を硬直させ、両手をあげたままの姿勢で。

マスターの腹には、ナイフが突きつけられていた。

第9章

テキサススター

Texas Star

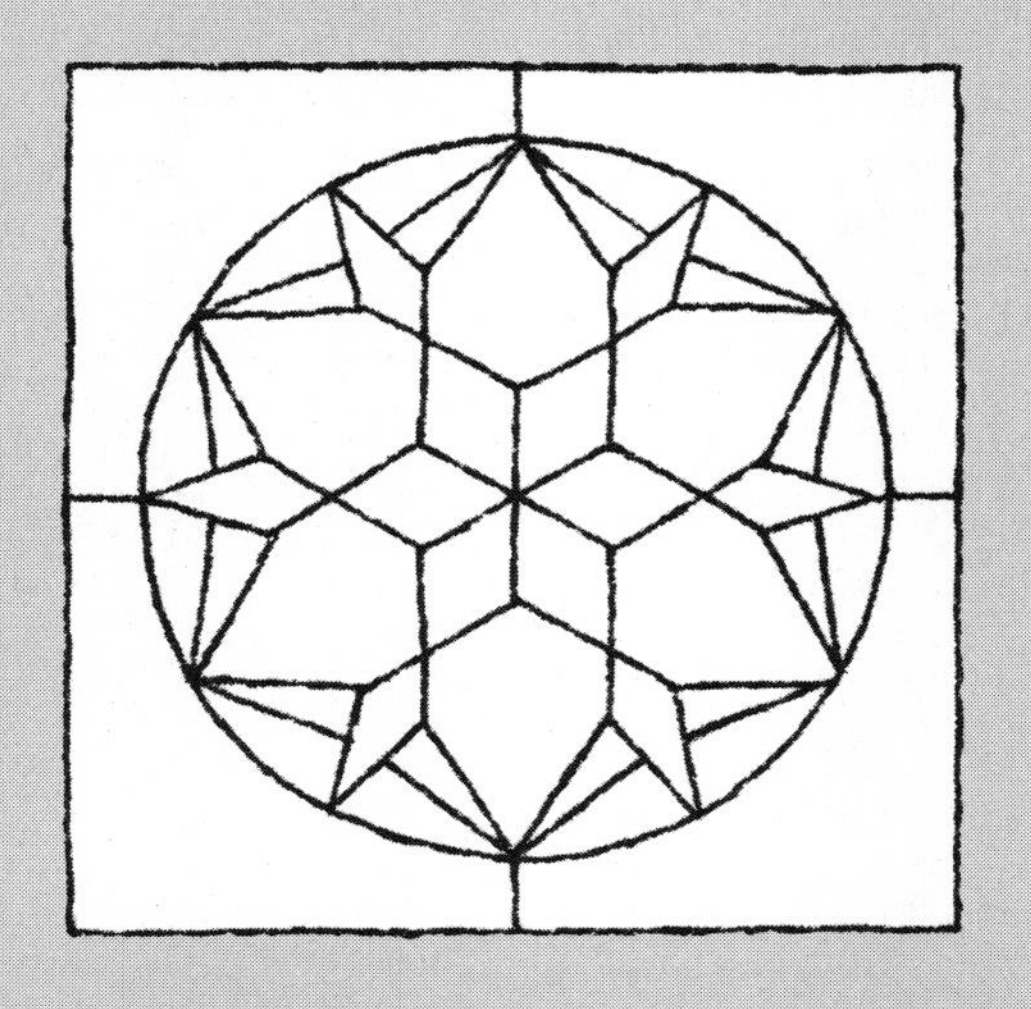

1

〈ドライブイン児嶋〉の二階席は、八〇年代には葉崎の若者たちのデートスポットだった。防波堤の向こうの海がよく見えるからだ。

彼または彼女と窓際の席に差し向かいで座り、オーシャンビューを楽しみつつオムライスやナポリタンを食べ、新品のシャツやブラウスにトマトソースを飛ばして泣く、というのが当時の若者たちの児嶋デートあるあるで、若かりし日の二村にもそんな思い出があった。

だが九〇年代の後半になると、古びた二階席に若者たちは見向きもしなくなり、代わって利用するようになったのが長距離ドライバーだった。二階奥の小上がりで仮眠をとっていた運転手を、気の毒だからとそっとしておいたところ、ここは休憩所に使えるぞと口コミで広まってしまい、大勢のドライバーが利用するようになったのだ。

だがそのうちくつろぎすぎて靴下まで脱いで食事をする者やらパンツ一丁で歩く者、トイレで下着を洗濯して窓辺に干す者まで現れ、どんどん品下った結果、世紀をまたぐ頃には昼間っから丼とサイコロが奏でる「ちんちろりん」などという軽やかな音が聞こえてくるまでになってしまった。

ちょうどその頃、厨房から二階へ料理を運ぶリフトが壊れた。直すのには金も時間もかかる。マスターは二階席を閉鎖した。それ以降、二階席は使っていない。掃除もせいぜい三ヶ月に一度くらいだ。

たまに翔太郎を泊めることもあるし、マスター夫婦が一緒に泊まることもあるが、その場合でも出入りに使うのは厨房脇の階段で、店の中央にある階段などまず使わない。最後に掃除したのはいつだか、ママにも思い出せないくらいだ。おかげで中央階段には、年季の入った洋食屋であることを証明する、埃と油が混じった黒い縞のようなものがべったりとついている。

「動くなっ」

その中央階段を両手をあげてそろそろと降りてきたマスターの陰から、特徴的なしゃがれ声が響いた。

声の主は右手に折りたたみ型のナイフを持ち、マスターの背後からそれを突きつけているらしい。マスターのふくよかな体型に腕が回らず、刃渡り十五センチほどのナイフがマスターの脇腹近くでブルブル震えている。

「全員動くんじゃないぞ。動いたらコイツぶっ殺すからな。わかったかっ」

「およしよコスモくん。ね」

ママがなだめるように言いかけるのを遮るようにコスモはわめいた。

「ケーサツに名前教えてんじゃねーよ。本当に刺すぞこら」

「お孫さんのクロスバイクのお友だち？　二人をかくまってた？」

二村はママにささやいた。ママは無意識にうなずき、しまった、という顔になった。

「あ、その、孫のことだからさ。じいちゃんばあちゃん助けてってやってこられたら、つい。話を聞いて驚いたんだけど、二人とも興奮してたから、とにかく落ち着かせてからと思って、二階に一晩……ちゃんと出頭させるつもりだったよ。ホントだよ。やったことは悪くても、誰も悪気なんかなかったんだし」

「そのうえ悪気なく、警察が来てると知らせてやったわけ？」

「だからしばらくおとなしく隠れてろって、そういうつもりだったのに」

ママは仏頂面で言い、ハッとしたように周囲を見回した。

「翔は？　あの子はどうしたの」

ママがそのまま二階へ駆け上がりそうなのを、二村はかろうじて引き止めた。マスターが落ち着いた声で言った。

「翔なら大丈夫だ。心配するな」

「おめえら、なに勝手にしゃべってんだ」

マスターの脇腹でナイフがフラフラ揺れた。コスモはマスターの陰に隠れたまま、聞いているこっちの喉までイガイガしてきそうな声で叫んだ。

「ふざけたマネしたら、コイツを刺す。聞こえたかケーサツ。聞こえたら黙ってねーで返事しろ。なめんじゃねーぞ。なめたらコイツを刺すぞ。本気で刺すからな。甘くみんなこら」

二村貴美子は手早くいじったスマホをアクリル板に立てかけて名乗った。

「葉崎警察署の二村です」

ナイフの動きが止まり、一拍おいて、マスターの脇の下から若い男がひょいと顔をのぞかせた。

白目が赤く目つきはふてぶてしいが、顔にはあどけなさが残り、男というよりまだ子ども。二村とママを交互に見ると、ついで店中を眺め回し、二村以外に誰もいないと納得すると戸惑ったように黙り込んだ。え、このオバちゃん？　なんか思ってたケーサツと違う。などと考えているのが手に取るようにわかる。

「本物よ」

二村はバッジを出して見せた。

「本物の警察官で、税金から給料もらって働いてる公僕なの。今は勤務時間中、あたしの時間は市民のものだし、うるさい上司がいていろいろと忙しいのよ。だから率直に訊くけど、きみはなにがしたいわけ？」

コスモはせわしなくあたりを見回した。

「目的はなに。お金？　それとも逃げたいの？　言っとくけど、人を殺したとでもいうならともかく、そうでないなら逃げるなんてバカげてるよ。未成年なんだし、がっつり怒られて、ごめんなさいと謝って、それで終われるように頑張ったほうが将来のためにも絶対に賢いわね。それとも翔太郎くんになんかした？　それで焦ってんの？」

コスモはショックを受けたように顎を引いた。

「あんだと、オレがダチを刺したとでもいうのかよ。あいつは昨日からピーピーなんだ。ケーサツが来たって聞いてトイレにこもってんだよ」

「翔は子どもの頃からお腹が弱くて、ストレスですぐそうなるんだよ」

二村の隣でママがつぶやいた。二村は喉の奥で咳払いをすると、

「じゃあ、なんでそのダチのおじいさんに刃物を突きつけてるの？」

「ケーサツなんか呼ぶからだ」

コスモは汗で滑りかけたナイフを握り直した。勢いで刃先がシェフ服を軽く傷つけ、ママが喉の奥で悲鳴をあげた。

「呼ばれてないわよ。あたしはたまたま立ち寄っただけ。だからおじいさんがあなたがたに、注意するように知らせに行ったんじゃないの。あなたがたの味方だから。でしょ？」

二村は手ぶりで落ち着くように促すと、

「ねえ。コスモくんも警察って聞いてびっくりして、マッチョな警察官がぞろぞろ自分を捕まえに来たと勘違いしたのよね。だからマスターを人質にするみたいなことやっちゃった。でも見ての通りここにいるのは警察官は警察官でもオバちゃん一人だけ。マスターにナイフ

突きつけたってしょうがないじゃない。そんなつもりはなくたって、うっかり刺さったりしたら大変でしょ。いったんマスターのこと、放そっか」

コスモは一瞬、思案顔になったが、ぶんぶん首を振って言った。

「やだ。オレはもう誰も信じねえ。大人はすぐに裏切る。うまいことばっか言って、結局は騙してドツボにはめやがる。だけどオレは殺されるなんてごめんだからな。絶対に逃げ切ってやる。ケーサツからもヤクザからも。わかったか」

「ヤクザ？」

二村は目をぱちくりさせた。コスモはそれに答えず、しゃがれ声でわめいた。

「今すぐ逃走用の車を用意しろ」

「……運転できるの？」

「す、すぐ覚えるっ」

「海岸道路が年中、渋滞してんの知ってるでしょ。車じゃ逃げられませんって。万一逃げ切れたとしても、その後どうするの。戸籍も住民票もなくウロウロするつもり？　また感染が拡大して緊急事態宣言が出たら、ファミレスも漫画喫茶も閉店しちゃうかもしれないし、未成年者を泊めてくれるホテルなんてないよ。毎日、ガード下や公園で寝泊まりする？　ああいうとこって縄張り争いが熾烈なの。目が覚めたら持ち物全部盗まれてるかもしれない。よく寝られなくて、ちゃんとしたものを食べられず、病気になっても医者にかかれないし、スマホの契約だって難しい。来年にはコロナのワクチン接種だって始まるんだろうけど、逃げ回ってたら打ってもらえないわよ」

「うっせえわ」

コスモは大声を出した。

「ビンボーくせえ説教すんじゃねえよ。世の中、金だろ。金さえ払えばスマホも戸籍も手に入る。ワクチンくらい裏でいくらでも打てんだよ。金に困って横流しするヤツ、自分のぶんを他人に売るヤツ、そういうヤツらがいるよと教えてくれるヤツ。ケーサツが捕まえられないそういう連中がウヨウヨいるおかげで、金さえあれば逃げたって十分やっていけるってことくらい、オレみたいなバカでも知ってんだ。でもって金はある。たっぷりある」

コスモは誇らしげに言った。

「オレと翔は二人で、あの金を実力で奪い取ったんだ。どこで誰を襲えばいいか、知らされてたんはそれだけだからな。危ない橋を渡ったのはオレらだ。当然、金をもらう権利はあんだろ。言っとくけど、こっちにはちゃんと届ける気はあった。連絡よこさない向こうが悪い。だから全部いただく。文句は言わせねえ。わかったか。わかったら、さっさと逃走用の車だよ、でないと」

二村は両手を上げた。

「わかった。じゃあオバちゃん、上司に連絡するね。自動運転機能付きの、初心者でも運転しやすい車を用意してもらおう。あ、そーだ。上司に報告しなくちゃならないんで、一応確認させてもらうけど。昨日、この店の前で、クロスバイクを使って女性からボストンバッグをひったくって逃げたのは、コスモくんと児嶋翔太郎くんってことで、間違いないわね」

「オバちゃんバカか。さっきからその話してんじゃん」

コスモはふんぞり返り、ママとマスターが同時にため息をついた。

「そう。ところで、コスモくんって苗字はなんていうの？　ごめんね、上司に報告しなくちゃいけないんで、教えてもらえると助かる」

コスモはため息をつきながら、ふと自分の顔を触り、あれ、と気づいたらしく、急いでマスクをつけながら言った。

「ハイバラ。榛原宇宙だよ」

「で、そのハイバラコスモくんはボストンバッグを強奪しろって誰かに頼まれたのね。うまくいったらその後、その誰かにバッグを届ける予定だったのに、相手は連絡をくれなかった。ふぅん。ひどいわね」

「そうなんだよ」

コスモはふくれっ面をした。

「オレらは約束通り報酬の五十万もらえれば、それでよかったんだ。それだけだったのにさ。まさか、ヤクザの抗争に巻き込むつもりだったなんて思わねーもん」

「ヤクザの抗争？」

コスモはチッと舌を鳴らした。

「いまさらとぼけることねーだろ。オレらが襲ったあの女だよ。あれ、ヤクザのアネさんだったんだろ。最初に気づいたのは翔だけどよ。言われてみたらなるほどだよな。カタギが昼間っから大金バッグに入れて持ち運んだりしねーし、あの女に近づいたバイクが女の警護にボコられてたし。それで翔が言ったんだ。オレらきっとSWANに騙されたんだって。そう言われても信じられなかったけど」

コスモは唇を噛んだ。すでにナイフはマスターから離れて下がっている。

「きっと、オレら囮にされたんだ。オレらが騙されてアネさん襲ったから、ケーサツもヤクザも、この先ずっとオレらを追っかけてくんだろ。そのスキにあいつは逃げるつもりなんだ。マジきったねえよな」

「ふぅん。ところであいつって誰？　SWANってことは、ひょっとして」

「今井さんだよ。今井彰彦。ANGEL SWANのオーナーだよ」

コスモはぶっきらぼうに言った。二村は一瞬息をのみ、アクリル板に立てかけた自分のスマホをちらりと振り返りながら、

「あー、なるほど。今井彰彦ね。あたしはてっきり……えーと、そのエンジェル・スワンっていうのはなあに？」

「今井さんのクルーザーだよ。ヤマハのスポーツサルーン。船体はホワイトで、トランサムステップの下に水中ライトも設置した特別仕様なんだぜ。メインサロンは天然木だし、シートは本革。ベッドもついてんだ。すげえだろ」

コスモは誇らしげに言った。二村はため息を押し殺した。

「で、きみは今井彰彦さんに頼まれて、ボストンバッグを強奪したのね。間違いない？」

「ああ。五十万なんて報酬、多すぎてヤバいって翔はずっと言ってた。でもオレ、絶対信用できると思ったんだ。だって命の恩人だから」

コスモは鼻をすすって、へへっ、としゃがれ声で笑った。

「ガキの頃、よく葉崎マリーナをうろついてたんだ。あそこにいるとみんないろんなものくれた。いっぱい魚を釣ってきた人が、坊主も食うかって海鮮丼作って食べさせてくれたり、船底のフジツボ落とすの手伝って小遣いもらったり。飲み物とかお菓子とか、わざわざ買って奢ってくれる人もいた。おかげでしばらくは生きてられたし、腹減ってんの忘れられるし……とにかく楽しかった。だから学校が終わったらいつもまっすぐマリーナに行った。管理人も見て見ぬふりしてくれた。家に帰っても、幻覚が出た母ちゃんに小人と間違えられて首絞められたり、食い物取り上げられたりするしさ。だからほとんどマリーナに住んでるみたいなもんだった」

ママがまあ、と小さく言った。

「小六の夏だったかな、すっかりできあがった酔っ払いがデッキにオレを呼んで、このくらいのグラスを見せたんだ」

コスモは指を少し開いて見せ、二村は顔をしかめた。

「ショットグラスね」

「きれいなボトルからグラスに注いで、これポーランドのお酒だぞ、世界でいちばんキツいんだって言った。坊主、これ全部一気に飲んでみろ。吐かずに飲めたら一万円やるぞって」

「なんてこった。それきっと、アルコール度数が九十六もあるスピリタスって酒だ。そんなものを子どもに飲ませたら喉が焼けるくらいのこと、想像できないのか」

マスターが首を振った。コスモはしゃがれ声で、

「オレ、やるって言ったんだ。だって一万あったら、しばらく食うのに困らないじゃん。それでグラスとって、一気に飲んだ。死ぬかと思ったよ。喉が熱くなって痛くなって、のたうち回ってゲエゲエ吐いて、少し漏らした。したら最初のうちゲラゲラ笑ってたその酔っ払いがオレを殴って、船を汚すな、汚いガキだって……それで、気づいたら海の中だった」

「船から落ちたの？」

「後で聞いたら、放り込まれたんだってさ。途中で首んとこにロープが引っかかってから海に落ちたらしい。内側も外っ側もとにかく喉が痛くて、息もできなかった。上を見たら船底の隙間からお日様がキラキラしてた。それを見ながらゆっくり沈んで、すごくきれいだなっ

てうっとりしてんのに、なんでか体だけジタバタしてて……そしたら、誰かがまっすぐ水をかいてオレんとこにやってきた。そいでオレをつかんで、お日様のほうに引き上げてくれた」

「それが、今井さんだった」

コスモは小さくうなずいた。

「オレを病院に担ぎ込んで病院代も払ってくれた。酔っ払いを締め上げて示談金取ってくれたし、家に帰れないときはクルーザーに寝泊まりしていいって言ってくれた。小銭をくれて、いい根性だとほめてくれた。命の恩人なんだよ。だろ？」

「そうね」

「だからさ。もし今井さんがオレを囮にするつもりなら、オレなるよ。だけどオレ一人で逃げるから。そしたら、追っかけられるのオレだけですむから。ヤクザもケーサツも翔のことはきっとほっといてくれる」

「コスモくん。あんたって子はいい子だよ。だろ、二村さん。こんな子捕まえなくたってさ」

ママが泣きそうな声をあげ、マスターがうんうんとうなずいた。二村はため息をついて、

「ケーサツはともかく、ヤクザの心配はいらないよ。ねえ、コスモくん。大事な話だからよく聞いて欲しいんだけど、実は、あのボストンバッグのお金はね」

二村が息継ぎをした瞬間、突然、店の外でパトカーのサイレンが大音量で鳴り響いた。全員がぎくっとして表を見た。

アンテナを立ててカーフィルムを貼ったでかくて黒い車が回転灯をつけた状態で、海岸道路を回り込むように〈ドライブイン児嶋〉の駐車場に進入してきた。

外席をかすめるようにして猛スピードで突っ込んでくると、入口前で急停車。眦（まなじり）を決した磯貝管理官が黒ずくめのマッチョ二人を引き連れて降りるなり、あっけにとられる店内の一同を尻目に、そのまま店内に飛び込んできた。

ひえっ、と叫んだコスモがナイフを持ち直し、マスターのズボンの後ろ側を引いて階段を一段、後ろ向きに上がった。

「おい、そこの若いの。ハイバラコスモと言ったな。警察だ。話がある。隠れてないで出てこい」

磯貝管理官は大声でわめきながら二村とママを押しのけ、店内をずいずいと進んでいく。コスモはマスターを引っ張りながら、後ろ向きにまた階段を何段か登った、らしい。こちらから見えるのは、両手を上げたふくよかなマスターの姿だけだ。

「バカな真似しないで早く降りてこい。聞きたいことがあると言ってるんだ。ナイフを捨ててこっちに来い。聞こえないのか」

磯貝管理官は階段に片足をかけて、苛立ったようにマスターのお腹に向かって言った。

「おい、さっき今井彰彦に頼まれたと言ったか。どういうことだ。子どもはどうした。強奪した身代金はどこだ。そんなちっぽけなナイフで警察を威そうったってムダなんだよ。いいか」

苛立ったようにしゃべり立てながら階段を登っていた磯貝管理官の足が、そのときぬるっと滑った。

背後に倒れそうになり、とっさに目の前にあったシェフ服をつかむ。折しもコスモは額の汗を拭こうと、シェフのズボンから手を離したところだった。

磯貝管理官はマスターを引き寄せるような形で、階段を仰向けに落ちていった。

2

スーパー〈フレンド〉御坂店は本日も午前十時に開店した。

行列を作っていた人々がアルコール液のボトルに手を伸ばし、消毒しては入店していく姿もすでにありふれた光景になった。

そう思いながら、いらっしゃいませ、いらっしゃいませ、と一人一人に頭を下げて出迎えつつ、岩生六郎はそっと周囲を見回した。

パートの茂木はこの「開店の儀式」をこよなく愛しており、いつもなら店長である自分を押しのけんばかりに最前列を確保。記憶力を誇示するように常連客を名前で呼びながらカゴやカートを手渡すのだが、今日にかぎってその茂木の姿がない。出勤したとき姿を見かけたから店にいることはいるはずなのだが。

ひょっとしてトイレで倒れてたりしないかな、と淡い期待、いや心配しながら「開店の儀式」を終えてバックヤードに戻ると、搬入口脇のスペースにブルーシートが広げられ、その上にゴミがぶちまけられている。

マスクにフェイスシールド、分厚いゴム手袋をつけた茂木がその脇に突っ立って、白目をむいていた。

「なにしてんですか、茂木さん」

岩生は慌てて駆け寄った。茂木はぼんやりと顔をあげて、

「ああ、店長。これね。ほら昨日、監視カメラ映像を見に刑事が来ただろ」

「え？　ええ、来ましたね」

「で、西峰で自殺したとかいう女の映像を見て、女がＩＤらしきものをゴミ箱に捨てているのを確かめた」

「そうでした」

あの後、このゴミ箱のゴミは残っていないのか、と「女刑事サンバイザー」に食い下がられたが、

「金曜日の昼過ぎのゴミが月曜日の昼に残っているわけないですよ。うちはきちんとゴミ出ししてます、でないと保健所の指導が入りますからね。とっくの昔に集積場でしょう」

と、突っぱねたのだった。監視カメラ映像のチェックに付き合わされただけでも面倒だったのに、ゴミ漁りまでさせられてはかなわない。正直、ゴミが残っていなくてよかったと安堵していたくらいだ。

「それが、けさになって思い出したんだけどね。コロナ禍で家庭ゴミが増えたのと、飲食店関連のゴミの量が減ったのとで、葉崎市の土曜日の事業者ゴミの回収が十月から中止になったんだった」

岩生は思わず目をむいた。

「あっ、そういやそうだった。それでうちでも週末のゴミを置いておくために新しい物置を設置したんでした」

「しかも、金曜にゴミ収集車が爆発する事故があったでしょうが。なにしろ葉崎市のゴミ収集事業はギリギリだからね。一台ダメになっただけで全体の収集スケジュールがぐずぐずになって、月曜日の回収が火曜日に延びた。つまり」

「金曜日のゴミが、ホントはまだうちにあったんですね」

ブルーシートを見下ろした。店内用のゴミ箱の中身だから、生ゴミはキャベツの外葉が少しあるくらい。あとはレシートやいらないパッケージ、飲み終えたペットボトル、それに、と岩生は顔をしかめた。マスクだ。迷惑な。

「それで調べてみたんだけど、そこにあるのが身元不明の女性が捨ててったＩＤだと思う」

茂木が示したブルーシートの端っこに近寄って覗き込んだ。お薬手帳、カード類、保険証。どれも名前はクガミヅエ。久我美津江とある。

岩生は、おお、とうなった。

「すごいじゃないですか、茂木さん。これで身元判明だ。西峰の死体はこの久我美津江さんだった。その確かな証拠を見つけたってことじゃないですか。すぐに二村さんでしたっけ、あの刑事さんに知らせないと」

「うん、まあね」

茂木はゴム手袋を外しながら、なぜか浮かない顔をした。岩生は考えて、

「そうか。亡くなった人は身元を知られたくなくてＩＤを捨てたのにこれでバレちゃったわけだ。警察に言えば身内にも連絡が行くだろうし、なんだか申し訳ないって思ってんですか、茂木さん」

「やだな店長。アタシはそれほどいい人じゃないよ」

茂木はぶっきらぼうな口調で言った。

「そうじゃなくてさ。アタシ、この久我美津江って知ってんだよ」

「え、お知り合いだった。それは」

「店長は知ってるかな。その昔、葉崎に〈久我茂工務店〉ってのがあってね。欠陥住宅や建材の横流し、訪問詐欺やリフォーム詐欺で悪名を轟かせてたんだけど、カネがらみでまずい相手を怒らせて、社長の久我茂は行方をくらませた。殺されたんだか野垂れ死にしたんだか逃げおおせたんだか、真相は不明だけどね。美津江ってのはその妹で、前に話したことあったろ、しばらくうちでパートとして働いてたんだよ。それで、パート仲間のケータイを勝手に使って詐欺電話をかけた」

「ああ。だから二村さんがうちに捜査に来たんだって言ってましたね」

「そのときには当の久我美津江は辞めていなくなってた。働いてたのは一ヶ月と短かったわけだけど、なにしろ刑事が捜査に来るなんてめったにないことだし、印象的だったから顔を覚えてた、つもりだった」

茂木はため息をついた。

「だけどさ。あの監視カメラ映像に映ってた女、あれが久我美津江なら、アタシはどうして思い出さなかったんだろう。トイレを貸して欲しいと直接言われたんだよ。間近で顔を見てるのに」

あ、そっちか。岩生は呆れて、

「そんな昔のパートのことなんか、思い出せないのが普通ですよ」

「アタシの記憶力は普通じゃないんだ」

「ええ、バケモノ並み……すごい記憶力ですが、今はみんなマスクで顔が隠れてますからね。思い出せなくてもムリないですよ」

「久我美津江は調理のパートだった。調理中は三角巾にマスク着用が創業当時からの〈フレンド〉の伝統だよ。マスクした顔のほうを素顔よりよっぽどよく覚えてるはずだ。なのに……やっぱり歳かねえ。自慢の記憶力もついにくたびれ始めたんだろうか」

茂木はしょんぼりとうなだれた。岩生は慌てて考えを巡らせた。

「あ、でも。だとしたら、あの二村って刑事さんだって。あの刑事さんは前に一度、久我美津江ってひとを捜査したことがあるんですよね。あっちは捜査のプロなのに思い出せなかったわけでしょうが。この久我美津江さんだって、こうして茂木さんがＩＤを見つけてあげなきゃ誰だかわからないまま無縁仏になったかもしれない。でしょ」

岩生はうなだれる茂木の頭に言い続けた。

「すごいですよ、茂木さん。こんなときにゴミを漁るなんて危険な真似までして、警察に協力したんだから。だから元気出してください。ね？」

茂木は潤んだ瞳をひたと岩生に向けた。

「ありがとう店長。慰めてくれて。お礼にハグしてもいいかね」

葉崎東海岸から沖合五キロの地点で、曽我部洋（そかべひろし）はミニボートのスピードを緩めた。

朝は晴れていたのに、九時を過ぎたあたりから雲が出始めた。太陽の光は海面に反射し、西の空の鉛色の雲をいっそう不吉に見せていた。沖合をタンカーの船影が揺らめきながら行く。ビーチの波間にサーファーらしい人影が散らばっている。薄日を受けて船体を白く輝かせながら、葉崎マリーナから大型のクルーザーヨットが出て行く。デッキでは大勢の客が白い歯を見せていた。

着古したTシャツの袖で鼻を拭くと、今ならいけるかな、と洋は思った。

ここ葉崎東海岸では十月に入ると伊勢海老がとれる。夜、防波堤からライトで海中を照らしてみたら、テトラポッドの上を伊勢海老がのそのそ歩いている、なんて光景を見ることも珍しくない。

新鮮な伊勢海老はおいしい。刺身もいいし味噌汁にしてもうまい。

でも洋は茹でた伊勢海老の身に葉崎ファームの特製バターを溶かしたのを絡めるのが好きだ。ちょっとだけマヨネーズをつけるのもいい。冷やごはんとニンニクを一緒に炒めたガーリックライスを添えて。なんならパセリとトマトもつけて。

ただし見つけたからといって勝手に捕っていいわけではない。漁業権を持っている祖父と一緒ならいいが、洋一人では絶対にダメ。密漁とみなされると漁業法一四三条により二十万円以下の罰金を科せられ、警察沙汰になるし、なにより漁協の荒っぽいお兄さんたちに捕まってめちゃくちゃ叱られる。

洋はぶるっと体を震わせた。

コロナ禍以降、飲食店からの需要が減って、魚が売れなくなっているんだと漁協の清水さんが言っていた。ネット通販を始めたり、葉崎マリーナのスペースを借りて直売したりとがんばっているが、値段はどうしても安くなる。以前なら高値がついたはずの地元産のキハチマグロの大物まで買い叩かれたと清水さんは苛立っていた。

いつもよりみんなの気が立っているこんなときに密漁者と疑われたら。考えるだけでゾッとする。

ただ東海岸の沿岸にも共同漁業権のないエリアはけっこうあるし、禁止期間を避け、体長十三センチ以下のものをリリースする条件でなら伊勢海老をとっても問題ない。一人のとき、洋はその条件を忠実に守る。疑われるような行動をとらないように心がけてもいる。

ただ二日ほど前から、ちょっと気になることがあった。

東海岸の沖合、だいたい三キロほどの地点に小島が点在している。のっぺりとした東海岸の光景にアクセントを与えているし、周辺の岩場は伊勢海老をはじめとする魚介の宝庫だと聞いている。

夏に一度、洋は祖父の操縦する古いモーターボートで小島の近くまで行った。入り組んだ岩場を潮が渦巻き、浅いと思ったら船底が岩場をこすり、もう十分離れたと思ったところへ不意に岩が現れる。

沿岸からだと、島はオムライスみたいなドーム型に見えるが、実際に近づくと中央にトンネルのような洞窟のような空洞があり、波打ち際はえぐられ、岩肌は荒れていた。入り組んだ地形のおかげで潮の流れが不規則なのは洋にも理解できるが、なぜかこのあたりは風も巻く。海は穏やかに見えるのに、カモメやミサゴが島に降りようとして吹き飛ばされ、危うく岩に叩きつけられそうになっていた。

結局、祖父もあきらめてすぐに小島から離れた。しばらくして祖父は入院し、月が三回も満ち欠けを繰り返しているのにまだ会えずにいる。

祖父がいないと、洋は息もできないような気持ちになる。

子どもの頃、海で溺れて死にかけた。そのとき洋は、いろんなものを海に置き忘れてきたらしい。祖父に口頭で教えてもらったことは忘れないが字は読めない。時間や日にちがわからなかったりすることもある。

最近、母親は朝から晩まで弟の世話をしている。大学受験をするからだ。お兄ちゃんはあんなだし、あんたには頑張ってもらわないと、とよく母親は弟に言う。

母にそう言われると、決まって弟は陰で、忘れたものを取りに海に帰ったらどうだ、と言いながら蹴飛ばしてくる。いっさい手加減してくれないから、洋の尻や太ももの裏はあざだらけだ。

けさ、洋は蹴飛ばされる前に家を出て、祖父のミニボートを持ち出した。本当はモーターボートに乗りたいのだけれど、洋に船舶免許は取れないだろうと祖父は言う。でも長さが三メートル未満、エンジンは一・五キロワット未満のミニボートなら免許がいらない。祖父にしつこく言われている通り、ライフジャケットを着けた。小島の近くまで行ってみるつもりだった。

一昨日の夜、いつものように波打際でぼんやり夜の海を見ているとき、洋はその光に気がついた。点在する小島のちょうど真ん中に見えるいちばん奥の島、その島の縁に、ときどき小さな光が見えるのだ。

昨日の昼間、海岸に出かけてもう一度、島を眺めた。明るいせいか光っているような気もするし、そうでないような気もした。ただ一瞬、島の陰に白い船体が見え隠れしたように思えたのだ。

あんなとこに船？

そんなに不思議というわけでもなかった。波の穏やかな干潮時には岩場を縫う潮の道がある。祖父の祖父はそれを知っていて小島の近くに船を寄せ、岩礁の近くの海底にエビ網を仕掛け、翌朝それを引き上げた。網には伊勢海老がびっくりするほどどっさり引っかかっていたものだ、と祖父が言っていた。

いいタイミングでうまく通れば、座礁せずに船は岩場まで行けるわけだ。だから船がいるのは不思議ではないが、あの光が船のものだとすると、夜から昼まであんなとこに停泊していることになる。

　夜になって、また海岸に出て海を見ていると、やはり小島のちょうど真ん中の奥の島の縁に小さな光が見えた。見間違いじゃないかと何度も目をパチパチしたが、やっぱりときどきなにかが光っている。

　あそこに船がいる。船でなくてもなにかがいる。たぶん一昨日の夜からずっと。

　なにがいるのか確かめなくちゃ。

　洋は悔しかったのかもしれない。あの島にはまずは祖父と洋が足を踏み入れるはずだった。祖父の祖父がそうしたように。そして伊勢海老をたくさん捕まえるはずだった。なのに先を越されてしまったなんて。

　い続けているのが何者なのか、あれはなんの光なのか、確かめてみたくて、こうしてミニボートを出したのだ。

　スピードを緩め、島の周囲をうかがいながら、洋は思案した。

　光っていたのはいちばん奥の島だったから他の小島の間を抜けていくつもりだった。でも、島と島の間こそ抜けるのは難しい。思い切って大回りをし、裏から近づいたほうがいいかもしれない。

　そう思って、方向舵を動かしたとき、それが見えた。

　奥の島の縁で小さく光るもの。子どもがそれを持ってこちらを見ていた。

え、子ども?

ハッとしたときには遅かった。驚いたあまり方向舵を切りすぎて、大きく傾いたミニボートに波が海水をぶちまけた。慌てて体勢を立て直したが、ミニボートは水の重みで静かに沈み始めていた。

3

人質の親子発見!

一報が入ったとき、古馬久登は前線本部として占拠されていた道場の片隅で電話中だった。前線本部内にはたちどころに歓声があがり、拍手が起きた。けさ早く古馬を叩き起こした進藤(しんどう)とかいう首の太いマッチョがなぜか古馬の元に飛んできて、よかったな、な、よかったよな、と肘をぶつけてきた。

「数日前から島に停泊してたクルーザーにいたらしいぞ。原天志が大事にしていた犬のぬいぐるみの首輪にLEDが仕込んであって、数日前からその光に気づいて、不審に思った地元の若者が島の近くまで行ってみて子どもに気づいたんだとさ」

「へー。よかったっすね」

古馬は通話をあきらめて気のない相槌を打った。進藤は古馬の反応など気にもせず、勢い

込んで、

「若者はびっくりして乗ってたミニボートを転覆させかけたけど、通りかかった漁船に助けられて無事だったって」

「へー」

「で、漁船から連絡が入って、海上保安庁の巡視船が駆けつけて、島の岩場に座礁してたクルーザーを見つけて子どもを保護したんだとさ。今井彰彦も腹部に怪我をしてて、病院に運ばれて緊急手術を受けるそうだから、事情聴取はまだだけど、クルーザーにいたのは今井親子だけだし、〈ＡＮＧＥＬ ＳＷＡＮ〉ってそのクルーザーも当の今井彰彦のものだっていうんだから驚くよな」

「へー」

「元の奥さんが言うには、船名の由来は、息子の名前の天志からテンシでＡＮＧＥＬ、英語で今がＮＯＷ、井がＷＥＬＬだから、その頭文字のＮとＷ、それにアキヒコのＡ、元の奥さんの名前の沙優のＳ、これを組み合わせてＳＷＡＮとつけたんだと。金持ちって小洒落たこと考えるよな」

小洒落てる？　むしろダサ、と古馬は顔をしかめながらも相槌を打った。

「へー」

「それにしても、やっぱりすげえよな。磯貝管理官」

「へー……へ？」

どこらへんが、と古馬はびっくりして進藤を見た。進藤は自慢げに、

「だって管理官、今度の件は今井彰彦の自作自演だと最初から見抜いてたんだぜ。その線で調べを進めろって言われてたもの。途中で現金での身代金の要求が来たり、それが強奪されたりしたから、自作自演なんかじゃなくてれっきとした誘拐だったじゃないか、読み間違えて対応を誤ったのなんのと陰口叩かれてたけどさ」

でもな、と進藤はマスクからはみ出た鼻の穴を膨らませた。

「結局はやっぱり、管理官の筋読みが正しかったんだ。今井彰彦は元の女房から二千万奪い取る目的で息子を連れ出し、かわいがってた少年に金を強奪させた」

「へー……でも、手術が必要な怪我をしてたって」

「そんなの、船が座礁したときにぶつけるかなんかしたんだろ。危ない真似をしたもんだよな」

「へー」

「危ない真似というなら管理官だってすごい。ナイフを手に人質をとってた少年の元へ、危険を顧みずに歩み寄って、いきなり少年から人質を引きはがしたんだ。突然だったから少年も抵抗できなくてそのまま取り押さえられてさ。あっさり立てこもり事件も解決しちまった。すげえよなあ管理官。普通、偉い人ってそういう危険な真似は部下にやらせるのにさ。身を

挺して人質を受け止めたんだぜ」

「へー……？」

古馬は思わずぽかんとした。

二村がスマホを使って送ってくれた映像を、古馬は前線本部のモニターに転送。見ていた磯貝管理官が途中で興奮のあまり、わずかな手勢を引き連れ、ものすごい勢いで飛び出していった後も一部始終を「実況」で視聴していたわけだが、

「オレにはそんなふうには見えなかったすけど」

「なんだよ、だらしないな。ちゃんと目を開いて見てたのかよ。せっかくの管理官の晴れ姿をよ」

晴れ姿？　解決を焦って状況を顧みず、無謀にも店内に突入して階段で足を滑らして、とっさに人質につかまって一緒に落ち、下敷きになったのかと思っちゃった。

とは、さすがに言いにくい。こんな首が太いマッチョを怒らせるのはバカだけだ。古馬は話題を変えた。

「えーと、ところで、さっきの話だと進藤さんは今井彰彦の身辺捜査を担当してたんすか」

「そうだが」

「へー。おいしいとこ任されたんだ。優秀なんすね」

さっきの本音をごまかすつもりで持ち上げると、進藤はわかりやすく胸を張った。

「まあな。調べ甲斐があったというか、叩けば叩くほど女、博打、借金と埃が出るタイプで、天下の〈Ｃｏｎａ屋〉の今井勇蔵もえらいのを養子にしたもんだ。それでも一流の経営者ってのは器が違うよ。先月の中頃、持病が悪化したらしいんだが、きっと死を覚悟したんだろうね。会社関係からすべて手を引いて、不動産その他の持ち物も処分して、彰彦の借金もきれいに片づけてから入院したそうだ。立つ鳥跡を濁さずってヤツだな」

古馬は驚いた。

「えっ、てことは、今井彰彦に借金は残ってなかったんすか」

「そうだよ」

「じゃあ、借金取りに追いかけられてたわけでもないのに、元女房から金を奪おうとしてこんな重大事件を引き起こしたんすか」

「そういうことになるな」

「それって、おかしくないっすか」

「億万長者に育てられたから俺らとは感覚が違うんだろ。犯罪を犯罪とも思わない、自分は特別な存在だからなにしても許される——いるんだよな、そういうヤツ」

「かもしれませんけど、そのわりに獲物が二千万てせこくないすか」

「知るかよ」

進藤は面倒そうに食い下がる古馬を見下ろすと、

「そういえば『日本一有名な殺人容疑者』の白鳥賢治の女房が今井彰彦の実の母親だって、今日になってわざわざ葉崎署の上が本部に報告したらしいけど、その出どころはあんただって?」

「ええまあ。その件、本部はどうしたんすか」

「どうもこうも、事件が発生した時点で今井彰彦の身元調査はしてんだから、本部はとっくに了解済みだよ。いまさら意気揚々と報告されてもさ」

小バカにしたように見下ろされて、古馬はいささかムッとした。

「先々週、出所してきたばかりの白鳥が葉崎をうろうろしてるって話もセットだったんすよ。あいつ、押さえなくていいんすか」

「あいつって白鳥賢治を? なんで。別に関係ないだろ。事件は解決したんだ」

進藤はつまらなそうに言うと、盛り上がっている他のグループのほうへ去っていった。古馬はスマホを持ち上げて、二村に言った。

「てことみたいなんすけど。聞こえてました、二村さん。もしもし。あ、聞こえてた。すごいっすね、磯貝管理官の……ええ。歴史は勝者のものってよく言うけど、このままだと考えなしのお先走りが英雄的行為になりそうっすよ。二村さんが送ってくれた〈ドライブイン児嶋〉での映像は、本部にも送ったんで、管理官の無茶はみんなが見てたんすけどね」

古馬は自分の声が高くなっているのに気づき、慌てて首を縮めた。

「それで、さっきの話の続きですけどね。午前中にスーパー〈フレンド〉で見つかった、久我美津江名義のお薬手帳やら保険証やらカードの類。大野主任が調べたところ、いくつか指紋が出まして、これが西峰さんの指紋と一致しました。はい。一致です。それと」

古馬は周囲を見回して、ことさらに声をひそめた。

「原沙優のとこに来た二回目以降の身代金要求のメール、本部の解析班がようやく発信元を突き止めたら、これがなんと、こっちも久我美津江名義のスマホだったんすよ。ねえ、メールが送られてきたのは西峰さんが死んだ後っすよ。そんでもって、本部が考えてるように今井彰彦の自作自演なら、今井彰彦が久我美津江のスマホを使って身代金要求のメールを送ったことになる。……なんか、わけわかんないんすけど」

古馬は進藤の視線を避けて、部屋の隅に移動した。

「この久我美津江って、何者なんすか。ええ、〈久我茂工務店〉の話は聞きましたけど、彰彦とはどういう関係なんすか。……もしもし、二村さん。聞こえてます?」

二村貴美子は通話を終えて〈ドライブイン児嶋〉のママこと児嶋布由に向き直った。

葉崎警察署の二階の廊下には西日が強く差し込んでいた。ヘリコプターが行き交う音がひっきりなしに流れ込んでくる。換気のため窓を閉めるわけにもいかず、廊下は蒸し暑くやかましく、不快きわまりない。

その廊下のベンチに、児嶋布由はくたりと座り込んでいた。

児嶋のマスターは磯貝管理官を下敷きにしたおかげでほぼ無傷だったが宿痾の腰痛が悪化し、管理官ともども〈御坂整形クリニック〉に運ばれた。コスモはその場で逮捕、児嶋翔太郎もトイレから出てきたところを署に連行され、ママは店を閉め、孫についてきたのだった。

つい先ほどママは、翔太郎がやったのはただのひったくりではなく、誘拐事件の身代金強奪だったと聞かされた。ひったくりだっていってみれば路上強盗、決して軽い犯罪ではないが、誘拐事件のインパクトには負ける。ママがこの世の終わりのような顔つきになっているのも無理はない。

二村に気づき、ママはすがるような目つきで顔をあげた。

「ねえ、翔太郎はどうなるんだい。あの子、きっと子どもの誘拐のことなんて全然知らなかったと思うよ。コスモくんもだよ。二村さんも聞いてただろ。ボストンバッグの持ち主をヤクザのアネさんだと信じ込んでた。コスモくんが今井って人に騙されて、翔はコスモくんの尻馬に乗っただけ。それだけだよ」

「ま、個人的にはあたしもそう思う。担当部署がきっちり調べ終えるまではなんとも言えませんけどね」

二村はママから離れて腰を下ろした。

「あのときのコスモくんの話はリアルタイムで大勢の捜査員が聞いてたし、みんな同じ感触を得たんじゃないかしら。ただしもちろん、ひったくりの代償はきっちり払うことになるし、しばらくはマスコミに追いかけられることも覚悟しないとならないけど。本人は十六歳だし法律で守られるけど、そのぶん、ママやマスターのとこには来るかもね」

「それはしかたないけど……翔の件、二村さんが担当するんじゃないの」

ママは少し顔色をあらため、おずおずと尋ねた。二村は苦笑して、

「あのときも言ったけど、あたしが調べてるのは〈パラダイス・ガーデン〉の死体の身元だから」

「ああ、そうだったね」

ママは二村をにらむようにした。二村はそっぽを向いて、

「ひょっとして、話してくれる気になった？　ママがあの庭とおみっちゃんの関係について、妙に神経質な理由」

「そんなの、二村さんの」

考えすぎ、と言いかけたママを、二村は遮った。

「久我茂の山狩りがあった一九九六年当時、あたしはすでに葉崎署員だった。久我茂の被害者からの相談も受けていたのね。それで山狩りにも参加したんだけど、そもそも、よほどでなければ警察も山狩りなんかしない。県警が久我茂が怒らせたとされる闇金融を追っていた

んで、もし久我茂の遺体かなんか見つかれば闇金を手入れするいい理由にはなっただろうけど、確実性はないのに経費はかかるし人手もいる。でも山狩りは実行された。血まみれの久我茂が山道を逃げるように走っていく姿を見た、という通報があったからよ」

ママは視線をそらした。二村は言葉を継いで、

「久我茂の車は〈楡ノ山ハイキングコース入口駐車場〉で発見されたし、ケータイの電波も楡ノ山山中で確認された。それに当時、葉崎の実力者だった石塚公輝氏からの要請も効いたみたい。愛娘の慧笑庵主がたった一人で山寺に暮らしてるんだもの、その近くを血まみれの男が逃げ回っているなんて聞いちゃ放っておけなかったんでしょうね。別荘地や貸別荘の住民たちの手前もあったでしょうし。そこで警察も山狩り決行とあいなったわけなんだけど

——そもそも、なんで久我茂は血まみれだったのかしらねえ」

二村はじっとママを見て、ややあって膝を叩いて立ち上がった。

「ま、いいわ。ママが話してくれないなら、房子さんに訊いてみる。思い当たることがあるかもしれない」

「まったく、しつこいねえ二村さんも。いいよ。話すよ。考えてみれば、いまさら隠しておくことでもないんだ」

ママは怒りと笑いがないまぜになったような声を出した。

「一九九六年の春先に日向子ちゃんから連絡があったんだ。余命宣告を受けたと。それから

しばらくして、できれば幼なじみのふたり、つまりあたしと保乃の三人で会いたいって。よせばいいのに、保乃がそこに、おみっちゃんを連れてきた」

行ってみたらなんだかその日、房子の様子が変だった、とママは言った。親子喧嘩でもしかけてたんだろう、日向子ちゃんのことは心配いらないから気晴らしにドライブでもしておいで、とママが勧めて房子は軽トラに乗って出かけていった。

残った四人は庭でお茶を飲みながら話をした。

「おみっちゃんがいたせいで話題選びには苦労したよ」

ママはため息をついた。

「日向子ちゃんの夫が急死したのは久我茂とのトラブルによる心労のせいじゃないかと思われていたし、それが結局、日向子ちゃんの寿命も縮めたんじゃないかとあたしは……たぶん日向子ちゃん自身も思ってた。なのに保乃ときたら。兄が兄でも、妹のおみっちゃんとは関係ないってつもりだったんだろうけど、無神経にもほどがあると思ったよ」

それでもおしゃべりするうちに、子ども時代を一緒に過ごした思い出がよみがえり、やがて雰囲気はほぐれてきた。保乃は息子の嫁とうまくいっていないと愚痴り、ママもドライインの売り上げが落ち込んでいるとしょげてみせた。日向子は娘の話をした。自分たちのためにこんな山奥に来て、庭造りを手伝ってくれている。将来を考えたら自由にしてあげるべきなんだけど、自分の夢だった庭を続けて欲しいと思ってしまうことなどを。

おみっちゃんでさえ、もそもそと、近況を話した。勧めてくれる人がいて新しい仕事を始めている。そのために、スーパーでパートとして働いているのだ、と。

「しゃべりの下手な人だから、どういう状況なんだかよくわからなかったけどね。スーパーで働いてるのはお金を貯めるため、それともなにか技能を身に付けようとしてるの、と訊いてみたけど、おみっちゃんはニヤニヤしてるばっかり。そのときのおみっちゃん、なんだか金回りがよさそうだった。靴も服も高級品だねって、日向子ちゃんが言ったんだ」

そもそも久我美津江は高校を卒業してからずっと兄の仕事の手伝いをして暮らしていたはずだ、とママは言った。その〈久我茂工務店〉がトラブルで休業状態になって、食べていけずにスーパーのパートをやっているのはわかるけど、とママが日向子と視線を交わしているところへ、突然、久我茂が庭に現れた。

「最初は誰だかわかんなかったよ。もともと小太りだったのが、すっかり面変わりしててね。こっちにずかずかやってきた。てっきりまた、日向子ちゃんに言いがかりでもつけにきたかと思ったら、あたしらには見向きもせずに妹のところへ行ってね。泣きそうになりながら言うんだよ。おまえに言われて借りた金、あんなにヤバい筋からだなんて知らなかった。なんとかしてくれ、助けてくれって。おみっちゃんがニヤニヤしながら聞き流していると、久我茂がこう言ったんだ」

助けないなら黙ってないぞ。酔った親父(おやじ)を風呂に沈めたのは俺じゃないからな。

「えっ、その酔った親父というのは、つまり、二人の父親の久我安五郎のこと?」

二村の問いかけに、ママはガクガクと首を縦に振った。

「だと思う。実際、久我安は酔っ払って風呂場で溺れて死んだんだから。とにかくそれ聞いて、あたしらびっくりしちまって。そしたらおみっちゃんがふらっと立ち上がってね。庭の物置のほうに歩いていったんだ。戻ってきたときには、鎌だか鉈だか、とにかく刃物を握っていて」

久我茂は後ずさりをし、おみっちゃんはてくてくと兄のほうに歩いていきながら、無造作に手を振った。なにか生暖かいものがふってきて、頰をこすったら手が真っ赤になった。

「あとはもう、めちゃくちゃだよ。久我茂は悲鳴をあげて庭の奥のほうに逃げていくし、それをおみっちゃんが追いかけていくし、日向子ちゃんは気絶しかけるし。あたしと保乃は喧嘩しながら日向子ちゃんを奥のベッドに運んだんだ」

しばらくして外は静かになった。日向子も大丈夫だと起き上がり、三人はおそるおそる様子を見にいった。

久我茂はいなかった。おみっちゃんは元の椅子に座って血まみれの手でお茶を飲んでいた。誰かが、たぶん保乃が、お兄さんは、と訊くとニターッと笑った。

「ゾッとして声も出なかったよ。だけどやがて、日向子ちゃんが警察を呼ぶと言った。兄妹喧嘩でも放っておけないって。そしたら、おみっちゃんが言ったんだ。この庭でなにがあったか知っても日向子ちゃんの娘はこの庭続ける気になるかなって。こうも言った。物置の道具には、きっと娘の指紋がついてるよね、って」

もちろん、それはおみっちゃん一流の嫌がらせに過ぎなかった。なにが起きたのか三人もの人間が目撃していたのだ。この件に房子を巻き込むことはできない。だが、警察沙汰になれば、ただでさえ残り少ない日向子の時間がそんなつまらないことに割かれてしまう。

「そのうち保乃が言ったんだ。幼なじみを警察に売ったりできないって。反対したかったけど日向子ちゃんは黙ってた。あの頃の日向子ちゃんは、娘に迷惑かけたくないって思いと、夢の庭を守りたいって相反する思いにがんじがらめになってたし、だからどうしていいかわからなかったんだと思う。おみっちゃんは当たり前みたいな顔で保乃を促し、二人は車で立ち去った。残されたあたしと日向子ちゃんは一緒に庭の奥まで行ってみた。久我茂の死体が転がってるんじゃないかってドキドキしながら崖の下まで覗き込んだよ。もちろん、そんなものはなかったけど」

その夜、山狩りが行なわれたことを考えると、久我茂は血まみれになりながら逃げて、庭の奥から山道に出たのではないか。当時はまだ庭を囲う塀も完成していなかったから簡単に出られたはずだ。そこでみんなに目撃された……そういうことだろう。

話し終えて、ママは力尽きたようにうなだれた。二村はしばらく話を反芻してから言った。

「なるほどね。うん、これでわかった。ありがとう。ママが〈パラダイス・ガーデン〉の死体をおみっちゃんではないと言い切ったのも、そんなことがあったからなのね」

「おみっちゃんが自殺するなんて思えない。仮に自殺するにしても死に場所にあそこを選んだりはしない。選んだとしても、保乃が言うように日向子ちゃんの後をついていきたいからなんてきれいな理由ではないと思う。庭をめちゃくちゃにしてから死んだってならわかるけど。もっとも考えてみると、あたしにはおみっちゃんがどんな人間だったのか、いまだによくわからないんだけどさ」

翔太郎が取り調べを受けている部屋から人が出てきた。我に返って中腰になるママの袖を、二村は軽く引いた。

「最後にママにこれを見て欲しいんだけど」

「なに。あの似顔絵なら見たよ。よく似てたけど、おみっちゃんじゃなかった」

「似顔絵じゃない。うちのデータベースの写真なんだ」

ママは上の空で二村の差し出す画像をちらりと見て、慌てて視線を戻した。二村の腕をつかんで画像を遠くに押しやると、あっさり言った。

「ああ、これおみっちゃんだ」

「間違いない？」

「絶対とまでは言わないけど、おみっちゃんだと思う。保乃にも見せたらいい。あの子もきっとそう言うから。だけど」

ママは首を傾げた。

「なんでこの画像についてる名前は久我美津江じゃなくて、田中瑞恵なんだい？」

第10章

キルティング

quilting

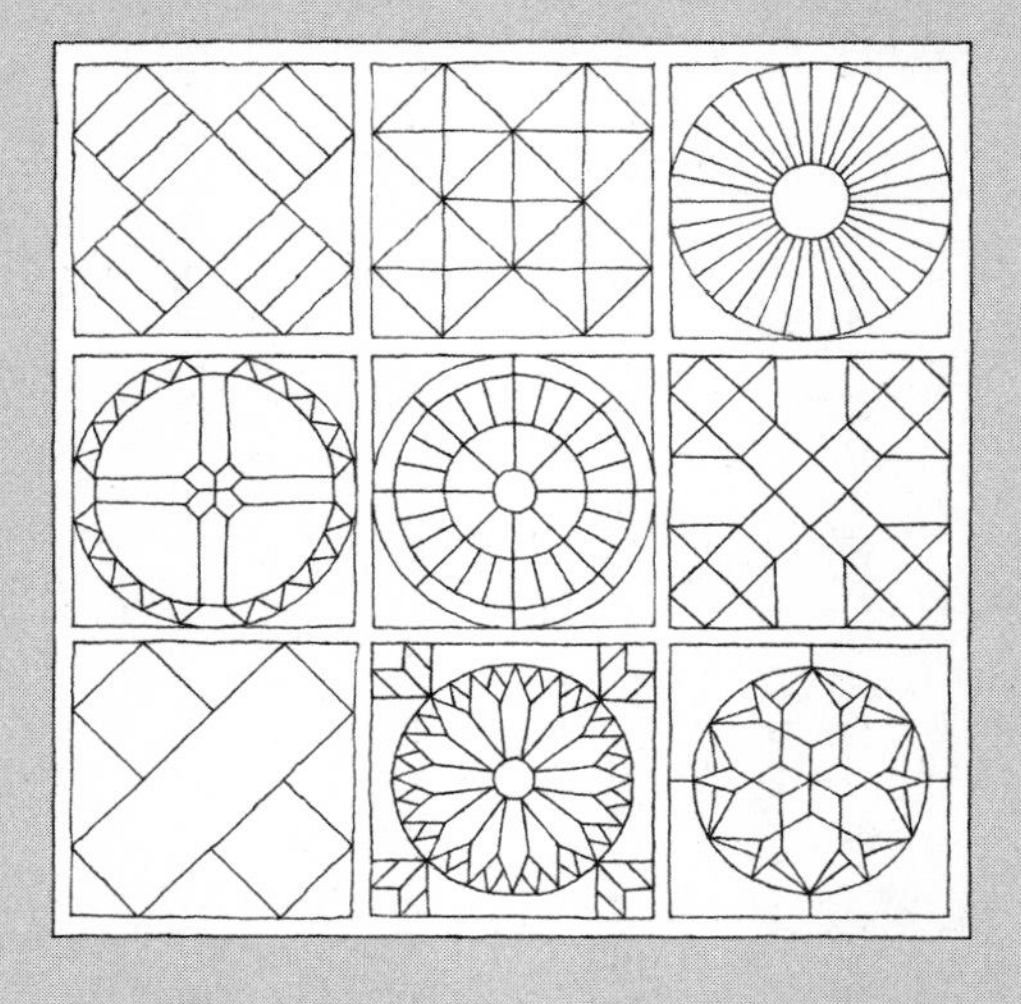

1

水曜日の朝、楡ノ山は濃い霧に包まれた。風が斜面を上昇し、山が断続的に冷却された結果だった。兵藤房子が目覚めた頃には庭は真綿に包(くる)まれたようで、すべてがしっとりと湿り気を帯びていた。

霧が出ている間はきっと誰もやってこない。見通しの悪い山道を運転したいとは思わないはずだ。

昨日の朝、突然に現れた客を思い出し、房子は身震いした。

あんな早朝に人が来るとは思わないから、自死した女性が化けて出たのかと悲鳴をあげたところ、ニセ幽霊は失礼だと腹を立て、うっかり謝ってしまった房子に向かって、かの老人ホームの話をさんざん繰り返したのだった。どうやら彼女もタナカだかスズキだかいうセールスレディの口車に乗って、老人ホームのいい部屋を確保するため「特別会員」になり、三百万支払ったらしかった。

押し問答のあげく、この〈パラダイス・ガーデン〉がその〈パラダイス・ガーデン〉とは無関係だとなんとか理解してもらったが、理解したらしたで今度はめそめそ泣き出す始末。追い出すわけにもいかず、片づけてあったカフェのテーブルセットを引きずり出し、座らせて、お茶を入れて戻ってみると姿がない。もう帰ったのかしらと思ったが、折しもゴシップめあてで様子を見に来た井澤保乃が、駐車スペースに見慣れない車が停めてあると言う。それが彼女の車なら本人はどこに、と話していると、叫び声がした。ニセ幽霊はいきなり世をはかなんだらしく、崖から飛び降りようとキワまで下りていったところでレモンの木に引っかかり、季節外れのアゲハチョウの幼虫に目を回したのだった。

それでも砂糖をたっぷり入れたお茶を飲ませ、話を聞いてやり、庭を案内して戻ってくる頃には、客も落ち着いた。分厚いハニートーストと、房子の朝食になる予定だったオートミール入りの野菜スープを丼一杯ペロリと平らげ、迷惑かけました、と帰っていった。

げんなりしながらもこれで一件落着と思ったが、そうはいかなかった。その後、昨日一日だけで問い合わせは数十件。直接訪ねてきた人間も他に五人いた。子どもや孫が運転する車でやってきた人も多く、カフェ用のテーブルが満席になった。なんとなく、来た人みんなにお茶を出してしまい、おいしいと言われ、ありがとうございます、などと口走っていたのだった。

あぁもう。いやんなる。

この騒ぎ、いつまで続くんだろうと思いながら、庭仕事を始めた。花殻や枯れた草を取り、アブラムシを取り除き、縦にも横にも野放図に広がってしまったススキの根元を縛り、視界のきかない庭を一周して戻ってくると、門の扉がガチャガチャと鳴っていた。CLOSED の文字があっても、鍵が開いていれば誰でも平然と入ってくると身に染みたので、昨夜は錠を差し込む輪をかけて荒縄で縛っておいたのだ。

新手がもう来たか、とおそるおそる覗くと、結香園の大女将だった。大きなカゴを抱えている。

「こんな早くにどうしたんです？」

荒縄をほどきながら挨拶すると、大女将は腫れぼったい瞼の陰から房子を見た。

「なんだか眠れなかったものだから」

「運転大丈夫でした？　視界がきかなかったでしょうに」

「そんなことより房子さん。水くさいじゃないの。〈パラダイス・カフェ〉再開したんですって。知らせてくださればいいのに」

いえまだ再開したわけでは、と口ごもる房子を尻目に入ってくると、庭に広げたままのテーブルセットにカゴを置いて、

「カフェの再開を祝して、よさそうなお茶を選りすぐってきたわ。ハーブティーと香りのいい紅茶ね。そろそろ温かい飲み物が喜ばれる季節になってきたし、お母様直伝の焼き菓子もいいんじゃないかしら。なにを作るの」

「いや、えーと……」

「春妙さんが檀家さんにもらった野ブドウがあるんでしょ。でも焼き菓子ならやっぱり栗よ

ね。楡ノ山の北側にある栗農家を紹介しましょうか。今年の栗は小さめだけど、甘みが強くてホクホクしているんですって。去年だったかしら、房子さんが焼いたマロンタルトも評判よかったものね」

「あの、ですけど……」

大女将はまっすぐ房子を見た。

「保乃さんから話は聞いたわ。〈パラダイス・ガーデン〉が老人ホーム詐欺に巻き込まれているんですって。騙されたひとたちが大勢押しかけてきているそうじゃありませんか。それにせっかくだからその詐欺の尻馬に乗って、本当にこのあたりに施設を作っちゃおう、なんて話まで持ち上がっているとか」

「そうなんです……」

「だから、いいことよ」

「は？」

「カフェの再開。一人でもお客さんを増やし、収入も増やすの。この庭の価値をあげて、そう簡単には追い出せないとみんなに思わせなきゃいけない。だから老人ホーム関係で苦情を言いにきた相手にもまずは入場料を払えと言ってやりなさい。払ったら客として扱って、お茶のオーダーもちゃんととるの。相手が詐欺に引っかかって何百万払い込んでようが、このカフェとはなんの関係もないんだから」

「そう……ですね」

「こちらは美しい庭の景色とおいしいお茶を提供し、相手はその対価を支払う。それだけのことよ。ねえ、庭を閉め切って立てこもってもこの庭は守れないわよ。やるだけのことをやって、評価は世の中に委ねるの。西峰地区には他にいくらでも土地があるのに、たとえ人を幸せにする老人ホームのためにでも、この美しい庭をつぶしていいんですか。そう考えてもらうためにも〈パラダイス・ガーデン〉をできるだけ多くの人に見てもらわないと」

「ああ、そうか……そうですよね」

「この庭だって、見てくれる人がいなければ存在していないも同然じゃないの。もちろん、どんなに頑張っても受け入れられるかどうかはわからないけど、それでも人目にさらしていかないと本物にはなれない。だからオープンにするのがいちばんなのよ。でしょ？」

「ですね。オープンなのがいちばん」

二人は振り返った。霧の中からぬっとサンバイザーが現れた。細かな水滴が浮かんでいるのをハンカチでざっと拭うと、

「おはようございます。山の中に出向くような天気じゃないわ。事故るかと思っちゃった」

「二村さん、どうしてここに。まさか潮子先生のことで？」

潮子先生が死んでるのを見つけたの、どんなだったの、誰がやったの、警察はなんて、と昨日、保乃に問いつめられたのだが、二村との約束を守ってなにも話さず、気分が悪くなっ

たフリで逃れたのだ。それが念頭にあったので、てっきり二村は情報ろう洩のチェックに来たのだろうと房子は考えたが、二村は大女将が置いたカゴをどけ、ビニール袋に入った杖を置いた。

「先ほど拾っておきました。これ、現場から消えていた潮子先生の杖ですよね。先生の死に絡んで、窃盗犯の義成定治と遠縁の前田颯平、この二人が逮捕されていますが、かたや自分の杖で先生を突き、颯平は手近にあった花瓶を使った。二人に先生の杖を隠したり持ち去ったりする理由はありません。それに供述によれば、どちらも現場で先生の杖に気づいています。でも、二度の現場検証でも杖は見つからなかった。つまり、杖は第三者によって持ち去られたというわけです。前田颯平が立ち去った後に」

房子はサンバイザーがこちらを向いているのに気づき、慌てて手を振った。

「えっ。いや、わたしそんなこと」

「わかってます。仮にあのとき房子さんが杖を隠したとすれば、敷地内か房子さんの軽トラの中ということになりますが、敷地内は捜索済み、軽トラも鑑識が調べてなにもないことを確認しました」

「いつのまに」

「発見者として知り得た事実をしばらく伏せて欲しい、とあたしがお願いしている間に」

「ちょっと。そんな勝手に」

「なんでも協力するとおっしゃってたじゃないですか」

しれっと答えると、二村は大女将に向き直った。というより最初から大女将を見ていたのだと房子は初めて気がついた。

「一昨日の午後、大女将は注文のお茶を持って、潮子先生のお隣の堤さんを訪れてらっしゃいますね。それ以前の一時頃、窃盗犯の義成定治は、潮子先生が電話で『あの子』について話しているのを聞いていた。義成が先生のケータイを持ち帰って水に浸けてしまったものだから通話記録を取り寄せましたが、この時間の先生の通話相手が大女将だと確認できました。それで考えたんです。先生と大女将の会話に出てくる『あの子』というのは、潮子先生の内弟子だった大女将の妹の田中瑞恵さんのことかしらと」

房子が小さく、え、と言った。二村は一歩下がると、

「私が結香園で大女将から田中瑞恵さんの話を聞いたとき、大女将は妹さんを『あの子』と呼んでらした。潮子先生は瑞恵さんを一人前には扱っていなかったそうだから、先生も瑞恵さんを『あの子』呼ばわりしてらしたのかな、と。ただ、その潮子先生の電話は、家宅侵入してきた義成に先生が気づいたことで、不自然に切れたはずなんです」

義成の話では、先生は電話の相手を「あの子」のことで問いつめていたようだった。ということは楽しい電話でもなかっただろうから、そのときは急に切れても気にならなかったのかもしれないが、

「その後、あたしがやってきて妹さんについて訊いた。届け物があって潮子先生の家のすぐ隣に足を運んだ。切れた電話が気になり始め、大女将が直接先生に会おうと考えても不思議じゃない。それで」

「もう結構」

大女将は乱暴に椅子を引き出すと、濡れたガーデンチェアに腰を落とした。

「いまさら否定のしようもありませんわね。二村さんは私を尾けてらした。私が山道に車を停めて、崖下に杖を投げ捨てるのを見たんでしょう」

「下草とかびちょびちょで滑るし、拾うの大変でした」二村は汚れたズボンの裾を情けなさそうに見て、言った。「昨日の夜から大女将の家の前に車停めて、一人で張り番でしたしね。重大事件に区切りがついたものだから、署員がいっせいに帰宅して人手が足りなくて。寝不足なのにこんな朝早く、それも霧の中、大女将の車が山道を登り始めたときには、見失ったことにして帰ろうかと思いましたよ」

「帰ってくれればよかったのに」

大女将が言い、サンバイザーから笑い声が漏れた。あっけにとられていた房子は二人に問いかけた。

「それってどういうことですか。大女将が先生の杖で、その、先生を殴ったとか……?」

そうじゃありません、と二村は手を振って、

「さっきも言いましたが、潮子先生の死に絡んで二人の男が逮捕されました。司法解剖も行なわれ、二人の供述通りの結果だと確認もされた。彼ら以外に先生の死に関係があるのは殺害現場から先生の杖を持ち出した大女将だけです。他にはいません」

大女将はぽかんとして二村を見ると、本当に、と小さく訊いた。二村はうなずいた。

「潮子先生は一昨日、田中瑞恵さんについて大女将に電話で問い合わせた。これは間違いないですね」

しばらく顔を伏せていた大女将は、ややあって話し出した。

「あの子はどこにいるんだと訊かれました。頼みたいことがあるからすぐ自分に連絡をよこすようにと。いきなりのことでこっちもムッとしてしまって。先生は二年前、ご自身の終活が済んだら用済みとばかりに瑞恵を追い出したんです。しかもそのことを私に伝えもしなかった。あの子がクビになってからも先生の口座にあの子の食費を入金し続けていたのに」

「その仕送りは、瑞恵さんが先生の内弟子になられてから、ずっと？」

「前にお話ししたときには、内弟子の話はトントン拍子に決まったと言いましたけど、不眠症もあって他人の面倒をみるどころではないの、とあまり乗り気ではなかった先生に私が強くお願いしたんです。食費を入れることや瑞恵が家事を負担することで、先生もしぶしぶ認めたわけで」

ただし預かるからには姉妹であってもあまり連絡を取らないようにと先生のご主人から釘

を刺された、と大女将は言った。

「昔は奉公人に里心がつかないよう、親兄弟との連絡は最小限とされてましたものね。それに正直、私が妹の面倒をみたのは長女の責任感からで、あの子が可愛かったからではなかった。もっと妙な条件を出されてものんだ、いえ、むしろ、そう言ってもらえれば連絡せずに済むとホッとしました。潮子先生に預けて月々仕送りしている。それで義務は果たしている……そう思ってました」

「では、瑞恵さんの妊娠もご存知なかった」

大女将は一瞬体を強張らせたが、肩の力を抜いて、

「呆れられるかもしれませんけど、二年前に潮子先生から直接聞かされるまでまったく知りませんでした。先生のご主人が亡くなったときも、お葬式には行きましたけど、あの子は先生宅の留守番をさせられていましたし。日向子さんのキルト会で顔を合わせたのは子どもを産んで五年ほどしてからだから、もちろん妊娠に気づくわけもなかったわ」

「そうですね。潮子先生がそのつもりで匿えば、当時の寂れた御坂地区でなら、誰かに気づかれずに臨月を迎えることも、こっそり先生の車で家を出て遠くの病院で子どもを産むこともできたでしょう。そしてそのまま養子に出してしまえば大女将に知られることもなかったわけだ。〈ドライブイン児嶋〉のママがたまたまその『遠くの病院』で瑞恵さんを見かけ、よく似た知人と勘違いして人に話さなければ、他の誰にも気づかれずに済んだ」

「二年前、瑞恵を追い出したと聞いて、知らせて欲しかったと責めると、先生は開き直ってこう言いましたよ。あの子は同じ屋根の下で暮らしながら亭主を寝取り、子どもまで作った泥棒猫だ。誰がその後始末をしたと思ってる、と」

後始末か――亭主に一服盛って事故死させ、田中瑞恵を都内の病院で出産させ、生まれてきた子を今井勇蔵夫婦に渡した。今井勇蔵の妻が前田潮子のキルトのファンだったことは、二、三本電話をかけたらすぐにわかった。と、二村は考えたが口には出さずに、

「それで、大女将はどうされたんですか」

「白鳥賢治との入籍やその後の逮捕で、すでに相当、嫌気がさしてましたけど、潮子先生のご主人と不倫して子どもまで産んでいたと知らされて、完全に妹に愛想がつきました。これ以上迷惑かけられてなるものか、もう二度と会わないと決めて、あの子のことは忘れることにしたんです」

「一昨日、潮子先生から電話が来るまで、ですね」

「そのときには潮子先生の、あの子に対する態度が前回とはずいぶん違っていて驚かされました。二年前には亭主と不倫したのに長い間置いてやったんだ、と言っていたのが、やっぱりあの子の裁縫の腕は捨てがたい、一緒に作品を作りたい、いや作るべきだ。自分たちはあの暴力亭主に虐げられ、共に戦った同志だと。どういうことかと問いただしたら、その、先生の口ぶりでは、瑞恵は先生のご主人に無理やり……本当かどうかわかりませんが」

それまで黙っていた房子が、うわ、とうめいた。二村は視線をそらし、

「先生が生前のご亭主に暴力を受けていたらしい、という話は聞いています。いろいろ考え合わせると、瑞恵さんがそういう目にあったのは事実でしょう」

「なのに先生は最初、瑞恵さんを泥棒猫呼ばわりしたんですか」

房子が呆れたように口を挟んだ。二村は首を振って、

「先生は瑞恵さんに対して複雑な気持ちがあったんじゃないですか。暴力亭主でも亭主。それが自分より若い女に興味を向けたんですから、ホッとした面もあっただろうし、嫉妬や敗北感もあったのかもしれない。一方で、先生は瑞恵さんとずっと一緒に暮らしていた。こき使っていたという話もありますが、被害者同士の連帯感があったのも事実だったんでしょう。顔を見るのもイヤだったなら、もっと早くに追い出していたはずです。ただ大女将にしてみれば、一昨日になっていきなり、実は瑞恵さんが泥棒猫どころか性暴力の被害者だったことを知らされたわけですよね。だから、ですね」

「なにが、だから、なんです？」

喧嘩腰で訊いた房子を二村は軽く手で制すると、

「一昨日、大女将は前田邸に行った。お勝手口を開けて、殺害現場に出くわした。潮子先生の言動に大女将自身がひどく腹を立てていたため、瑞恵さんがやったと思い込んだ。おまけに、本当の凶器であるガラスの花瓶はダイニングのテーブルの下に転がっていた」

「だから杖を持ち去ったんですね。それで妹さんが先生を殺したと思い込んで」

房子がつぶやき、大女将はうなずいた。

「勝手口から入って惨状を見たときに、先生の杖が目についてしまった。とっさにそれを持ち出して、通報もせずにその場を逃げ出しました。あのときはそうするのが正しいと思ったんです」

「妹さんをかばうのは罪にはならないんですよね」

房子が二村に訊いた。大女将は違う、と小声で言って、

「妹をかばいたかったのか、結香園を守りたかったのかは自分でもわかりません。白鳥賢治を刺したときには、田中瑞恵が私の妹だということはあまり知られないまま裁判にもなりませんでしたけど、今度という今度は……そうも思いました。ひどい姉ですよね。妹を殺人犯だと思い込むなんて。それに、二村さんの話を聞いてもまだ、どこかで妹を疑っています。ひょっとして、と」

「それは絶対にありません」

二村はきっぱりと言った。

「田中瑞恵さんは久我美津江というよく似た女性と身分を入れ替えていたと思われます。久我美津江は田中瑞恵の戸籍を使って一九九六年に白鳥賢治と結婚。田中瑞恵さんもそれを了承し、親戚には自分が白鳥賢治と結婚すると宣言した。それ以降、久我美津江は田中瑞恵と

して生活していた」

大女将が腰を浮かした。房子は目を回しかけて、二村の話を止めた。

「待って。久我美津江？　聞いたことある」

「欠陥住宅を建てた〈久我茂工務店〉の社長の妹ですよ。あなたのお母さんの幼なじみでもあった。ただしここに来たのは一度だけで、あなたはその日、彼女とすれ違ってはいますが、すぐに軽トラを運転して出かけたそうだから、覚えていなくても不思議はありませんが」

「いや、えーと」

房子はなんとか情報をのみ込もうとした。

「母の幼なじみが大女将の妹さんになりすましたっていうんですか。そんなことできるんですか。いくら似ていたからって……？」

房子が息を切らして、尋ねた。二村は肩をすくめると、

「残念ながらできなくはないですね。戸籍の乗っ取りが発覚するのは乗っ取られた被害者からの申し出によるところが多い。被害者本人が協力しているんだったら、そりゃバレにくいですよ。久我美津江は一九四四年生まれ、田中瑞恵さんは五四年生まれなんですけどね。うちの署員が久我美津江の写真を田中瑞恵さんのデータと照らし合わせて見て、十歳は老けて見えると言いましたけど、だからって別人だとは思わなかった」

「でも、だとしたら本物の田中瑞恵さんはどうやって暮らしてたんですか」

「田中瑞恵さんが久我美津江の身分を使うのは、戸籍や住民票、保険証などが必要な場面のみで、表立ってはそれまで通り、田中瑞恵として暮らしていたんでしょう。潮子先生の弟子として生きているぶんには、それで問題なかった。お給料は発生していないし、部屋を借りる必要もない。内弟子だったときにはケータイやスマホも先生名義のものを貸与されていたでしょうしね。久我美津江が白鳥賢治を刺した事件が週刊誌に取り上げられて、潮子先生のお弟子さんでは、とご近所さんが騒いだことがあったそうですが、すぐに、先生のもとでまめまめしく働く田中瑞恵さんとは同姓同名のよく似た別人だろう、ということに落ち着いたとか。人間って突拍子もない事実を受け入れ可能な通常レベルにまで矮小化してしまうものなんです」

「だけど田中瑞恵は夫を刺して逮捕されてますよね。あれ、待って。そうか、逮捕されたのは」

「田中瑞恵と名乗っていた久我美津江ですね。だから久我美津江の写真、指紋、DNAが警察のデータベースには田中瑞恵のものとして登録された」

「え、だとしたら」

房子は悲鳴のような声をあげた。いつのまにか霧が薄くなり、庭からは海が見えていた。東側の杉木立の上にまで昇った朝日が庭を照らし、水滴がキラキラと輝いて見えた。

「田中瑞恵には逮捕歴があるんだから、ここで自死していたあの女性と同じ人物かどうかは警察のデータベースで照合できるはず。なのにどうして二村さんは田中瑞恵にこだわっているんだろうって変に思ってました。だけど、その登録自体が間違っていたのなら、ここで亡くなっていたあの女性は」

二村は大女将に向き直った。

「葉崎医科大学の法医学教室までご一緒していただけませんか。遺体の確認をお願いしたいんです」

2

法医学教室から廊下に出たところでようやく、大女将の泣き声が聞こえなくなった。三浦医師は手指をアルコールで消毒しながらやってくると、やれやれ、とつぶやいて、ベンチに腰を下ろした。

「慣れないねえ、ああいうの。慣れたら終わりだとも思うけどさ」

「正直、あたしもあの大女将があれほど取り乱すとは思わなかった」

二村はサンバイザーを上げ、一息つきながら愚痴った。

「もう少し気を使うべきだったな。現場から凶器と思い込んだものを持ち出して捨てたのも、妹のためなんだか自己都合でやったことかわかりません、なんて言ってたけど、それは自分に厳しい人だからこその台詞だったのよね。なんだかんだ言って、ずっと妹さんの心配をしててたんだわ。なのにいきなり、あなたがかばったときには妹さんはとっくに〈パラダイス・ガーデン〉で死んでました、ってストレートに知らせちゃった。ひどいことをしたわ」

三浦は、まあ、それはしかたないさ、と口の中でつぶやくと、

「それにしても、その久我美津江だっけ。〈久我茂工務店〉の妹はいったいどうやって田中瑞恵に戸籍を差し出させたんだ」

「たぶん、その答えはここに入院中の患者が握ってるんじゃないかな。詳しくは、その人に話を聞いてみないとならないけど、田中瑞恵の出産と関係があると思う。久我美津江は、〈ドライブイン児嶋〉のママが自分と見間違うほどそっくりの、お腹が大きな女性を都内の産科で見たと知った。ママと美津江は幼なじみだからね。なのに見間違えたとなると、本当にそっくりだったと考えられる」

美津江にはおそらくその女性に心当たりがあった。前にも田中瑞恵と間違われたことがあったのかもしれない。それで瑞恵やママが目撃した病院について調べ、子どもの行き先も突き止めた。田中瑞恵の行動範囲や、妊娠した瑞恵への前田潮子の扱いを考えれば、子どもの父親は前田毅だということも見当がついただろう。

「かなり前の話だけど、葉崎で起きた詐欺事件の捜査に参加したことがあるの。元校長が知り合いの女性からの電話で現金を用意し、使いの者だと名乗る女に渡してしまった。捜査が

始まってすぐ、被害者の数軒先のお宅の防犯カメラ映像から、久我美津江が浮上したわけ」

久我茂のもろもろの悪事の余波で、当時の葉崎署では美津江の顔も知られていたのよね、その頃はもう少し丸かったけど、と二村は付け加えると、

「かけてきたケータイは本当にその知り合いの女性のものだったんだけど、女性はスーパー〈フレンド〉のパートで久我美津江はその同僚、更衣室のロッカーから女性のケータイを持ち出して使用するのは簡単だった。残念ながら〈フレンド〉に話を聞きに行ったときには美津江は辞めた後だったし、被害届は取り下げられるしで、この件はそれまでになったんだけど」

「なんで被害届が？」

「その知り合いの女性が元校長の昔の浮気相手だったことが家族にバレたからでしょうね。〈フレンド〉の名物パートのおばちゃんに当時、聞いたんだけど、その知り合いの女性、パート仲間に若き日の色事の武勇伝を自慢しまくってたそうよ。久我美津江はその話をもとに、元校長をおこわにかけたんじゃないかしら」

「てことが世間に知れ渡るのは元校長も家族も避けたいわな。なるほど。その久我美津江って女、標的選びも騙しの手際も大したもんだ。金をせしめて警察沙汰も回避した。だから当然、田中瑞恵のことも放ってはおかなかったか」

久我美津江から脅されたのは、田中瑞恵だけではなかったと思われる。子どもを養子にし

た件は、潮子先生が主体となって動いたはず。金品を脅し取る相手としては、潮子先生のほうが狙い目だ。夫にはそれなりの資産があったし、本人もキルト作家として有名になりかけていた。

隣の堤シウの見解では、先生が前田毅に一服盛って夫を「交通事故死」させた。養子の話が広まって、その事故死まで不審がられることになっては厄介だし、潮子先生は久我美津江にそれなりのものを支払っただろう。のちに田中瑞恵の戸籍を要求されたときにも、先生は田中瑞恵に戸籍を差し出すように言い含めただろうし、そもそも殉教者めいたところのある田中瑞恵も、子どものためだと思えば喜んで応じたのではないか。「事故死」に瑞恵も一枚絡んでいたとなれば、彼女が子どもを手放したのも無理はない。子どもの父親を殺したことになるのだから。

「白鳥賢治と久我美津江がどうやって知り合ったのかはわからないけど、白鳥のクルーザーは葉崎マリーナに係留されていたし、久我美津江は操船が得意だったそうだから、その関係かもね。ともかくこの二人、気は合ったんじゃないかしら。どっちも人をカモるのが大好きなんだから。とはいえ結婚するまでに至ったのは、久我美津江が田中瑞恵の戸籍を使えたからでしょう。葉崎に出入りしていたなら、白鳥も久我茂の悪名を聞いていただろうし、その妹と結婚して久我賢治になるのは余計な面倒を招きかねない。白鳥賢治みたいな男がそうまでして入籍はしないでしょうよ。でも田中なら苗字としては平凡だし、田中瑞恵には結婚相手としてこれといった差し障りもない。それに、なにより面白かったのかも」

「なにが」

「他人の戸籍を使って身分を偽るのが。夫婦喧嘩の果てに、久我美津江が田中瑞恵として警察の犯罪者データベースに載ったのも、彼らにとっちゃ痛快な出来事だったんじゃない？うちの亭主が知ったら怒り狂っただろうけどね。いえ。実際に怒り狂ったのかも。

七年前、突然死した当時、亭主は白鳥賢治の捜査をしてた。死んだ後に出てきた資料の中には本物の田中瑞恵の写真もあったと思う。データベースの『田中瑞恵』の写真を見て、あたしが感じた違和感、西峰さんに見覚えがあった理由は、亭主の資料によるものだと思うのよね」

二村が一瞬遠くを見たのに、三浦は気づかないふりで、

「聞けば聞くほど久我美津江ってのはイヤな女だな。西峰の庭で田中瑞恵が自死したとき身元を示すものをまったく持っていなかったのも、久我美津江として死にたくなかったからなんだろうね。だからスーパーのゴミ箱にＩＤを捨てた」

二年前、前田潮子に追い出され、縫い物が得意というだけの七十四歳の女――本当は当時六十四だが、公的書類では久我美津江だから――は、いきなり住まいも仕事もなくした。給料もなく働いてきたのだから貯金もない。金の管理でもめた潮子先生が瑞恵を追い出すにあたって退職金を用意したとも考えにくい。

となると、おそらく田中瑞恵はホームレスのような生活を送っていたはずだ。暮らしぶりが表沙汰になれば、姉の恥になった可能性はある。

「ところで介護付き有料老人ホーム〈パラダイス・ガーデン楡ノ山〉のパンフレットから田中瑞恵の指紋、つまり久我美津江の指紋ね、これが出たということは、老人ホームの詐欺を仕組んだのは久我美津江で、彼女がタナカというセールスレディを名乗って金を集めていたってことよね」

二村はテキパキと説明すると、

「亭主の知り合いの警察関係者に、出所後の白鳥賢治の動向についてわかったことがあったら教えて欲しいと頼んでたんだけど、ついさっき警視庁の筋から連絡があってね。白鳥賢治が接触した雑誌記者から興味深い情報を得たんですって。九月の四連休中に、東京湾岸の空き地で六十代から七十代の女性の死体が焼かれているのが発見された。白鳥賢治に頼まれて調べたら、彼の女房のケータイの位置情報が、その時間その空き地で途切れてそれっきりだった」

「ということは、死んでたのは田中……じゃなかった、久我美津江だった？」

「〈パラダイス・ガーデン〉の兵藤房子さんのところに詐欺にあった人たちからの問い合わせが殺到してるんだけど、セールスレディのタナカと十日以上前から連絡が取れなくなった、と言われたそうよ」

「じゃあ、その時分にはもう、久我美津江は殺されてたか。だけどなんで」

「それは警視庁の捜査次第だけど。誰か、頭に血が上りやすい相手に詐欺がバレたと見るのが妥当でしょうね。白鳥賢治が出所する前にまとまった金を集めようと焦って怒らせてはマズい相手を怒らせたのかも。とにかく」

二村はベンチの背にもたれていた姿勢を正し、座り直した。

「久我美津江がいなくなって、出所してきた白鳥賢治は困ったはずよ。七年前の事件でライブハウスは人手に渡ったし、弁護士費用を作るのにクルーザーも売り払ったそうだから。本人の出所前から女房に老人ホーム詐欺をやらせてたのも、金がなくて焦ってたからかもね。どこかから手っ取り早く金を引っ張らなくちゃならない。目をつけたのはおそらく」

「田中瑞恵か」

「彼女に金はない」

「家族もない……いや待て、そうか。息子がいた。今井彰彦か」

「きっと白鳥はずいぶん前から彰彦と接触してたんじゃないかしら。自分の『妻』の子どもが大金持ちの養子になってるのよ。放っておくわけないでしょう。ひょっとすると今回の誘拐事件の裏には白鳥賢治がいたのかも。そこらへんのことは、この病院に入院中の彰彦本人に訊けばはっきりするだろうけど。彼の容体は？　相模湾の小島に停泊中のクルーザーで発見されてすぐ、ここに緊急搬送されたと聞いたけど」

「上腹部に激しい打撲を受けて内臓出血がひどかったらしい。よくあの怪我でクルーザーを操縦できたって担当医が驚いてたよ。緊急に脾臓の切除手術をやって、それは問題なく終わったそうだが、脾臓がなくなると感染症のリスクが少し上がる。二、三日は面会謝絶だし、捜査員を病室に入れての事情聴取は無理だろうね。なのにおたくの池尻課長と県警の管理官」

「磯貝管理官？」

「一刻も早く今井彰彦に聴取をさせろと、二人して入れ替わり立ち替わり電話してくるそうだよ。おまけにどっちかが、あるいは両方かも知れないが、マスコミに今井彰彦の居所を漏らしたらしくて問い合わせも山ほどくるようにもなった。いくら流行が下火になったとはいえコロナが終わったわけじゃない。病院は忙しいんだよ。ついに病院長がブチ切れて、県警本部長に抗議電話をかけた。今頃、二人ともこってり叱られてるだろうよ。……あ。ダメダメ」

「はい？」

二村はサンバイザーの下の笑みを引っ込めた。三浦は真顔で首を振り、

「今、自分に先に聴取させろって言いかけたろ」

「言ってませんよ」

「いやいや、貴美ちゃんのことだから言いかねない。さっき、答えはここに入院中の患者が

握ってる、詳しくはその患者に話を聞いてみないと、なんて言ってたもんな。だけどいくら貴美ちゃんでも今井彰彦への事情聴取は絶対に無理だ。コロナでなきゃ医者に化けさせてでも会わせてやりたいけどさ。今はありえないからな」

「やだなあ。あたしが言った患者って今井彰彦のことじゃありませんよ。西峰さんはどうやって未明に〈パラダイス・ガーデン〉にたどり着けたのか。亡くなったその晩から明け方にかけて、乗っていそうな車が山を登っていく様子はなかった。だとしたら、最初に斎藤が言ったように〈パラダイス・ガーデン〉の房子さんが家に連れてきたか、さもなければ山の上から歩いて下りてきたとしか考えられないものね」

「山の上から？」

二村は軽く手を合わせ、南無南無、とつぶやいた。

3

手術台に横たわった。背中が冷たい。

医師も看護師も技師も顔が見えないから誰が誰やらさっぱりわからないが、テキパキしていて気持ちいい。話しかけてくるタイミング、こちらを落ち着かせる声音、やるべきことを心得ているプロの集団だ。胆嚢摘出は虫垂炎よりもよくある手術で担当医も慣れていると言っていた。百パーセント安全な手術なんてものはこの世にないが、この人たちに任せてダメなら誰に任せてもダメだろう。不安がるのは無駄で無意味だ。

天井を見上げ、まぶしさに目を閉じながら石塚慧笑はそう思いつつ、かすかな不安を振り払えずにいた。

腹を切られようという瀬戸際にあって、僧侶だからといって悟り澄ましていられるわけではない。だが、今感じている不安は手術にというよりも、麻酔に対するものだった。正確にいえば麻酔をかけられて朦朧となり、しゃべってはいけないことをしゃべってしまうのではないかという不安。

慧笑があの女と出会ったのは、まだ慧笑が瑞福西寺にやってきたばかりの頃だ。当時、寺は荒れていた。腐った床板で穴だらけの本堂の、色も落ちシロアリに食われた不動明王像の前に、寝袋とテントを設置し、寝泊まりしながら寺の修繕を始めていた。西峰地区にあったのはハイキングコース入口のバス停だけで、別荘地もなかった。

ある日、水を汲みに石段を下りていくと、大銀杏のそばの石段で女を見かけた。小さな目、薄い唇、エラが張った細面の、地味で化粧っ気のない女だった。真剣な顔つきで銀杏の枝に荒縄を引っ掛けようとしているのだが、びっくりするほど不器用で、縄は何度も枝を滑って地面に落ちた。ときには女の顔面を直撃してから落ちていた。

しばらく眺めてから、慧笑は声を張り上げた。

「わざわざ寺の境内で殺生しなくても、楡ノ山には他にもたくさん木があるわ。枝振りのいい、別の木をご紹介しましょうか」

慧笑もまだ若かった。そんな風に声をかけたのは、相手を驚かせ、毒気を抜いてこちらのペースに引き込もうという計算があったからだが、今ならそんな言い方はしない。相手によってはバカにされた、傷つけられたと感じて、よけい死にたい気分に執着させてしまう。ただ、このときの女には効いた。彼女はぼんやりと慧笑を見るとその場に座り込んで、遠くに縄を放った。縄はぼうぼうの草むらに消えた。

慧笑はその隣に座った。二人で黙ったまま、荒れ果てた寺の境内を眺めた。海は望めず、あちこちで虫が羽音を立て、ときおりどこかの草むらがガサガサ鳴った。野放図に伸びた樹々の枝の隙間からわずかにのぞく空は高く、白っぽく、やがて青くなり黄ばんで、深い朱色に移ろっていった。

数日後、女はまたやってきた。無言で慧笑の後をついてきて片づけや掃除を手伝った。一日働いて、夕方になるといなくなり、数日するとまた現れる。

そんなことが繰り返されたある日、現れた女の姿に慧笑は息をのんだ。顔はあざだらけで指は曲がっていた。そういえば彼女の肘は体から離れ、浮いたようになっていた。どうしたのか、誰にやられたのか尋ねたが、答えなかった。

だから言った。帰りたくなければここにいていいのだ、と。

女の口角がほんの少し持ち上がった。でも、それだけだった。相変わらず口をきかず、たまに現れ、日中働いて、夕方になると帰っていった。木の根を掘り起こしたり、炎天下に虫に刺されながら雑草を刈り続けたり、湿気を吸って重くなった畳を駐車場まで運んだり、といったきつい仕事を黙ったまま引き受けた。大変であればあるほど女は殉教者めいた表情で熱心に働いた。

後で考えると、女が寺に来ていたのは最初の、ほんの数年の間だけだった。各方面への運動が効いて瑞福西寺に予算がおり、大工が入ったり、大勢のボランティアや檀家が手伝いにくるようになって人が増えると、女の姿を見ることはなくなった。慧笑はたびたび彼女を思い出したが、あの女は楡ノ山に巣くう狸か狐だったのではないか、ここに住まわせていいかどうか慧笑を検分しに現れたのではないかと思うことすらあった。

たっぷりと時が流れた。寺は美しく整えられ、自分は老いた。毎日のお勤めを果たし、まだまだ元気だと自分に言い聞かせる日々。そう言い聞かせなくては起き上がれないほど疲れている朝もある。

先週のことだ。突然、あの女が現れた。駐車場の近くにいた佐伯春妙によると、三十前後の男の運転する車でやってきたそうだ。車を降りると女は後も見ずに坂を登り始め、それを見送った男も見送るでも言葉をかけるでもなく、ただハンドルを切り返して山道を下りていったという。

女が現れる少し前から慧笑には予感があった。待ちかねていた誰かに会える、そんな気持ち。それは若い頃に他人の不注意で大怪我をし、顔に残った傷を受け入れられるようになるまでの葛藤の日々に見た夢の中で感じたのと、同じような気持ちだった。

女は棒のように細い体に手作りのスーツとブラウス、帽子と布のマスクをつけ、きれいなパンプスを履いて合皮のバッグを提げ、酒瓶を抱くようにして山道を一歩一歩登ってきた。石段の途中で立ち止まり、ゆっくりと振り返ると、大銀杏を見上げた。

慧笑はゆっくりと下りていった。女はこちらを見るとざらついた声で言った。

「境内で殺生はできませんから、枝振りのいい、別の木を紹介していただかないと」

二人で並んで石段に座った。あのとき空を狭くしていた枝は刈り込まれ、海を隠していたボサボサの草むらもなくなって、〈パラダイス・ガーデン〉の房子が植えてくれたシュウカイドウが薄いピンクの花を咲かせる向こうに海が見えていた。

女は堰（せき）を切ったようにあけっぴろげに語った。小さい頃から父親に殴られ続けてきたこと。結婚したが夫に逃げられ、実家に戻ってまた殴られるようになったこと。手芸が好きで、無心に針を動かしているときだけが幸せだと感じること。それを知った姉が頼んで、キルト作家の内弟子にしてもらったこと。そこで妊娠したこと、相手は交通事故で死んだ、とされていること。

生まれてきた子どもを養子に出したことやある人と戸籍を取り替えたこと。ずっと内弟子として働いてきたが、二年前に暇を出されたこと。お金がなく、ホームレスの支援活動をするＮＰＯ法人の紹介で、施設の雑用係として働きながら暮らしていたこと。ついひと月前に病気が判明したこと。

「手遅れだったんですよ」

女の声は、一風変わった花柄のマスクを通して明るく聞こえた。

「なぜ、こんなになるまで我慢したんだとお医者には叱られてしまいました。もって数週間だそうです。庵主様と出会ったあの日に終わっていたはずが、エンドロールが出るまでにずいぶんかかってしまいましたけど、これでようやく終わり。なんだかホッとします」

慧笑が圧倒されて黙っていると、女はのんびりと言い足した。

「いろいろなことがありましたけど、毎日料理をして、針を動かして、本を読んで。幸せな日々を送ってきたとも言えます。それに返さなくてはならない借りは少しずつ返してきた。あの日、大銀杏に縄をかけそこねたせいで返せなかった借りもありますけど」

首をくくるほどの借りってどんな借りなの、と尋ねると、なぜか女はいたずらっぽい目つきになった。

「言われたんです、酔った父に。おまえは生きているだけで俺に対する負債を膨らませているんだぞ、と。昔から不思議だったんですよね。両親も姉も、兄達も、全員が眉毛の太い、目のぱっちりした顔立ちなのに、私一人だけなぜなんだろう、って。父の話でその謎が解けました。愛想の一つも言えない父に代わって〈田中茶園〉のお茶は母が売り歩いていた。〈葉崎八幡通り商店街〉にある〈お茶と海苔の結香園〉にも、よく足を運んでいたそうです。そのお茶屋さんと同じ商店街にあった〈久我安工務店〉、当主の久我安五郎は小さい目、薄い唇、細面で女に手が早かった」

「それでは、つまり」

慧笑は思わず口にのぼせて、唇を噛んだ。

「その男、逃げた女房に未練たっぷりで、生まれたばかりでおいていかれた娘にも母親と同じくミヅエと名づけたんだそうです。その、ミヅエ本人から聞きました。私の戸籍を持っていった、もう一人の姉……だから、それも返した借りの一つなのかもしれません。そう思うと気は楽になります。残っているのはあと一つ、とても大きな借りだけ……」

女は真剣な顔をした。いつかの日、大銀杏の枝に荒縄を引っ掛けようとしていたときのことを思い出した。この人は自分の命でその借りを返すつもりなのだ。それを伝えに今日ここに来たのだということも。

もうじき終わるとわかっていても自分の手で早めてはならないと女を説得した。日が暮れてくるまで。声が嗄（か）れるほど。女は話を聞いてはいたが、途中で一度、悲しそうに目元を赤らめて、見送ってはいただけませんか、と言った。こうしてこのまま石段に座って、海を見ながら逝ければいいのにと思っていたんですけれど。それで庵主様から姉に連絡してくだされば、思い残すことはないのに。

そういうわけにはいかないの、と慧笑は言った。ねえ、なんならこのままここにいればいい、最期のときが来るまで数週間なんでしょう。看取ってあげるから。

そういえば、このお寺の下に素敵な庭がありましたね、と女はうわの空でつぶやいた。先生のお供で二、三度来たことがあります。まだできかけの庭だったけど、海が見えて、庭に椅子とテーブルを置いて、みんなで輪になってキルトを進めたわ。

慧笑の説得は、女にまるで響いていないようだった。

でも女は宿坊に宿泊の予約を入れていた。だからまだ時間はある。根気よく話そう。

女を宿坊に案内した。女は抱えていた酒瓶を見せて、お夕食にいただきませんか、と言った。飲むとよく眠れると思います、とも。宿帳を差し出すと、女は一瞬ためらってから丁寧に書き込んだ。そういえば自分は彼女の名前を知らなかったとそのとき初めて気がついた。

田中瑞恵さん、と名前を呼ぶと、女は嬉しげに笑い、覚えておいてくださいねと言った。なにがあっても、きっと思い出してくださいね……。

医者がこちらに向かってなにか言った。不思議な匂いのする空気を吸い込みながら、慧笑は天井を見上げ、背中の冷たさと時間の乱れを感じた。酒を飲んで、痛みがひどくて、病院に担ぎ込まれて、そういえば女はどうした、あの田中瑞恵という女……姉に知らせて欲しいと言っていた。違う、まだ時間はある。そうよね。女が風呂に入っている間に庭の縄は片づけた。彼女は境内で殺生はしない、それだけはしない、だから、きっと止められる。

意識がゆっくりと空を飛ぶ。見下ろすと、女が境内を出て、月の光を頼りに山道を下りていく。おずおずと〈パラダイス・ガーデン〉の門扉を押している。扉が開いたので中に入っていき、ベンチに腰を下ろし、ぼんやりと明るくなってくるのを待っている。やがて、朝日にほんのり海が桜色に染まる頃、薬を嚙み砕いて飲み込み、愛用の小包丁を取り出して喉に当て、目を閉じる。待って、待って……。

手術が始まった。


同じ病院の別の階、別の部屋で、今井彰彦は目を閉じていた。助け出され、手術を終えてから、どれほどの時間が経っただろう。瞼の隙間からひっきりなしに涙があふれ出てきた。伝っていく感触で耳がかゆい。手を持ち上げて拭きたくても、けだるくて動けなかった。

様々な感情が交錯する。子どもを抱えてクルーザーに飛び乗り、白鳥賢治から必死に逃げ出した興奮。そのクルーザーが葉崎半島からすぐの小島のそばで座礁してしまったときの焦り、居所がバレないようGPSを切ってしまったのに船を動かせないと気づいたときの恐怖。泣きわめく天志、静かすぎる天志。

元妻に金を要求する一回目のメールを送ったスマホは白鳥賢治が海に蹴り込んだ。コスモにバイトを頼んだもう一台のスマホも、続けて身代金要求のメールを送った田中瑞恵のスマホも、どちらも海に放り込んだ。このところ葉崎漁協は密漁者に苛立っている。小島の近くにクルーザーがいればすぐに通報されるはずと思ったからだ。疑われないためにもスマホを手元には置いておけなかった。

白鳥賢治に殴られたみぞおちが不吉に痛かった。どんどん具合が悪くなっていくのに誰もやってこなかった。腹を押さえてギャレーのソファに倒れこんだまま身動きもできなかった。このまま死ぬのかと思った。怖さのあまり赤ちゃん返りしたのか、首輪が点滅する犬のぬいぐるみを抱えながら指をしゃぶる天志と一緒に。

これで死んだら白鳥賢治に殺されたことになるわけだ。

彰彦の人生に白鳥賢治が再び顔を出したのは先週のことだった。髪を黒く染め、ウェスタンブーツを履いて、マスクもせずに葉崎マリーナの桟橋に立っていた。彰彦が視線を巡らせると共通の知り合いが顔を背けた。白鳥の収容後、彰彦がクルーザーを葉崎マリーナに保管していることはその男から聞いたらしい。

久しぶりだな、わが妻の息子よ、と白鳥はニヤついた。

「おまえには貸しがあるよな。バクチに薬、女。他にもいろいろ教えてやった。とりあえず一千万でいい。返せよ」

よく言うよ、と彰彦はげんなりした。高校生のとき、クラスメートに誘われてライブハウスに行き、白鳥と知り合った。いろんな遊びに連れていかれた。この男が生みの母親の再婚相手であることは戸籍を見て知っていた。そんな相手と偶然知り合うわけがない。クラスメートは白鳥に頼まれたとじきに白状した。でも、それほど気にはならなかった。遊びを教えてくれるオトナが「日本一有名な殺人容疑者」だったとして、それがどうした。

闇カジノで賭けをしたり、パーティーで女と絡み合ったり、怪しげな煙を吸っている彰彦の隠し撮り写真が、ご丁寧にも紙焼きにして今井勇蔵の元へ送られてきており、勇蔵がそれに金を支払っていたと知ったのは、七年前の逮捕時だった。

「おまえの養父、死にかけてるんだってな」

白鳥は週刊誌を丸めて持っていた。

「遺産は数億？　数十億か。手続きには時間がかかるんだろうけど、それまで金貸してくれるヤツならいくらでも紹介してやるからさ。用意しろよ。一千万。安いもんだろ」

白鳥は記憶よりも老けていて、腐りかけた生ゴミのような甘ったるい、それでいて饐えた臭いがした。耳が遠くなっているのか、マスクもつけずに大声で話しているのを、周囲は眉をひそめてよけていく。

そんな義理ないね、と彰彦は言った。今井勇蔵が倒れてから、周囲は彰彦を勇蔵に近づけまいとあらゆる手を打っていた。小遣いを止められて、マンションの部屋の鍵も替えられて、今はクルーザーに寝泊まりしてんだ。赤の他人に回せる金なんかあるわけない。

「おまえは俺の息子同然じゃないか。出所後、生活に困ってる哀れな親父に生活費を用立てたってバチは当たらねえぞ」

なにが親父だよ、俺をネタに今井勇蔵からさんざんむしり取ってきたくせに、と言い返すと、白鳥は得意げに言った。わかってないな、俺たちは密接につながっている。今井勇蔵の遺産は養子であるおまえに入る。おまえが死んだら実の母親である俺の妻、田中瑞恵に入る。妻が死んだら、さて。金はどこに行く？

「事情があってからっけつなんだ。このままじゃムショに逆戻りだ。それだけは死んでもごめんだからな。手段は選ばないつもりだ。わかったか」

彰彦は笑ってしまった。

白鳥は収容されていたから、コロナ禍の影響で〈Ｃｏｎａ屋〉の飲食店部門が打撃を受け、株価も下がり、引退した今井勇蔵の資産も大きな影響を受けていることを知らないのだ。今井勇蔵の親族に嫌われ、彰彦の尻拭いのために今井勇蔵が払ってきた金額を彰彦への財産分与として処理する動きがあることも。それに彰彦には子どもがいる。万一自分に遺産が入ることがあっても、その金は母親ではなく子どもにいくことになるだろう。相続税を取られまくったほんのわずかな残りだけが。

要するに、あんたにいく遺産なんかないね。残念でした。

白鳥の顔が強張った。気づくと彰彦は桟橋に俯せに倒れ、歯が交ざった血をマスクの中に吐き出していた。

「ガタガタ言わずに一千万用意しろ。なんなら七年前の事件に本当はおまえも立ち会ってたって世間にぶちまけてやろうか。妻の息子だと思うから黙っててやったんだ。感謝しろ、このバカ息子」

頭に血がのぼった。

七年前、白鳥がライブハウスの共同経営者ともめて、ぶっ殺してやる、と言いながら相手を殴り始めたとき、確かに彰彦はその場にいた。すぐに逃げ出したから結果は見ていないのだが。

この件の捜査が始まったとき、二村という県警の警部が訪ねてきた。きみが証言してくれたら白鳥賢治の殺意を立証できる。ヤツを殺人罪に問えるんだが。

その気になりかけた。白鳥賢治は彰彦を自分の妻の息子だとことあるごとに公言し、なれなれしくまとわりついてきていた。ぜひともいなくなってもらいたい。だが、なぜか二村警部は二度と現れず、彰彦がその場にいたことは表沙汰にはならなかった。白鳥賢治の罪状は傷害致死に落ち着いた。今井勇蔵が手を回したんだろうと彰彦は思っていた。

それがいまさら。どこまで鬱陶しいヤツなんだ。

彰彦は田中瑞恵に連絡をとって、今回の件をすべてぶちまけた。

生みの母親とは高校生の頃、養母の好きだったキルトの個展会場で偶然にも出会った。以来、たまに連絡をとり合うようになった。実の父親のことも、白鳥賢治や久我美津江とのことも、何年もかけて生みの母親を問いつめて知った。生みの母親が実の父親の死に関わっていたと表沙汰になれば、自分にとっても不利だと思うから黙っていた。

母親とは電話で話したばかりだった。二年前に前田潮子の家を出たこと、医者から末期ガンの宣告を受けたこと。死んだらあなたにも連絡が行くようにしておきますね、と生みの母親は淡々と説明した。知らずにいると迷惑がかかるかもしれないので。

白鳥賢治に脅されていると聞くと、生みの母親はひどく恐縮し、申し訳ないと謝った。それからにわかに明るい声になった。

「でも、その問題は簡単に解決できるんじゃないかしら。田中瑞恵がいなければ白鳥賢治とあなたにはなんの関係もないわ。だったら田中瑞恵が死ねばいいのよ。それも一刻も早く」

白鳥賢治は仏頂面で電車の最後尾に乗っていた。ロングシートを占領し、飲み終えたビールの缶を足元に投げ捨て、ブーツのかかとで踏みつぶす。途中駅で乗り込んできた客は床に転がる空き缶の山に顔をしかめ、別の車両に移動していった。

いったいなにがどうなってんだ、と酔った頭の隅で白鳥賢治は考えた。今井彰彦はなにをやってくれてんだ。ただ、どっかから一千万引っ張ってくればいいだけ。それだけなのに。

白鳥も遊んでいたわけではない。彰彦にプレッシャーを与えるために「妻」を捜して歩いた。御坂地区のしょぼいローカルスーパーで「妻」を見かけた。もうちょっとだったのにすんでのところで逃げられた。どうやら彰彦から田中瑞恵に話が伝わっているようだった。

数日間捜し回ったあげく、田中瑞恵をあきらめて葉崎マリーナに行ってみた。子どもを連れた今井彰彦を見つけた。彰彦はぐちゃぐちゃと口答えをしてきた。あんたの「妻」の田中瑞恵は死んだ。あんたと俺にはもうなんの関係もない。

真実を語っているのだとわかった。せっかく金持ちの家にもらわれていった息子の幸せを壊したくないからと、女房に戸籍を差し出した、殉教者めいたところのあるあの「妻」こと本物の田中瑞恵なら、彰彦のために喜んで死にかねない。

冗談じゃない。

目先の一千万はもちろんだが、今井勇蔵の遺産には大いに期待していたのだ。なんなら彰彦の代わりに戦ってやってもいいと思っていた。今井勇蔵の親戚にだって弱点も欠点もある。一人一人調べて脅し、養子として正当な遺産を請求する。彰彦に遺産が入った後、クルーザーが転覆して彰彦が事故死、その直後に「妻」が首を吊るようなことはもちろん、十分に起こりうる話なのだし。

その計画を台無しにしやがって。

気がすむまで彰彦を殴った。スマホを奪って、血まみれの彰彦と彼によりそう息子の写真を撮った。大怪我したから金を送れと今井勇蔵に言ってやれ、とスマホを投げた。

だが、彰彦は言われた通りにする代わりに〈二千万用意しろ。通報するな。また連絡する〉という文面のメールを、子どもの母親に送ってしまった。なにしやがる、とスマホを取り上げて海に蹴り込んだが遅かった。唖然とする白鳥を彰彦はせせら笑った。

「これで俺たち親子は誘拐されたことになる。元女房ならためらわずに警察を呼ぶね」

「バカかおまえは。子どもだけならともかく、親父まで誘拐するヤツなどいるわけがない。警察はおまえの自作自演だって考えるさ」

「自作自演だとしてもあんたに脅されたからだ。この怪我を見たら脅されたってことを疑うヤツはいない。二千万を用意しなければ子どもを殺すと脅された。だから言われた通りの脅迫メールを元妻に送った。いかにも『日本一有名な殺人容疑者』のやりそうなことだ。俺ももちろん逮捕されるが、子どもの命を守るための行動だったんだ、実刑は免れる。あんたはムショに逆戻りだ。絶対に戻りたくない刑務所にさ。ザマアミロ」

あっけにとられているすきに、彰彦はクルーザーを操縦して逃げ出した。

あきらめきれずにしばらく葉崎をうろついた。彼女の姉である〈お茶と海苔の結香園〉の大女将を訪ねたり、師匠である前田潮子の家にも行った。前田潮子を思い出したときには、やった、と思った。死んだ亭主のことで女房に脅されていた先生だ。当座の生活費くらいは吐き出させられる。

そう思ったのに、その前に殺されるとは。白鳥賢治は飲み干した数本目のビールの缶を握りつぶした。つぶせなかった。アルミの缶なのに。握力が落ちたのだ。

歳食って、金もなくて。刑務所に逆戻りか。

視線を感じて顔をあげた。車掌がこちらを見ながら連絡を取っていた。いつのまにか電車は駅に停車していた。セイタカアワダチソウが伸びた線路脇、歪んだホームに廃材で作った屋根。昔ながらの田舎臭い駅だった。アナウンスが反対ホームにまもなく通過列車があると告げていた。

もっとドラマティックだと思っていたのに。こんなもんか。

白鳥賢治はよろけながら立ち上がり、車両を出ると、ホームを横断して反対側の線路に飛び降りた。

4

潮の香のする風が吹き、カモメが鳴いた。空が明るくなっていた。どこかでかすかに蜂の羽音が聞こえ、すぐに消えた。

兵藤房子は庭仕事の手を止めて、腰を伸ばした。

相模湾には白波が立っていた。サーファーの姿もちらほら見える。葉崎マリーナから出航したばかりだろうか、カモメの群れを従えたヨットが帆に風をはらみスピードをあげていく。

曇り空の下、山から風が降りてきた。秋バラの香りが鼻先をかすめた。赤や白、ピンクと色とりどりに花を咲かせていたバラもそろそろ終わりを迎え、蕾も残り少なくなっていた。

このところの騒ぎで〈パラダイス・ガーデン〉の来訪者が増えた。「誘拐」や白鳥賢治の死に伴って一連の葉崎の事件がクローズアップされ、あの老人ホーム詐欺についても報道されるようになった。おかげで取材されることも増えた。遠いこともあって多くはリモートのインタビューだが、直接押しかけてこられたり、ヘリコプターを飛ばして撮影されることもある。

面倒だなと思いつつも「勝手に名前を使われた」と訴えるため取材に応じていたところ、ニュースやワイドショーを見た地元の人間が見学にやってくることも増えた。彼らは地元にこんなところがあるとは知らなかった、と興味津々で、いいな庭、と素朴に楽しみ、万一ホントに老人ホームを作るようなら入居したいと冗談を言った。彼らに喜んでもらいたいと房子はカフェを再開した。

だから、今はいい。庭はうまくいっている。

もちろん、それが続くかどうかはわからない。老人ホームの件ではいまだに問い合わせと称する罵りの電話がかかってくる。〈パラダイス・ガーデン〉なんて名前をつけるから、みんなが迷惑するんだと言われたこともある。そのつど房子は律儀にへこむ。気にすまいと思っても、自分のせいではないとわかっていても。

それにある日突然、やっぱり施設を作るから賃貸契約は更新しない、出てってくれ、と

〈葉崎葉桜会〉あたりから言われてしまうかもしれない。西峰地区の相続争いはまだ決着していない。瑞福西寺の慧笑庵主は、ここで療養することもなく入院先から直接寺に戻ったが、まだ本調子ではないらしく寺から姿を見せることはない。

先行きに不安がないと言ったら嘘になる。でも心配してなんになるだろう。期待して植えたタネが全部タイワンリスに食われてしまうこともある。もう枯れたと思っていた木から新芽が出て見違えるほど大きく育つこともある。台風が来る。日照りもある。突然の大地震で庭が崩壊し、崖下になだれ落ちて跡形もなく消えてしまうかもしれない。そもそも去年の今頃、世界中に感染症が蔓延するなど誰が予想したことか。

庭だってこの世のあらゆる事象と同じ。やれることをやりたいようにやって、天命を待つしかない。

房子は大きく息を吸った。岩に登って庭を見回した。

黄色の中心に白い花びらのリュウノウギクが、日当たりのいい場所一面に咲いている。木の下では野蕗（のぶき）が棍棒（こんぼう）みたいな実をつけている。ヒヨドリバナがかすみ草のように紫色の花を咲かせ、セージのブルーやチョコレートコスモスが庭の彩りにアクセントを添えている。

秋の庭。今、このときにしか見られない、永遠にして刹那の庭。

房子はうっとりとこの瞬間を味わった。

親の夢を受け継がされた、山の中にひとり取り残されたと思っていても、やはり自分は自分で作ってきたこの庭が、創造する楽しみを与えてくれる庭仕事が好きなのだ。やりたいことはまだまだある。そろそろ来年の春に向けて、球根を植える設計図を作りたいし、タイワンリスに襲われる前にオニグルミの実を集めてしまいたい。それに、と房子は思った。あの東側の杉木立をバッサリ切ってしまいたい。朝日がまっすぐ差し込んでくるように。

遠くで猫が鳴いた。そろそろ朝ごはんの時間だ。

房子は岩から飛び降りて、手を洗いに行った。

先だって「リリーさん」と呼ばれた女は通帳を見ていた。

カラオケスナック〈タイガーリリー〉は暗かった。明かりをつけてしまうと、休業の札を出してあっても一杯でいい、一曲でいいからと常連が押しかけてくる。だから当分、店内は薄暗いままにしておかなくてはならない。

別に店を開けたっていいんだけどさ、と「リリーさん」は思った。カツラとメイクと特徴的な裏声を真似することでアタシは完璧なリリーさんになれた。法医学者で試してみたのに通用しちゃったんだから、自信持ってもいいよね。

ま、リリーさんでならいける、と思わなければこんな危ない橋を渡ったりはしなかっただろうけども。

リリーさんこと鈴木ゆり子は兄の恋人だった。兄が行方不明になった当時は一人で心配して大騒ぎしていた。身内でないと死体に対面させてもらえないから一緒に法医学教室に行ってくれと詰め寄られたこともあった。

〈パラダイス・ガーデン〉でのひと騒動の後、まさか警察が山狩りをするとは思わなかった。捕まったらあの兄のことだ、父が風呂で溺れた顚末をペラペラしゃべってしまうだろう。幸い兄は大勢に目撃されながらも山狩りの前に逃げた。兄のことだ、どうせ灯台下暗しを狙い、八幡通り商店街の事務所に戻って隠れているんだろうと思ったら、その通りだった。解体するのは大物マグロ以上の大仕事だったが、漁協やら農協、消防団と、山狩りのために人手がかき集められていたから、葉崎の街には人目は少なく、船まで運んでも誰にも気づかれなかった。

うまいこと魚のエサになっただろうが、なにかのはずみで戻ってきてしまうこともないとは言えない。法医学教室で兄の死体に再会、なんていくらなんでもごめんだ。だがリリーさんはあきらめが悪く、たびたび自分を説得にやってきた。

うざい女だと思ったが、身近で観察していたおかげでなりすますのはホントに簡単だった。歌さえ歌わなければバレやしない。

通帳は鈴木ゆり子名義だった。介護付き有料老人ホーム〈パラダイス・ガーデン楡ノ山〉特別会員の会費が三十八人分。下が三十万、上が九百万。総額九千八百万。人を蹴落としてでもいい最期を迎えたい金持ちどもが、どいつもこいつもよく払ってくれたもんだ。セールスレディの田中を名乗り、ちょっと持ち上げたり裏情報を匂わせたり、頭の悪さをバカにさせてやっただけで。

この金を亭主に渡すつもりはなかった。亭主はなるほど頭はいい。思いつくことはすごい。だが面会に行くたびに老け込んでいき、話ばかりが壮大になった。亭主のいない暮らしに慣れた七年間、いまさら戻ってこられてもね。

ただし亭主を捨てるのは簡単ではない。意外なほど執念深いのだ。特に老人ホーム詐欺が成功してアタシの手元に金があるとわかっているのだ。そうたやすくあきらめたりしないだろう。だからちょっとばかり、ペテンにかける必要があった。リリーさんを海に連れ出して船に乗せ、殴り殺して死体を東京の湾岸の空き地まで運び、灯油をかけて燃やすとか。そのときついでに自分のスマホも処分するとか。

アタシが亭主である自分に惚れ込んでいると思い込んでいる白鳥賢治は、アタシがいなくなっても自分から姿を消したとは思わない。危ない橋を渡っていたのも知っている。条件の合う身元不明の死体を調べる。同時に、アタシのスマホの場所も。

それで勝手に結論を出してくれる。

明日にでも、鈴木ゆり子として葉崎を出ていこう。そう彼女は思った。久我美津江を捨てて。田中瑞恵を捨てて。

解説

香山二三郎（コラムニスト）

コージーミステリーとは何か。

ネットの百科事典にならえば、第二次世界大戦時にイギリスで生まれた小説形式で、アメリカで流行っていたハードボイルドの反義語として用いられた。素人を探偵役とし、小さなコミュニティや人里離れた場所を舞台とする。直接的な暴力表現は避けるなど文字通り居心地のいいミステリーの作風をいう。

今日本でこのジャンルを代表する作家というと、まず挙がるのが若竹七海ではなかろうか。若竹さんご自身の言葉を借りれば、

「アガサ・クリスティーや仁木悦子でミステリ世界に足を踏み入れた私は、居心地のいいコミュニティー、一癖ある善人たち、美味しそうな食事やお茶といった舞台背景の下に展開される『楽しい殺人のおはなし』こと〈コージー・ミステリ〉を愛してやまない。好きが高じ、葉崎市という架空の海辺の町を舞台に自分なりのコージーも書いた。頭の中に地図を作り、名家や銘菓をでっち上げ、死体を転がし、登場人物や猫を走り回らせるのは本当に楽しい仕

事だった」（「ひどすぎて笑える町」小説宝石二〇一九年二月号）。

とのことであるが、もうちょっと作品に即して具体的に知りたくはないだろうか。

そこで恰好のテキストがこれ。「10年ぶりの〈葉崎市〉」シリーズの新作に当たる本書『パラダイス・ガーデンの喪失』なのである。

コージーミステリーとしての面白さを分析していく前に、ざっとあらすじを紹介しておくと、一〇月の頭、葉崎市の山の中腹の崖の上にある個人庭園「パラダイス・ガーデン」で身元不明の老女の自殺死体が発見される。庭園のオーナー兵藤房子（ひょうどうふさこ）は自殺幇助を疑われるが、まったく身に覚えがなかった。だが新型コロナの蔓延で閉塞した町での警察沙汰が住民たちの気を引かないはずはなかった。一件は新聞記事にもなり、噂は徐々に広がっていく。この事件を担当するよう命じられた葉崎署のベテラン警部補・二村貴美子（ふたむらきみこ）はマスクにサンバイザーというSF映画のキャラクターのようないでたちで関係者に話を聞いて回り始める。

一方、兵藤房子は商売上の師匠たる土産物屋の大女将から、房子が庭をやめて老人ホームにしようとしているという噂が流れていると伝えられる。それは警察も把握していた。地元の福祉系企業の新規事業らしいが、まだ認可すら下りていないのにセールスレディがお年寄りを勧誘して回っているというのだ。やがて、パラダイス・ガーデンの全景写真にマンション風の建物が合成されたパンフレットを持った老女とその息子が押しかけてクレームを浴びせかけてくるに及んで、房子も事態の深刻さを知ることに。

房子の窮地を救ったのは二村だった。彼女は自殺した老女がかつての国債還付金詐欺事件における〝日本一有名な殺人容疑者〟こと白鳥賢治の妻と似ていることから身元に関する手がかりを得ようとしていたが、その頃、葉崎署は一大ピンチの渦中にあった……。

と書いてくると、パラダイス・ガーデンでの老女（その地名から通称西峰さんと呼ばれる）の自殺事件に巻き込まれた兵藤房子の災難と二村警部補の捜査劇を主軸にしたミステリーかと思われてしまうかも。だが本書の特徴は何よりもまず、葉崎市の個性豊かな（豊か過ぎる？）住民たちを主役にした群像劇であることだ。なるほど兵藤房子も二村も主要人物には違いないが、他にも様々な顔を持った強者が揃っているのである。

おっとその前に、葉崎市について簡単に説明しておいた方がいいかも。本書の登場人物一覧表には、葉崎市についても著者の断り書きが付いているが、そこには、葉崎市は「江の島あたりが突然隆起して、ものすごく細長い半島ができあがりでもしないかぎり、これからも存在しないでしょう」とある。つまり江の島あたりにある架空の半島にある町、湘南のちょっと寂れた町ということで、英国の田舎を髣髴させるコージーな舞台としてはまさに恰好の地というべきか。

で、その町に住む住人たちなのだが、まずはハイキングコースの入口にある土産物屋・結香園の前出の大女将・関瑞季。本書に出てくる老女はかくしゃくとした方が多いが、最初から入院中なのが、山寺・瑞福西寺を廃寺から立て直した伝説の庵主・石塚慧笑。今は副住職の佐伯春妙が代役を担っている。そして引退したキルト作家の前田潮子。坂の上の家に一人で暮らし、八〇を過ぎ、膝も痛めて引退したものの、元気回復、現役復帰を狙っている。熊谷真亜子は東京から海岸沿いの御坂地区に移住してきた専業主婦。夫は丸の内に本社のある企業に勤めているが今はリモートワーク中。そのわがままぶりに手を焼いているが、ママ友の原沙優のおしゃべり付き合いで何とか救われている……。

むろん健全な市民もいれば怪しい手合いもいる。前出の日本一有名な殺人容疑者の白鳥賢治はのっけから登場、町のいたるところに姿を現す。前田颯平は陶芸家志望で二年前、恋人のイラストレーター・和泉渉とともに葉崎市にやってきたのだが、それというのも大叔母の潮子が豪邸で一人暮らしをしていると聞いたから。その豪邸を狙っていたのだ。そして御坂地区の住人、義成定治は一見杖を突いた老人だが、実は名うての泥棒、住民在宅時を狙う「居空き」で、彼が狙いをつけたのが前田潮子の家だった。その義成と路上で危うくバッティングするところだったのが、児島翔太郎と榛原宇宙の一六歳の不良少年コンビ。二人は何かをやる気のようなのだが、果たして……。

かくしてそれぞれの視点が目まぐるしく移り変わっていく。初刊本の惹句にはパッチワークという言葉が使われていたが、まさに人間ドラマのパッチワーク、そして犯罪ドラマのパッチワークといえよう。

ちょっと待ってーー。パッチワークってキルトの言葉じゃなかったっけ。

そう、本書にはこう記されている。「キルトはまず、小布（こぎれ）つまりピースを一定の法則、つまりパターンにそって縫い合わせる、いわゆるパッチワークから始まります。布が貴重品だった時代に、ほんの小さな端切れも美しく利用しよう、というところから生まれた生活の知恵ですね」。

してみると、本書が章立てからしてキルト仕立てになっていることに改めて気付かされよう。群像小説ならぬキルト小説。居心地のいいミステリーとしては、パラダイス・ガーデンのガーデニングと前田潮子のキルトはまさに二大道具立てであるが、単にコージーな道具立てというだけでなく、ミステリー的な作りをも意味していたとはさすが「騙りの名人」（佳（か）多山大地（たやまだいち））の真骨頂というだけのことはある。

もっとも、本書をコージータッチの警察小説と読まれる向きがあってもおかしくない。冒頭で紹介したように、コージーミステリーの主役は素人探偵と相場が決まっている。しかして本書で探偵役を務めるのは、葉崎署の警察官、二村貴美子である。葉崎署は神奈川の陸の孤島と呼ばれる小さな署であるにもかかわらずクラスター騒ぎを起こすなど波乱が続いている。上層部が保身に明け暮れる中にあって、「葉崎署に居座るヌシのような大ベテラン」である二村は、一人のっしのしと現場に現れ、捜査を進めていく。自宅にはめったに帰らず、駐車場に停めた軽ワゴン車で寝泊まりするマイペースぶり。しまいには、そのワゴン車でBBQをやりながら署員と捜査協議を催すなどの勝手放題だ。

物語後半、誘拐事件に殺人事件と重大事件が相次ぎ、その捜査をめぐるパワーゲームに巻き込まれそうになっても、何とか煙に巻いてしのいでしまう。その胆力たるや英米の警察官探偵と比べても見劣りしないだろう。

著者の作品を代表する主人公といえば、ハードボイルドな女探偵・葉村晶（はむらあきら）だ。クールでニヒル、痩身の葉村と恰幅のいいオバサンである二村ではタイプが異なるが、探偵オーラを持ったヒロインという点では甲乙つけがたい存在なのではあるまいか。彼女の活躍を楽しむだけでも、本書は一読の価値あり。

結論。本書はコージーの王道をゆくミステリーであるとともに、それを逸脱する魅力にも富んだミステリーである。一見自分たちの身の周りにいそうな葉崎市の住人たちは、皆その内に秘密を抱え込んでいた。それが暴露されていく後半の迫力と驚愕。

そう、書き忘れてはならない。西峰さんをめぐるフーダニットミステリーのバリエーションとしても、本書は本格ファンの期待を裏切らないはずである。

主要参考文献

小関鈴子
『色と形 パッチワークパターンで布遊び』
（グラフィック社）

野原チャック
『パッチワーク・キルト』
（NHK出版）

舘林正也
『世界遺産キューガーデンに学ぶ
はじめての英国流 園芸テクニック』
（講談社）

広田靚子
『イギリス　花の庭』
（講談社文庫）

2021年8月　光文社刊

光文社文庫

パラダイス・ガーデンの喪失

著 者　若 竹 七 海

2024年 2 月20日　初版 1 刷発行

発行者　三 宅 貴 久
印 刷　萩 原 印 刷
製 本　フォーネット社

発行所　株式会社 光 文 社
〒112-8011　東京都文京区音羽1-16-6
電話（03）5395-8147　編 集 部
8116　書籍販売部
8125　業 務 部

ISBN978-4-334-10207-4　Printed in Japan

組版　萩原印刷

光文社文庫　好評既刊